叶永烈 / 著

双人伞
叶永烈家庭传记

中华书局

图书在版编目(CIP)数据

双人伞:叶永烈家庭传记/叶永烈著. —北京:中华书局,
2015.8
ISBN 978-7-101-11111-8

Ⅰ.双…　Ⅱ.叶…　Ⅲ.纪实文学-中国-当代　Ⅳ.I25

中国版本图书馆 CIP 数据核字(2015)第 156992 号

书　　名	双人伞:叶永烈家庭传记
著　　者	叶永烈
责任编辑	于　欣
出版发行	中华书局
	(北京市丰台区太平桥西里 38 号　100073)
	http://www.zhbc.com.cn
	E-mail:zhbc@zhbc.com.cn
印　　刷	北京市白帆印务有限公司
版　　次	2015 年 8 月北京第 1 版
	2015 年 8 月北京第 1 次印刷
规　　格	开本/920×1250 毫米　1/32
	印张 14　插页 2　字数 350 千字
印　　数	1-10000 册
国际书号	ISBN 978-7-101-11111-8
定　　价	36.00 元

目 录

自序

双人伞

小家情

相思表

团圆节

天伦乐

金婚庆

自 序

我和妻又要飞往美国，又要去过圣诞节了。

我并非基督教徒。作为一个中国人，为什么如此看重"洋节"，总要一次次远涉重洋，到太平洋彼岸去过圣诞节？

团聚，是人生的幸事，家庭的节日。我一家八口，以"二、二、四"的"比例"，分住在上海、旧金山、台北这"三度空间"：我和妻在上海，次子和次媳在大洋彼岸——美国旧金山，长子、长媳和孙子、孙女在海峡彼岸——台北。

我的家是"两制三地之家"，难得一聚。圣诞节是美国的"春节"。孩子们在圣诞节放长假，因此圣诞节也就成了全家最佳的团聚之日。正因为这样，我总是选择在圣诞节前夕飞往美国。

如今由于子女出国，出现许多"一家两制"家庭，而像我家这样的包括海峡彼岸在内的"两制三地之家"，并不多见。

我的家，原本是千千万万中国普通家庭中的一个。从一个普普通通的家庭，变成如今的"两制三地之家"，那是随着时代而变，随着中国的进步而变，是我的小小的家庭随着改革开放大潮而变。套用一句时髦的话，那就是"与时俱进"。

我的家庭的演变史，是中国改革开放之路的缩影：

1963年我从北京大学毕业，分配到上海工作。那一年我结婚了，小家庭就安在上海。

1967年，长子在上海出生。

三年之后，次子在上海出生。从此，我的小家庭成了四口之家。

　　我的小家庭在艰难中度过了十年"文革"。在"文革"初期,我家也曾分为三地:我在杭州湾畔的"上海电影系统五七干校",妻带着长子在上海,而次子则暂时寄住温州老家。后来,次子回到上海,生活在妻身边,而我则带长子在"五七干校"。

　　1978年底召开的中共十一届三中全会,改变了我的命运,也改变了我的家庭的命运。我从"臭老九"变为上海作家协会专业作家,而我的两个儿子也相继从上海的重点中学进入大学。

　　开放的国策打开了中国的大门,出国潮在中国澎湃。1990年,长子第一个迈出国门。他在上海念完大学之后,通过GRE考试(研究生英语考试),获得美国大学的全额奖学金,到美国攻读研究生。在宾州大学获得硕士学位后,留在美国工作。

　　1992年,次子也通过GRE考试,获得美国大学的全额奖学金,到美国攻读研究生。他在特拉华大学获得硕士学位,然后在美国工作。

　　1993年圣诞节前,我和妻来到美国,先是住在洛杉矶内兄家,然后飞往美国东部,和两个尚在求学的儿子在特拉华大学团聚。那天,正好是圣诞节。

　　两个儿子先后被美国公司所聘用:长子在美国通用汽车公司任职,而次子则成为美国AT&T公司的白领。

　　那时候,我曾经写了一本书,书名就叫《我的家一半在美国》。确实,一家四口,我和妻在中国,两个儿子在美国,怎么不是"我的家一半在美国"?

　　两个儿子在美国相继跳槽。从1996年起,他们先后被新公司派回中国工作。这样,我们全家总是在春节的时候,团聚在上海。

　　两个儿子在中国工作了几年,1999年又先后被调回美国本部工作,之后相继结婚,我的家从一家四口增加到一家六口。

　　小儿子在美国硅谷工作,定居在旧金山东湾。他先是在那里租公寓,后来在那里买了房子。

长子在美国东部新泽西州高科技公司工作。不久,他被美国公司派往台北,在那里他筹建了台湾分公司,担任副总裁兼总经理。

我的长媳与我的长子相识于美国。长媳出生于台北,上小学时随母亲到了美国,从此在旧金山长大,后来毕业于旧金山的伯克利大学。她原本在美国工作多年,长子调往台北,她也一起回到台北。长子在台北买了房子,从此定居在台北。

于是,"我的家一半在美国",变成了"两制三地之家"。

2000年、2001年、2002年,我和妻三度在圣诞节的时候前往美国,全家在那里聚会。即便是2001年爆发震惊世界的"9·11"恐怖袭击事件,我仍坚持去美国,还特地赶往纽约世界贸易中心大厦废墟现场采访,写出纪实长篇《受伤的美国》。

2003年,我和妻前往台北看望长子、长媳,也就没有去美国。

2004年的圣诞节到来前,全家约定在美国团聚。

这一回的团聚,我的家增添了一个小成员——2004年7月,孙女品郁在台北出生,成为一位"小台胞"。由于长媳是美国籍,按照美国的规定,我的小孙女也是美国籍,出生之后不久就拿到了美国护照。护照上贴着她出生两周时的照片。这本护照的有效期是九年。到了2013年,她九岁,拍了新的照片,换用新的美国护照。

长子和长媳带着女儿到美国过圣诞节。这样,我和妻在美国第一次见到小孙女,见到我们家的第三代。一家七口,在美国大团圆。长媳的母亲、哥哥也在旧金山。我们与亲家一起大团聚。

2007年5月,我的家又增加了一名新成员——孙子翔昇在台北出生。跟孙女品郁一样,他也是"小台胞",持美国护照。于是,在我的八口之家中,一半生活在台湾。

平常,只有我和妻在上海,是一个"空巢家庭"。我们总是企盼着热热闹闹、充满亲情的大团圆之日……

我在"三度空间"中来来去去。我和妻八次去美国、八次去台湾,拓宽了我的视野,活跃了我的思维。在旅途中,我不时把我的所见所闻"敲"进我的手提电脑。我曾经出版过关于美国、关于台湾的长篇行走文学,但是并没有专门写过我这个特殊的"两制三地之家"。而这次,我终于完成这本我家的传记《双人伞》。

妻也拥有一台电脑,在闲暇时,常喜欢把各种各样的回忆也"敲"进电脑。她的所思所忆,大都是关于婚姻与家庭,正是《双人伞》的内容。于是,我在写作《双人伞》时,引用了她的一些回忆。

妻也喜欢写点诗。比如,她写过一首《他是谁?》:

他给人们带来一本本书籍,
他给人们送来丰硕的精神食粮。
那充满知识的《十万个为什么》,
是他年青时期的著作,
它在人们心里播种知识的种子,
它让年轻人了解科学的力量。

那可爱的《小灵通》,
是他早期,
富有幻想的精灵。
它在人们面前,
描绘未来世界美好的图景,
它让人们为了未来,
发愤图强。

一本本科幻小说,
一个个科学童话,
一首首科学诗,

一篇篇科学散文，
启迪人们的智慧，
激励人们走向科学的殿堂。

历史的车轮滚滚向前，
风云多变的政治背景，
曲折复杂的生活，
他又拿起笔，
书写时代变化。
红色三部曲，
生龙活虎地展现
共产党从诞生，
走向成熟，走向胜利。
而《"四人帮"兴亡》，
则是对"文革"的控诉。
剖析种种人物的心理，
向人们揭示"真、善、恶"，
告诉人们十年的"文革"，
究竟为什么在中华大地发生。

知识界，多灾多难的精英们，
激励他拿起犀利而沉重的笔去抒写，
写从爱国到"叛国"的马思聪，
写不屈的傅雷，
写命运坎坷的葛佩琦，
写失踪的彭加木，
写科学巨匠钱学森

……

民族精英们的复杂人生，
民族精英们对祖国的贡献，
历历在目。

从天南到地北，
从高山到海洋，
从边陲的沙漠到林海深处，
从高官到平民，
处处留下他采访的足迹。
从严寒到酷暑，
从白天到深夜，
一年三百六十天，
他没有白度一分一秒时光。
他是谁？
他就是我夫君叶永烈！

《双人伞》写我的家的巨大变化，也写我在"三度空间"的种种见闻。我是纪实文学作家，我的"特长"是用敏锐的目光观察五光十色的社会，以丰富的细节、形象的现场感和真实的笔调"铸"成作品，奉献给广大读者……这本"我家的传记"，小处见大，以小家看国家、看社会、看世界。

双人伞

双人伞

江南多雨。春日潇潇春雨,夏日雷鸣雨骤,秋日绵绵秋雨,冬日冷雨纷飞。

每当细雨飘飘洒洒,走在街上,行人之间隔着一道雨帘,仿佛各自坐在"的士"里一般,互不相干。这时,不再是各人头上一片天,却是每人头上一顶伞。

雨天,我和妻外出,总爱共撑一把伞。伞下的世界,成了地地道道的"两人世界"。漫步在雨中,不论我们走到哪里,我们总是在同一把伞下。

我们买过各种各样的伞。不论是两折的、三折的,不论是尼龙的、花布的,不论是直柄的、弯柄的,也不论是有机玻璃把手、克罗米把手,总觉得不满意。因为通常的伞,只是单人伞,在雨中两人共撑,要么妻湿了右膀,要么我湿了左臂,要么妻湿了前襟,要么我湿了后背。我曾开玩笑地对妻说,最好买一顶警察岗亭用的大伞!

有一天,我和妻逛百货店,忽地见到一种从未见过的新伞:那伞虽说也是折叠伞,却有两个顶,一撑开来,伞面是椭圆形的!这伞,比通常的伞大了约莫三分之一……

"这是双人伞,杭州生产的新产品。"看到我和妻细细地看那新奇的伞,售货小姐就走过来介绍道。

"买一把!"我和妻异口同声道。

从此,每逢雨天,我和妻总是同撑这把双人伞外出。这把双人伞,伞面上红黑方格,典雅大方。伞下,我和妻娓娓而谈,把风雨置于度外。很多人透过雨帘投来惊诧的目光,咦,这把伞怎么格外大?怎么是椭圆的?这时,我们感到分外的自豪。我曾听说,新疆维吾尔族姑娘走在街上,朝她看的人越多,她越自豪。这时,我们也似乎有着同样的自豪感。

有一回,风雨大作,黄豆般的雨滴落在汽车顶上,溅起一层密密的乳白色的水雾。行人用双手紧握伞柄,缩着头,靠边走。我们却撑着这把结结实实的双人伞,坦坦荡荡地信步雨中,偷闲观赏着急雨中的街景,头顶上雨水打在伞布上的蓬蓬声和脚下流水的哗哗声汇成一支骤雨交响乐……

自从有了这把双人伞,我们在雨中拥有属于自己的一片天。

伞随人移。不论是迅雷猛雨,不论是如丝微雨,不管我们走到哪里,在伞下,永远无雨。

这伞,是一把"保护伞",是一把"安全伞"。

回到家中,收起双人伞,透过窗玻璃上的水幕,望着倾盆而下的滂沱大雨,我不由得记起唐朝杜牧的诗句:"南朝四百八十寺,多少楼台烟雨中。"

此情此景,忽地使我产生一种异样的感觉:仿佛我的家,是一把永远张开的硕大无朋的双人伞!正是在这把双人伞下,任凭窗外黑云翻墨,白雨跳珠,这里却是我和妻安安静静的"两人世界"。

我和妻,成了秤秆和秤锤似的不相离。每日同进同出。就连到附近小店里买点什么,也喜欢两人同去。我原本外出时骑自行车,而妻则不会骑车。为了保持与妻"同步",我已经很久没有骑车了……

我和妻已经走过金婚——结婚五十周年,该算是"老夫老妻"了。最初,我们建立小家庭时,是一个"两人世界"。在人生的春天,那是一个忙忙碌碌的"两人世界",我们忙于建设小家庭。有了两个儿子之后，"两人世界"不复存在。想不到，如今我们步入人生的秋天，随着两个儿子分别去了台北和旧金山，我们在上海的家再度变成"两人世界"。这时，我们倍觉那"世界"的另一半是何等的珍贵。我和妻真可以用"相依为命"四个字来形容。

每天，当我用电脑写作时，妻一有空，就来帮我打一阵。我笑称这是"男女双打"。

每天，当我和妻结束"双打"，在夕阳下散步。形影不离的我俩，仿佛依然同撑一把无形的双人伞似的。

每当我听见"我想有个家，一个不大的地方"的歌声时，心中就有一种自豪感：因为我有一个家，一个温暖的家。

家是我心中的绿洲。伞下的世界，是春风永驻的世界。

那回，我去美国探望小儿子。自然，我和妻同行。去美国，小儿子是"有车阶级"，我们也就用不着带伞。

回国之后，妻却找不到那把双人伞了——她太珍爱那把伞，藏在壁橱深处，藏得太好了，反而找不到了！

望着妻怅然若失的表情，我说："不要紧，再去买一把就是了。"

我和她又去那家百货商店。可是，居然连那家百货商店都无从寻觅！时过境迁，那家百货商店已经被一家台商买去，另开新店了。新店里，没有双人伞。

我想，不至于只有那家百货商店卖双人伞吧。于是，每回我和妻逛商场时，总去看看雨伞柜台，希冀买到一把双人伞。很遗憾，我们竟然再也买不到双人伞了。

不知哪位先哲说过这么一句话："失去了的时候，方知拥有的珍贵。"我把这句格言用在那把双人伞上，可算得上"活学活用"了。

后来的事情富有戏剧性：天冷了，要用电火锅了。妻在壁橱里寻找电火锅，我打着手电筒在一侧帮忙。找呀，找呀，忽地在雪亮的电筒光柱中，闪过一团红黑相间的东西。那不是"踏破铁鞋无觅处"的双人伞吗? 真可谓"得来全不费功夫"!

于是,在阴霾清冷的冬雨中,我和妻又撑开了那把失而复得的双人伞。

雨中,我们又有了一片属于自己的流动的"天"。伞下,是一个小小的温馨的"两人世界"……

当我写了散文《双人伞》之后,妻写了一首小诗,题为《我爱我的家》。诗虽平常,却跃动着她一颗爱家之心——

我爱我的家,
它坐落在人多车杂的闹市旁。
尽管它并不气派、典雅,
甚至有点喧闹、嘈杂,
可我们仍深爱它。

我爱我的家,
它没有豪华的装饰,
也没有时髦的家当,
甚至有点凌乱,
可它却那么朴实、大方。

那高高矗立的书架就是墙纸,
那一排排书籍就是绝妙的家当。
这里是知识的海洋,
这里是智慧的摇篮。
一篇篇扣人心弦的文章在这里问世,
一部部震撼人心的作品从这里出发。

孩子们曾在这里吮吸知识的乳汁，
孩子们曾在这里学习父辈的刻苦、奋发。
当他们从大洋彼岸打来长途电话，
也忘不了家中的书本给他们的力量。
当他们在异国他乡事业上有成，
还要写信问起儿时夜读的地方是否老样。
呵，这是个令人留恋的地方。

邻居们说，每天最晚熄灯的是我们家。
是的，不管三伏天最热的时光，
也不管严寒冰冻的夜晚，
主人的书桌前、电脑旁一直亮着灯光。
这里看不见"四方城"，
也没有卡拉OK的喧哗。
可每个夜晚，
一家人都过得充实、健康。

在我们家，
大人、小孩都一样热情、开朗。
这里接待过四方的朋友和作家，
从寒冷的北疆到炎热的海南，
从内蒙的草原到云南的边防，
都有客人来过东海之滨我们的家。
美国、英国、德国、日本、意大利、俄罗斯的作家
都曾在这里畅谈，在这里用餐。
台湾、香港的友人，更是出入频繁。
不管是祖国各地，

也不管在异国他乡，
在电视机的荧屏上都出现过我们的家。
呵，这是个值得自豪的家。

我爱我的家，
这里有热切的关怀，
这里有诚挚的祝福，
这里也有热烈的争论，
这里更多的是欢声笑语。
儿子敬重爸妈。
丈夫爱惜妻子，
妻子体贴孩子他爸。
家中的事，
总是大家互相谅解、商量。
这就是我们的家，
一个多么温馨的家。

"同是天涯沦落人"

有人说："结婚是恋爱的坟墓。"

不，不。爱情像美酒，越陈越醇香。

恋爱，仅仅是爱情的开始。用酒厂师傅的行话来说，那只是处于"酝酿"阶段而已。

如今，我们年过"百岁"——我和她同龄，属龙，两个人的年龄相加一百五十岁。我们携手走过金婚——结婚五十周年，正朝着钻石婚——结婚六十周年迈进。

每当我们回首往事，爱的甜蜜和事业的艰辛便一起涌上心头……

结婚，是罗曼史上的里程碑。

1963年8月25日这一天，对于我和她来说，都是终生难忘的。

那时候，我刚从北京大学毕业，回到故乡温州度过最后一个暑假。她呢？高中毕业以后，一直在温州当中学俄语教师。

她梳着一对乌亮的长辫子，穿着花衬衫，墨绿色长裤，在亲友的陪同下，来到我家。刚进门，母亲便端出两个小碗，碗里是一粒粒豌豆那么小的糯米丸子，叫我和她当场吃完。这是我们温州的习俗。在温州方言中，"丸"和"缘"同音，吃了那碗糯米丸子，我和她从此就结了"缘"，成了结发夫妻。

认真点讲，我和她的罗曼史，没有多少"Romantic"味道。我和她甚至可以说是"先结婚后恋爱"。

在北京大学读书时　　　　　　　妻十八岁

　　那是两颗不幸的心的结合。我们相识于一年之前——也是暑假，我从北京回到家乡，在暑假即将结束的时候，我才第一次到她家中，第一次见到她。然后，在寒假里有过短暂的几天团聚。在结婚前，我们相会的日子屈指可数……

　　我们是"门当户对"的两家，都蒙受了历史的屈辱。

　　本来，我在温州二中上学，她在温州一中念书，彼此"无缘"。

　　我们姻缘"一线牵"，纯属偶然。我的代数老师姓施，叫施振声，她的化学老师姓沈，叫沈佩瑜。两位老师是夫妻，而沈老师又是我母亲的侄女。

　　我曾是施老师手下的"代数尖子"。这倒不是因为我特别喜欢数学，而是因为代数老师是我的表姐夫，考得不好怎么行呢？她曾是沈老师的"得意门生"。沈老师做化学实验，常常喜欢找她当助手。

　　妻曾深情地回忆与她如同母女的沈老师：

　　我高中是在温州市第一中学就读的。这是一所有着悠久历史的重点中学。

　　高中时的我，喜欢数理化，也喜欢语文和外语，那时学的是俄语，我还担任俄语课代表。在我读高中三年级时，正遇上"大炼钢铁"运动，我被分配在化学实验室里工作。指导我工作的老师就是高中化学实验老师沈佩瑜。

　　我们上化学课时，每次做化学实验，都是沈老师为我们准备的。她为人很诚恳，工作很负责，还写得一手很漂亮的毛笔字。走进化学实验室可以看见高高挂在墙上的化学元素周期表，以及实验室规则等，那上面端庄而娟秀的毛笔字便是沈老师所写。

　　在全民"大炼钢铁"的日子里，学校停课炼钢铁，每个单位、每个部门互相较劲，看哪家炼的钢铁多，就是对党的忠诚、对国家的热爱。于是学校动员学生和老师捐献钢铁。为了响应国家号召，为了不被看成对党离心离德，大家都绞尽脑汁把家里能够捐出去的钢铁制品尽量捐出去，于是什么烧饭的铁锅、烧水的铜壶，甚至睡觉的铁床都捐献出来，这些原本好端端的生活用品，都被放进土制的高炉里冶炼，变成铁块，算是炼出钢铁了。但毕竟生活用品中的铁器有限，总有捐光用光的时候，于是就购买铁矿石，师生自己动手炼铁。

每当学校从什么地方购进铁矿石的时候，我就跟着沈老师在这些铁矿石中取出样品进行化验分析，然后写出报告，当时学校实验室里只有我和沈老师，工作很紧张，我们白天黑夜都在化验。

记得我那时为了工作方便，吃、住都在学校里。工作中沈老师对我要求很严格，每做完一次实验，她就和我一起把实验室收拾得干干净净，把玻璃试管洗得连水珠都挂不住为止。沈老师说，只有连水珠都挂不住了，才说明试管已经洗干净了，要不然还有杂质在试管里，下次做实验就会数据不准确的，所以在她身边工作我都很认真，从不马虎。沈老师在生活中对我很关怀。平时有什么好吃的，她都想到我，常常从家里带来一些水果或者粽子什么的给我吃。晚上沈老师常常到宿舍里看我，那时我还年轻，睡觉时常常有踢被子习惯，在我熟睡时，沈老师常为我盖被子，好几次我把被子踢掉，都是她把被子拾起来重新给我盖上。

难忘的是有一次我到外校去取化学试剂，正在这时从教育局开来一辆小轿车要她乘坐这辆轿车去郊区取矿石样品。那种年月，小轿车看都很少看到，别说乘坐了。沈老师马上想到我，她想让我一起去，这样可以让我也坐坐小轿车。于是她对司机说，请他无论如何等一等，等她的学生回来时一起去，她说她的这位学生还未坐过小轿车呢，今天一定要让她坐坐。司机只好等着，可是等呀等，半个多小时过去了，我还是没有回来，那时又没有手机随时可以联系，而任务又紧，人家一再催促，没办法只好她先坐车去了。

当她从郊区取到矿石样品回来时,跟我说起这事还一直觉得挺可惜的。我听完她的叙说,被她的真情感动了。我说今天虽然小轿车没有坐到,但我心领了,谢谢老师。

那时我们朝夕相处,彼此建立起深厚的感情。毕业后我被学校安排教初中(后来改为第六中学)俄语。学校校舍就是原先读高中时的校舍,而我担任班主任的六(四)班(那时我们学校初中部是全市试点的,用的是十年一贯制,初中一年级就是六年级)教室,就是我念高中一年级时同一间教室。教室门前是春草池。我担任俄语教师期间,我所教的学生在全市的俄语比赛中,不管是朗诵,还是书面测试都名列前茅,还常常在全市和全区范围内开公开课。为了上好公开课,我去请教我原来的老师。这样,我与母校老师的联系就多些了。

沈老师仍在高中部工作,工作之余我仍常去看望她。由于我俩在一起的时间比较多,又很亲热,不知道的人还以为我们是母女关系呢!

尽管妻学业优秀,高中毕业后却因家庭出身不好而不能跨入大学之门,在家乡当中学俄语教师。我比她幸运的是,虽然我与她同龄,但是我五岁就上小学,所以我是在1957年(十七岁)考入北京大学,这之后家庭的悲剧才开始。如果我晚一年上小学的话,也就不可能在北京大学校园里度过六年大学生活了。

相亲

　　1962年暑假,我从北京大学回到千里之外的故乡温州。沈老师来到我家,同我母亲聊天,闲谈之中,知道我尚无"对象"。几天之后,沈老师对我父母提起了她。我父亲和她父亲是老朋友。很早以前,她父亲便曾赠我父亲墨宝。听说沈老师、施老师作伐,我父母非常高兴,便催我见一见她。

　　沈老师又是怎样跟她谈的呢?

　　妻是这样记述的:

　　这是一个星期天,我正在家里洗衣服。沈老师急匆匆地跑到我家,她一进门,脸上笑嘻嘻的,像有什么特别高兴的事要告诉我似的,一坐下就开门见山地说:"阿芬,今天我是来给你介绍对象的。"我听后不觉脸一红。她接着说,这个男孩子是她的表弟,他在北京大学读书,是《十万个为什么》的作者。

　　《十万个为什么》,这是家喻户晓、名震全国的一部新书,在校的中学生没有一个不知道的。我班的宣传委员还在班级黑板报上宣传《十万个为什么》呢!

　　《十万个为什么》的作者居然还是一位大学生,而且要把他介绍给我作男朋友。一股崇敬之情油然而生,我点头说,好呀,好呀! 沈老师说,那我明天晚上就带他来见你。我也就一口答应。

　　我是家里最小最受宠爱的女儿，由于父亲去世早，两个哥哥又都在外地工作，家里只有我和妈妈，妈妈特别地爱我，我也非常爱妈妈，母女俩相依为命。妈妈是个有知识的妇女，她很看重有学问的人。平时遇到什么事我都要对妈妈说，何况这婚姻大事呢。

　　沈老师走后，我便把这一切告诉妈妈，妈妈听后很高兴。

　　妈妈说，不管见面后你们是不是喜欢，反正凭他是《十万个为什么》的作者，我也要见识见识，这是一位才子呀。

　　就这样，我们定下见面的日子。

　　1962年8月15日傍晚，沈老师领着羞羞答答的我，来到离我家大约十来分钟路的一个大杂院，跨进一间小屋。

　　那是第一次"相亲"。妻那时瘦瘦的，一双大眼睛显得格外明亮，白衬衫，蓝长裤。她母亲跟沈老师没话找话，不断地说东谈西，尽讲些无关宏旨的"废话"，以求延长会面的时间。我和她各在小桌的一侧，无言以对。偶而，我跟沈老师或者她跟沈老师说一两句话。尽管我明白为何而来，她也知道我为何而至，但是都像"热水瓶"——内热外冷。邻居们很快就从敞开的房门和窗口发觉她家有点异样，有人远远地站着观看，弄得我有点不好意思起来。

　　临走时，她和母亲一直送我和沈老师到大门口。我不敢与她握手告别，匆忙中向她和她母亲弯了弯腰，挥了挥手，点了点头。

　　就是那一个晚上，决定了我和她的命运——彼此一见面，都觉得中意，尽管没有发表过任何爱情"宣言"。

　　我和她的第一次见面，同样深深地烙在她的脑海中。后来，她曾这样回忆我和她的第一次见面：

　　傍晚，我和妈妈早早地吃好晚饭，把房间收拾干净，然后我坐在书桌边看书，等待沈老师和那位未曾谋面的朋友。

在北京大学宿舍，坐在自己的床上

　　我家住在温州的一个大宅院里，这宅院共有三道门庭，三座院子。第一道门庭正对温州最热闹的五马街，最后一座院子的后门就是温州的七圣殿巷，而我们家就住在最后一座院子的西厢房里，平日客人们进出都是从七圣殿巷走的。

　　我和妈妈住的西厢房只有十几个平方米，朝南是四扇玻璃窗，朝东是两扇带玻璃的门，夏日里门窗都敞开着，坐在家里就可以看见外面的动静，同样，邻居们也可以从我家敞开的窗门看见里面的一切。

　　夏夜的微风轻轻地从窗口吹过，我的心跳微微有点加快，眼前的书似乎像摆摆样子似的，一点也看不进，眼睛不断地往门口望去，期待着他们的出现。

　　没过多久，我终于看见沈老师迈着欢快的脚步向我们家走来，她的身后紧跟着一位年轻的小伙子。我和妈妈立即站起来向他们迎过去，把他们请进房间里坐。

　　一进门，沈老师就微笑着拉着我的手说："阿芬，他就是我向你提起的叶永烈！"

　　话音刚落只见他腼腆地笑着，向我和妈妈点头致礼。他高高的身材，穿一件蓝色细格子短袖衬衫，一条深蓝色长裤，脚蹬一双塑料凉鞋，方方的脸盘，宽广的前额，鼻梁上架着一副眼镜，标准的当年大学生模样。

　　我心想，他就是大名鼎鼎的《十万个为什么》的作者吗？这么年轻，这么随和！我和他似乎一下子拉近了距离。

　　坐定之后沈老师简单地介绍他和他家的情况。知道他父亲原先是温州市工商联主任，是温州瓯海医院的院长，叫叶志超。妈妈一听说这名字想了一下，似乎觉得耳熟。沈老师对我妈妈说，他家就住在离我们家很近的地方，走过来大约十几分钟。这次正值大学里放暑假，他从北京回来探亲，他妈妈，也就是沈老师的表姨，向沈老师提起，能否为她儿子介绍对象。于是沈老师就想起我。

开始时沈老师和我妈妈的话比较多，东拉西扯的，我和他都在认真地听着，微笑着，房间里充满着欢快的气氛。正当她们在高谈阔论时，他悄悄地问起我的近况。什么工作忙吗？学生好吗？喜欢看些什么书？我一一作答，就这样他一言我一句地聊着。无形之中彼此都有了好感。此时此刻房间里慢慢地静下来了，大人们似乎正专注地听着我俩的对话，她们的脸上露出满意的笑容。

由于我们家从未接待过这样特殊的客人，引来邻居们的好奇，他们不时探头进来看一下，然后嘻笑着又走开了。有时我被搞得挺不好意思的。好在沈老师和妈妈都在场，四个人说说笑笑的，也就比较自然了。

时间过得很快，不知不觉已近晚十点钟了，沈老师家里还有事，他们就起身告辞。临走时，他说明天再来看我。我也欣然应诺。

夜幕中我和妈妈送走他们，邻居们急切地过来询问着，这位小伙子是谁呀？是给阿芬介绍的对象吧，他看起来挺不错的呢。妈妈对他也十分称赞，说他年轻有学问，说他为人随和，说他懂礼貌，等等，反正都是好话。我的心里也是甜甜的，自从我长大以来还真的没有遇见这样的人呢。曾经有几次人家要替我介绍对象，都被我一一拒绝了，总觉得自己还年轻，这些事以后再说罢，连见面都不愿意。这次也不知道为什么，当沈老师一提起，我就欣然同意，这也许是我对沈老师的信任，也许是缘份吧。我和他一见面似乎觉得我们似曾相识，心底涌动着一股热流。

熄灯了，我和妈妈还一直说着说着，然后甜甜地进入梦乡。

妻在此后不久，还写了一首诗纪念对我们的第一次见面，充满温馨的回忆。

《十万个为什么》成了定情物

如今，一进我的书房，首先映入眼帘的是电脑之侧的墙上，挂着一帧少女的放大彩照。那少女，乌亮的一对大眼睛，一对粗黑的辫子，扎着两只红色的蝴蝶结。陌生的客人常以为那是我的女儿的照片。其实，我只有两个儿子，并无女儿。何况那照片看得出是黑白照片着色而成，显然是好多年前拍的。

那是妻花季时的倩影。这帧照片，就是在第一次见面时，她送给我的。为了纪念我们的相见，我把这帧照片翻拍，放大，一直挂在书房里。

她送我照片，我送她什么呢？我想了一下，送一套《十万个为什么》最合适。这样，在第二天晚上，我又一次来到她家时，就带了一套《十万个为什么》。

这一回，不必劳驾沈老师陪同，因为我们已经相识。

这一回，我们有了单独长谈的机会，彼此有了深入的了解。

妻记述了我们第二次见面的情形：

我们见面后的第二天傍晚，我刚吃好饭，还未来得及收拾盆碗，阿烈就拎着他写的一套《十万个为什么》来了。这是他与我相识后的第一次见面礼。

我手捧着这套崭新的、散发着油墨香味的《十万个为什么》，心里万分激动。我真难想象他在繁忙的学习之余还能写出这样的巨著。眼前外表看上去学生气十足的他，肚子里却有那么多的学问，光是这一点就很让我佩服。

接过书我连连地祝贺他成功，为他高兴；我感谢他对我的信赖，毕竟我们才刚刚认识，他就把自己心爱的作品送给我；我也明白，这是他的期盼，他是用自己的成绩向心爱的人表示爱，也盼望着心爱的人能永远支持他的事业。喜悦之情真是难以言表。

在家里略坐片刻，他提议我们是否可以出去走走，我答应了。妈妈也说，大热天的到公园去走走要比家里舒服多了。于是我们高高兴兴地离开家。

我俩第一次去的公园是温州松台山公园，因为它就在我家附近，走过去只有七八分钟的路。公园在山上，我们拾级而上，山虽然不高，但夜风吹来令人身心愉悦。月夜树影下，我们边走边聊，跟他走在一起心里总是涌动着一股无名的热流，这是以前从未有过的。他很健谈，谈学习，谈写作，谈爱好，似乎无话不谈，开始我只是静静听着。

当我问他怎么会写《十万个为什么》时，他显得很兴奋。他说他非常喜欢苏联作家伊林，是伊林写的《十万个为什么》给他很多启示。他又谈到他的编辑曹燕芳女士，他说自己只是个普通的大学生，没有什么社会背景，可是曹女士却如此信赖他，把写作《十万个为什么》的重担压在他肩上，使他很感激。

他又跟我说起《安徽日报》编辑余锡朋，给予他的热情支持和信赖。他应邀专门为《安徽日报》开专栏。正是这些编辑的热心提携，才使他有今天的成绩，言谈中便知道他始终不忘编辑们的知遇之恩。

他说话很幽默，还常常说些小故事给我听，他说他考上北京大学，第一次出远门，在浙江金华看见火车的时候，居然把行李丢在一边不管，跑去看火车了。他知道我在学校里当老师，问我在写黑板字时，有没有一手撑腰，一手在黑板上写字，我说没有呀，干吗要一手撑腰呢。他笑着说，他有一位老师，每次板书时，总是一手撑腰，一手拿着粉笔在黑板上写字，同学们给他取个外号叫"茶壶"，说着他做起了茶壶的姿势，笑得我前仰后合。可他却说，这可是一把神奇的茶壶，从壶嘴里流出的是源源不断的知识！听他说着，笑着，回味着，就这样我们之间的距离渐渐拉近。

当我问他北京大学学习够忙的了，怎么还会有时间写《十万个为什么》呢？他说"时间就像海绵里的水，只要你去挤它，总会有的"。接着，他说起了自己的经历，说他刚进北京大学的时候，家里的经济条件挺不错，父亲和哥哥的收入都比较高。可是过不了一学期，父亲和哥哥都被卷进"反右派斗争"，都被降职降薪，家里的经济条件一下跌入低谷。他说，暑假和寒假同学们差不多都回家探亲了，可是北京回温州路太远，没钱回家探亲。于是他就在学校的图书馆里看书学习，很多文章都是在这时写成的。

说起北大图书馆，他便眉飞色舞，那真是学者的天堂！他说进入北大图书馆真是如鱼得水。所以他每天很重要的事情就是到图书馆抢位置。他还说他每天身上都背着一个书包，书包里放着纸、笔和书籍，到了图书馆把书包一放，就有了位置，然后就在图书馆看书、查资料、写作，中午到食堂领几个包子边啃边走，就算填饱肚皮了。下午也是在图书馆里，直至深夜才回到宿舍。

他说在北大读书是一生中最难忘的时光。我问他在北京读书生活上是否习惯。他说刚开始那几年还好，就是在自然灾害时比较苦，那时天天都吃窝窝头。窝窝头又硬又难咽，每当放假时也很想家，温州到底是鱼米之乡哪！可是路实在太远，还是留在学校里多读点书吧。整整三年，他没有回过家乡。他说生活上苦一点他不管了，只要图书馆里有我的座位比什么都重要，在图书馆里整天都很充实,暑假、寒假也转眼就过去。

他说得很轻松,我听起来却很沉重,因为这需要多大的毅力哪! 听他娓娓道来,眼前不断闪现勤奋、刻苦的他,真的,就在那晚,我打心眼里喜欢上他了。

走着,谈着,累了,我们就在山顶的石凳上坐下来,俯瞰山下的夜景,憧憬着我们的未来。夜风阵阵吹过,夜深了,我俩才依依不舍地离开……

这第一次在山上的长谈,就奠定了我们爱情的基础,那天的情景至今仍历历在目。后来为了纪念这块地方,我们还特地在白天再度来到这里拍照留念。

从第二天起这套《十万个为什么》成了我和妈妈轮流看的书。我们都非常珍爱这套书,我们决定先看第二化学分册和第四植物分册,因为这两册的主要作者是烈,他的名字排在第一位,然后再继续看有他参与写作的分册。我把先看的那一册用封皮包起来,以免在看的过程中把书弄脏。

有趣的是,妈妈不仅看了,还特别认真地照书里写的办。就说烧菜吧,平时妈妈喜欢做菠菜烧豆腐,我也很爱吃,因为不仅好吃,色彩也好看,那白玉似的豆腐,配上绿色的菠菜和红色的菠菜根,看上去就叫人喜欢。可自从看了《十万个为什么》这套书后,妈妈不再烧这菜了。见到同一灶间的邻居们在烧这道菜,她还提醒别人,说不能把菠菜跟豆腐一起烧,因为这样烧会生成草酸钙,对人体不利。

俗话说:"丈母娘看女婿,越看越欢喜。"妈妈读着《十万个为什么》,越读越欢喜,也就对这位未来的女婿,不断地称赞,说他知识广博,称赞他的才华横溢。不言而喻,它对我们的爱情是起了促进作用。

从此,我俩出去散步时就有了更多的话题。我们的谈话不光是停留在一般的谈情说爱,而更多是关于他的写作。

见父母

　　大约是身为女性的缘故，妻在回忆往事的时候，笔触格外的细腻。她详尽记述了我带她第一次见父母的时刻：

　　如此这般一连好多个晚上我们都在一起，我们几乎走遍了温州市所有的公园，走过温州市所有著名的街道，走过瓯江边长长的堤岸，走遍松台山、积谷山每一个角落，有时实在走累了，就叫一辆三轮车载着我俩在市里到处逛。不知为什么我们之间竟有这么多的话说也说不完。每次夜深了，才依依不舍地分手，真恨不得永远不要分开。

　　一天傍晚，他来我家时，跟我和妈妈说，他的父母很想见见我，请我和妈妈明天到他家作客。我和妈妈都很愿意。

　　那天晚上，还是他先来我家接我们，走过两、三条街道就到他们家了。远远看见他的母亲已在门口张望。

　　他家住在楼上，两个卧室一间书房兼客厅以及厨房都在一条线上，房子虽然不大，但收拾得非常干净。双方的父母见面都很高兴。当他的父亲得知我父亲的名字时，马上就说他家里就有我父亲赠的墨宝，原来双方的父母早就认识，只是那时还不知我们的关系而已。这样一说，两家的关系就近了。

　　我父亲早年留学日本，毕业于日本中央大学法学专业，后来曾担任浙江省检察厅厅长，也担任过浙江萧山县法院院长。但父亲不愿当官，宁愿做学问，于是辞官返乡，一心一意从事《资治通鉴》的研究，从事书法的研究。当年父亲在当地是比较出名的书法家，记得小时候常见一些店铺开业或者家里办喜事什么的，总来恳求父亲赐墨宝。解放后因为我们家出身地主，于是土地被没收，家境一落千丈，一度全家仅靠父亲卖字来维持生活。他们家原来也是温州市赫赫有名的资本家，父亲曾是温州工商联主任，温州瓯海医院院长，但是在"反右派斗争"中父亲和哥哥都被打成"右派分子"，从此也是家境一落千丈。共同的家庭遭遇，使我们两家更加亲密，也正是"门当户对"。双方父母的相见，就进一步确定了我俩的关系。

双方父母见面后，我俩白天也在一起，有时我就到他家里与他在一起。他家是朝西的，一到下午太阳直射进来，那时既没有空调又没有电扇，即便这样烈每天仍坚持写作。听他母亲说，在认识我之前，一到晚上许多人都去乘凉了，他还坐在家里看书或写作，从不说一声热。

暑假很快就要过去，我是在中学里教书的，中学开学比较早。开学后，每天早上烈总是很早到我家接我，然后我们一起去吃米面，吃完米面他就一直送我到学校门口，这才依依不舍地离开。

晚上我们还常常去公园逛逛，由于彼此熟悉了，有时累了，饿了，就到小店里吃一碗米面。温州的米面实在太好吃了，我们两人都格外喜欢，直至今天我们一有机会到温州，总不忘去吃碗米面呢。

慢慢地学校老师和学生也都知道我俩的事，当他们问起烈的情况时，我也就直言相告，他们都对我的选择表示高兴。

很快烈的假期就要到了，他该回北大了。我们之间就有点恋恋不舍，一天早上我抽空去看他，他突然向我提出是否去照相馆拍张照留念。当时，我一方面感到突然，一方面感到有点难为情似的，因为我还从来没有单独跟男孩子拍过照呢！仔细想想，既然彼此觉得对方很合适，几天的接触感觉都很好，拍照是迟早的事，也就同意了。由于匆匆忙忙，没有任何思想准备，拍照时又感到害羞似的，所以拍的效果一般。尤其是我，脸上那种羞涩的神态很明显。这是我们在一起的第一张照片。

烈去北大的那天，我到瓯江轮船码头送他，我们都有一种茫然若失的感觉，真是难舍难分。船慢慢地启航了，他一直站在船的甲板上，不断地向我挥手，而我也是呆呆地站在码头，目不转睛地望着他，直到船越开越远，见不到影子了，才悻悻地离开码头往学校走去。

从此，我们相隔两地，只靠鸿雁传书了。我们几乎每天写一封信，每天都有他给我的信，也每天有我给他的信，有时实在很忙，也就隔一天写，从不间断。

那时，我们除了平时书信来往谈学习、工作、生活外，还多了一项任务。就是当年烈正在写《化学元素漫话》一书，为了写好这本书，除了参考许多中文资料外，还要参考俄文的资料，我那时正在学校里教俄语，我想我可以试着帮忙翻译，这样也可以使烈省力些。烈很高兴我的建议，于是他在北京买来了一本《从氢到锗》的俄文版图书，又买来了俄华和汉俄大辞典寄给我，我一有空就帮他翻译。在翻译的时候，常常有许多专业名词搞不明白，就会写信去问他，这样一来，不仅能帮助我提高俄语水平，也使我们之间的通信更频繁了。

烈回北京后，烈的母亲经常来看我，常常送点心给我吃，还邀请我和妈妈到他们家玩，我们也经常去，有时还在他们家吃晚饭什么的，他们都很热情地招待。

有一次学校要我们参加化妆游行，要我打扮成五四运动时期的女青年，必须穿旗袍，可我们家已经没有什么旗袍了，妈妈说何不问问烈的母亲是否有旗袍。我一问，烈妈倒是来劲了，她说她也没有什么旗袍了，可她的一些朋友家有，可以带我去问问。于是她很高兴地带着我，去东家走西家，逢人便介绍我是阿烈的未婚妻什么的，她的朋友见我后，都说了一番称赞的话，搞得我不好意思，但烈妈妈却特别高兴。在她的努力下，终于借到一件称心的旗袍，那天游行时，我穿上后，许多人都夸，都说很有气质，很美，烈妈知道后，更是笑得合不拢嘴。

　　从此，我们彼此间也就越来越熟悉了，越来越亲近了。

叶家身世

我是浙江温州人。温州这个地方,如今在中国享有很高的知名度。这是因为在改革开放的年月,"温州模式"名震全国。

温州,也就是"温暖之州"的意思。据说,在唐高宗的时候,取名"温州",就是由于这里"虽隆冬恒燠"。

温州位于东海之滨,瓯江之畔,所以温州最早叫"瓯越"。

后来,这里设县,叫永嘉。南宋的时候,以叶适为代表的"永嘉学派",曾经产生广泛的影响。

温州有个别名叫"鹿城"。据说是在建城的时候,有一只白鹿衔花从城中穿过,被视为瑞兆。

在我出生的时候,只有永嘉县建制,没有温州市建制。所以,我出生的时候,准确地讲,是浙江省永嘉县人。温州市是在解放后设立的——从永嘉县中划出,作为省辖市。如今,永嘉县则是温州市所辖的一个县。

父亲字志超,号鹏飞,讳正辉,乳名正宣。清光绪二十一年乙未十月二十二日己时生,亦即生于1895年12月8日。他殁于"文化大革命"期间,1968年2月23日心肌梗塞,终年七十三岁。

父亲是永嘉县的邻县——乐清县慎江镇七里乡项浦埭人。照乐清人的习惯,我呼父亲为"阿大",而呼母亲为"阿妈"。

按照叶家辈分,我的父亲属"正"字辈:"礼乐尚秉正,邦家光大全。"照理,我属"邦"字辈。我的堂兄弟便叫"邦新"、"邦希"等等。我不知什么原因,我的父亲以"永"字给我和我的兄弟命名。

清朝有个败将,同名同姓,也叫叶志超。记得,在上高中历史课时,一提到清将叶志超,课堂里便发出哄堂大笑。起初,老师莫名其妙,还以为自己讲错了呢。后来,当老师明白是怎么一回事,他也笑了。当然,家长的名字,同学未必知道,只是由于我的父亲在当地颇为知名,所以同班许多同学都知道,才会发出哄堂大笑。

叶家祖辈务农。到了祖父手里,置屋置地,成了地主。

父亲先是入浙江讲武堂,后来进保定军官学校,成为军人。在保定军官学校学习时,父亲由于数学很好,在那里念炮兵专业(蒋介石也曾在这个学校学习,也是学炮兵专业,比家父早)。未毕业,就到国民革命军炮兵营,1919年起任少尉连副,后来升为营长,少校副官。

那时候,他的炮兵营配备德国生产的大炮,算是很先进的武器。为了能够熟练地使用德国大炮,炮兵营聘请了德国军事顾问。作为营长,父亲跟德国军事顾问成了很好的朋友。当时父亲手下的很多士兵是共产党员,但是他并不清楚。

1927年,蒋介石发动"四·一二"政变,抓捕了大批共产党员。父亲的营里很多共产党员被捕、被杀。父亲见了,不愿再在军队里干下去,离开军队回乐清老家。

正巧,老家的朋友们在集资建钱庄,便邀家父入股。在股东会议上,股东们说我的父亲在外面见过大世面,再加上他当过营长,富有组织能力,就公推他担任总经理。这家钱庄叫"咸孚钱庄"。就这样,父亲成为咸孚钱庄首任总经理(直至解放后公私合营)。

当时,咸孚钱庄开设在温州市中心铁井栏29号。大楼最初两层,后来加盖成三层。楼下是咸孚钱庄铺面,楼上住家。我的童年就在咸孚钱庄大楼里度过。

由于父亲经营有方,咸孚钱庄迅速地成为温州实力雄厚的民营钱庄。父亲成为地方绅士，被同行推选为永嘉县钱业公会理事长。不久，他又被任命为公营的永嘉县银行行长。永嘉县银行行长相当于今日的温州中国银行行长。这样，他在当地金融界成为举足轻重的人物。

永嘉县银行大楼紧挨着咸孚钱庄大楼。这两幢大楼是当时温州市中心最好的楼房。日本占领温州时，司令部就设在永嘉县银行大楼。

1935年起，父亲兼任永嘉县瓯海医院（即后来的浙江省立温州第一医院）院长，前后达十年之久。他不拿院长工资，只领车马费而已。他每天清早坐黄包车去医院，料理院务毕，然后回到咸孚钱庄和永嘉县银行，办理公务。他对医院的管理十分严格。

当时他身兼三职，即瓯海医院院长、咸孚钱庄总经理和永嘉县银行行长，工作相当忙碌。即便如此，他在咸孚钱庄坚持在每天开业前，全体员工读《古文观止》，由他主讲，这在当时的永嘉县是绝无仅有的。

父亲有很好的古文根底，写过旧体诗词，书法也好。受父亲影响，我从小喜欢文学。我考入北京大学时，从家中带走两部书：一套《古文观止》，一套《饮冰室文集》（即梁启超文集），都是父亲的藏书，直至今日都保存于我的藏书室。

在抗日战争期间，父亲兼任抗日自卫队军职。据他的档案上记载："自1938年起，历任浙江省第八区国民抗敌自卫队中校大队长，温台（注：指温州和相邻的台州）防守司令部上校参议，浙江省保安司令部少将参议。"我见过父亲身穿少将军服的照片。这个"国民党少将"军衔，在解放后的政治运动中给父亲带来很大的麻烦。其实，这"国民抗敌自卫队"，就是国民党统治区抗日民兵组织。

在1941年至1945年，他担任浙江省参议会参议。

父亲成了永嘉县的社会贤达。当时，我家不仅有两个女佣，一个

一周岁照片

全家合影，前排右三是我

厨师，还有一位私人护士。她是我母亲的中学同学，名叫张润锦（又名张迈君），脖子瘦长，外号"长头颈"。解放后，这位护士居然"摇身一变"，成为温州市第一任卫生局局长——直到这时，我的父母才恍然大悟，原来她是中共地下党员，借助与我母亲的中学同学关系，以我家私人护士为掩护，长期"埋伏"。1994年5月，我在温州老家采访了作为离休老干部的她，方知她当年从事地下工作的种种经历。

基于父亲在温州工商界的声望，解放后他担任温州市工商联合会首任主任委员。此外，先后担任温州市第一、二、三届人大代表，温州市政协常委，浙江省政协委员，还曾担任温州市市政建设委员会副主任。

解放初，咸孚钱庄和永康、裕丰、益昌、惠大等四家钱庄合并为"永和钱庄"，父亲仍任总经理。后来，在"公私合营"时，永和钱庄并入温州企业公司。

在1957年的"反右派斗争"中，父亲身蒙恶名，进而又因"国民党少将"而升级，以莫须有的罪名身陷囹圄。不幸连着不幸。身为中共党员的哥哥也进入"扩大"之列。父亲的工资从一百八十多元降为零，哥哥也降职降薪。后来，父亲因病保释在家，医药费全部自付。我在北京大学上学时，就出版了《十万个为什么》等书，靠稿费收入维持自己的生活，还不时寄钱给家中。在北京大学求学期间，我曾因过度劳累患肺结核，差一点被退学。

在艰难困苦之中，我总算在北京大学念完了六年制化学本科。尽管我本人清清白白，但是父兄那可怕的罪名、一贫如洗的家庭，使爱情与我无缘。

杨家寻根

　　我与妻初识时,对她的家世并不十分了解。我只听我父亲说,她的父亲曾赠字给我父亲,两家过去有过交往。两家都是"天涯沦落人"。

　　关于我的岳父杨悌的身世,2010年12月29日《温州日报》记者金辉在报道中称杨悌是"文史专家、书法名家、温州历史文化名人",他这样写及:

　　2010年12月6日是杨悌先生诞辰130周年。

　　为此,我们特地来到上海,在杨悌的女儿杨蕙芬的家中,一起缅怀杨悌先生,听杨蕙芬谈她的父亲。

　　杨悌,又名慕侗,字子恺,晚号"结一阁主人",1880年12月6日出生于平阳县宜山区平等乡张家堡(今苍南龙港镇)一个书香门第家庭。年幼时,受家庭熏陶,善古文辞,酷爱书法。1906年东渡日本,毕业于日本中央大学法科。归国后,得法政科举人。民国改元后,历署浙江宁波、丽水地方检察厅检察长,浙江省高等检察厅首席检察官,后任浙江临安、上虞县知县,浙江省临时参议会参议员,浙江省长公署自治评议员,萧山地方法院院长等职。

　　20世纪30年代,他毅然卸官,回乡杜门读书,研究史籍,埋头著述,写下上百种专著。他反复研读家藏宋版《资治通鉴》,以史事为经、以年代为纬,写下《通鉴事纬》巨著。这是他一生的重要著作。他还是书法名家。他的书法渊源颜真卿，脱胎苏轼，兼攻二王，为温州著名书法家。晚年居平阳昆阳西门白石河街，后迁居温州市区虞师里等处，1951年3月27日，病逝张家堡杨家祖屋，终年七十一岁。

金辉先生在报道中提及的我岳父的遗著《通鉴事纬》手稿，是在1998年2月在浙江省图书馆发现的。

那一回，我和妻专程从上海赶到杭州。下车后，我们连宾馆都没去，直奔西湖之畔的浙江省图书馆古籍部。我们埋头于一大堆线装的花笺手稿之中。手稿共有三十八卷之多。每一卷蓝灰色的封面上，印着红色的"结一阁"闲章。掀开封面之后，映入眼帘的便是端端正正的毛笔小楷。那字迹，一望而知出自"结一阁主人"笔下。

"结一阁主人"，便是我的岳父杨悌先生。

岳父在卸官后杜门读书，家中藏书极丰。他研究史籍，埋头著述，写下数十种专著。内中，《通鉴事纬》一书，花费心血最多。他反复研读家中所藏宋版《资治通鉴》，在书的天头密密麻麻写下诸多批注，然后以史事为经、以年代为纬，写下《通鉴事纬》。从周威烈王二十三年（即公元前403年）至东晋元熙元年（即公元419年），共822年的史事……

岳父这批手稿，除极少数为他人所作序、跋曾发表之外，均未出版过。20世纪40年代末，他自知余日不多，便把文稿誊清编集，分卷装订成册。1951年3月他去世之后，岳母除了把部分文稿存放在温州家中之外，还把一批文稿装箱，从温州运往平阳舅父家存放。

随着"文化大革命"的逼近，形势日益紧张。在"四清"运动中，岳母已经预感到这批文稿放在家中极不安全。1965年春节，趁内兄从浙江海盐县回温州过年，岳母与他商量，决定将文稿捐献给浙江省文物管理委员会。1965年3月12日，内兄把岳父部分文稿从海盐挂号寄往杭州浙江省文物管理委员会；一星期后——3月19日，岳母从温州把岳父文稿二十五卷也挂号寄给浙江省文物管理委员会。

岳母和内兄当时的决定，今日看来是很有见地的：一年多之后，"文化大革命"狂飚骤起，"大革文化命"，岳母家和内兄家都遭到"彻底"大抄家。这批文稿倘若落到"红卫兵"手中，会被作为"四旧"，用"铁扫帚"扫进垃圾堆。孙中山先生写给我的岳父的信等，内兄以为比文稿更重要，没有寄出，留在身边，被"造反派"抄去，至今不知下落。就连他把文稿挂号寄出时的挂号存单、浙江省文物管理委员会收到后寄来的收据，也被抄走，无从寻觅。岳母连性命都保不住，在"文化大革命"中经不住苦风凄雨，含冤而逝……

终于雨过天晴。作为亲属，理所当然关注着那批文稿的命运。经过多方打听，得知这批文稿，保存在浙江省图书馆古籍部。1985年10月29日，我给浙江省图书馆古籍部写了一封信，说明了情况，请他们代为寻找。11月29日，该部回函，称"由于时间久远，几易其人，情况不明"……这样，寻找工作也就不得不停了下来。

此后，在家乡陆陆续续找到岳父所写的对联、匾额，在南雁荡山找到他写的"上山亭"等大字。岳父擅长书法，自十三岁起便给乡亲写大字，所以在当地找他的字不难。他也因此有了"书法家"之称。在新编的《平阳县志》和《苍南县志》里，或收入他的书法作品，或作为书法家介绍。其实，他并非只是书法家，还是一位历史学家。但是，他的文稿不知去向，这历史学家也就成了空话。我以笔耕为业，深知写作的艰辛，字字皆心血。所以，对于岳父倾注了毕生精力的遗稿，当然格外珍视，何况他的著作颇有学术价值，也是国家的文化遗产。

1998年1月4日，我再度给浙江省图书馆古籍部写了一封长信，请求他们寻找杨悌（子恺）文稿《通鉴事纬》。信寄出后，我真担心，这一回别跟十二年前一样"情况不明"……

意想不到，一星期之后的傍晚，当我外出回家，便收到一封来自杭

蒋（章）孝严先生为杨悌遗著《通鉴事纬》题写书名

杨悌遗著《通鉴事纬》1999年由安徽文艺出版社出版，图为封底

州的信。急急拆开，跃入眼帘的第一句话便是："很庆幸地告诉先生，先生岳父杨子恺的《通鉴事纬》现已被查到，此书与《文澜阁四库全书》等善本书一同尊藏于孤山之巅的善本书库——青白山居！"

我喜出望外。信是浙江省图书馆古籍部徐永明先生写来的，文稿是他找到的。看罢徐先生的信，我马上拨通家乡好多亲友的电话，把这一喜讯马上告诉他们。电话打到哪家，哪家就欢呼起来！

此后几天，我与浙江省图书馆古籍部主任谷辉之以及徐永明先生保持频繁的电话联系。经过电话商讨，决定请浙江省图书馆古籍部把岳父的文稿全部复印一份。由于文稿甚多，复印了几天才印毕。复印毕，我和妻专程前往迎取。

到达的那天夜里，杭州飘起了鹅毛大雪。翌日清早，我从五洲大酒店推窗远望，大地一片白皑皑。朋友劝我，这是观看西湖"断桥残雪"最难得的机会。我却和妻急于把文稿复印件稳妥运回家，马上冒着风雪赶往火车站，当天中午就回到上海。

行魂未定，我和妻便忙着把各卷文稿复印件理顺，然后用自动号码章给各卷复印件逐页印上页码。接着，对照《资治通鉴》，编定二十卷《通鉴事纬》的先后次序。再接着，统计各卷字数，算出手稿总字数，竟有64万字之多！

我用电脑打印出全部文稿目录。

我埋头于阅读书稿的内容。我特别看重《通鉴事纬》和《味镫存稿》两书。

《通鉴事纬》是岳父研究《资治通鉴》的力作。研究《资治通鉴》的专著，除了宋末元初胡三省所著《资治通鉴音注》和清初严衍所著《资治通鉴补正》之外，鲜见于世。岳父的这一长篇遗著正好填补了这一空白。他在年轻时就喜欢读《资治通鉴》，把阅读时的见解随手写在《资治通鉴》上。后来，在这些批注的基础上，着手写《通鉴事纬》一书。岳父在艰难的条件下写作，《通鉴事纬》是他的未竟之作。尽管他从周威烈二十三年写起，只写到东晋元熙元年，没有写到后周世宗显德六年，但是毕竟完成了60％的工作量，已经是很不容易的了……《通鉴事纬》二十卷手稿中，缺了"魏纪"这一卷，我从他的散稿中却意外地找到了，使全书终于保持完整。

至于我喜欢《味镫存稿》一书，则是因为这是岳父的散文集，在这本书的六十篇散文中，写下许多故乡的人与事，多处写及他自身的经历，读来格外亲切……这些散文是他在不同时期陆陆续续、零零散散写下的，却在"庚寅年"（1950年）集中抄录。他似乎已经预感到余日不多。1951年3月27日，他就离开了人世！

在散稿中一个小本子里，我见到岳父所写著作目录，得知他著作甚丰。这次在浙江省图书馆古籍部找到的，只是他一小部分文稿。

从手稿中查证，岳父的著作总共有123部之多！当年，他倦于官场，退隐书房，青灯黄卷，谢客著书。他的著作在当时没有机会出版，却几十年如一日坚持在书房笔耕不已，这种毅力是令人敬佩的。他在史学研究中，作出了自己的贡献。

接下去的任务是艰巨的：要把从杭州找到的这些文稿加以标点。内中《通鉴事纬》需要对照《资治通鉴》进行校订。所漏"魏纪"要根据残稿补齐。然后，逐步输入电脑。由于僻字颇多，许多字是电脑常用字库中没有的，所以输入要比普通文稿困难得多。

在打印出这些文稿的校定稿之后，出版也是一件艰难的事，因为学术著作出版不易是人所共知的。

后来，由于内兄和内侄的努力，终于把《通鉴事纬》全书校毕，并于1999年由安徽文艺出版社出版。国民党荣誉副主席蒋孝严先生为《通鉴事纬》题写了书名，国民党秘书长陈立夫先生为之题词"中华文化两岸同根"。

橱窗里的订婚照

　　前已述及,在北京大学六年,我前三年没有钱回家乡。有了写作收入后,我也只是暑假回到温州。寒假太短,我没有回家乡。只有在即将毕业的那年——1963年,我从北京回温州过春节。内中的原因是,我和妻在1962年暑假结识之后,决定在春节订婚。

　　记得,我给她买了些礼品。其中,一件小小的礼品差一点惹出了"麻烦"。

　　那是我从北京回温州路过上海的时候,在一家百货公司里看中了一条黑色的裙子。那是一条东方绸裙子,在那时候该算是"高档货"了。标价十元人民币,也算是够贵的了。

　　我买下了这条裙子,送给了她。

　　她非常喜欢,穿上了这条裙子,在大衣镜前像如今的时装模特一样,走来晃去。她母亲知道是我送的,也连连夸奖这裙子真漂亮。可是,这条裙子不久却惹出意想不到的"麻烦"……

　　直至后来我和她结婚多年,有一回在整理衣服时,在箱底见到了这条已经多年未穿的裙子。她忽然问了一句:"阿烈,你那时候怎么买旧裙子给我?"

　　我愣住了。我说:"我是从上海的百货公司买的崭新的裙子呀!"

　　她这才说出了当年的"故事":她穿了些日子,洗了裙子,晾在竹竿上。干了以后,是她母亲去收的。她母亲见裙腰上的扣子有点松动，就拿出针线，想把扣子重新缝一下。就在这时，她母亲忽地发觉，裙腰的褶缝里，仿佛露出一点绿色！

这是怎么回事呢？细细一看，这才明白，原来裙子本是绿色的，后来染成了黑色。

由于染得不透，所以褶缝里还是绿色的。

她母亲没有把这当回事，因为她知道，我还是学生，只有一点稿费而已，一定是钱不够，所以到旧货商店里买裙子。

她母亲没有把这"秘密"告诉她。直至她和我结婚之后，有一回，她母亲才偶然跟她说起。其实，她也早已知道这一"秘密"，因为她在洗裙子时便已经发现。

她也没有把这当回事。后来她和我去拍结婚照时，还特地穿了那条黑裙子，束上一条我买给她的红色裙带，足登一双白色塑料凉鞋。

她没有把这"秘密"告诉我。直至那回整理衣服，她这才偶然说起——那时，我们的长子都已出世。

她的话，当然使我颇为震惊。我连忙拿起那条黑裙子，果真，在裙腰的褶缝里见到一星绿色！

买东西粗心大意，男人们十有八九如此。我真恨上海那家百货公司，你那花裙子卖不出去，染黑了再卖，你就跟顾客说清楚嘛！为了这条黑裙子，我"蒙冤受屈"多年，却一直蒙在鼓里呢。

我庆幸，我的岳母那么大度，妻也那么豁达。所以，那条黑裙子并没有给我带来太大的"麻烦"。

妻关于我们订婚的回忆，写得很细致：

很快，转眼之间又要放寒假了。烈从北京回到温州过年。这是他进北大以来，第一次回家过年。那年正是自然灾害时期，虽然温州是鱼米之乡，并不像其他城市那样严重缺粮，但是粮食、棉布都按计划供应，而每个人的计划极其有限，我们想买点布料做

1963年春我和妻订婚，照片被挂在照相馆的橱窗里

衣服是很困难的。

当烈从北大回家过年经过上海时,他特地从市场上买来不用布票但价格昂贵(当时来说)的人造棉布,给我,给他姐姐、妹妹各人都做件漂亮的外套。人造棉的色彩很艳丽,只是容易缩水,这在当时来说已是很不错的衣料了。

我很快就请人做了一件棉袄外套,穿起来很漂亮。

这年的春节我们特别高兴。我俩终日形影不离,每天都有说不完的话,每天都有做不完的事。双方的家长也都很快活。他们见我与烈这么情投意合,于是烈的父母提出来,是否可以先订婚。我和妈妈商量后觉得可以。所谓订婚,不过就是两人去照相馆正正式式拍张合影而已。

拍照那天我穿上一件花棉袄,外面套上烈给我买的人造棉做的外套,梳两根小辫子,脸上没有任何化妆。烈则穿一件他父亲的华达呢中山装而已。就这样欢欢喜喜去温州最好的照相馆——露天照相馆拍照(虽说名叫"露天",其实是在室内拍照)。过几天取回来照片,照得还真不错。我们便印了好多张,打算送给我们的亲戚朋友。

一天,我和烈正在我家里计划着把照片分送给谁,正好这时我的老同事王老师来看我,她一进我的家门,就十分高兴地说:"芬,我看到你和阿烈的照片了!"

我一听奇怪了,我说:"我还没有把照片送给你呢,怎么你倒先看到了?"她嘻嘻地笑了,说是在照相馆里看到的,因为照相馆把我们俩的照片放大,放在橱窗里作广告呢!

王老师的话音刚落,又有我的学生跑来告诉我:"杨老师,你的放大照片摆在照相馆的橱窗里,我们好几位同学都看到了。"

这下子我可急了,因为我是老师,有那么多学生,把我与男朋友的合影放在橱窗里展览实在不合适。于是我俩便连忙放下手中的活,赶往露天照相馆,到那里一看,我俩放大的订婚照片果然放在橱窗里呢!

我们找了照相馆里的负责人,首先感谢他们为我们拍了一张很好的照片,并说明由于我是老师,不宜把照片放在橱窗里展览,以免许多学生来围观。照相馆里的负责人听了我们的一席话,就把我俩的照片在橱窗里取下来,还免费送给我们好几张我俩的照片。

我们回到家里,把这事前前后后告诉烈的母亲。她老人家却说,这有什么不好,你们俩拍得好看才被挂出来,有的人想挂还不让挂呢,干么要取下呀!

为了感谢照相馆对我们的厚爱,后来我们结婚的照片也都在那里拍摄。

"执手相看泪眼"

我和妻相识一年之后——1963年暑假,我从北京大学毕业了,于8月24日在温州登记结婚。翌日,在温州市中心的温州酒家举行了极为简朴的婚礼,施老师和沈老师作为证婚人出席。他们是恩师兼月老。这一天成为我们结婚的日子。

我们没有买任何家具——别说当时流行的三十六条"腿",就连半条"腿"也没有。所谓新房,不过是在父母弟妹聚居的房子里,隔出六平方米的小间,床、柜、桌都是父母的——因为我已被分配在上海工作,过几天便要离开家乡,只买了一顶新帐子和两床新被子,给她买了一只上海牌手表,如此而已。

妻写下了结婚的回忆:

从相识到相恋,经过一年多的接触,我们觉得彼此已谁也离不开谁了,双方的父母都觉得我俩很般配也都希望我们早点结婚。他的父母觉得烈很快就要毕业了,走上工作岗位,有个家互相照应对他会有好处。他父亲年纪也大了,真希望早日抱孙子。

于是,我俩商定了结婚的日子,最好是在烈放暑假时。

我们各自把准备结婚的事告诉自己家的亲人。我家里只有妈妈在我身边,两个哥哥都在外地工作,我把我俩的情况告诉他们,哥哥们也都非常高兴,都表示热烈的祝贺。由于路远工作忙,他们就各自汇钱和寄礼品回来,以表示对妹妹婚礼的祝贺。

烈的哥哥和姐姐也都在外地工作,他们知道后也都非常高兴,纷纷写信和寄礼品以表示祝贺。

我们的婚礼定在1963年8月25日。那是炎热的暑假,烈从北大毕业回家,我们举行了婚礼。

记得那几天我们都在忙碌着布置我们的临时新房。那时我们两家居住的条件都不好,但是要结婚也总要一间房间吧。于是就在他们家里隔出一小间作为临时新房。由于他们家本来房子就很小,又住在楼上,房子是朝西的,夏天很热。我们的新房大约只有六个平方米,只有一个小小的朝西的窗口,不过,经大家动手略作布置也很温馨。

我们结婚时刚刚度过三年自然灾害,物质很匮乏,买衣服、买棉被什么都要用券,我们领了结婚证才给我们一些布票,凭这些布票也只能买点被单、床单、帐子之类的东西。记得那时朋友、亲戚送来了热水瓶,送来茶具、鲜花等等,而我们双方都买些糖果送给亲戚朋友。

出嫁那天一大早妈妈就忙这忙那的,烧了许多好吃的菜。我邀请了我的舅舅、舅母和干爹,他们都从外地赶来,妈妈忙着招待他们。

那天我也像平常一样,一早在家里洗头发,梳理辫子,中饭后洗完澡便穿上我二哥从杭州给我买来的漂亮的花衣服,穿上我大哥送我的绿色的毛料长裤,穿上一双白底小花的尼龙袜子和黑色的皮凉鞋。这样就算是结婚的礼服了,不过在当年已算不错了。

大约下午三点多烈来接我,他仍穿着蓝条子的衬衫,蓝色的长裤,黑皮鞋。我们两家住得很近,我们就走了过去。到了叶家,我俩在临时新房里刚坐定,婆婆就让一位亲戚给我们端来一碗小汤圆,这小汤圆做得像豌豆那么小,亲戚嘱咐我和烈每人各吃一口,然后把这碗汤圆端去让家里父母兄弟姐妹每人也都吃一口,说是吃了这碗汤圆大家都团团圆圆和睦相处。

结婚证书（1963年8月24日）

1963年夏结婚

　　晚上六点,我们便在离家很近的温州大酒店举行婚宴。在国家经济困难时期,由于各方面的条件限制,我们只请了一桌酒,把几位主要的亲戚及沈老师夫妇请来,大家一起聚一聚而已。

　　晚宴后我们便回到叶家。记得那天晚上很热,那时又没有空调什么的,热得很晚还未睡,直到半夜里下了一场大雨后,才睡。可是一想到在认识我之前,烈每天都在这小小的房子里不停地写作,哪怕下午阳光直逼热不可挡,哪怕晚上家里所有的人都到下面乘凉了,他仍在埋头写作,他的这种精神真叫我服了!

　　婚后第二天,一早我和烈就带着礼物回到我家,看望妈妈。妈妈又做了许多好吃的菜肴招待我们,然后我们就到温州的一些亲戚和朋友家一一拜访,亲自把喜糖送上门,还到我的学校把喜糖送去。这就等于告诉大家,我们已经结婚了。

　　婚后我们只在一起生活了十多天,烈就离开温州去上海报到了,我们都有说不出的依恋。

　　记得送他去上海那天,我们一早起来,整理行李,早饭后送他到轮船码头。他拉着我的手,久久不愿放开,真是"执手相看泪眼"。轮船启航的汽笛响了,他不得不离开我上船,他上船后把行李放进船舱又很快跑出来,站在甲板上与我挥手致意。船开了,他仍站在甲板上,我仍站在码头,谁也不愿离开,都把目光注视着对方。一直到船开得很远很远,连船的影子都看不见了,我才依依不舍地离开码头,往家里走去。

　　在分别时,妻记起的是北宋词人柳永的《雨霖铃》:"执手相看泪眼,竟无语凝噎。"

　　我呢,我记起的是杜甫笔下的《新婚别》:"结发为君妻,席不暖君床。暮婚晨告别,无乃太匆忙!……仰视百鸟飞,大小必双翔;人事多错迕,与君永相望。"

两地分居

1963年夏,我虽然结婚了,但是夫妻分居两地,还没有家。

我被分配到上海一家研究所工作。然而,理科毕业的我,却希望能够调到文艺界工作。用现在的话来说,那就是"跳槽"。当然,我这"跳槽",跳的跨度太大——从"科"跳到"文"。

如今,"跳槽"司空见惯,只要对方愿意接纳,那就可以跳过去。可是,在1963年,大学生是由国家分配,"跳槽"谈何容易。

很巧,上海科学教育电影制片厂正在把《十万个为什么》搬上银幕,那部电影叫《知识老人》,由上海人民艺术剧院演员沈扬主演。得知我愿意到这家电影制片厂工作,厂长李资清喜出望外,就由上海市电影局副局长丁振铎出面,通过市人事局,终于把我调了过来。这样,我在上海那家研究所才一个多月,就"跳"入电影界,起初做编辑,进而担任编剧,后来成为导演。一个北京大学化学系的毕业生,走上电影创作之路,可以说是"大跳跃"。

不过,当时我的亲友、我的老师、我的同学,都为我惋惜:我毕竟在北京大学读了六年本科,相当于今日的硕士,何况北京大学是名牌大学,北京大学化学系又是全国最好的化学系,我完全可以安安稳稳地走"研究生—助教—讲师—副教授—教授—院士"的道路。我"跳"到电影界,意味着六年化学白念,却要"重打锣鼓另开张",要从头学习电影编导业务。

　　然而，我一旦认定目标，就会坚定不移走下去。我买了一大堆电影业务图书，从电影编导到电影史、电影摄影、电影表演，甚至还买了电影洗印、电影放映图书，钻研起来。通过自学，我很快掌握了电影编导业务，以至成为厂里的"强盗"——电影厂里对工作能力特强的导演的笑称。

　　1963年岁末，正值妻放寒假，我请她到上海来，因为她从来没有出过远门，没有来过上海。

　　按照那时候的规定，大学毕业之后，第一年是见习期。当时我作为见习编辑，是无法分配住房的。在上海举目无亲的我，住在电影厂的集体宿舍。为了她到上海来，我在电影厂附近租了一间房子，房租是一个月十元。

　　妻是这么回忆难忘的第一次上海之行：

　　烈开始在上海工作。盼呀盼，终于盼到了寒假，我有十多天的假期。家里人都决定让我在寒假里去上海看望烈。

　　本来从温州去上海可以乘轮船的，乘轮船比较方便，是直达的，我只要从温州码头上船，到了上海，烈就可以在上海的码头接我，这对于极少出门的我来说，是又方便又安全。可是，在我刚放假时那几天正好有大雾，轮船暂时不开。寒假一共只有十多天，要是等到雾散船开，还不知道要等上几天呢。

　　为了我们早日相见，我就改乘汽车和火车了。这条路比较难走，要先乘长途汽车到金华，然后从金华再转火车到上海。起初公公、婆婆有点不放心，我一个没有出过远门的女孩子这样转来转去，是否会安全。但是我看望烈的心切，也顾不了这些。我告诉他们我在九岁的时候曾经一个人乘轮船从平阳到达温州，那时中间还要转乘摆渡船呢，现在长大了，又有许多人都这样走，没有关系的，"路在嘴上"，只要问清楚，就没有问题，请他们放心。

于是我带了烈喜欢吃的一些温州土产，带了点换洗的衣服，就出发了。从温州到金华一路上乘的是长途汽车，那时公路很颠簸，但由于心情好，只想早点看到他，一点不觉得颠簸，反而觉得很兴奋。到了金华后我就转乘去上海的火车。我还是第一次乘火车呢，看见黑黑的巨大的火车头，看见长长的列车车厢，又好奇，又喜欢。坐定之后，我一直注视着车窗外，车窗外变化的景色吸引着我，不知不觉地经过十几个小时汽车和火车的旅途劳顿，我很快就到达上海了。

我一到上海北站，烈早已在那里迎候了。我们一见面什么疲劳，什么路途劳顿都不管了，两个人手拉着手，跳呀，奔呀，真是欢天喜地！

上海可真大，那高楼大厦，那川流不息的人和车，把我这个初到上海的温州姑娘看得眼花缭乱。烈见我好奇，就一一向我介绍。他知道我坐车过来，已经十多个小时没有吃东西了，问我饿不饿，我说不饿。他说不饿也得吃点东西，于是带我到北站的一家点心店吃荠菜馄饨。因为温州没有荠菜，刚开始吃荠菜馄饨我觉得这味道有点怪怪的，但很快就喜欢上了，觉得有股清香。吃过点心我们就回家。

那时，烈租了离厂比较近的徐家汇文定路的一间阁楼，这就是我们最初的家。这阁楼大约有七八个平方米，但是那楼梯很难走，相当陡，每次上楼还好，下楼时真有点害怕。但毕竟我们能在一起了，就非常开心。

记得寒假里正好过年，电影厂也放假了。他经常带我到上海各处游玩。带我到外滩乘渡船过黄浦江，那时浦东没有开发，很荒凉，而外滩却非常繁华。我们在外滩拍了好多照，还到城隍庙吃小笼包。第一次吃小笼包不懂得方法，一口咬下去肉汤四溅，把衣服都弄脏了，烈却在旁边笑，这时我才知道他是故意先不告诉我方法的，好让我出一次洋相。我们还游玩了淮海路、南京路等等。那时上海的高楼还很少，南京路的国际饭店，算是很高很高的了。来上海之前，公公就告诉我，当你抬头看国际饭店最高层时，小心别把帽子看掉了！现在，国际饭店在上海的高楼之中，只能算是"小弟弟"。

上海有几天下大雪，我们仍然天天出去，还在雪中拍了好多照片。

温州气候比较暖和，上海冷，他见我裤子穿得很单薄就给我买了一条绒线裤。这条紫红色的绒线裤，我一直穿到生第二个孩子，后来还把绒线拆下来，织了一件背心。

那时我们住的地方还不能生炉子做饭，所以经常在外面吃。一会儿在离厂里很近的天钥新村居民食堂里吃，一会儿在外面吃各种点心，几天下来特别喜欢吃荠菜馄饨。

寒假很快就过去了。那时在我的心里，总觉得上海虽好，团聚固然幸福，可是我只能短暂地在这里住几天。想到我们很快又要分手了，心里说不出的惆怅。见我们快要分手了，烈也闷闷不乐，不过他说我们一定要争取早一点在一起，只要我们努力一定能够做到。

快要回温州的那几天我是那样地难过，连吃饭都不香了，抬头见到上海的高楼大厦，会莫名其妙地觉得它离我似乎很远很远。晚饭后我们经常手拉手在马路旁默默散步。就要分手了，烈见我很难过总是鼓励我，他说很快我们一定会在上海一起工作的。在困难面前，他始终充满信心。

"背水一战"

结婚之后的第二年——1964年,我终于决定把妻接来上海,在上海安家。

在如今开放的上海,不论你来自什么地方,只要你能够在上海找到工作,能够维持自己在上海的生活,你就能够在上海安家。然而,在20世纪60年代,这谈何容易。妻要在上海住下来,首先面临的是户口问题,然后是工作问题,而工作问题又与户口问题紧紧相连,因为你没有上海户口,你就无法在上海工作,也就无法在上海生活。

我和妻遭遇了几乎无法逾越的难关。

妻的记述写出了我们当时面临的困境:

团聚是幸福的,可是婚后分居两地,团聚的时间实在太少了。

自从寒假里短短的十来天我去了一次上海与烈团聚外,平时我们只靠书信来往弥补相互的思念。

我们彼此间的书信来往是十分频繁的。基本上是两天一封信,两天内我给他写一封信,他也给我写一封信。这些信我们一直保存着,订成厚厚的两大本,称"两地书"。只是到了"文革"时全被造反派们抄走,至今不知去向。

书信毕竟不能代替团聚,那时我们多么盼望着能生活在一起呀,毕竟已经结婚了,分居两地真不是滋味。

　　1964年暑假,我又从温州来上海探亲了。这次见面烈紧紧地拉着我的手,他说,这次无论如何我们不要再分开了。

　　可是那年头分居两地的夫妻要想调在一起工作,谈何容易!我们在上海走访了许多有关单位,都一口咬定地说,要把我调上海来工作是不可能的!

　　有一次一位工作人员见我们一而再、再而三地诉说,大概有点感动了,他对我们说:"你们真的需要调一起工作,除非你辞职!"

　　但是,他又紧接着说:"不过即使你辞职了,你的户口从温州迁到上海也是不可能的,因为上海是第一类大城市,温州属于第三类城市,温州的户口无法迁至上海。如果让你的丈夫调回温州工作,户口一下子就能迁过去,但是温州不一定有适合他工作的单位。"

　　我知道,温州是小城市,很难找到适合烈的工作单位,而我是中学教师,是个"通用件",反正到处都有中学,都需要教师。还是我调动比较好。

　　在走访的过程中,我们经常接触到一些分居两地的夫妻泪眼汪汪地诉说着分居两地的痛苦,诉说着不能调在一起的许多不便。有许多对夫妻结婚已经十多年了,还是分居两地。

　　又经过多次奔走,希望仍是很渺茫。当时我也很灰心,已经山穷水尽,没有办法了,还是重新回温州吧。可烈是说到做到的人,他说不管有多大的困难你也要来上海,我们是夫妻,怎么可以分开呢!

　　暑期快要结束了,照理我应该回去了。我曾经向校方提出调我来上海工作,校方一口拒绝,说这是绝对不可能的。我俩经商量后,烈说让我留下来。我本来在温州中学里教俄语,那年头中苏关系恶化,所有的学校都停开俄语课,我们学校也不例外,俄语课是肯定不开了。我想正好趁此机会辞去原来的工作,留在上海吧。反正我是教师,找工作应该比较容易,教别的课也行。于是我也同意了烈的意见,决定留下来。

要知道在那样的年月,我主动辞职留在上海是需要勇气的,不像现在,你可以随时跳槽,但那时候这样做是"背水一战"的,因为辞职了就意味着你失去工作,没有收入,而在上海你又没有户口,今后生活将怎么办呢?亲朋好友也都劝说我还是先回温州去,以后再想想办法吧。公公、婆婆出于好意,也希望我不要留上海,以免失去工作。唯有我妈妈坚决支持我,尽管她那时身体不好,患有糖尿病,我的两个哥哥又都在外地,母亲是多么需要女儿在旁,对她有个照顾。可是妈妈为了我的幸福,却坚定地支持我留上海。她说夫妻两人一定要生活在一起,这才叫夫妻!这样我总算辞去温州的教师职务。

我们终于能够团聚了,终于能够在一起了。烈说不管遇到多大的困难,只要我们在一起都会克服的。在他的鼓舞下,我对未来充满信心。

起初,我户口尚未迁入,没有工作,那时烈仍在继续写《化学元素漫话》,于是我就在家里抽空翻译《从氢到诺》,为他写作提供一些素材。有时帮助他抄写稿件,整理书信。

生活虽然艰难些,但夫妻团聚给我们带来的快乐是任何金钱所无法代替的。

"寒窑虽破能避风雨"

家是温馨的港湾。

家是幸福的摇篮。

家是放"心"的地方。

特别是在遭遇风暴袭击的时候,家是唯一安全的处所。

然而,家不是抽象的。

"我想有个家,一个不大的地方……"这首流行歌曲道出了房子是家的所在,是家的"硬件"。即便是"一个不大的地方"。

然而,在1964年的上海,能够拥有属于自己的"一个不大的地方",谈何容易。那时候还是"福利分房"时代,每个职工要靠单位分房。前面已经提及,大学毕业不久的我在单位里不过是见习编辑,"福利分房"之类沾不上边。老是租房,毕竟不是长久之计,何况租金也相当贵。怎么办呢?我又一次遇到了难题。

妻是这么回忆的:

我终于留在上海,留在烈的身边了。我们必须有个家,有个真正属于我们的家!

开始我们仍然借住在徐家汇文定路那里。记得当时的租金是每月十元人民币。十元钱在当时不是个小数字,可是居住的条件十分差,是在人家的阁楼上,从楼下进入我们的房间要爬过窄窄的、晃动的楼梯。我来的时候正值大热天,小小的阁楼很闷热。也许是由于能相聚在一起吧,我们仍然很快活。

不过,住在阁楼上又不能烧饭,每天都得到食堂里吃,短短的几天没有问题,时间长了可不行,这决不是长久之计。于是我们想办法再去找房子。

一个星期天我俩外出散步,走呀走,走到离文定路不远的一个新村,看见电线杆上张贴着卖房广告,我们就边看边议论起来。这时正巧一个中年妇女走过来,看见我们对买房有兴趣,便主动问我们是否想买房子,我俩点点头。她就说她这新村里有一房子出卖,想去看看吗?我们同意了。她就兴致勃勃地带领我们去看房子。起先我们还以为房子是她的,一到新村里才知道她叫张美英,是这里的居委会主任,房子是一位退休老工人的。

这房子不大,只有十二平方米,只有半间,朝南,不过上面还有一个阁楼。用现在的概念来说,这房子是"复式结构"。因为主人不在家,从窗口往里看,里面的楼梯很坚实,收拾得整整齐齐。我们对这房子有了好感。于是约好第二天下午与主人来面谈。

主人是上海大中华橡胶厂的退休工人,住在徐家汇女儿家,所以平常屋里无人。后来我才知道,那一带的居民,很多是大中华橡胶厂的工人。

张主任通知她之后,第二天我们就在这座十二平方米的房子里见面了。她向我们介绍房子。她说这房子是解放初期为了解决大中华橡胶厂工人的住房问题暂时盖的,本来说好三年内拆掉重盖新房,但是由于国家困难至今没有重建。这房子原先全是竹篱笆抹上泥巴、石灰建成的,后来她把前面的泥巴竹墙改造成砖墙,这样可以防雨水从墙外进来。而两边则没有改,只是用石灰粉刷一下。可是这阁楼却是花了大力气改造的。她说她从外地买来木料,请人做楼板,做扶梯,造了一个可以居住的阁楼。

在小屋阁楼

我们仔细看看那楼梯，比我们在文定路租住的楼梯要坚实多了，阁楼也比那里好，阁楼的地板相当不错，整座房子又是朝南的，阳光充足。再说租别人的房子，每年也得付一百二十元租金，何况又住不好，而钱是会很快花光的。买下这房子，就有了自己的房子，不用花租金，于是我们同意买下来。

这房子开价是五百三十元，当年没有什么还价的，而开价也是实事求是根据实在情况，请人估价定下的。这五百三十元现在看来是个很小很小的数字，但对于当年我们来说可是个不小的数目了。

我们把积蓄一起凑起来，付给她四百元，所欠一百三十元一年后一定还清。她同意了。

本来烈可以写文章拿点稿费补上欠款的。可是从1965年开始的"四清"运动，1966年开始十年之久的"文革"——"大革文化命"，能够发表文章的报刊越来越少。在"文革"中，批判"资产阶级法权"，还取消了稿费制度。何况我们还要负担两家的老人生活，每月的工资除自己吃用外，要给他的父母和我的母亲寄去生活费。可是既然答应人家一年后把欠款还清，那就得还清。人的信誉是非常重要的，我们必须说话算数。

我们只好省吃俭用，一年后硬是从牙缝里省下一百多元把欠款还清，实在不够把收音机也卖掉补上，本来房款付清可以过户了，但是由于过户也要我们买方付三十多元钱过户费用才可以办理，于是只好拖下来，直到粉碎"四人帮"后我们才去过户。

这样，我们终于有了我们自己的房子。

1964年12月1日，我们刚搬入这小小的新家时，只有一张黑色的旧写字桌，一把椅子，一床棉被和席子，还有几个装满书的纸箱。两辆三轮车就把这一切装走了。

由于买房用掉我们所有的积蓄，刚开始我们什么都没有，连买张像样的床都没办法，第一个月我们就睡在阁楼的地板上。

　　星期天,我们外出,在一家家具店里见到竹子做的书架很便宜,外观也不错,就买了四个回家。

　　这样在楼下我们放了四个摆满书的竹书架,放了一张写字桌,一把椅子,墙上挂着我的曾祖母、温州著名画家蔡笑秋在我们结婚时亲笔所画、送给我们的两幅国画。门边放了一个煤球炉,一只炒菜锅。一进门看上去虽很简单,但却显得十分典雅。我们住的那个地方,大都是橡胶厂工人,家里很少有人像我们这样布置的。我们的隔壁是一位退休的兰州大学姓姚的教授,她也是买了这里的房子住,她一看见我们家这种布置,就知道我们是知识分子,于是主动上门与我们攀谈,从此我们成了好朋友。后来我才知道,姚老师英语流利,当年曾在联合国工作,是从美国归来的高级知识分子。

　　大约过了一个月,我们在旧货店里买了一张棕绷床,从此不再睡地板。

　　就这样,我们拥有了自己的家,"一个不大的地方"。

　　看书写字在这张桌子上,切菜、洗菜在这张桌子上,吃饭也在这张桌子上。

　　房子有了,可我得工作。那时候是计划经济时代,没有上海户口是不能在上海工作的,而要把我的户口从温州这样的小城市迁到上海这样的大城市谈何容易。当时我们走访了很多部门,都说没有办法,有的夫妇俩分居十多年了,仍然不能调在一起。

　　总算"吉人自有天相",我们遇到好人了,一位在派出所工作的户籍警,来家了解我的情况后,终于同意把我的户口迁入上海。

　　有了上海户口,就能在上海工作了。我的户口迁入上海后的第三天,我就找到了工作。先在一所学校代课,说是代三天,三天后学校看我上课不错,工作认真,就把我留下来了,后来我被调入一所新的中学,我不仅教语文,而且担任了班主任,直至退休。

我们在这小小的房子里共同生活了十六年,养育了两个儿子。共同度过了风风雨雨的十年"文革",度过了最艰难时期。

房子虽小,却很温馨。真可谓"寒窑虽破能避风雨,夫妻恩爱苦也甜"。

房子、户口和工作,这三大难题,在我们的努力之下,终于都迎刃而解了! 我们终于在上海安家,从此长住上海,直至今日。

小家情

大儿子来到人世

在上海举目无亲,一切都要靠自己。初来上海,我们什么都没有,连一双筷子也没有。我和她这时候才真正开始"恋爱",懂得爱情的珍贵,爱情的力量。

我和她都来自赤贫的土壤,都能吃苦。菲薄的工资,每月分寄给我的父母和她的母亲之后,所剩无几。

炎夏,半间屋不通风,如同闷罐,挥汗如雨,何况屋里还生着煤球炉;寒冬,门窗紧闭,烧饭炒菜弄得满屋烟气。

我家对门,石子路对面,仅相隔六米,是一家茶馆,人来人往,吵吵嚷嚷。茶馆里的一个"老虎灶",一年到头冒着热气,居民们拎着竹壳热水瓶到这里打开水,两分钱一瓶。老虎灶也叫茶炉子,是当年专门供应热水和附带卖茶水的地方,因其烧水炉的炉膛口开在正前方,形如老虎的张开的口而灶尾有一根高高竖起的烟囱管,形如老虎的尾巴,故名"老虎灶"。

大清早,茶馆里便开始说书,把我们从梦乡中吵醒。

茶馆后面,便是热闹非凡的菜场。

最糟糕的是下大雨,小屋地势低,雨水漫过低矮的门槛,涌进屋里,积水二三十厘米。我和妻自己动手,砌高了门槛,无奈雨水涌入邻居家,再从四周竹墙渗入,无法抵挡。有一回,一只带钳的虾居然随雨水游进我们的小屋。过了三十多年才知道,那是如今风靡上海餐馆的小龙虾……

　　妻安贫若素，穿着打了补丁的裤子走上讲台，也处之泰然——尽管上海是很讲究时装的地方，她又正值青春年华。结婚多年，依旧梳一对大辫子——只是常常央我给她梳理。每天，她风风火火做完家务事，便坐下来帮我抄稿、描图。偶然得闲，我俩摆好象棋杀一盘。她单纯，心地善良。相处越久，相知越深，相爱弥笃。两个人仿佛有一个共同的灵魂。

　　有了安定的家，有了安定的工作，两人世界即将变成三人世界——妻怀孕了！

　　那是婚后的第四年，长子来到世间。1967年7月12日清晨六点五十分，长子诞生于上海市徐家汇的国际和平妇幼保健院。

　　他真是"生不逢时"，出生在大动乱的年代。上海刚刚经历了"一月革命"风暴，满街是"打倒走资派"的大字报。当时，我父亲正挨批受斗，得知长孙降生，异常欣喜。半年多之后——1968年2月23日，父亲含冤离开人世，我赶回温州为他送葬。

　　妻作为母亲，写下的回忆非常细腻：

　　1966年正是"文革"刚开始的年月，我怀上了第一个孩子。当时的我没有什么不良反应，吃得下睡得着。只是大约三个月的时候，是很冷的天，烈出差北京，我一个人在家，那时家里有个自己用旧铁桶和泥巴糊的煤球炉，很重，我怀孕后平时都是烈拿到外面生炉子的，那天他出差了，我只好自己用力提着煤球炉。大概用力过度吧，马上见红，我急忙到附近卫生院去检查，值班的护士是烈同事的妻子，她告诉我是先兆流产，于是陪我到大医院去，医生一看就让我住院了，连忙给我打了安胎针。

　　一针打下去，血就止住了，我也迷迷糊糊地睡着了。晚上，当我醒来时，只见我童年时的朋友马晓禾正坐在我床边，我真是喜出望外。原来她是出差来上海,听邻居说我住院了,马上赶来看我,一直陪我。第二天凌晨,烈从北京出差回来,也急忙赶到医院,见我打了安胎针已好些,也就放心了。

在医院里住了三天,出院后医生让我每天打一针安胎针,过了一个月一星期打一针安胎针,直到五个月才不打针了。我也逐渐恢复健康。我的饭量一天比一天好,每月都到徐家汇国际和平妇科医院检查身体,一切都很正常。这家医院是宋庆龄用她获得的斯大林和平奖金创办的,是上海第一流的妇产科医院。只是到了第七个月医生说小孩的胎位有点不正,头没有朝下。于是医生嘱我每天去医院接受针灸治疗。所谓针灸治疗,其实没有用针,而是用灸,就是让我坐在那里,医生用中药——艾,在我的脚趾旁边烧灸。这样过了一星期再去检查,我的胎位奇迹般的转正了!中医真是神奇极了。

我怀孕八个月的时候,母亲从温州来上海照顾我。母亲那时已患有严重的糖尿病,但她为了照顾我生小孩,毅然来到我身边。记得母亲来上海时,我曾带她到医院检查,医生说她的糖尿病已经是四个"+"了!医生说只有你们照顾母亲才是,怎么还让她来照顾你生小孩呢?我听了心里很着急,可母亲一听,却一笑了之,反过来安慰我,让我不要着急,要放宽心,说快要生孩子了,着急会影响孩子的。她根本不把自己的病放在心上,而是把我生孩子放在头等重要的位置上。

好在家中有一个阁楼。我和烈在阁楼上睡。母亲在楼下的单人床上睡。

正值盛暑,为了使怀孕的我凉快点,烈把阁楼上的所有窗都打开。那时,我在学校里上课,学校离家大约两站路,平时我都是步行到校上课的。妈妈让我再多走走,在预产期快到的那些天妈妈还让我提提水,多走路。就在预产期的前一天晚上,我忽然觉得腰

长子出生八个月

抱着小舟

间一阵阵地酸,妈妈说是快要生宝宝了。于是她煮了两个水煮蛋让我吃,烈陪着我乘坐43路公共汽车到离家三站路的徐家汇,来到国际和平妇幼保健院。

到医院一检查,医生说产门已开了一指,说我会生得很顺利的。我和烈听了都十分高兴。夜已深了,烈先回去,我一个人在医院里洗完澡,走到待产房躺下休息,到凌晨我觉得肚子饿了,便吃点妈妈给我准备好的饼干和牛奶,到了四、五点钟我对医生说我要大便了,医生连忙把我送到产房,说你要生了!我躺在产床上,旁边站着三个护士,她们拿来一小杯很好吃的饮料,要我喝下,一边跟我说话,要我用力。有趣的是,她们念毛主席语录来鼓励我:下定决心,排除万难,用力呀,快做妈妈了。

大约接近六时左右,小宝宝就诞生了,医生拍着孩子的屁股说:是个儿子!

七点左右烈给医院打了电话,医生告诉他我在凌晨生下一男孩,他欣喜万分,马上回去告诉我妈妈,又拍电报到温州告诉他的父母。

傍晚四点半左右烈和妈妈探病房来了。那时医生为了确保小孩安全,是不让家属看孩子的,要等到晚上七点,家属回去了,才抱小孩进来。所以第一天烈和妈妈没有看到孩子。

知道了医院的规律,第二天傍晚,烈和妈妈来看我时,烈让妈妈先回去,他自己大约躲到什么地方去,等到七时,见护士抱着小孩来喂奶了。护士一走,他马上走进我的房间,第一次看见自己的儿子,他非常非常高兴!

由于天热,我在医院里住了近两个星期才出院。出院那天,烈叫了一辆三轮车,我们带着小宝宝坐三轮车回家。妈妈和邻居们都在门口欢迎我们。

回家后我和烈仍住阁楼,妈妈带着小宝宝在楼下住。夏天,那种酷热是难以想象的。每天,妈妈还要做好几顿饭让我吃,除了三顿正餐外,每天九点和下午三点妈妈都要给我做点心,她说不管天多热,不管她多累,一定让我在月子里把身体养好。可怜她老人家带着病躯,为我们操劳。

妈妈怕我不会弄小孩,夜里阁楼上又太热,她都是亲自带孩子,给孩子洗澡,给孩子换尿布,让孩子睡在她身旁的摇篮里。到了夜里一点左右,她还抱着孩子上楼给我喂奶。

就在妈妈的细心照料下,月子里我和孩子都非常健康,在那样窄小而又闷热的小房子里,我和孩子一个夏天居然不长一颗痱子。我的母亲付出了多大的代价呀!

满月后,当我回到学校上课时,同事们都说我月子里养得太好了,脸色粉红粉红的。过去很瘦的我,已变得十分匀称,大家都非常惊奇,齐夸我母亲的功劳。

满月后,妈妈每天清晨都带着小宝宝在外面散步,透新鲜空气。小宝宝日长夜大,很健康。

当我们把小宝宝满月照、三个月照、五个月照、七个月照寄回温州时,家人高兴得不得了,尤其是烈的父亲更是欢喜,他逢人就说:"这是我叶家的长孙!"

"小舟的脚印"

我原本有记日记的习惯。在"文化大革命"中，多年的日记毁于一旦。从此，我在"文化大革命"中不再记日记。但是，当长子降生时，我倒是在一本笔记本上，随手为他记录下人生的脚印。有时，我不在家，就由妻记。现把这本笔记取名为《小舟的脚印》。

这是富有童趣的记录，也是真实的历史记录。这一笔记，尽管记录的是孩子成长的脚印，却从一个侧面如实地反映了那特殊的"文化大革命"岁月，反映了身居陋屋那极为艰辛却又友爱乐观的生活。其中所记的诸多细节，颇为生动。"好记性不如烂笔头"，这本随手而记的笔记，如今已是很难再"创作"的了。

1967年7月11日清晨，芬说要"走走动"。我就陪她从新村一直走到徐家汇，走了四十多分钟。

傍晚，我下班回家，芬说有点腰酸，就让她躺在楼上窗边休息。

七时许，芬说有一阵阵酸。我就决定送她去医院，她还不肯。

近八时，酸痛加剧，妈（指岳母，下同）烧了蛋给芬吃，然后我送芬到车站，坐43路公共汽车到徐家汇，进国际和平妇幼保健院。

医院里静静的，一片夏夜景色。陪芬从大门口一直走到急诊室。一位年轻的女医生，随即给芬作检查，说产门已开，明晨即可分娩。

芬去洗澡。我去办理住院手续。然后,送芬到电梯口。芬坐电梯去六楼候诊室。

我回到家里,已十点一刻了。天气很热。

7月12日,清早,匆匆吃过早饭,马上就去妇幼保健院,医生说芬早上六点五十分生一儿子,并向我表示祝贺。

七点二十五分,去徐汇邮局,发一电报给爸妈,电文为"芬晨生儿"。

医院里平时不好进去探望的。下午四点半到七点才允许进去。下午四点,请了假。到徐汇买了些面包、蛋糕、砂糖等。四点半,去医院看望阿芬。芬住在五楼十二床,身体很好,很兴奋。不久,妈也来了,一起谈到七点。

小孩取名为"叶舟",取义于宋朝诗人范仲淹的名作《江上渔者》:江上往来人,但爱鲈鱼美。君看一叶舟,出没风波里。

(事隔多年之后,我才得知我的二伯父叫"叶造舟"。看来,给长子取名叶舟,倒是有点"缘"。)

舟的生肖属羊。芬说叶舟体重六斤。

与妈回家,已七点半了,邻居们都很关心来问。听说生个儿子,都来祝贺。

晚,写信给我的父母,报告喜讯。

7月13日,傍晚去看望阿芬,给她吃牛奶、蛋糕。芬说肚子有点疼,坐不起来,其他均好。天气热得够呛,可是,她仍不得不穿长袖衣服,不能开窗。

7月14日,傍晚去看阿芬,说肚子不大疼了,但有点发烧,38摄氏度,奶胀。即去徐汇买了吸奶瓶给她。

今比昨更热。

7月15日,傍晚去看芬,说已退烧,身体好多了。爸来信说:"家中闻生小舟,不胜雀跃。"

7月16日，医院规定，未出院之前，家属是不能看望小孩的，主要怕感染。今天下午，因门口在四点就放我们进去。凑巧，在病房里看见了小舟。小舟皮肤粉红色，长得很有趣，眼睛特别大。

7月17日，今芬已能下床走动了。身体比前几天好多了。

7月18日，芬身体恢复正常，只是创口仍痛。

7月19日，芬较前为好。天极热，汗如雨。

7月20日，芬说吃不下饭，发烧，打青霉素。傍晚下了一阵雷雨，稍凉。

7月21日，芬仍发烧，一天打六针青霉素。

7月22日，本来芬今天可出院，因尚有余热，医生说再休息一天。

7月23日，给芬带去衣服。医生说，明天出院。

7月24日，上午去厂，请了假，去医院接芬出院。办了出院手续。医药费49.25元。

与芬坐三轮车回家。一上车，小舟就睡着了，躺在我的膝盖上，一直睡到家方醒。

一到家，邻居们都来看望。问长问短。

晚，一回家，洗地板，洗衣服。妈忙着照料月子里的芬和小舟。小舟很贪睡，也很会吃。

7月27日，上午，请了假。到漕河泾派出所给小舟报了户口，我们家户口簿上多了一位小公民的名字："叶舟"。又领了布票、粮票等。买了一瓶蜂蜜给小舟吃。

晚。陪芬抱小舟去医院。小舟头上长了个疮。

8月15日，芬发烧。早上，陪芬去妇幼保健院，体温37.8摄氏度，打了青霉素。

8月18日，今晨陪芬到妇幼保健院，看中医。芬出虚汗，食欲不振，无力。小舟长得很活泼，很能吃。

8月22日，下午四点。芬说因我把奶瓶口弄得太大，奶流得急，

1969年的三口之家

小舟舌头上长了白苔。即回家,与芬一起抱小舟到徐汇妇幼保健院。回来,顺便到东方红照相馆,小舟坐在我身上,拍了张照片。今正好小舟出生四十天,长得很胖,已比出生时胖多了。躺在床上时,双脚不停地上下摆动,双手也划来划去。

8月27日,今取来小舟照片。给家中及姐姐、璁哥、琯哥寄去。

9月3日,家中寄来红豆、明夫及鱼鲞,给芬吃。小舟拉稀。下午抱他到儿童医院看病。

9月10日,芬已如常。今星期天,与我一起走到三角地,买了些布做棉袄罩衫。小舟已很活泼,能笑。

9月24日,星期天。下午,与芬、妈一起,抱起小舟到漕溪公园。小舟很爱睡,一出去就睡着了。

10月3日,下午与芬、舟到龙华烈士墓,看纪念碑。小舟已能竖起来抱,东张西望。

11月5日,小舟已开始学坐了。平时,能咯咯笑,并哇啦哇啦讲只有他自己才能听懂的“话”。

头发已长全,头很大,已经可以戴上帽子。喜欢到外边玩,不爱闷在家里。

下午,风很大。我抱着小舟到徐家汇,拍了张照片。本来,因风大,妈和芬都不让我抱小舟出去,可是,直到我抱小舟从徐家汇回来,妈和芬才知道我们出去拍照——她们正在找我们呢。

这次,小舟仍是坐在我身上拍的。在汽车上,小舟双眼直看窗外,嘴里哇啦哇拉,像在讲什么似的。回来时,小舟睡着了,睡得很香。一直到家,这才醒过来。跑到妈妈怀里吃奶。

12月17日,星期天。早上,琯哥与承珍送二姐回温州。下午,我与芬去徐家汇,给小舟拍了张照片。小舟是坐在我身上拍的。这次小舟已“老练”多了,一点也不慌,看着摄影师手中的摇鼓,笑着。天气真冷。小舟仍很活泼,在街上东张西望。

家户口簿上多了一位小公民的名字："叶舟"。又领了布票、粮票等。买了一瓶蜂蜜给小舟吃。

晚，陪予抱小舟去医院，小舟头上长了个疮。

8.15. 予装娃。早上，陪予去妇幼保健院，便temp37.8℃，打了青霉素。

8.18. 今晨陪予到妇幼保健院，看中医。予生疮仍食欲不振，无力。小舟苦得很厉害，很难吃。

8.22. 下午4点，予说因她奶颈口弄得太大，奶流得急，小舟舌头上长了白苔。即回家，另予一起抱小舟还得到妇幼保健院。回来，顺便到东方红照相馆，小舟坐在我身上，拍了3张照片。今天好小舟出生40天，长得很胖，比出生肤胖多了。躺在床上睡，双脚不停地上下摆动，双手也划来划去。

8.27. 今取来小舟照片，信家中只坦坦、琳琳、璟璟等去。

9.3. 家中等青红豆，明矾及黄糖，信予吃。小舟拉稀。下午抱他到儿童医院看病。

东方红
上海

小叶舟出生40天
67.8.22.摄

《小舟的脚印》手迹

12月23日,取小舟照片,寄给家中。

12月24日,星期天,今芬值班。上午,抱小舟去芬校及漕河泾玩。

12月30日,今在家门口,芬抱着小舟,拍了张照片。拍照时,小舟鼓着小嘴,还在淘气呢。

不久,我被下放到上海远郊奉贤县的"五七干校"劳动,在那里度过了三年。每个月只有四天休假时才能回家。

在干校,我成为水稻管理员。我从未种过水稻,为了摸索种稻经验,我每天给水稻记日记,休假时请值班者代记,一天也不间断,写出厚厚的《水稻日记》。

即便是这样艰难的生活,我仍"苦中作乐",在从干校回沪休假的日子里,就用一辆自行车,前面横杠上坐着儿子,后面书包架上带着妻,游遍上海!

经济的拮据,无法给儿子买现成的新衣,我竟然学会了自己裁剪衣服。当时家中连缝纫机都没有,我就到租缝纫机的店里为孩子缝制新衣。随着"缝纫水平"的提高,我甚至为妻子做了许多衣服,包括风雪大衣这样"高难度"的"作品"。我还学会了自己做鞋子,两个儿子的鞋子都是出自我们手中的"作品":由妻子缝好鞋面,买来塑料鞋底,然后由我来制成"成品"。我有了这些"手艺",在"五七干校"经常为同事们补劳动衣、修补鞋子……

突然遭到抄家

在"大革文化命"的"文化大革命"中,《十万个为什么》被打成"大毒草"。上海成立了由几十家造反派组成的"工农兵批判大毒草《十万个为什么》联络站"。

内中"批判"的重点之一,是我在化学分册初版本中所写的"做豆腐为什么要点卤"。我在一开头,这么写道:

"电影《白毛女》里,贫农杨白劳被地主黄世仁逼得喝盐卤而自杀。可是你如果注意一下豆腐坊里做豆腐的情形,你会发现:人们总是用水把黄豆浸胀,磨成豆浆,然后进行'点卤'——往豆浆里加入盐卤……"

这一段话,被"上纲上线",扣上了"污蔑贫下中农"的政治帽子。

其实,那是因为我所看的电影《白毛女》是最初的版本,后来《白毛女》进行了修改,把杨白劳写成挺身反抗黄世仁,不再是喝盐卤自杀了……

如此这般荒唐的"批判",乃是那荒唐岁月的"拿手好戏"。所谓"工农兵批判《十万个为什么》",大体上就是这等水平。

厂里的造反派贴出了长长的大字报,那标题便是:《十万零一个为什么——质问叶永烈》。这一大字报,把《十万个为什么》打成"《燕山夜话》式的反党大毒草","在知识的幌子下贩卖反党黑货",我被打成"小邓拓"、"小吴晗"。

令人啼笑皆非的是,一个来厂不久的造反派头头,一直喊我"小吴"——以为我姓吴,因为人称"小吴晗"嘛!

我遭到了突然抄家,其罪名就是写"大毒草"《十万个为什么》! 家门口常里三层、外三层围着看热闹的人,真弄得我抬不起头来。那时,我住的是十二平方米的棚户平房,家门对面就是茶馆。人来人往, 都在议论着我这"大毒草"作者……

我记得,那是星期六的傍晚,我下班回家,远远就看见家门口上百个人围着看热闹。

我还未走近,邻居的孩子就悄悄告诉我:"在抄你的家!"我疾步奔去,原来是厂里的"造反派"在那里抄,而我本人竟然不知道!

居委会主任要抄家者出示"抄家证明",他们拿不出来,便吵了起来。抄家者蛮不讲理,强行抄家。邻居们出来拦阻,就与邻居们吵架。

当时,妻子也未下班,家中只有年老体弱的岳母抱着出生才几个月的儿子。家里被翻得像垃圾箱似的,文稿、剪报集、照相册、信件都被抄走。所幸岳母指着一张床说那是她睡的,一部分放在她床下的文稿才未被抄走——其中包括《小灵通漫游未来》手稿。

当邻居们问"造反派"为什么来抄家,得到的回答是:"叶永烈写反动文章!"

抄家者扬长而去之后,我心乱如麻。难以忘怀的是,隔壁的一位老工人来到我家,安慰我,劝我把眼光看得更远些……

抄家,对妻的打击甚大,因为她的学生们就住在四周,消息很快传遍整个学校,而她仍然要去上课……

妻曾经写道:

我们那时才二十多岁,刚刚踏上社会不久,也逃不掉遭遇抄家的劫难。

那年我刚生下大儿子不久,才几个月,我母亲为了照顾我,也从温州来到上海。

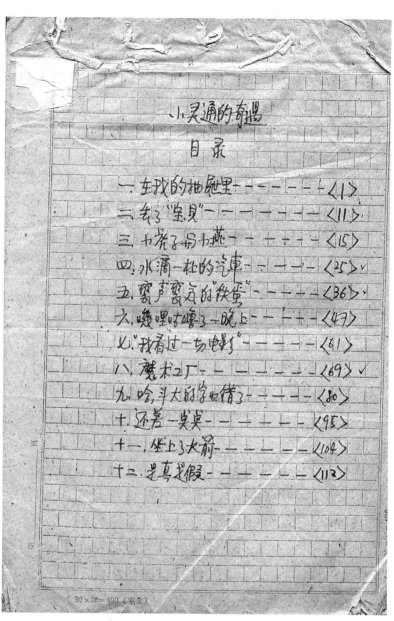

小灵通的奇遇

目录

20×20=400（稿文）

在抄家时差一点被抄走的《小灵通漫游未来》手稿

　　记得那天我刚从学校下班回家,还未到家门口,我的一位学生就急急地跑来告诉我:"杨老师,不好了,造反派到你们家抄家了!"

　　我一听,真是晴天霹雳!心里又急又慌!

　　于是我三步并作两脚地赶快往家里跑。一到家门口,只见围满了人,我推开人群,看到几个造反派在家里翻箱倒柜,把家里的照片、信件和烈写的文章、日记统统都抄走。

　　我母亲正抱着我的大儿子在旁边看着。造反派不放过家里的一切东西,见我回家,他们仍然继续在抄。这时他们看见我妈妈睡的一张床,床底下有一只纸箱,他们也要拖出来抄。我妈妈忍无可忍就开始说话了。妈妈说:"这床是我睡的,这床底下的东西是我的,你们不应该也拿走吧!"

　　听妈妈这么一说,又见许多围在门口对他们进行指责的群众,这时造反派的头头只好不去翻那纸箱子。幸好,箱子里放着的《小灵通漫游未来》原稿,就这样保住了!

　　令我感动的是,当我们家遭遇抄家时,我们的邻居几乎都在为我们说话,批评那些造反派。

　　我们当时的邻居大都是上海大中华橡胶厂的工人,他们很有正义感,敢于讲话。平时他们待我们很好,知道我俩年轻,许多事不懂,常常会帮助我们。他们看见这些人来抄我们的家,就责问他们说:"这两个年轻人,平时规规矩矩的,你们凭什么抄他们的家?"造反派说:"这个男主人写大毒草《十万个为什么》。我们是他厂里的造反派。"有人就说:"《十万个为什么》有什么反动的?"造反派无言以对。还有的邻居问抄家者,来抄家有没有凭证?……

　　当那些抄家者连我们刚发下的工资也都要拿走时,邻居们连忙去叫来居委会主任张美英,要她帮忙解决问题。很快我们的居委会主任来了,当着居委会主任的面,我说他们把我们刚发下的工资都要拿走。居委会主任就问:"你们有没有抄家证件?无论如何工资是不能拿走的。"于是造反派头头就让人把钱还给我们。居委会主任张美英又把这些抄家的造反派们带到居委会去盘问。后来,造反派就没有再来。

造反派走后不久,烈下班回来了,见家里被抄得一塌糊涂,我们全家心里都沉甸甸的,非常难过。天黑了,连晚饭都不愿意烧。这时邻居又来劝说我们,要我们不用害怕,不要难过,事情会慢慢解决的,他们还帮我们生好炉子,帮我们烧饭。邻居们的关怀,让我们受伤的心得到安慰。

后来,据说那些造反派回到厂里后,说他们抄了好多人家的家,但从未见到像叶永烈家的邻居那样使劲地维护叶永烈的。

抄家之后,对抄得的我的照片、信件与文稿进行了细细"审查"。我以为,大约又查出什么"大毒草"了。然而,令我奇怪的是,"审查"的重点竟是高士其给我的信、一批俄文信件以及照片。

那时,高士其被说成"黑帮",所以"审查"高士其写给我的信件。可是,那些信件谈论的是创作问题,没有什么把柄可抓,只得作罢。

一张照片引起造反派们的注意,要我"交代"。我一看,那是莫斯科红场上的照片,站在红场上的是我在北京大学求学时的导师——李安模先生,他是留苏归来的学者。幸亏照片背面写着导师赠我的字句,总算可以"交代"清楚,使我避掉"里通外国"的可怕罪名。

然而,一大批来自苏联的信件,成为"审查"的重点。

那是妻的女友斯维坦写来的许多信。经过我如实作了"交代"。那些信又经翻译片组俄语翻译的翻译,再经过造反派"审查",确实没有什么可作为"里通外国"的"罪证"的词句,总算"高抬贵手"……

据妻回忆,1958年5月她正在温州第一中学读高中,一天下午,她的同班又同一小组的两位男同学拿着一封从中苏友好协会转来的信找她:"杨蕙芬,这是一封苏联来信,你是俄语课代表,你给翻译一下

吧。"她接过信一看,信是用紫色墨水写的。于是坐下来仔仔细细地把信翻译出来。信中写道:

"我是生活在苏联美丽的南方海滨之城的女学生,我从报上得知,温州是中国美丽的南方海滨之城,我希望跟那里重点中学的一位女同学通信……"

信尾写着"CBETA"(斯维塔),俄文的原意是"光明"。

两位男同学一听是女同学写来的信,都不好意思回复,说道:"还是由俄文课代表写回信吧!"

她说:"信是你们拿到的,还是三人都给她写封回信吧,至于她选择谁,以后就让谁跟她通信好了。"

于是他们三个人,各自给斯维塔用俄文回了信。

一个多月后,只有她收到了斯维塔的热忱的回信——另两位同学没有收到回信的原因很简单,因为他俩都是男同学!

从此,鱼雁往返,一个梳两条乌黑大辫子的中国姑娘,跟一个满头金发的苏联姑娘,结为异国姐妹。妻比斯维塔年长五岁,成了斯维塔的姐姐。从斯维塔的信中得知,她的父亲是中学校长,母亲也是教师。后来,妻从俄语课代表,变成了俄语教师,而斯维塔也选择了教师之路。共同的职业,共同的爱好,使她俩成为异国知音。她俩互赠自己的照片,父母的照片,倾诉着彼此的思念。信越积越多,妻收到的斯维塔的信快要积满一个抽斗!

风云变幻,世事沧桑,从20世纪60年代初开始,中苏之间不再是互斟葡萄美酒的关系,代之以唇枪舌战。友谊的温度,急剧下降。即便在那样的岁月,中苏两位普通姑娘之间的友情依然火热,纯真的心保持着春天的温暖。紫色墨水书写的信,仍不断飞到妻手中,即便是在她从温州来到上海之后,即便是在俄语受到冷落、她不得不改教语文之后。

抄家之后,妻被迫中断了与斯维塔的通信。直至2001年夏,我们来到克里米亚,终于与斯维塔会面。

从三口之家到四口之家

在抄家之后，紧接着，我被下放到上海远郊奉贤的电影系统"五七干校"，那里种水稻，一去就是三年。每月，只有四天可以回家。我浑身晒得黝黑回到家中，对面的茶客们常常投来惊异的目光。

1970年3月23日，妻生了次子。于是，我的小家庭成了四口之家。

我承蒙"照顾"，被从"五七干校"调回上海电影厂做煤渣砖，总算每天可以回家。不料，孩子出生的第二十天——4月11日，岳母在家乡含冤去世。那时，大字报贴在岳母的门上，勒令她"滚蛋"——从温州市区迁回乡下……

我接到电报，没有吱声。我关照邮递员，暂且"封存"我所有的来信。我让妹妹照料妻子，借口岳母有病回到家乡探望。等到我处理好岳母后事，从温州回到上海，妻子还蒙在鼓里。直到满月之后，妻盘问怎么不见她母亲来信，这才把真情告诉她……

妻这样回首往事：

1969年"文革"时期，我所在的学校跟上海其他学校一样都"停课闹革命"了，我们天天开会，不是学习毛泽东语录，就是开批斗会，许多老教师被关进牛棚，今天拉这个批，明天拉那个斗。由于我那时年轻，又刚从温州调来不久，所以每天只是跟着开会就是了。就在这时我又怀上第二个孩子，屈指算来要等1970年春分娩。

　　照理怀上孩子应该加强点营养，因为毕竟是两个人的消耗，可是在那样的年月，怀上孩子也没什么吃的，跟普通人一样的定量，一样的吃，更不懂吃什么钙片之类的营养品。再说那时我和烈的工资收入除了养我们一家三口外，还要寄生活费给我的婆婆和我的母亲。我在怀孕三个月时，大抵由于营养太差吧，体质不好，又有了先兆流产。

　　因为有了第一次的经验，这次就不要住院了，赶快到医院里去检查，打黄体酮针，每个星期要打一到两针，直到五个月时才停止。这样孩子又保住了，五个月后去国际和平妇幼医院体检时，一切正常。

　　"文革"中，温州受到的冲击特别大，经常武斗，不知死了多少人。那些造反派们肆无忌惮地到处抄家，天天抓人批斗。我出身地主家庭，我妈妈也就逃不了挨批受斗的命运。可怜我妈妈一个人在温州，身体又不好，又常常被批斗。我很想把妈妈接到上海来住。可是我们房子实在太小，妈妈说等我分娩时她一定来。哪知，造反派们的批斗使本来多病的妈妈更是雪上加霜，当时已经身体很不好了，她只是怕让我知道不告诉我。一天，我接到中学好友的信，才知道妈妈生病了。我心里像刀割似的痛苦。妈妈待我非常好，她是把整个身心都用在我身上的好母亲。在我们家最困难的时候，家里哪怕只有一碗饭，妈妈也会让给我吃，我们母女俩一直相依为命，只是后来我到了上海，妈妈一个人在温州，身边没有人照顾。我作为女儿心里十分难受。

　　到了我快要分娩时，妈妈还说一定来上海照顾我坐月子。可是，正当妈妈准备买船票来上海时，突然又生急病了，这次是糖尿病合并急性胆囊炎，妈妈住进了医院。妈妈不能来沪了！我惦记着妈妈，病中的妈妈更是万般惦记着将要临产的女儿。

　　眼看着产期就要到了，谁能来照顾我呢。这时想起了烈的妹

"文革"中在上海农村劳动

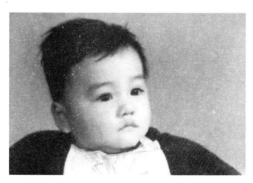

小儿子七个月

妹，她中学毕业后遇上"文革"，不能继续读书，就请她来上海照顾我生孩子。

　　我满以为，妈妈过一段时间会慢慢好起来的。所以我经常给妈妈写信，告诉她我的一切，让她放心。病中的妈妈则不断地给我寄来包裹，那时物品奇缺，妈妈平时待人很好，她生病了，在那种物质极端匮乏的年代，许多朋友都送东西给她吃，可妈妈的心里只惦记着女儿我，她居然把这些营养品全部用包裹寄到我这里给我吃，收到妈妈寄来的这么多吃的东西，我心里说不出的感动和难受。

　　我在1970年3月23日又在国际和平妇幼医院生下一子，烈马上用电报告诉妈妈和他的母亲。妈妈得知后，无比喜悦。她怕我们和烈的妹妹年轻，有些事不懂，就每天一封信，病中连写好几封信给我们，告诉我们月子里应该注意什么、应该吃什么、孩子应该怎样带等等。我在月子里也一直想念着我的妈妈，一有空就想给她写信，开头几天妈妈还都有回信，都非常详细地告诉我，月子里如何照顾好自己和孩子，可是过几天就没有了她的回信。我很纳闷，平常妈妈总是很快会回信的，这些日子怎么一直没有回信呢？我想大概妈妈身体不好的缘故吧，我常常含着眼泪给妈妈写信，鼓励妈妈战胜病魔，很快来上海团聚。一等再等，总是没有回信。哪里知道就在我坐月子时，妈妈带着病体给我写完几封信，再也坚持不住了，住进医院后，没几天，4月11日，妈妈永远地离开了我们……

　　几天后，阿烈收到我大哥的电报就知道了，他怕我在月子里难过，影响健康，一直瞒着我，还嘱咐他妹妹不要让我看我大哥的任何来信。在妈妈过世后，他瞒着我说自己出差几天，原来他是去温州给妈妈送别的，可我一直蒙在鼓里，仍然不断给妈妈写信。

　　直到满月后，我一再问怎么没有妈妈的回信呢？这时烈才告诉我，妈妈已经离开人世了！听到这消息，我顿觉天旋地转，悲痛万分，眼泪像开了闸的水似的不断地流淌。妈妈待我这样好，可在她离开人世时我居然不在她身边，我居然不知道，做女儿的多么对不起妈妈呀！多少天我都茶饭不思，朋友们、同事们、邻居们纷纷来劝我，可是我的心里有多痛哪！

等孩子出生五十天了，我带着两个孩子来到温州。在温州，听了亲友们叙说妈妈患病的情形，叙说妈妈平时对我的牵挂，我只知道哭，常常把枕头都哭湿了。我记得过了一年、两年了，一想起妈妈还会泪流满面。

由于妈妈的去世使我万分悲痛，我的奶水很少，身边两个孩子都这么小，还要上班。烈妈说就把小的交给她带吧，现在可以用奶糕喂养了。就这样，我带着我的大儿子离开了温州。小儿子就暂时放在奶奶家。

大约过了一年多，我们把小儿子接回上海。他一周岁多了，别的孩子这时候都会走路，会说话了，小儿子尽管长得很漂亮，眼睛大大的，眼睫毛很长，很讨人喜欢，可是就是站不住。我们赶紧送上海儿科医院检查，医生说是缺钙，于是天天给他打钙针，吃鱼肝油，慢慢地孩子会走路了。又不断教他说话，开始时他只会说一个字，看见毛主席像，他只会说"毛，毛"，看见电灯，他只会说"灯，灯"。我们慢慢地教，后来他才逐渐会说话了。

妻满月，我的"美差"——在上海电影厂做煤渣砖，也到期了。妹妹也回老家温州。

后来，把老二接回上海。无可奈何，我带着三岁的老大到"五七干校"，妻则带着老二在上海。"五七干校"那狭窄的单人床上，睡着我和老大。炎夏，孩子头上长了一个又一个疮疖……

在"五七干校"整整劳动了三年，我终于被调回上海。这一回的"美差"，则是在厂里挖防空洞，因为毛泽东当时号召"深挖洞，广积粮"。

一天，忽然我被"工宣队"（"工人毛泽东思想宣传队"）召去。我头戴藤条帽，脚穿长统套鞋，身穿满是泥巴的劳动服，胆怯地走进办公室。那里坐着一个陌生人，看样子是来外调的。一问，我吃了一惊：来者是安徽人民出版社编辑。"文革"前，我投寄两部书稿给该社。事隔多年，如今竟还在那里，而且决定出版，要我修改⋯⋯

于是，每天疲惫地步出防空洞之后，洗去泥浆，我又拿起笔来"重操旧业"。妻帮我去买稿纸，买资料。虽然家庭拮据，她总说："你不抽烟，不喝酒。这些花费比烟、酒值得！"

1973年，书终于出版了。没有一分钱稿费，只收到五十本样书。妻兴高采烈地抚摸着新书，喃喃地说："终于又出书了！"

她又帮我抄稿子，从1973年到1976年那三年之中，我总共出了十本书，没有一分钱稿费。

从1973年开始，我恢复电影导演工作。由于我有很好的文学修养，很快就在电影业务上冒尖，成为厂里的业务骨干。

充满爱的家

面对"文革"中艰难的生活,妻写下了《充满爱的家》:

当我们家里有了两个孩子后,生活负担更重了,生活正在严峻地考验我们。爱,使我们度过了困难时期。

在"文革"中我们的工资都很低,我们除了用这微薄的工资维持一家四口的生活外,还要寄钱给两家母亲,照顾好他们的生活。所以我们平时是非常节省的。每当发下工资,我们就分成几包,一包是给我妈妈的,一包是给婆婆的,一包是买米的,一包是买菜、日用品和水电煤的,一包是孩子的托儿所费。另外剩下一点点是机动的,可以给孩子看病什么的。

"文革"期间本来就没有什么东西好买的,但由于我们的住处离郊区近,蔬菜还是可以买到的,只是油要定量。如果两个孩子都太太平平不生病还好,要是哪个孩子生病了,家里就很苦。

大儿子舟舟小时候身体不好,常常感冒发高烧,经常去医院,有一次居然一个月里去了十一次医院。一天,他高烧到40摄氏度,烈又出差不在家,我坐在他身旁急得直流眼泪,我用手轻轻地抚摸着他。小舟舟很懂得母亲焦急和关爱的心情,高烧中的他居然安慰我,说:"妈妈别哭,我很快会好起来的,妈妈别哭!"爱的暖流在母子心中交汇,有什么比这更让作母亲的我更欣慰的呢!

就在那个月到离发工资的日子还有一个星期,可是手头只剩下六角钱,我的同事和朋友知道后都要借钱给我们,一位姓路的老师,她一定要给我钱,还说你先拿着,不管什么时候还都没有关系,还有的同事要我申请工会补助,那时候申请工会补助是很普遍的,但这一切都被我婉言谢绝了,我们硬是顶着过来。有时全家一天就吃五分钱的青菜和几小块腐乳,也不向别人借钱,也不向工会要求补助。同事们在背后说,别看小杨现在生活条件差,将来定会有出息,真是"人穷志不穷"哪!

那时,我们家没有卫生设备,但是为了孩子们健康清洁,每逢天冷时我与烈便把煤球炉生好,拎到阁楼里,使小小阁楼很快暖和起来,就在阁楼里给孩子们洗澡。

夏天虽然洗澡方便了,但由于房子太小,一到夏天很热,舟舟小时候常常在夏天会生热疖子,很痛的。每天洗完澡就给他上药。但他从不因疖子痛而哭。秋天到了舟舟就出运了,人也长胖了,不再生热疖子了。

每逢过年过节,别人家的孩子们都有吃好多东西,我们钱不够。但是再苦也要让孩子有个过年过节的欢乐。于是过年时我们自己动手做年糕,中秋节时自己做月饼,端午节时自己包粽子(不过粽子包得不标准,邻居们帮忙包)。我们还自己做"猫耳朵",这是一种小孩喜欢吃的零食,我们到粮店里买来面粉,又到食品店里买来苔条、糖,搅拌在一起再切成片,放油锅里炸,做成了"猫耳朵",两个孩子吃得津津有味。

有一年"六一"儿童节,舟舟所在的幼儿园给每一个孩子发了小动物饼干,舟舟居然舍不得吃,把饼干放在小衣服的口袋里,带回家给我吃。他一走进家门,见我坐在门口,急急地一边从口袋里掏出饼干,一边喊着:"妈妈,妈妈,给你吃动物饼干,吃动物饼干!"看见儿子这么懂事,我眼泪直流,舟舟用小手边擦着我的泪

妻穿的这件衬衫便是我做的（1968年，上海）

水,边把动物饼干往我嘴里送……

在"文革"期间,由于家境困难,我们节衣缩食。那时衣服旧了,可烈总想让我穿得好一点,于是他就自己动手重新把衣服染一下。他说他是学化学的,把衣服染一下是小菜一碟。记得他先去商店里,买来一包染料,把染料用水化开,放在我们平时用的搪瓷面盆里,然后把衣服放上去,摆在煤球炉里烧,边烧边不断地搅拌,直至把整件衣服染均匀,再加入食盐,最后在清水里一过,晾起来晒干就可以穿了。

以前我们常穿灯芯绒的衣服,旧了会发白,烈自己染一下又像新的了。我有一件草绿色的灯芯绒上衣,是我怀大儿子的时候买的,穿了几年便旧了,烈把它染成咖啡色,就完全像新的一样,学校里老师们见了,都以为我买了新衣服。我告诉他们是自己染的,后来有的老师甚至就把自己家里的衣服拿来请烈染。烈热心助人,给老师们染了好多衣服。烈作为北京大学化学系的毕业生,在"文革"岁月就这样发挥他的"一技之长"。

两个小孩日长夜大,衣服常常很快就小了,去买吧钱不够,不买吧,那会苦了孩子。于是,烈就动脑筋自己做。当时,家里没有缝纫机,怎么做呢?烈发现徐家汇华山路上有一家出租缝纫机的店。于是他就去买了许多衣服的纸样(当时有卖各种衣服纸样的小店),把布买来自己动手照纸样裁剪,然后骑着自行车去徐家汇这家出租缝纫机的店里缝好。这样孩子们就有新衣服穿了。因为当时布料便宜,自己做的衣服要比买的便宜得多。

从做小孩衣服开始,慢慢地他就开始做我的衣服,也去买了衣服的纸样给我做。做得最好的是我的一条黑色的"的确凉"(涤纶)百褶裙,我穿起来,老师们都以为是店里买的呢。后来他又给我做棉衣,也做得很不错。有一次他见我冬天没有棉大衣,很冷,可那时流行的脱卸式卡其棉大衣很贵,他就想自己做。他去买纸样，可是脱卸式卡其棉大衣的纸样买不到，他就只好买了最大的女外套纸样。照这纸样裁剪，铺上棉花，加上里子，结果滑雪衫是做好了，样子也不错，只是小了点，因为毕竟是按外套纸样裁剪的。那年冬天很冷，我就穿上了，虽说显小，但穿在身上比买来的还暖和，毕竟倾注着丈夫对我的爱。

　　会做衣服了，就开始学做鞋子。我们到店里买来鞋面和鞋底，我负责把鞋面缝好，烈则负责把鞋面、鞋底衲在一起，效果很不错。有一段时间，不管大人小孩，我们几乎都穿自己做的这种鞋子。

　　那年月烈不能写书了，他是个十分勤快的人，所以不管做衣服或做鞋子，做糕饼给孩子们吃，他都很乐意做。烈很疼我和孩子，他自己很省，家里有什么好吃的，他总是让我和孩子们先吃。

　　烈的工作能力很强，虽然他并非电影学院科班出身，却很快在厂里成为"强导"——强有力的导演。"文革"后期，毛泽东主席病重，上海奉中央之命，成立"内片组"，拍摄娱乐性影片，专供毛泽东主席病中观看。这个摄制组五十多人，烈被任命为导演。他常常在摄影棚里通宵工作，每天厂里给通宵熬夜的工作人员都发一份点心。那点心是上海名店——淮海路上哈尔滨食品店生产的，这在当年来说是十分高档的。平时我们从不问津。每当这些点心发下后，烈宁愿自己通宵工作挨饿也舍不得吃，带回家给我和孩子吃，这种爱怎不令人感动！

　　那时我们家境虽然困难，可家里总是充满笑声，充满欢乐，过得挺温馨的。同事们都说在那困苦的年月，我们的家是个充满爱的家。这爱，使我们战胜了困难。

"冬眠"中苏醒

十年浩劫，十年"冬眠"：挨抄家，受批判，下"干校"，挖防空洞，做煤渣砖，没完没了的"斗、批、改"……从二十六岁到三十六岁，我的生命的黄金年华，就这样哗哗流逝。

磨难深重的日子终于过去。1976年10月6日，"文革"终于画上了休止符。国兴方有家旺。此时此刻，我和妻都步入人生的秋天，我的创作也进入了丰收季节。

1978年1月14日对于我来说，是永远难忘的。这天的上海《文汇报》以大半版的篇幅，刊登关于我的报道，如同一声响亮的春雷，把我从"冬眠"中震醒，催我扬鞭跃马，奋蹄疾进。受尽大字报的冷眼，我这"臭老九"忽地受到如此大张旗鼓的表彰，实在是喜出望外！

《文汇报》怎么会把目光投向我？那是在几个月前，《文汇报》举行作者座谈会，我骑了一辆叮当作响的"老坦克"，斜穿上海市区，来到报社。开会时，我给编辑兼记者倪平、沈定同志送了几本书。凭借着记者敏感的神经，他们马上注意起那几本书，虽说我自己并未在意。他们注意到是在"文革"中出版的——在我一边挖防空洞的时候，一边像干"地下工作"似的，悄然在夜晚、在小小的阁楼里，写这些书。当时我的很朴素的动机，无非是不令时间白白荒废，做点有意义的事，如此而已。找不到画家画插图，我就自己动手画。他们得知我居然在特殊岁月里出了十本书，而且还写好一批书稿——虽然还压在出版社

1979年3月12日获中国科协、文化部授予全国科普先进工作者称号及一千元奖金

1980年荣获第三届电影百花奖

1979年6月1日把《小灵通漫游未来》送给成都的小朋友

以及我的抽斗里……于是，由他俩采写的长篇报道，就在《文汇报》上醒目地推出。

在"文革"中说惯了"极大鼓舞"、"极大鞭策"之类的话，而那篇报道对我所起的作用，确确实实足以用这八个字来形容。这是受惯冷遇的我，第一次领受春风的温暖。

《文汇报》的报道，体现了党的知识分子政策。《文汇报》的报道，一下子把我推入了"新闻人物"的漩涡，《光明日报》、《人民日报》、《大众电影》、《人民教育》、《读书》以及香港《大公报》等多家报刊杂志刊登了关于我的报道。新闻传媒的广泛报道，使我当选为全国青联常委、上海市科协常委。

1979年3月12日，文化部与中国科学技术协会在北京举行叶永烈授奖仪式。中国科协副主席刘述周主持仪式。文化部部长黄镇发表热情洋溢的讲话，并把奖状以及一千元人民币奖金发给我——在当时，该算是"重奖"了！新华社、中国新闻社发了电讯，《人民日报》、《文汇报》、《大众电影》刊登了关于授奖仪式的报道。

这一系列事件，产生广泛的影响。一时间，我成为全国关注的"新星"。

在粉碎"四人帮"之后，我连续三年因拍摄影片多而好当选厂、局的先进生产者。

1980年，我导演的影片《红绿灯下》荣获第三届电影"百花奖"。

事实证明，我当年"大跳跃"，从科学研究所"跳"进电影制片厂，是勇敢、大胆而且被后来的事实证明是正确的选择。

"巨额"稿费

挣脱"四人帮"的桎梏之后,广大读者迫切求知却无书可读,一时间形成"书荒",我的这些压在抽屉里的书稿迅速出版,一印就是十万册、五十万册、六十万册。而我在"文革"中,下放"五七干校"种水稻,担任植保员,写了《治虫的故事》,这时由中国少年儿童出版社出版,竟然印了一百万册!我的另一本给孩子们写的科普书——《石油的一家》,也由中国少年儿童出版社印了一百万册。

最出乎意料的是,那本写于1961年、放在床下破纸箱里的手稿《小灵通漫游未来》,被上海少年儿童出版社作为1978年的重点书推出,一下子印了三百万册,在全国产生巨大的反响。

我的作品获得两项全国性大奖:

1980年,《小灵通漫游未来》荣获儿童文学创作的最高奖——全国少年儿童文艺创作一等奖。

紧接着,我导演的电影《红绿灯下》,获第三届电影"百花奖"最佳科教片奖。

粉碎"四人帮"之后,知识分子的劳动得到了应有的尊重,稿费制度终于恢复。记得,1977年12月20日,我收到北京农村读物出版社寄来的《化学与农业》一书增补稿费。这是"文革"以后我收到的第一笔稿费。

为什么称"增补稿费"呢?

《化学与农业》一书最初由安徽人民出版社在1963年5月印行初版本。初版本是本小书，六万字。在"文化大革命"中，安徽人民出版社为上山下乡知识青年出版"广阔天地育新人"丛书，将此书列入。于是，我作了许多补充，扩充到八万字，于1975年2月印出第二版。

此书被农村读物出版社看中。农村读物出版社当时是人民出版社的一部分，属于中央级出版社，当时正在筹划出版一套"农村版图书"，成立了"农村版图书编选小组"，从各省出版的图书中选用一批适合农村的图书，修订重印，推向全国农村。于是，根据农村读物出版社的要求，我对《化学与农业》进行了大修改，扩充到十六万字，准备印行第三版。

增补稿完成于"文革"末期——粉碎"四人帮"之前。在排印过程中，"文化大革命"画上了句号。1977年6月，农村读物出版社与安徽人民出版社共同出版了新版《化学与农业》，第一次印刷就印了十二万册。

不过，当时只按照增补的字数发给稿费。新版本比第二版增加了八万字，按照当时每千字四元人民币的稿费标准，人民出版社寄来三百二十元稿费。

在当时，三百二十元算是相当大的数字，出版社是通过银行汇给我的。我去银行领款时，银行也轰动了！

这笔稿费解决了我家经济上的燃眉之急，大有久旱的禾苗得甘霖之感。

我收到这笔稿费，第一件事就是给两个儿子买了新书包，给妻子买了一套新衣服。

随着稿费制度的恢复，随着我的大批作品的出版，我从困境中走出，在经济上翻了身。

从蜗居到新居

1979年春日，上海电视台的女导演富敏，奉命为我拍摄一部纪录片。除了在电影厂里拍摄我的工作之外，还到我的家中拍摄。摄制组来到我的小屋，惊动了四邻，引起了轰动。

我的小屋里第一次响起摄影机的马达声。

这部纪录片在上海电视台播出的时候，我们家还没有电视机呢。我和妻是在一位有电视机的邻居家中，看到这部纪录片。

这部纪录片很真实地记录了我当时的工作、生活和家庭，尤其是真实记录了我的小屋，很珍贵。

富敏后来因为导演电视剧《穷街》、《十六岁花季》、《上海人在东京》，而成为影视界著名女导演。

我曾经向上海电视台打听，如今还能不能找到那部纪录片。很可惜，他们摇头。

1979年6月，我所在单位的总务科长突然通知我，要给我分配新房子。

那个时候，中国还处于福利分房的年代。不过，在1979年，中国刚从十年"文革"的阴影中走出来，新建的房子还很少，所以我们厂里从未听说分新房子的消息。总务科长告诉我："你是特殊情况，是上海市政府通知我们，给你分配一套新房子。"

我把这喜讯告诉妻，她的第一句话是："做梦也没有想到！"

其实,我也是做梦也没有想到!

总务科派人,带着我和妻看房子。我看房子,很简单,看中离我们的小屋不远处的一幢新建的五层居民楼(上海人叫"新工房")。

1979年7月1日,我拿到这幢楼三楼一套新房的钥匙,那是四十多平方米建筑面积的两居室。对于当时的我和妻来说,如同登上天堂!

我后来才知道,上海市政府当时是根据中共中央政治局委员、国务院副总理方毅1979年1月6日的批示,给我分配新居。方毅副总理当时主管科技教育,非常重视知识分子工作。他从《光明日报》的一份内参中得知我的情况,写下批示:

"调查一下,如属实,应同上海商量如何改善叶永烈同志的工作条件。"

上海市政府给我分配新居,便是落实方毅副总理的批示,"改善叶永烈同志的工作条件"。

我终于告别了十二平方米的小屋——从1964年到1979年,整整蜗居了十五年。

拿到房门钥匙之后,妻先把一本《小灵通漫游未来》放进了新居。她说:"我们家第一个住进新房子的是'小灵通'!"

迁往新居,妻激动万分。她回忆道:

1978年,自从上海《文汇报》发表长篇报道之后,烈引起媒体的注意,许多记者前来采访他。可是,很多记者都是在单位里采访他,唯有《光明日报》记者谢军一定要到我们家采访。要知道,我们当时仍住在十二平方米的小屋子里,开始我们不好意思让他们来家里采访,可是这位记者一定要来我们家看看,烈也就同意了。

他一到我们家,把里里里外外看了一遍,看见我们一家四口人挤在小屋里,烈的书很多,没有地方放,都堆在阁楼的地板上,屋的前面就是一家茶馆,又吵又闹,而烈就在这样的小屋里不仅

1981年在上海"新工房"家中

出色地完成了本职工作，还在业余写了那么多的书。这位记者震撼了，他回去后连忙写了一篇内参《在困难中奋战——记科普业余作家叶永烈》。他在记述了烈的业绩外，还写了我们家的居住条件："……他创作条件很差，一家四口人（大儿子十二岁，小儿子八岁）挤在十二平方米的矮平房里，一扇小窗，暗淡无光，竹片编墙，夏热冬凉，门口对着一家茶馆，喧闹嘈杂。每年酷暑季节，他就是在这样的斗室里，不顾蚊虫叮咬，坚持挥汗写作……"后来，这篇报道在《光明日报》上公开发表，还配发了评论员的评论《奋发图强搞四化》。

当时任国务院副总理的方毅同志看到内参后，立即指示有关部门对我们家进行调查，要改善我们家的居住条件。就这样，没有多久，我们家就分到两居室的新房。

分到新房的消息使我激动不已，邻居、亲戚、朋友都为我们高兴。这新房离我们原来的住房很近，走过去大约三百公尺左右，是我们看着它建成的，共有五层，我们家被分配到第三层。我们家的隔壁是我原来学校的一位老师，她家是华侨，所以也分到一居室的新居。我们家共有两个房间，都朝南，有南北两个阳台，有厨房间，有洗手间，有壁橱，这在当年来说已经是很不错的了。

拿到钥匙后，由于那时还没有什么装修公司，我们自己动手刷墙。我的学校在我家附近，老师们知道我家分到新房，都为我高兴。他们也知道烈很忙，而我一个人有的事不会做，于是有几位老师就主动地利用休息时间帮助我们打理新房子。有的帮着油漆地面，有的帮着刷墙面，有的帮着磨地板，有的帮着贴好厨房间的瓷砖。在大家的共同努力下，新房简单装修完毕。

我们准备搬家了。我们想，该把什么东西首先搬到新家呢？大家不约而同地想到了《小灵通漫游未来》！因为这本书在当时非常畅销，可谓家喻户晓。再说《小灵通漫游未来》是对未来充满希望，我们也希望我们家的未来更加美好，所以大家都想到了要让"小灵通"先住进新房。

一天傍晚，我们吃过晚饭，全家人拿着一本《小灵通漫游未来》，来到新家。烈郑重其事地把这本书放在新家的壁橱里，说明已经开始入住了。

记得，在十五年前，我们从所租的阁楼搬进这座小屋时，连人带所有的"细软"，两辆三轮车就全部运走了。这一回搬家，多了两个孩子，家具、物品虽然比十五年前多了些，但是我们没有请人帮忙，只是由烈和读初中的十二岁的大儿子以及邻居家的孩子福生一齐动手，借了菜场的一辆三轮板车来回运送，只用了半天多的时间，就把家搬过来了。

晚上我们一家把搬过来的书籍等进行整理，分类。

刚到新家，虽然没有什么家具，但烈的书很多，怎么办呢？除了把老的四个竹书架搬来之外，又去买了几个新的竹书架，然后把老房子的阁楼地板拆了，请人做了书橱，做了一个大衣柜，又去买了两张简单的木板床，这样新家就建立起来了。

这是一个很舒适的家，冬暖夏凉，阳光充足，我和烈一间，两个孩子一间。我们的那间是卧室兼书房，孩子们的一间是卧室兼客厅。

搬到新家后，老房子的邻居们都来祝贺，整个房间洋溢着欢乐的气氛，我们对生活和未来充满着无限的希望。

为母还债

妻是一个普通的女人。论俊美,她算不上第一流;论才华,她也不算如何出众;论脾气,她有时候还有点急躁。但是,她是一个纯真的人,在风风雨雨之中,我们的爱情坚如磐石,爱之深,爱之切。

磨难深重的日子过去,我的创作也进入了丰收季节。我们迁入了新居,直到这时,她才算开始办点"嫁妆"。

她更加忙碌了。除了一如既往帮我抄稿,前前后后起码抄了百万字以上,还要帮我处理各种来信,接待客人。她一直是我的作品的第一读者。每一次,她总要直言不讳发表自己的评论,往往对我的创作颇有影响。

有一件事,充分显示了她的美德。

经过"浩劫",我们的长辈唯有我母亲健在。她从温州到湖北黄石我姐姐家住了一段时间。

母亲从温州到湖北黄石时,路过上海,当时我们还住在逼仄的小屋里。这是她第一次来到我们上海的家,仅仅是路过一下而已。没住几天,她就乘坐长江轮船到湖北了。

母亲毕竟在湖北生活不习惯,想念老家温州。随着我们家迁往新居,生活条件大有改善,妻说请母亲来住一段时间,然后送她回老家温州。

1982年初,母亲从湖北我姐姐那里乘坐长江轮船来到上海,来到我们的新居。母亲显得非常高兴，但是高兴之余，说起回老家温州，又仿佛心事重重。

看到妻对她甚为孝顺，一天夜里，母亲终于向我和妻说出了自己的心事：在"文革"中，由于我父亲年迈无收入，弟妹又幼小，她在温州借债度日。她担心回家乡之后，债主会向她讨债。

关于母亲举债，我约莫知道一点，但是并不详尽。在"文革"中，我没有一分钱稿费收入，也没有任何其他"灰色收入"，我和妻的工资加起来每月只有八十七元人民币（我五十四元，妻三十三元），当时要负担两家长辈，后来又要负担两个孩子，经济一直非常拮据。但是，我和妻的持家原则是"量入为出"，宁可困苦，也绝不借一分钱。有一回，到了月底，家中只剩五分钱！虽然如此艰难，我们这个小家，从无"外债"。

我的老家就不同了。家中的"顶梁柱"是我父亲。父亲当年每月一百七十多元的工资，使全家过着小康的生活——尽管无法与过去银行行长、钱庄经理的富裕生活相比。

后父亲蒙冤，长兄又蒙尘，无疑是雪上加霜，一下子就把我们家推入了困境。

父亲去世之后，弟妹尚在求学。老家只靠姐姐和我每月寄去家用度日，入不敷出。我在上大学时，有了稿费收入，曾经给家中一次次寄去。但是母亲过惯了往日宽裕的生活，出手很大，到了"文革"之中，我无法给家中寄很多的钱，母亲迫于无奈，钱不够用就去借债。如此日积月累，债台高筑。

母亲来沪之后，那个夜晚，我和妻向母亲详细了解借债情况，结果使我们颇为吃惊：

一是到处借债，总共向十五家借债；

二是借债总额近三千元人民币，在当时是相当大的一笔数字；

三是母亲没有记账的习惯，只是凭记忆而已。尽管她的记忆力不错,但是只记得欠债数字,有的说不出债主的住址或者姓名(只知道叫什么阿姨)。

我庆幸及时向母亲了解了借债情况。不然,如果母亲遭遇意外,我简直无法弄清她的一笔笔债务。

我拿出笔和纸,根据母亲的回忆,记下那十五笔债务。

母亲提出,所欠债务理应由五个子女平均负担。

妻与我商量,决定由我们独力还清所有母债。虽然我还有兄弟姐妹,而且兄弟姐妹都有工作,妻从未说过一句该由他们分担多少,总是说我们家的境遇好,应当全部由我们来还。一笔又一笔,都是她从邮局汇出。这一点,充分显示了她的贤惠和大度。

当我开始为母亲还债,陆续收到债主还来的借据,更加吃惊:

母亲是家庭妇女,不懂借款手续。她的借据,有许多张竟然都是由债主写的,她只盖个私章而已!她解释说,她多年不写字,执笔吃力,所以常常请债主代笔写借据。她不知道,这么一来,遇上存心不良的债主,可以改动字据,那就麻烦了!

那些字据上,都只写"今借×××元"而已,没有写明向谁借,变成一张可以"通用"的借据,谁都可以凭这借据前来索款。

有的借据只盖私章,没有母亲的签名,而母亲的私章又不是自己盖的,却是交给债主去盖。倘若债主用她的私章多盖几张,她也不知道。

我还发现,母亲向有的债主借债,本是分几次借的,每一次她都请债主代笔写了借据。后来,债主要求写一张总的借据,她又请债主代笔写了总借据,却没有收回原先分几次写的借据。这么一来,债主手头有她两份借据,就可以向她索还多一倍的钱!

母亲太善良,总是说:借钱给她的,都是好人。好人才肯借钱给她。好人不会打坏主意……

确实,大部分债主也都很善良,是好人。

我也抱着一颗善良的心，赶紧为母亲一笔笔还债。

1982年3月5日，我开始给在温州的债主汇款。此后半年中，我分批还清了母亲所有欠债。

关于还债，我在1982年11月24日写过一封《关于还债情况告知兄弟姐妹》的信，并复写多份寄兄弟姐妹。现照录原文如下：

由于众所周知的原因，父兄蒙冤，我们家自1958年至1976年，经济十分困难，母亲不得不借债度日。

前几年，我的经济情况有了明显好转，即与芬商量，拟由我们逐步还清母亲所欠债务。由于母亲不在沪，而借债全是她经手，所以直至今年年初母亲来沪，我才从了解债务情况入手，安排了还债计划。当时姐、弟也来沪，向他们亦作了了解，一起商量。

自今年3月5日起，开始还债，至8月7日，我共寄还十五家债主2647元，已基本还清。还债清单，前已寄，谅知悉。

还债时，一般均先发信给债主，问清欠债数字，然后与母亲核对。如果一致，就交邮寄还。然后请债主寄还母亲当时所写借据，以及请债主写了收据，写明"沈素文欠债全部还清"。现在，这些原始单据均保留在我处，以备日后查核。

在还债中，坚持实事求是的原则。凡母亲确实欠人家的，欠多少还多少，不少一分钱。

在债主之中，以青田姨态度最好。当时，她在青田。知道我们要还债，很高兴，回到温州，当即把母亲借据交来，然后我们按借据上的数字还给她，她即写了收据。

其中，债主张阿姨颇费周折：母亲向她借债，未写过借据，张阿姨说是欠九百元，母亲则坚持说五百元，相差很大。但是张阿姨的儿子是国家干部，通情达理，实事求是。经姐姐出面给他去信，弟、妹做工作，他把我们母亲借债详细经过告知，说母亲欠张阿姨为五百二十元。经母亲认可，我汇还给张阿姨。她于4月7日写了收据，写明"您母欠我的钱已经还清，特此感谢"，终于了结这一债务。

这次还债，是我们主动还债，主动送钱上门，所以有的债主很出乎意料。如瑞安二舅舅，借给母亲一百元。后来，因"文革"武斗他逃到温州，在我们家住了几个月。临走时曾说，这一百元不必还，因为这几个月的伙食钱，也得一百元。考虑到二舅舅受过迫害，家境并不宽裕，我仍寄一百元给他。他感到很出乎意料。同样，小舅舅的一百元，亦寄去还清。

有一家比较棘手：母亲只记得债主叫"朔门阿婆"，不知姓名，也不知门牌。我只好根据母亲的记忆，画了地图，五次写信叫武弟，要他去一次，他因事忙未去；我又四次写信给茜妹。茜妹终于去找。她去的那天，正值台风把朔门阿婆的房子弄得破烂不堪，阿婆是个孤苦老太婆，打算第二天便回乡下去。当她从茜妹那里得知要还债，才记起那笔钱，非常高兴。后来，我把一百五十元还给了她，使这位正处于极度困难之中的老人，总算得到一点安慰。她还给茜妹的借据，那是母亲在1969年写的。从借据上我才得知她姓鲍。

当年母亲向陈阿姨的母亲借过钱，那位老人已去世，女儿出嫁，地址不详，无法联系。后来，请武弟打听到老人的女婿地址，我把母亲所欠的六十元还清了。

经过姐、弟、妹共同努力，多次与债主联系，在半年之中，总算把债务基本还清。

常言道："无债一身轻。"还清了母亲的全部欠债，我、妻和母亲都长长地舒了一口气。我的兄弟姐妹也都舒展了眉头。

母亲常说，阿烈替我还清全部债务，毕竟他是我儿子；难得是媳妇阿芬全力支持，钱都是她去邮局汇的。她从来没有二话。

　　本来我们已经为母亲还清全部债务，她可以高高兴兴回家乡温州，再也不必担心回温州之后会有人向她讨债，但是母亲竟没有回温州，因为她觉得在我们家生活很愉快，尤其她与我的妻之间关系很融洽。她在我们家长住下来，一住就住了前后近十二年，直至年迈才回老家温州。

　　除了还清母亲的全部欠债之外，我从1980年起至1984年，曾经先后向上海市科协捐款7423元人民币。

　　我还清母亲的全部欠债，因为我是儿子，是我完全应该做的。

　　我向国家捐款的数字，相当于我为母亲还债的两倍多，因为我是祖国的儿子，也是我完全应该做的。

　　过去，我从来不提为母亲还债以及当时向国家捐款的事。如今，事情过去三十年，已经到了可以在这里顺便提一笔的时候了。

"太平洋警察"

两家的长辈之中，"文革"之后唯母亲在世。母亲熬度过那苦难的岁月，白发骤增。我把她接来上海，在我家一住十二年，虽然年过八旬，仍眼不花、耳不聋。

我能有今日，深深感激母亲。

我出生在抗日战争那烽火连天的岁月。出生不久，家乡沦落在日军之手。我家原本住在温州市中心最好的一幢大楼，却被日军看中，占作司令部。父母带着三个孩子（我是老三）和七十二只箱子逃难。全家包了两艘两头尖的"蚱蜢船"，沿着楠溪江逃往山区亲友家。

正值暑天，又是在水上行舟，蚊子成群结队朝我这个"嫩娃娃"袭来。母亲舍不得把我放在甲板上，便一直把我抱在怀里，不断用手驱赶蚊子。整整七天七夜，母亲抱着我，盘腿坐在窄小的船舱里。到达目的地的时候，母亲的双腿僵直，不能动弹，无法下船。父亲背着她，这才勉强下了船……

我的父亲在"文革"中蒙冤而逝，他生前曾不止一次向我讲述这个七天七夜的故事。我明白，父亲是让我记住母亲那伟大的母爱。正因为这样，我一直崇敬我的母亲，让母亲在温馨的氛围之中安度晚年……

母亲当年虽是大家闺秀，却如她所言是"劳碌命"。她当了几十年家，尽管到我家之后"退居二线"，还保持着当年的习惯：把塑料绳一卷卷扎好,把塑料袋一个收拾起来……一旦需要,她马上会说"我这儿有"。

我的母亲是一位很平常的家庭妇女。在她晚年,思维还很清楚,嗓门还是那么响亮。她的一生,"最高职务",是担任过居委会的小组长;她的"最大成就",是养育了五个孩子。

我的母亲来上海之后,理所当然成为家中的"元首"。不过,这位"元首"经常与家中的"小小老百姓"发生"磨擦"。我的大儿子给奶奶取了一个大为不敬却又颇为传神的雅号,曰"太平洋警察"——管得宽!

她确实管得宽。平素,就连家庭外的事,她也都喜欢关心。她最喜欢站的地方是阳台,阳台正好临街,她居高临下,很有兴致地观察着。谁家结婚买了多少床新被子,街上流行什么颜色的新裙子,哪家的孩子把西瓜皮从窗口扔出去,隔壁的菜场里今天卖带鱼还是梭子蟹(她从过往行人的菜篮子里获知信息)……她全都关心。听说我出差何日归来,她便早早地在阳台上瞭望着,企盼着早点见到我的身影……

当然,两个孙子也属于她这"太平洋警察"的管辖范围。比如,谁外出回来没有换拖鞋就进屋啦,谁在"二办"(我们家对卫生间的戏称,即"第二办公室")方便之后抽水马桶哗哗流水啦,谁躺在床上看书啦,谁洗脸没有拧干毛巾直滴水啦,如此等等,她都要管。

两个孩子当然明白奶奶"管得宽"纯属好心好意,不过,他们毕竟不是幼儿园里的小朋友,都大了,对于"管头管脚"觉得烦,于是,有时候会高高噘起嘴巴,有时候还会白奶奶一眼。奶奶天生一副响亮的喉咙,这时便要发作,数落着孙子。孙子呢,倒也不示弱,挖苦奶奶的声音像喊口号一般。奶奶忍俊不禁,噗哧一笑,一场家庭闹剧顿时化为一幕喜剧。

不过,奶奶有一样本事,让孙子们打心底里佩服,那便是她的记忆

全家合影

力。家里的东西，凡是经她的手放的，不论过了几年，要用时她会马上拿出来。孩子们称她为"最佳保管员"。比如一年一度种水仙花，到了春暖花落，她就把紫砂盆连同雨花石刷得干干净净，用塑料袋包好，来年秋深，她会拿出来，重种水仙花。又如，热水瓶胆炸了，许久配不着（有一阵子热水瓶胆成了市场上的紧俏货），好不容易买到了，却又买不到热水瓶塞子。这时，她像变戏法似的，拿出了一个旧软木塞——原来，上次热水瓶胆炸裂时，她把塞子"收藏"起来了。再如，家里装塑料纱窗时，多下几块零头。几年之后，纱窗破了，需要打个补丁，她居然把原先所剩的零头拿出来，正好补上。

而我的小儿子，似乎患了一种"选择性记忆症"（这一"名词"是我"首创"的）。他确实有点怪。说他记忆力差吧，他能在短短的时间里把一大堆英语生词背得滚瓜烂熟。他的学习成绩向来不错，因获得美国中学奥林匹克数学竞赛一等奖而直升上海交通大学。可是，在生活中，他的记忆力之差，使他成为家中的"笑话人物"：

比如，我与他骑自行车外出，从百货公司里买好东西出来，他忽然问我自行车的锁怎么打不开。我一看，他用自己的钥匙在开别人的车！原来，他已经忘了自己的车停在哪里。

又有一天，他冒着大雨回家，衣服、书包都湿了，而他竟忘了书包里放着一把折叠伞！

给他的袜子、手绢，一带到学校里，便如黄鹤一去不复返……

每当学期结束，他把行李从学校运回，奶奶就能查清他丢了多少东西——她能一五一十说出给过他几件衬衫、几条短裤之类。奶奶戏称他为"陈景润"。他呢，一边觉得奶奶太"烦"，一边倒也有自知自明：凡是属于他的容易丢失的"重要东西"，诸如开学通知单、照相底片、证书之类，总是交给奶奶，这样可以"万无一失"。这时候，他对"太平洋警察"充满着信任感。

妻是里里外外一把手。厨房，是她与母亲的"领地"。通常，总是妻买菜、洗菜，母亲掌勺。她俩在灶间有说有笑。母亲算是"老式厨师"，她烧菜的手艺是20世纪30年代的水平。她嗜咸，烧菜时总要放很多的盐。父亲在世时，曾在盐缸上贴了一张纸条："少放盐！"现在，纸条早不见了，母亲烧的菜又渐渐咸起来了。两个孙子对奶奶提出意见："奶奶，盐太多了，会引起心脏病、肾炎、高血压——妈妈有高血压病，你有心脏病，不能吃那么多的盐。"提了意见之后，那几天菜变淡了。过了些日子，菜又咸起来。

孩子渐渐大了。遇上寒暑假、星期天，我的大儿子也想在厨房间"露一手"。他一来，小小的厨房间便热闹起来。灶台本来就狭窄，他偏在那里摊一本菜谱。看几行字，操作一下，那情形犹如他在实验室里做实验一般。他算是"革新派"，喜欢弄新花样。虽说他的手艺比最末等的厨师还差，可是"派头"倒不小。他一掌勺，奶奶和妈妈便成了"大助理"和"二助理"，一个帮他洗菜，一个帮他切菜，他呢，双眼不离那本菜谱！有时，锅里的油已经冒青烟，"大助理"和"二助理"对"原材料"尚未加工完毕，他一催，奶奶那嘹亮的声音就响起来，妈妈则咯咯咯咯笑起来，热闹的"厨房进行曲"开始了。

新厨师的"作品"上桌了。不论手艺高低，他的弟弟一律会投"赞成票"，即使是忘了放盐、淡而无味，弟弟也会说："好，好吃。"我和妻抱着支持"新生事物"的态度，通常也都以表扬为主。奶奶呢，倘若孙子确实烧得不错，她也夸奖。一旦炒得不好，她就指指点点，与孙子争论起来。这时，她真像个孩子——人上了年纪，仿佛有时成了"老儿童"！

母亲的乐趣是看电视连续剧，看小说。看电视剧要看古装的，最着迷的是连续剧《红楼梦》；看小说，也是读中国古典的。众多的编辑部向我赠刊，她只爱看《今古传奇》。

她不大关心阳历几月几日，她的时间概念是阴历。我和妻平常忙得不亦乐乎，她总会及时地提醒我们，什么节什么节快到了。

　　她的生日,是全家的节日。妻提前几天给她订好祝寿的大蛋糕。生日那天清早,妻和我去买新鲜的面条。点了一大排蜡烛让她吹熄时,她对这"洋礼仪"不解,总要问:"这是什么意思?"

　　她还是大家族的"元首"。一个个亲友路过上海,总要前来看望她老人家,面对客人,她会扳着手指头,历数她的三个儿子、三个儿媳、两个女儿、两个女婿以及两个孙子、两个孙女、四个外孙、一个外孙女,如同作大报告一般,滔滔不绝。

　　家中不时有外宾来访,来了之后往往要和老人家合影。她笑眯眯的,老爱说:"真想不到,我还接待外宾呢!"

　　我母亲一开口,就喜欢"回忆对比",总爱来个"纵向对比"。她的思维特点是"向后看"。一说起来,从"日本人手里"如何,到"蒋介石那时候",然后"大跃进岁月"、"三年困难时期"直至"文革",总是滔滔不绝。

　　说起物价,她说记起解放前一斤肉多少钱,解放初多少,三年自然灾害时期多少,"文革"时又是多少。她当过几十年的家,记忆力又好,会报出一连串的数字。

　　我的儿子则喜欢"横向对比",一开口便是香港的平均月收入是多少,日本是多少,美国又是多少。大儿子虽然尚未留洋,英语已不错,天天听美国广播,开口闭口美国怎么样。我母亲便给他取了个雅号,曰"半个美国人"。

　　我和妻则属于"十字思维",既有"纵向思维"也有"横向思维",但"纵向思维"不如母亲这一代,"横向思维"不如儿子这一代。

　　茶余饭后,全家聊天,各种思维便都在"家庭论坛"上表演一番,那种争论是饶有趣味的。

　　激烈的争论常常在奶奶与孙子之间进行,那架势有点"秀才遇到兵"的味道。倘若从争论发展到争吵,居中调停的则必定是我和妻。

　　我向来居"中"。在我的大家庭之中,一兄、一姐、一弟、一妹,我居中。后来,在我的小家庭之中,上有老母,旁有妻子,下有儿子,我又居"中"。

　　白天在热热闹闹中度过。夜幕降临,全家看过中央电视台的新闻联播节目之后,"黄牛角,水牛角,各归各":"太平洋警察"不再多管"闲事",她的注意力已被电视剧所吸引,总要看到夜深;"半个美国人"则守在收录机旁,在那里叽哩呱哇地念英语;"陈景润"迷醉于他的数字王国,一个晚上要用掉好几张演算草稿纸;妻要么备课,要么帮我改稿子;我呢,聚精会神在那里"爬格子"……

婆媳情

妻曾经记述她与婆婆相处的日子：

十二个年头飞逝，我与婆婆的感情却是与日俱增。记得婆婆刚来时，大家都比较客气，都有一道防范心理，都希望既不要得罪对方，又能和平相处。

婆婆是个很勤劳的人，她一来到我们家，就帮我料理家务。每天早晨，我只要买好菜，就可以安心到学校上课，中午回家定能吃到热气腾腾的饭菜。一到星期天，我便带婆婆到街上逛逛，给她买各种衣服，买她喜欢吃的东西，还带她到各处游玩。暑假里，学校组织我们到杭州旅游，婆婆没有去过杭州，我也带她一起去。我和烈每次外出回家，总要给她带回她喜欢的东西。

婆婆是个爱热闹的人，她对小辈很热心，同样，也希望小辈对她热情。我们家住在三楼，我每次从学校回来，一走到二楼，我就叫"妈妈，开门"，婆婆一听见就会非常开心地应答着跑出来开门。傍晚，我放学回家，她常常站在阳台上等我，有时学校里事情多，回家晚了，婆婆会一直站在那里等啊等。而我一眼看见婆婆等在那里，就会高高地把手举起，我俩就这样远远地打起手势来。久而久之，邻居们还以为婆婆是我的亲妈呢。

当然，生活在一起时间长了是免不了有小磨擦的。婆婆大概当过居委会干部的关系吧，在居委会里，居民们大大小小的事都要管。因此，在我们家，她也是什么事都要管，越管得多她越开心。吃饭时，什么菜，谁该多吃点，她要管；买衣料该买什么料子，她要管；孩子住在学校里，该带什么东西去，她要管；甚至连我们去朋友家赴宴该穿什么衣服，她也要管。

对于婆婆的爱管闲事，一开始我们觉得很别扭，免不了要说她几句。可时间一长，觉得爱管事已是她的习惯，要改也是不可能的，再说她是出于一片好心。有时候实在觉得烦了，就叫她"太平洋警察"，她也不生气。久而久之，也就习惯了，后来有什么事也都愿意听她的意见，与她商量。每次买衣服或买吃的东西，她能去的就带她一起去看看；不能去的，就多征求她的意见。每逢探亲访友去，我也都请示她该穿什么衣服，该带什么礼物比较好。

有一次一位朋友结婚，请我和烈赴宴，开始我穿一件黑白相间的外套，婆婆一看马上把我叫住，要我把衣服换成红色的。她说，人家结婚是大喜事，怎么不穿红的呢？虽然我里面的衣服是大红色的，可看她那副十分顶真的样子，我也就换成红色外套了。

平时，婆婆有什么要求，只要她提出来，我们能满足她的，就尽量满足她。婆婆从二十来岁开始，就喜欢用一种叫"面友"的雪花膏，几十年来她一直用。她到我们家后，还是要用"面友"，我也一直买这种雪花膏给她。可是，随着各种各样新的美容霜问世，"面友"越来越少。好几次我便试着买新式的美容霜给她，可她就是不要，执意要用"面友"。这样一来，我每次外出顺便都要去百货商店逛逛，如果一看到有"面友"卖，就赶紧多买几瓶给她。有时候实在买不到，我就托同事给我留意，有一次，一位姓唐的老师在上海远郊川沙县看到"面友"，便给我买来，婆婆很是高兴。这样一来，我们相处也日益融洽。

在我看来，婆婆是丈夫的母亲，爱自己的丈夫，就该爱婆婆，这是根本。

至于日常生活中其他的事，都是可以处理好的。在我和婆婆之间，她有缺点我可以说她，我有时不对，她也可以说我。只要小辈把她当成自己的妈妈一样，她就会把你当成女儿一样。

平时，我们有什么头痛脑热的，她都很热心地关怀、照顾我们。她年老了，没有劳保，我们定时带她到医院里去检查身体，去看病。婆婆的生日我们都搞得热热闹闹的。

1993年春，婆婆突发脑溢血，我们及时把她送往医院抢救。她病愈回家后，我们又专门请保姆照料她，请医生定时到家给她检查身体，给她看病、开药。很快地婆婆便完全恢复了健康。但是，婆婆是个闲不住的人，当她身体好时，她可以东管管西看看，她觉得这样才有意思，如今年老了，整天坐在那里看电视，不是滋味。想找人聊聊吧，我们因忙于工作，没有空常陪她；而保姆又听不懂婆婆的温州话。这时她很想回温州老家去。她说那里有她的亲戚朋友，有她的老姐老妹，可以经常在一起聊聊。真是年老思故乡，叶落归根哪。

我们尊重婆婆的意愿把她送回故乡温州。回到故乡后，我们为婆婆买了一套房子，专门请保姆照料她的日常生活，每月定时给她寄一千五百元作为生活费。年纪大的人总有一种偏见，婆婆也是，她平时只相信上海的药，不相信温州的药，虽然温州的药也是上海生产的，可她就是认定上海的药管用。我们便尊重她的意见，定时给她寄药去。来到温州后，时常有亲戚朋友前来看她，她也常常去拜访朋友们。已经八十八岁高龄的她，还由保姆和温州的弟弟推着手推车外出访亲问友，据弟弟说，四个小时里，竟走访了五家人家。在温州，她常常挂念我们，要是到了该收到信时，尚未收到我们的信，她便催弟弟给我们电话。我们常常在话筒里，听见她热切关怀的话语。

　　婆婆九十大寿时,烈与我专程到温州为她祝寿。九个月后,婆婆因年迈去世,烈与我在第一时间赶回温州,为她送终。

　　好多次朋友们问我,你是怎样搞好婆媳关系的,我觉得很简单,那就是把婆婆当成自己的妈妈,把儿媳妇当成自己的女儿。

家里的"总理"

8月25日对于我的小小的家庭来说,是一个喜庆的日子,因为"历史上的今天"——1963年8月25日,我和妻结婚,我的小家庭宣告"成立"。

据说,结婚十年,叫做"锡婚"。结婚二十周年,则叫"瓷婚"。1973年夏,正值"文革"岁月,哪有心思纪念"锡婚"? 1983年夏天,正值我们结婚二十周年。正巧,我应中央电视台之邀,前往北京写作电视系列片剧本。妻正值暑假,便把两个孩子交给奶奶,随我前往北京。她在中学教书,很难有机会出差。那时她从未去过北京。我让她自费去京,庆祝"瓷婚"。我们未曾"旅行结婚",却在婚后二十年同坐火车到首都旅行。

这么些年,我从未给她写过"情诗",在结婚二十周年之际,我忽然发了"诗兴",写了一首《长相知》送她:

> 长相知,不相疑。你信我,我信你。
> 长相知,不相疑。同携手,求真理。
> 长相知,不相疑。共白头,终如一。

妻是家里的"总理"。

里里外外,照料母亲、孩子,都是她承担。每年春节前,她最忙碌,除了安排小家庭的过年之外,要给我和她的亲戚寄出一个个包裹。她总端平一碗水,对我和她的亲友一视同仁。

为了使我能集中精力创作,她承揽了家中的种种杂务,从买菜、洗衣到用吸尘器清洁地毯等等。除此之外,她还是我创作上的细心助手。

我的读者来信颇多,友人来信更多。回信都是我亲笔写的,帮我贴邮票、封信封、寄信则往往是她。去邮局之前,她总要问清楚,哪几封是该挂号的,哪几封是寄国外可能超重、需要请邮局营业员称一下的,哪几封是稿件,哪几封是印刷品。

作品不断发表,需要剪贴留存。一份份从报刊、杂志上剪下,注明发表的年、月、日、刊名,分类保存,是她日常性的工作。长篇在报纸上连载,报社往往等到连载完毕,寄来一大堆报纸。她很耐心、细心,花上几个晚上,一份份剪贴,整整齐齐地装订起来。

客人常来常往。特别是外国朋友不断来访,使她变得忙碌。作为主妇,她要招待客人。从买菜到炒菜,她一手"承包"。一位苏联朋友喜欢她做的面拖大排,第二回再来,她特地做了一大碗。一位意大利小姐与众不同,是吃素的,内中的原因是以为应该保护动物。于是,这位小姐来访,妻招待她的总是素菜和一大盆炒面条。每当外国朋友夸奖她的烹饪手艺,她就舒心地笑了,忘掉了一天的疲劳。

我外出时,谁来过电话,她会一一写在记录本上。我的信件每日一大堆,她会细加分类,以便我一回家可处理那最紧急的信件。那时候没有手机,我外出的时间长而又有固定通信地址的话,她会给我写信,寄来各方信件的"内容提要"。倘我打长途电话来,她也会随即一一告知。我一回家,总是把旅途中写在活页纸上的日记交给她,由她抄录在我的日记本上——这样既免去了我向她的"汇报",又节省了我的时间。

每日买菜,是她的常课。有时我陪她一起去菜场,成了她的助手。

一概由她说了算，我只是像个"秘书"给她拎菜篮子。有一回她病了二十来天，我成为"临时代办"。她问我有什么体会，我说："第一，今天尽量不买昨天已经买过的菜；第二，以当天吃光为量（可以放在冰箱里除外）；第三，荤素搭配，以素为主。"她笑了，说我居然有"买菜理论"。

我知道妻的脾气。倘若谁说今天的什么菜好吃，那么她明天必定再买这菜；明天倘若还有人叫好，则后天她仍会买这菜……直至谁都吃厌了，倒了胃口，她这才罢休。

知道妻的这一脾气，我平日难得说什么菜好吃——即使那个菜真的很好吃。我不说什么菜好吃，为的是明天、后天、大后天不再吃这菜……

她爱干净，但常常缺乏条理。有时为了找一件衣服，翻遍了几个衣橱以及箱子。我说："倘若我的手稿、资料像你这么乱还行？"她把我的"治学"方法应用于"治家"，弄了个本子，把各橱、箱衣物登记了一遍。从此，找东西先翻本子，省事多了。

有趣的是，她的声音听起来像小女孩。每一回老作家陈伯吹先生打电话来，总是说："请你转告你爸爸……"这样的误会发生过好多次。连台湾作家梁实秋的夫人最初来电话，也以为是我的"女儿"接的。遇上这样的误会，她放声大笑。

她的"业务"范围甚广：我外出采访，一回来便冲洗好几卷照片，她会一一分类插在一本本照相册上，需用时一查便可拿到；照片的底片，她也插在底片册上，旁边注明拍摄年月、内容。她还学会装卸录音磁带。有些采访磁带要作为资料保存，她就把磁带带芯卸下，标明内容、采访年月，放入磁带箱，然后又装上新带芯……

我年迈的母亲和我们生活在一起，婆媳之间有商有量。妻在家中算是"半个大夫"，谁生小毛小病，她给你吃点药，挺管用。

我一出差，妻便陷入深深的寂寞之中。她扳着手指头，计算着我的

妻在当年"新工房"的客厅

归期。每当我们通长途电话,或者她给我来信,总要一五一十告诉我,最近谁来过信,谁来过电话。一些紧急的事情,她会帮我及时处理。

我是一个跑倦了的人。电影编导是个"走"字号工作,一年到头走南闯北,顾不了家。1980年之后,我从事专业创作,成了"坐家"。然而,我除了执笔时"坐"在家中之外,仍要不断地东奔西跑。往往接到一份电报或一个长途电话,拎起旅行袋便开始旅行。我那个旅行袋是"常备不懈"的,准备着牙刷、毛巾之类旅行用品,以便说走就走。

妻恰恰相反。她是一位中学语文教师。她的"出差",充其量不过是坐几站公共汽车,到别的学校听课。

我倦于出差,她羡慕出差。虽说学校在寒暑假里也组织教师旅游,她总因为我不在场觉得没劲。我呢,有时外出也可带她,可是她仍不能成行,因为要么不在寒暑假里,要么出差时间太长。难得在她假期里遇上短期外出,可以带她同行。每当我放下笔,特地陪她在寒暑假里去旅游几日,她会像一个孩子似的"热烈欢呼"起来。旅游回来,她把彩照编成"专题影集",闲时翻阅,犹在回味那"出差"的乐趣。

我们有过特殊的"合作"。我的两篇作品,分别被收入全国统编初一及高二语文课本中。她教到我写的课文,分外高兴。只是她问我怎么分段、主题思想之类,使我窘于答复——因为我写作那些文章时,哪有这么多的考虑?

那么多年,妻一直默默地做着如此琐琐碎碎的家事。近来,有几件事使她分外高兴:

一是《人民画报》报道我的家庭生活,刊登了好几幅彩照,内中自然少不了她这位"总理"。她把《人民画报》俄文版寄给了她的苏联女友,把泰文版寄给了她当时在泰国的哥哥。

二是她参加了《中国儿童文学大系》的编选工作。厚厚的样书来了,编选者的名单中印着她的大名。记得编选这本书时,她看作品、复印、剪贴……花费了好多个日日夜夜……

这些年来，妻不仅挑着本职工作、抚养孩子和照料长辈的重担，还为我那特殊的职业——"坐家"，付出大量辛勤的汗水。白发已经悄然爬上她的双鬓，她仍是那般的忙碌。

家庭是我稳固的"后方"。大约正是由于有了这片安定的绿洲，我才能"坐家"，才能全神贯注于方格纸之中……

主妇是家庭的栋梁。妻和我结婚那么多年，我们都不悔当年的选择。

到了1988年8月25日，我和妻结婚已经整整二十五周年，按西方习俗该算是"银婚"纪念了。

真是日月如梭，那时候连我的大儿子都要买电动剃须刀了，小儿子也跨入大学校门，而我的母亲很快就要在生日蛋糕上吹熄八十支蜡烛了。

祖孙三代的五口之家生活在一起，家中充满欢乐。

庆贺"银婚"之时，我想，再过二十五年，在庆贺"金婚"的时候，我的家会变成一番什么模样呢？当时，我的脑际一片朦胧。我想，只有在那一天到来之际，我才会知道，我的家庭是什么样子的。

阳台书斋

我本来没有书斋。有了新房之后,我终于有了自己的书斋。虽然它是那么小,总共只有三个平方米,但是小有小的好处,诚如友人"参观"后所说:"写东西的时候思想容易集中!"

我搬进了两居室的新居,两个孩子和奶奶合住一间,我与妻子住一间。我充分"挖掘潜力",看中了小小的阳台,请木匠给阳台做了一排窗子,居然成了一个小小的房间——我的书斋。我在窗外钉了木架子,供晾衣、晒被之用,这样,妻子也就对我"占领"阳台没有什么可说的了。

我的书斋由于建在阳台上,朋友们见了,无不称之为"阳台书斋"。"从众心理"(其实也就是"随大流"),人皆有之,因此我也称之为"阳台书斋"了——尽管我曾想给它取个文诌诌的"南阳斋"之类名号。

《光明日报》一位记者来我家见到我在阳台上写作,约我写了《"阳台书斋"》一文。文章发表于1986年5月10日的《光明日报》。

"阳台书斋"的窗"虽设而常关",除非炎夏暑日不得不开窗。窗上安装了二十块花玻璃,光线充足,但是窗外看不见我,我也看不见窗外,与临近的一幢楼房彼此"绝缘",排除干扰,以求达到"写东西的时候思想集中"。

　　"阳台书斋"朝南。"最佳时刻"是晴朗的冬日,阳光不仅给书斋带来光明,也带来温暖。书斋里的气温,往往比卧室里高出好几度。无奈,到了夜间,则恰好相反,阳台上冻得手僵,而上海又没有暖气,只能抱上个"汤婆子"驱寒。一家电视台想拍"阳台书斋"胜景,无奈书斋太小使摄像机无法施展而只得作罢。

　　"阳台书斋"里,放了一个大书架,占满一面墙。斋内放了两张书桌,妻一张,我一张。我的书桌上,还"站"着两个书架,放满各类工具书,写作时随手拈来查阅。

　　我成了"万卷户",即使整个阳台给我堆书,也堆不下。我向外"扩充",在两间卧室里建立"殖民地",以求安置众多的藏书、杂志、报纸。我的书架都是我自画图纸,请人特制的。书架"顶天立地",从地板一直伸到天花板,分十层,每一层刚巧比一本书略高。书架占满卧室的四壁。我住在书堆中,睡在书堆中。无奈书越来越多。新的杂志、报纸不断涌来,我又请人再做六个"顶天立地"的大书架。

　　我的藏书多而杂。文学的、科学的、哲学的以及音乐、历史、美术等等都有,像个杂货铺。我的杂志也很多,从《人民文学》、《新观察》到《科学与生活》、《民主与法制》,挤满了书架。每年寒假之际,我"抓"儿子们的"差",把前一年的杂志分门别类,订成合订本,查阅时方便得多。我订的报纸不少,但不保存,因为实在没有"地盘"了,只得用剪刀随手剪下有用的资料,各类剪报本居然也在书架上占了一大排。我的书刊之杂,全然因为我的兴趣杂,写作杂,喜欢"多味豆",不爱"单打一"。

　　我还在"殖民地"里放了两个大书橱和几个大木箱,用来存放我大量的著作底稿和样书。其中一个书橱是我自己设计的,像中药铺似的,居然有十五只抽斗,分别保存各类资料。另一个书橱有十个抽斗。我曾为上百个人物写过报告文学或专访。大量的采访笔记、照相底片、录音磁带、背景资料，我舍不得处理掉。我相信这些资料有朝一日会对后人有用，但目前不得不由我替那些未来的历史学家们保管着。不知何年何日可以交接。

书斋虽小，客人颇多，不过，来了外国作家、记者，我见"外"了，只在外边的大房间里接待他们。来了"内"宾，则在小书斋里促膝长谈——小书斋只能容纳一位客人，而且真的要"促膝"方可"相谈"。

我的三平方米的小书斋，跟祖国九百六十万平方公里广袤的大地紧相连。只有在写作或夜读时，我才坐在"阳台书斋"里。平常，我天南地北，四处奔走，在火热的生活中汲取新养料，不断"充电"。只有这样，当我回到小阳台，才会激情似沸，才会文思如涌。

每天，随着邮递员"302——"的高喊声，一大叠邮件便光临小书斋。编者给我督促，读者给我鼓励，一封封远方的信使我面壁而写不觉寂寞。

"阳台书斋"充满阳光。我的生活充满阳光。我的心中充满阳光。我在"阳台书斋"中写作。我用我的笔，歌颂光明，鞭笞黑暗……

妻也投稿

发生在我家里的一件事情,颇有点戏剧性……

看多了,看惯了,看着我的一篇篇文章扔进邮筒,不多日便可在邮筒旁边的报刊门市部买到登载我文章的报刊,妻常说:"编辑认得你嘛!凭你的名气嘛!要是我这样的无名小卒去投稿,谁也不睬的!"

我劝她不妨试试。她咯咯笑了:"我哪里会写文章呀!"

其实,认真说起来,妻身上倒也有点"文学细胞":她在中学教语文,已经有近三十年教龄,分析课文头头是道;她向来爱看文学作品,而且一直是我的作品的第一读者;她在学校里,还领导中学生文学社,指导中学生写作。可是,她除了写过一些教学总结之类之外,确实没有写过文章。

1987年春节前夕,趁着寒假,我和她、儿子一起从上海回到故乡温州。她是温州平阳县人,阔别故乡已经二十五载,而那里又是"温州模式"的典型地区,所见所闻,使她处于极度兴奋之中。回到上海,我劝她写篇文章。这一回她难以抑制内心的激动,伏案写作,写出长长的《寻找童年的足迹》。

这下子倒过来了,我成了她的作品的第一读者。我读了之后,觉得文章太长太散,而且只是从"我"出发,到故乡"寻找童年的足迹",取材角度不好。

我成了家中的"编辑"。我劝她偏重于反映故乡的改革新貌。于是,她又写了一篇。

这一回,文章的立意高了,但仍很松散,巴不得把自己在故乡见到的所有改革新貌,全都倾诉于稿纸。我提醒她,理清思路,抓住主线:这次回梓,最鲜明的印象是人变了,屋变了——人变老了,屋变新了,以"人老而屋新"为主题来写。

这下子,她觉得思路清楚了,写了自己在故乡走访九十一岁的干娘,七十多岁的表舅和姨妈,虽然这三位长辈都比二十五年前明显的衰老了,但他们都住进新屋——因为他们的子孙们在改革中大显身手,富起来了,盖起了三层以至五层新楼。妻又写了二十五年前她所见到的这三家住屋的破旧情形,形成鲜明的对照……

改了一稿又一稿,直到写出第五稿,从几千字压缩成一千四百来字,像样了,我终于点头"通过"了。

到了这时,妻反而犹豫起来。投出去吧,如她往日所说:"我这样的无名小卒去投稿,谁也不睬我!"不投吧,为了这篇文章,她花费了好几天功夫,草稿写了一大叠,连夜里都未曾睡好。

"投给《平阳报》吧!也许,县里的小报会登我的文章。"她说。

"不,寄给《平阳报》不行——你的文章写的是平阳的情况,给了《平阳报》,岂不成了往森林里运木头!"我建议她投给上海的《新民晚报》,因为这家报纸的副刊"夜光杯"常常刊登外地见闻之类的文章。

"《新民晚报》?!"她吃了一惊,连连摇头说不行,因为那是当时发行量达一百五十万份的报纸呀。

忽然,她来了个一百八十度转弯,说道:"对啦,你认得《新民晚报》的编辑,你替我写张'介绍信'!"

我连连摇头:"凭'介绍信',就是文章登了,也没意思!写文章要靠真本事。文章写得好,报社就会登的——你要相信编辑是公正的。"

她对我的话将信将疑,说道:"试试看吧!反正我是无名小卒,无所谓！"

她给编辑部写了一封信，只说明自己是某中学的教师，通讯处也是写某中学，完全跟我无关。信封上写《新民晚报》编辑部收。她把稿件塞进邮筒时，是1987年2月4日中午。

两个儿子都"拜读"过妈妈的"大作"。听说妈妈去投稿，都笑了，说道："《新民晚报》不睬侬！"

我们家是《新民晚报》老订户。我发觉，从那天以后，一送来《新民晚报》，妻总是赶紧翻看副刊版。

十来天之后——2月17日傍晚，我在回家途中，路过一家图书馆。我像往日一样，总要顺便进去看一下新来的报纸和杂志。突然，在《新民晚报》副刊头条位置，见到妻的散文《人老而屋新》！我非常高兴，比我自己的作品见报要高兴十倍——因为这是妻平生第一篇用铅字印出来的文章！我读了一遍，发觉除了改动一个字之外，其余全文照登。

我骑着自行车急急地回家，妻已拿着报纸在阳台上等我。远远地，她就看见我了。我想，她一定以为我还不知道"特大新闻"，便朝她喊了声："人老！"她马上在阳台上答道："屋新！"这简直近乎军营哨卡所用的口令，外人莫知，唯有我知，她知。

她显得非常兴奋。吃晚饭的时候，她说个没完没了。她的感想似乎很多：

第一，这下子我真的相信了，编辑是公正的。

第二，"看人挑担不吃力"。这一回，自己"挑"了一下，一篇小文章写了五稿，才亲身体会到你写文章的艰难。

第三，不写不知道，一写才明白自己词汇贫乏，不会剪裁，不会结构。今后少看点消闲的书，多学点文学名著，多练练笔。

第四，要多鼓励学校文学社里的学生投稿。只有自己也投稿，才能更好地指导学生写作文。

……

当晚,她在灯下,把前四稿都找出来,跟报上的发表稿对照着,捉摸着,思索着,还在日记本上记下这难忘的事。

临睡,她忽然记起了什么,拿起笔,铺开纸。我问她这么晚了还要写什么。她说:"给大儿子写信,告诉他,我的文章发表了,什么时候能在报纸上读到他的'大作'呢?"

事情颇有戏剧性:

翌日清早,妻把信寄给儿子。当天下午,她突然心急火燎跑回家,手中拿着一张《光明日报》。原来,昨天——在她的文章发表的同日,《光明日报》在头版"大学生在社会实践中"专栏里,醒目地刊登了儿子的文章《我看改革中的温州人》。妻同事看到了,告诉了她。她赶紧借了学校里的《光明日报》回家……

儿子的文章比她改的次数少,改了三稿寄出的。因为在放寒假时,大学给家长们印发一封信,说《光明日报》和共青团中央举办"大学生在社会实践中"征文,希望家长鼓励孩子出去走一走,写点感想,于是大儿子就写了回乡观感文章,信中只注明某大学二年级学生,直寄《光明日报》编辑部。编辑并不知道是我的孩子。不料,在数百篇应征作品中,他的征文被列为首篇刊出了。

妻的文章和长子的文章那样巧合——在同一天发表,一篇在上海,一篇在北京。

妻高兴之余,有点后悔:干嘛那么着急给儿子去信呢?如果晚一天,她就不写那封信了……

不过,从此她更加坚定地相信:编辑是公正的。

以下便是妻写的《人老而屋新》:

阔别故乡二十五个春秋。离去时,我不过是个长辫小丫;如今,趁着寒假,和丈夫、儿子从沪返梓,我的儿子都已是一米八个头的小伙子。

我的故乡——温州市平阳县,在改革浪潮中名噪全国。我在那里走亲访友。我发觉,人变了,屋也变了——人变老了,屋却变新了!

我的双脚刚刚踏上故土,行魂甫定,我便拎着从上海带来的大蛋糕,走访我的干娘。屈指算来,她今年该九十一岁了。我年幼时体弱多病,而她家多子多孙,拜她为干娘,为的是沾点人丁兴旺的光。干爹是做糕点的师傅,收入菲薄,难糊众口,住屋又小又旧,窗户连玻璃都没有,贴了一层薄纸,在风中哗哗作响。那地板踏上去像翘翘板似的。

然而,如今那老屋早已无影无踪,迎面却是一幢三层新楼房。她的二儿子——我的表兄正在屋里,告诉我:"亲娘在阿七家。"

阿七,也就是大表兄的第七个孩子。我来到阿七家,啊,又是一幢三层新楼。干娘住在二楼,苹果绿的窗子嵌着明亮的玻璃,地板一尘不染,客人们要换鞋入室呢。干娘已是九旬老妪,真的可算"老掉牙"了,连头发也只剩几根。

我对着她失聪的双耳大声喊叫着,在她眯蒙的双眼前摇晃着脑袋。半晌,她终于明白了我是谁,惊喜地呢喃道:"阿芬来了!"我赶紧切下蛋糕,塞进她那没有牙齿的嘴巴里,她那满是皱纹的脸笑了。

听说我要去平阳的鳌江镇探望姨妈,我的表舅一定要亲自陪我们去。我见表舅已年逾古稀,满头皓发,劝他别去。他却说:"鳌江已经新楼成群,你认不得了!"真的,幸亏表舅领路,才使我七拐八弯,在一幢八成新的楼房里找到姨妈家。姨妈已从中年步入老年,手脚还是那样利索。她家客厅里放着长沙发、单人沙发,落地台灯,一派"现代化"的味道。一转眼,她就在长茶几上放了一碟又一碟茶点,临别时,我拿出小本,打算记下她的地址,她却指着远处一幢新楼说:"我们马上要搬过去。下一次,欢迎你到新屋里住几天,我们好好聊一聊。"

我离开鳌江镇。想到隔江相望的龙港拜访另一家亲友。我劝表舅留在姨妈家休息,一则他上了年纪,二则上车上船,他总抢着买票,使我很不好意思。我记得他打过短工,做过小生意,一向不宽裕,怎能再叫他破费。不料,他坚持要陪我去龙港,说是反正他也有事到那里去。我拗不过他,只得又一次麻烦他带路。

龙港,本是个小渔村,如今比平阳县城、比鳌江镇都"神气"。齐刷刷的一排排新楼房,是最近二、三年由农民集资建造的,被誉为"中国农民城"。我见拥上渡轮的龙港居民们,很多人穿着皮夹克——那是一百多元一件的衣服,往日连上海青年也不多穿。在船上,我跟表舅闲聊。他告诉我,每隔几天,他就要到龙港去一次。

"干什么呢?"

"我家有一幢五层新楼,正在那里建造呀!"

嗬,我做梦也没想到,站在我面前的这位脸色黝黑、穿一身旧中山装、一向穷苦的表舅,如今也加入了"万元户"的行列。那幢新楼,是他、女婿、女儿等合资建造的。未来的新居将有八百平方米,而他家的"居民"不过五口而已。当我从故乡归来,许多同事问我返梓印象,我用一句话来概括:"人老而屋新!"

"三脚猫"

完全出乎意料,《人民画报》1991年第五期刊载了我的《祖孙之间》一文,并配发了该社记者前来我家采访所拍的许多彩色照片。这家用十七种文字向世界发行的画报,会选中我这小小的家庭进行报道,首先是感谢上海《现代家庭》杂志。因为《祖孙之间》一文最初是应《现代家庭》之约而写,发表于该刊1989年第三期。《人民画报》看中了此文,要我稍作修改,由该刊发表……

如此这般,在家中我便获得了"家庭记者"的"美誉"。其实,这对于我来说,"顺理成章":因为我是专业"坐家",家庭生活是我的生活的一部分,因此写点关于小家庭的"报道"乃是"顺手牵羊"之事。不过,我的家庭是很普通的家庭,母亲、妻子、两个儿子加上我"五口之家"通常每一两年才写出一篇关于家庭的"报道"。

我在家中的"常务"角色,乃是"万能修理匠"。俗话说:"麻雀虽小,五脏俱全。"小小家庭,各种用品倒也一应俱全。东西总有坏了的时候,诚如人难免也有头痛脑热的时候。什么东西坏了,不论谁发现,准是要找鄙人来修。鄙人呢?大抵是毕业于大学理科的缘故,养成喜欢动手的习惯,尽管只有上海人所说的"三脚猫"的水平,却来者不拒,什么东西坏了修什么,尽量做到"小修不出门",随坏随修,给小家庭带来莫大的方便。

最为全家津津乐道的,莫过于抽水马桶的故事:一天,抽水马桶忽然堵塞。妻理所当然喊我来修。我用橡皮泵浦打了半天，无济于事，便知毛病非同一般。细细检查，发觉抽水马桶水箱盖上放着一只塑料肥皂盒，那盖子不见了。

我很快就断定，那是妻不小心，把肥皂盒盖落进便桶，卡住了出水口。这是大毛病，非我"三脚猫"能够修好的，赶紧求救于房管所。修理工来了，先是把我的妻埋怨了一通，然后说必须敲掉原先的瓷马桶，换一个新的，起码得几天功夫，等粘合新马桶的水泥干了，才可正常使用……

修理工走后，我想，反正旧的瓷马桶要敲掉，不妨试一试我的修理方案：我烧了满满两壶开水，哗哗倒进瓷马桶，然后又把家中所有热水瓶里的开水都倒了进去。接着，用橡皮泵浦摁了几下。嗬，下水道一下子就畅通了！因为我原本学化学，知道那肥皂盒盖子是用聚乙烯塑料做的，属"热塑性塑料"，遇热会变软，经开水一烫，再用橡皮泵浦施加压力，也就"逐出"下水管了！

翌日，房管所修理工来了，原是准备来敲掉旧马桶的，一听说我居然自己动手修好了，连忙打听我是用什么"妙法"修理的……

当然，像肥皂盒盖堵塞下水管之类"大事故"难得一遇。我的"常务性工作"是修理抽水马桶水箱漏水、更换橡皮塞之类经常发生的小毛病。我甚至买了一些需经常更换的零件备用——因为跑房管所要求修理需要花费更多时间，不如自己动手，举手之劳而已。

我家索尼牌彩电的遥控开关用了几年，一、二、三频道的开关用得多，全都坏了。寻出说明书，知道上海有索尼公司维修站，但离我家太远，送修一趟、取件一趟，要用掉很多时间。我灵机一动，自己动手调频，把原先一、二、三频道移至四、五、六频道，其余频道顺移。当天晚上，我拿着遥控开关灵活地更换着频道，全家都乐了。如此不费吹灰之力，就把遥控开关"修"好了。

我的"修理业务"范围颇广：

家中"三脚猫"

在家中翻拍自己著作的封面

吸尘器用久了，吸尘管开裂，无法用了。我给吸尘管动"手术"，切去开裂的那一段，妻又乐滋滋地用吸尘器清扫地毯了。

缝纫机轧线、滑牙之类小毛病，我也常修。洗衣机转桶打滑，需要换根三角皮带之类，我能对付。自行车的小毛病，手表的小毛病，也能对付。天热时装电风扇，天冷时收拆；这儿装个壁灯，那儿安个顶灯……如此等等，家里的杂务真多如牛毛。

现在家家户户都有排烟器，在装修厨房的时候就请装修公司安装了。在20世纪80年代初，刚刚时兴排烟器的时候，我家也买了排烟器。怎么安装呢？相当麻烦。我一边看说明书，一边自己动手，居然也装好了。

夏日，要装纱门防蚊。做木纱门要请木匠挺费事，我想出了妙法：买几根挂窗帘布用的细铁管，用钢锯锯开，然后拿到自行车修理铺请人电焊，焊成门框样子，再缝上塑料纱，便做成一扇非常轻便的纱门。装好后，遇上一道难题，即纱门无法紧贴在木门框上，蚊子乘隙而入。怎么办呢？我在木门框上钉了一根塑料磁性吸条，那纱门细铁管也就紧紧吸在门框上，蚊子无缝可钻了！

我每年要用掉好几管"万能胶"，反正各种修补常常要用万能胶胶合。最有趣的是，我借助于万能胶把几块很大的镜子，粘在卫生间的门上以及卧室的墙上，使家中变得明亮，有"纵深感"。

那时候还没有饮水机，而是用气压电热水瓶，每年差不多要生一次"病"。毛病常出在那直角塑料弯管上——老化皲裂。这小零件很难买到。我向热水瓶厂邮购了好多只，有备无患。遇上生"病"，花一分钟就修好了。我的自行车是"乐达牌"，刹车橡皮造型独特，很难买到。我也通过邮购，向厂方买了几只，磨损了换一块新的就行了。

我备了一只工具箱，老虎钳、螺丝刀、锒头以及铁钉、螺丝、螺丝帽、电线、胶布、润滑油之类都有，因为孔老夫子早就说过："工欲善其事,必先利其器。"我的电熔铁很少用来焊接金属,倒是修补塑料制品时离不了它。后来,我还买了电钻,往墙上打个洞之类,举手之劳。

我的"得意之作",是自己动手装了个录音电话。

那是因我的长子到美国留学引起的。他从美国来长途电话,通常是我接的。挂上电话后,我马上要向家庭成员们作"传达报告"。可是,他们总不满足于听"传达"。尤其是妻,很希望亲耳听见远方孩子的声音。于是,有几次我让她听电话。不过,她听毕,又得由她作"传达报告"……于是,我提议买个录音电话,把孩子打来的电话录在磁带上,可以放给大家听。

我来到电话公司,录音电话倒是有,那时候价格不菲。细细一问,进口货质量较好,但是坏了无处换零件:国产的,则无法保证质量。另外,那时候我家装的是载波电话,据告因音量小,不能录音。我问能否买回去试试,答曰一旦售出,概不退货!

于是,我想自己动手装个录音电话:因为我有好几只录音机,如果把电话线转到录音机的内录线路上,不就能录音了吗?

我只花十五元,买了个转换器,然后对电话线路进行改装,串联了录音机。一试,居然从录音机中传出电话对话声!

几天后,孩子从美国打来长途电话,我当即摁下录音机的录音键。通话毕,母亲、妻、小儿子都围在录音机旁。当他们听见从大洋彼岸传来的清晰的话音时,个个欢呼雀跃。

入夜,妻还在那里一回回把磁带倒回去,反反复复听录音,脸上浮现着温馨的笑容。她夸奖我这"三脚猫"立了一"功"!

其实,每一个家庭都需要"三脚猫",都需要"万能修理匠"。家家户户都要修这修那,尤其是如今家庭实现"电器化",自己会动手小修小补,要方便得多。对于我来说,在"爬格子"之余,动手修修补补,其乐无穷也。

　　走笔行文至此,我不由得想及一桩趣事:一天,我正忙于笔耕,忽闻敲门声。一开门,见是一位邻居大嫂,说是她家的洗衣机怎么不转了,叫我去看看。我把各种电钮拨了一阵子,洗衣机依然不转,而且没有半点声响,看来毛病不小。我正欲把洗衣机翻过来检查,却见插头落在地上!我把插头插好,洗衣机立即欢快地转动起来,邻居大嫂忍不住咯咯大笑起来……

扮妻记

随着我的作品不断在香港出版,我终于有机会赴香港出席一些研讨会。

从香港回到上海,一进家门,我就赶紧打开箱子,给妻献上"哈达"——在香港为她选购的衣服。

给妻买衣服,是一件很愉快的事,也是一件颇费心思的事。

爱美乃人之天性。正因为这样,时装才层出不穷,具有永久的魅力,尤其是对于女性。

常言道:"佛靠金装,人靠衣装。"衣服是人的外包装。妻虽已步入中年,但是也很注重"外包装",所以我常爱给她买衣服,特别是每逢出差,总要给她带件新衣。

她的衣服已经不少。每一回给她买衣服,我都注意到不与她已经有的衣服重复或类似。所以,越到后来,给她买衣服的难度也就越高。

我在香港买的衣服,很出乎她的意料:

我注意到,香港街上流行马甲。穿马甲,与上衣相衬比,多一种色彩,而且穿了马甲,可以防脏。妻除了毛线背心之外,没有马甲。

于是,在香港,我干脆给她买了一组马甲,形成了马甲"系列"。

妻见到这马甲"系列",一阵惊喜。因为这完全出乎她的意外!

当她穿上牛仔马甲时,显得精神抖擞,年轻了许多;

当她穿上红黑相间的齐膝的超长马甲,如同穿了无袖长裙,潇洒飘逸;

当她穿上齐腰的超短马甲,仿佛重现青春光采;

当她穿上花色毛线镶拼马甲,显得端庄大方;

当她穿上绿色的意大利的钓鱼马甲,配上白衬衫,富有朝气……

她一件件试穿,差一点为此感冒了!

另外,我还给她买了两件带三角帽的绒布上衣,一件浅花,一件深紫花。我特地选有衣袋的,便于她放房门钥匙、钱包之类。正值早春,她马上把那件深紫色的绒布上衣穿上身,一穿,就"粘"在身上,不愿换下来——她平日喜欢哪件衣服,就会这样"粘"在身上。外出访客,则换上那件浅花绒布上衣。她说,论色彩,她更喜欢浅色那件,只是易脏,所以在外出时穿。

看着妻对镜试衣,脸带笑容,我的旅途疲惫顿消……

平日,我的钱包里总是放着一张小卡片,记着妻的衣服尺寸。我买衣服的经验是:带着专门的目的买衣服,急匆匆去寻觅,往往买不好;漫无目的地闲逛市场,偶然有所发现,当即买下,则"得来全不费功夫"。

不过,我难得有闲,几乎没有多少闲逛市场的功夫。有一回,去上海电视台,因时间尚早,就在电视台附近的商店"闲逛"。偶然,我见到一件用贵州蜡染布做的风衣,花色雍容华贵,更可贵的是可以正反两穿,反面是深蓝色,反过来穿的时候把蜡染花领子翻出来,很好看。我当即买下。

回到家中,妻一穿,果然欢呼雀跃。后来,我和妻同去杭州,路上她把风衣反穿,那深蓝色华达呢耐脏,而且在旅途中不显眼。到了杭州,她把风衣正穿,在西湖边上拍彩照,显得风姿绰约。

说起风衣,记得有次我路过上海南京路外滩名服装店"朋街",便进去看看。我被一件纯涤纶深咖啡风衣所吸引。那件风衣的领子、衣襟、插袋口都用米色涤纶镶嵌，显得颇为高雅。妻把这件风衣"粘"在身上，穿了多年，直至衣服的线脚散了，又重新缝好穿上——尽管妻有好几件风衣，她却偏爱这件。

也就是在那一次，我在"朋街"还给妻同时买了一件海虎绒的深咖啡长大衣。妻穿上这件大衣，很有气派，一副贵妇人的派头。可惜，上海不冷，一年到头难得穿得上这样的大衣，即便到了冷天，这大衣也只是在乘"的士"外出参加宴会时穿，所以平日只能"委屈"在大衣橱里。

由此，我得出经验：给妻买衣服以中档为主。低档的太差，不买；高档的要买一些，但是不能太多；唯中档的"利用率"最高。

我跟妻结婚时，在北京给她买了件红白细条相间的短袖衬衫，配上在上海买的那条黑色的裙子，妻非常喜欢。年轻的她，穿上这一套衣服，大方而漂亮——因为红白两色反差鲜明，而黑裙子显得稳重，三色搭配很恰当。即便在那很"革命"的年月，也不会被说成"资产阶级打扮"。每逢盛暑，这套衣服也就"粘"在妻的身上。

很可惜，妻在青春焕发的岁月，一则限于我们当时拮据的经济条件，二则限于当时的社会环境，只能穿蓝着灰，从未领略新潮时装的滋味。我常常有一种抱歉感、遗憾感。

不过，即便在那"左"星高照的日子里，我也尽一点菲薄的力量，使妻得到安慰。在"文革"狂潮中，"逍遥"的我学会自己裁衣，自己踩缝纫机。一则可以打发时光，二则可以省去做衣服的工钱。

有一回，在布店里我看中一种绿黄黑相间的格子布。我试着给妻做衬衫。剪裁时，我忙得满头是汗，因为格子衬衫不比一般，两前襟以及两袖的格子必须对齐，领子的格子也是如此。幸亏买布时，营业员提醒我要多买一些，这才终于过了"裁剪关"。

衬衫做成后，妻一穿，又合身，又俊秀，也就被她"粘"在身上了。每当我看见她身上穿着我的这件"作品"，她的笑靥使我无所适从的心得到了安慰。

那时，毛涤的百褶裙，时髦而昂贵。我看了一下，做起来并不难，就去买了一块黑色的料子。妻在料子上用铅笔和尺画好横条，然后一边褶、一边用电熨斗熨烫，把一个一个"褶"固定下来。然后，我只花了半小时，把裙腰用缝纫机缝上去，一条漂亮的百褶裙就做好了。论样式，一点也不比商店里买的差。

也是在"文革"岁月，我还居然给妻做了一件灰卡其的风雪衣。论剪裁，风雪衣比格子衬衫的难度更高。因为风雪衣有面子还有里子。我没有料到卡其的缩水率那么高，又没有料到有了棉里子之后，面子应该放大。结果，那辛辛苦苦做成的风雪衣，穿在妻的身上，显得太小，后来只好让给儿子穿了。这件风雪衣成了我失败的"作品"。

历史终于翻过沉重的一页。当满街穿红戴绿、姹紫嫣红之际，妻却已步入中年。我所以每回出差，总爱给妻买新衣，内中有一种补偿的心意。尽管这时已无法给她买那些婀娜多姿的"小姐衫"，只能给她买中年妇女的"夫人衫"，但是我尽量注意"新潮"。

不过，妻依然有一颗年轻的心。她见到新衣服，会像孩子一样欢呼起来，然后穿在身上，在家里学着时装模特的步子，在我面前走来晃去。这时，我和她都沉浸在甜蜜和欢乐之中……

妻曾写下《丈夫为我添新衣》一文，内中写道：

粉碎"四人帮"后，烈的写作任务日渐繁忙，他再也没空做衣服了。再说我们的生活条件也大大改善，衣服基本上都去买现成的。那时，我一方面忙于学校里的教学工作，一方面得教育、照料两个孩子，空下来也帮烈抄抄稿子，我对穿衣服还是比较随便的。可烈却不这么想，他常跟我说，以前条件差，让你受委屈了，现在条件好了，我一定要补偿你，使你穿得好些。一年四季的衣服，他都替我关心着。甚至出差去了，还把我衣服的尺寸带在身边，不管到哪里,看见适合我穿的衣服,他都给买来。

每次出差回来,他都像变魔术似的,一件一件从包里变出来。久而久之,学校里的老师都知道了,他们看见我穿上合体的新衣,就知道一定是烈买的。

有趣的是,有的同事还拿烈的"爱妻行动"来教育自己的丈夫。她们说:"瞧,叶永烈对自己的妻子那么关心,常常给妻子买称心的衣服,你可要学着点哟!"

当我穿上他买来的衣服,在家里来个时装表演时,他则在一旁得意地品评着。这时,他的心里比我还甜。

在"沉思斋"中沉思

我的住房条件，不断得到改善。

前已提及，我隔壁一家是华侨教师。后来，他们全家去了美国，房子一直空关。1988年7月13日，妻的学校把这套房子增配给我们，当时要我们交了一万元作为增配的费用。这样，我们家的建筑面积就增加到近九十平方米。一上三楼，右侧的两套房子都是我们家的。

于是，我不再在"阳台书斋"写作。我有了一间十五平方米的正儿八经的书房。

那时，上海书法家协会副主席张森要写几个字送我，问我写什么好，我请他为我的新书房写了"沉思斋"三个大字。从此，我的书斋算是有了斋名。

书房取名"沉思斋"，取义于"历史在这里沉思"。我这些年来目光注视着历史，常常陷入久久的沉思。我的一部部新著，是我沉思的结晶。韩愈云："行成于思。"学问产生于多思之中。

从此，作为专业作家，我有了安静的写作之处。

妻为"沉思斋"题诗一首：叶氏人家书满屋，千本万本任你读。朝朝夕夕书为伴，增智益脑好处多。

由于方毅副总理的批示，我在1980年调往上海市科学技术协会担任常委。当时，组织上要培养我"当官"。我却对此并无兴趣，只是希望能够把有限的生命用于创作。我的岳父曾说："官场一时红，文章千古在。"我以为此言有理。

1987年，上海作家协会招聘第一批专业作家，共八人，我名列其中。从此，我成为上海作家协会的专业作家，直至2000年在这个岗位上退休——虽说对于作家来说，无所谓"退休"，我至今仍在一直写作，与担任专业作家时并无差别。唯一的不同，只是年终不必写本年度的创作小结。

在2000年，我曾经回顾自己走过的道路，概括为三次"转轨"，三次危机。

我的三次"转轨"，都是成功的：

第一次"转轨"是从化学专业到电影导演，这是两个风马牛不相干的专业，转轨不能不说是极大的跨越。

然而，转轨之后，在电影创作方面，1980年我获得了电影最高奖——"百花奖"。这表明我的第一次转轨是成功的。

第二次"转轨"是从电影导演到科幻小说作家，同样是两种行当，跨度也很大。

转轨之后，我被人称为中国科幻小说"四大天王"之一，担任世界科幻小说协会的理事（该协会只有七名理事，我是唯一的中国理事）。我的科幻小说《小灵通漫游未来》获得第三届全国少年文艺创作一等奖，《腐蚀》差一点获得1981年度中国优秀短篇小说奖，而《巴金的梦》则被收入1988年度《全国优秀短篇小说选》。这表明我的第二次转轨也是成功的。

第三次"转轨"是从科幻小说创作转到当代重大政治题材的纪实文学创作，一个"天马行空"，一个"脚踏实地"，同样是极大的反差。

转轨之后，我成为中国纪实文学创作的主将之一。我的纪实文学不仅在国内广有影响，而且在海外颇受新闻媒介关注。1989年我被聘为美国传记研究所顾问。1999年被香港授予"金龙奖·最佳传记文学奖"。2005年我被评为中国首届十大优秀传记文学作家之一。这表明

有了书房

在"新工房"的书房"沉思斋"

我的第三次转轨同样是成功的。

我三度从一个专业"跳"到另一个毫不相干的专业,而且都获得了成功,表明了我的创造力和适应力都是不错的。

然而,三次转轨,我的终极目标始终没有改变——献身文学。

我也经历了危机,那是在1983年寒冬,那场"清除精神污染运动"清到了我的头上,成为重点批判对象。我的作品接二连三遭到"批判",特别是1983年11月3日《中国青年报》在头版发表《思想上的黑影》,猛烈抨击我的长篇小说《黑影》,编者按称"违背四项基本原则"的作品,是另一部《苦恋》。尽管《黑影》当时改编成电影的计划受挫,但是经受了时间的考验,进入20世纪90年代之后,已经三度再版,被称为"精品"。

我曾为我的书房"沉思斋"写照——

我"进驻"这间屋子时,全部"装修"工作只花了个把小时——往地上铺了绿色的化纤地毯,如此而已。没有糊墙纸,因为四壁摆满"顶天立地"的书架(从地上直至天花板),书成了"墙纸"!即便如此,我的书还是堆不下,不得不把一大批不常用的书放在另一个房间里。

我的书房是一座"书城"。我在书房里读书、著书,与朋友们切磋读书心得、著书经验。书橱里,存放着我的大批著作手稿、专访记录本以及数以千计的读者来信。

小小书斋,一片繁忙。桌上的三"U"管台灯从清早亮到夜深,差不多三个来月就得换上新灯管。圆珠笔芯成了我的"收藏品",起码有上百支了,我用的是"丰华"牌粗芯,每支可写六七万字。我想,灯管厂或圆珠笔芯厂要征求用户意见的话,我该算一个。

作家"钟在寺内,名声在外"。外人看来,在许多报刊上常见到我的作品,够"风光"的了。其实,"坐家"生活是非常寂寞的。书斋如"单身牢房"。终日枯坐，笔耕不辍，只有耐得寂寞的人才能长年累月地过这种青灯黄卷生涯。

我的长篇，通常是三十至四十万字，有的五十万字、七十万字。一旦开了头，如同背上沉重的十字架，必须一口气扛到底，才能撂下。这是一种连续性很强的脑力劳动，无法半途到什么地方转悠一下，透口气。

刚刚甩完长篇，正想歇口气，可是在写长篇期间欠下一大堆报刊"文债"，得——"偿还"。还未"还清"，新的长篇又要开始了。

如此周而复始"恶性循环"，一年到头，我没有星期日，也没有假日，连春节也往往在写作中度过。我原本喜欢交际，参与各种社会活动，如今我几乎辞去一切社会职务，以彻底排除种种对于写作的"干扰"。

每天除了一大堆信件之外，电话成了我与外界之间的"通道"。国内长途如"家常便饭"，港台长途以及国际长途也频频打来。有时，台湾朋友打来长途，一打便是半个小时以至一个小时。

我的作品，是建立在大量的采访的基础之上的。一部长篇，采访几十人、上百人是常事。外出采访，成了我的"休息"之机。

我与电子为友。每日清晨六时半，床头的钟控收音机便自动打开中央人民广播电台的新闻节目。我一边听新闻，一边起床，"电子"为我的一天揭开了序幕。

吃过早饭，开始伏案写作。放在书桌上的一只电子表，每隔一个小时，发出清脆的"嘟"的一声，让笔耕中的我意识到时光已经有多少凝固在方格纸上。

当电子门铃奏出迎宾曲，我放下手中的笔去开门。客人的来访，给我带来了友谊，也带来了种种新的信息。

中午，困倦的我，那被笔搅得一片混浊的脑子，巴不得有片刻的安憩，以求沉淀一下。不过，我只是打一个盹儿而已。下午一时整,电子表便会发出三十声"嘟"。尽管那声音如同金铃子的鸣声般轻微,我却如同听见上班的汽笛声,从躺椅上一跃而起,又伏案劳形了。

晚上,从六时半至七时半,我总消磨在电视机前。先是看上海台新闻,再看中央电视台新闻。七时半之后我便与这位"有声有色"的"电子"朋友"拜拜"。其实,我从小便是"影迷"、"戏迷",可是如今繁重的写作任务使我无法成为"电视迷"。一位友人曾问我看过上海电视节的几部电视片,我只得摊摊双手摇摇头——一部也未曾看过!

倒是我的那位"坐"在书桌方架上的"电子"朋友——立体声收录机,常有机会跟我"聊聊"。我不时把采访录音磁带放进去,细细凝听。劳累时,我则把电钮拨到收音机开关上。立时,从两只喇叭中泻出悦耳的立体声音乐,使我为之一爽。中外名曲,使我沉醉于行云流水般的琴声和亲切甜美的歌声之中。一曲听毕,关上,屋里一片沉寂,我又埋头于方格纸上的"世界",沙沙握管。

夜深,当我看到钟控收音机上那亮闪闪的红色数字"23"出现,哦,它催我该入梦乡了。

各行其是

当太阳又出现在东方,新的一天开始了。

一大早,妻拎着一只马甲袋就下楼了。马甲袋里要么装着一把伸缩式的剑,要么装着一把红色的折叠扇。她来到楼下草地,要么舞太极剑,要么跳扇子舞。除非风雨交加,除非滴水成冰,她每天都坚持这样的早锻炼。

在我家,体质最差的是妻,三天两头吃药打针。大约正是由于体弱,对于体育锻炼的积极性也就最高。她最初学会了打太极拳,后来又学会许多早锻炼的新"花样"。她学什么都很认真,以至成了半个"教练",教别人怎样舞太极剑。

我呢,跟妻相反,从不参加早锻炼。我在电脑前工作到深夜,起床总比妻晚。我喜欢在每天傍晚走出书房,骑自行车外出,或者散步,自谓"晚锻炼"。在外出时,顺便购物或者办事,又自称"一举两得"。我的体质不错。在繁忙的写作之中,每天有这么两小时左右的骑车、散步,也就算是锻炼身体了。

不论妻的早锻炼,还是我的晚锻炼,运动量都不大。我的长子是家中最喜欢激烈体育运动的一个。他在美国宾州大学读硕士时,居然是学校橄榄球队队员!橄榄球是极为激烈且对抗性很强的运动,中国学生通常避而远之,他却和美国学生一样,喜爱运动量甚大的这一运动。

其实，论体质，他不算太好。他在上小学的时候，被一位游泳教练看中，说他的体型很适合于培养为游泳运动员。可是，那天他跟一群被选中的孩子一起来到游泳池，第一次穿上游泳裤，第一次下水，上了岸不知道应该马上擦干身体，被寒风一吹，浑身发抖。此后咳嗽、发烧了好多天。他从此得了哮喘，再也不敢下水……由于体弱，他对体育运动有一种惧怕心理。他写过一篇作文《跳山羊》，记述他两次跳不过山羊（木鞍马），最后体育老师要他背"最高指示"："下定决心，不怕牺牲……"他这才终于"排除万难"，跳了过去！

不料，他到了美国，哮喘居然不治而愈。他也就走上运动场。他不仅喜欢橄榄球运动，而且喜欢游泳。至今，他一有空，就去游泳。

在我家，最不喜欢锻炼的是老二。他的体质好，从小到大，几乎没生过什么病。他从小就不爱体育运动，他在高三时，最担心的是体育不及格，拖升大学的"后腿"——因为他别的功课成绩都极好。只有在这个时候，他才突然"酷爱"体育运动。好不容易，体育课总算考及格，他终于从上海中学不经高考，直升交通大学。

不过，尽管他不喜欢去运动场，但是对于荧屏上的体育节目却非常喜欢。他是个"超级球迷"。他对世界球星的名字、绰号以至嗜好、轶事都了若指掌，如数家珍，对种种足球术语、规则也滚瓜烂熟，仿佛是一位世界级的"裁判"。

有一回我家来了一位联邦德国女博士，老大跟她说起了联邦德国足球队，报出了几位名将的大名，不大言语的老二这时也插话，又补充了几个足球健将的名字。

那位女博士摇头说："我是德国人，连我都不大清楚他们的名字。你们这么熟悉联邦德国足球运动员，踢足球一定很内行。"这时，我只得如实告知她："我的两个孩子全是足球'理论家'！"全家哈哈大笑起来。因为他俩只是《足球报》的热心读者、足球赛的热心观众，而体育成绩常常徘徊于六七十分！

　　我的母亲算不上"国脚"，不过，在我的印象中，她够得上"铁腿"。年轻时，在家乡，她喜欢上街、串门，是家里的"采购员"兼"外交部长"。后来我把母亲接到上海。我们家在上海几乎没有什么亲戚，无门可串。家里的"外务"，又有我的妻子操持，不用她费心。加上她不会讲上海话，路不熟悉，便很少外出。她整天在家看小说、看电视、也做点家务。

　　日子过得飞快。我记得，她刚来上海不久，曾由妻陪她去杭州旅游，她能从北高峰多级石阶上走下山；可是，过了几年，我们一家到附近公园拍照留念，回到家里，她就坐在沙发上直喘气，"铁腿"成了"棉花腿"！

　　我劝她每天出去走走。八旬的她已习惯于杜门幽居，说什么也不肯外出散步。随着年岁的渐大，冠心病、动脉硬化之类老年病症，也找到她头上了。陪她去胸科医院诊治，医生劝她运动运动。

　　怎么个运动运动法呢？

　　电视里播出"老年迪斯科"，我劝她学学。她大笑起来，说是年轻时都不曾跳过舞，难道还"临老学吹打"？不成，不成，她的头摇得像拨浪鼓。

　　妻爱打太极拳，愿收她为徒弟。她知道太极拳不错，可是怎么也不肯学。

　　我出差北京，给她买了两个"保健球"。我大大宣传了一番，说美国总统里根访华，中国领导人送给他的礼物，便是这么两个小小的铁球，她却只试着锻炼了两天，就失去了兴趣。

　　后来，给她买了"增智圈"——能够增强握力的装了弹簧的橡皮圈，她也只捏了两天。

　　看来，很难给她选择一项适合她的性格、脾气、爱好的老年保健运动。

　　电视成了她的"密友"。每天晚上，她总是消磨在电视机旁。很偶然，有一回，电视台播出一部医学普及片，名叫《散步》。这部电视片非常形象、生动地介绍了散步对于健康的益处，说是"散步胜药"，指出散步尤适宜于中老年人。母亲很有兴趣地看着，她居然被电视片打动了。

等到母亲决定进行散步锻炼的时候，她从两条腿变成三条腿了——为了防止外出时出意外，她拄起了拐杖。

每逢天气晴和的日子，她就拄着拐杖，慢慢地外出散步。她往往不要我或妻陪着，说独自散步更自由自在，可以去菜市场走走，在百货店里逛逛，看看人家裁衣服，看看人家修皮鞋。

最初，她每趟出去，二十来分钟就回来了，坐下来歇息。渐渐地，脚力增强了，能走上个把小时。有一回，她散步归来告诉我，大马路上新开了一爿乳品店，她不仅仔细地观赏一番，还进去坐了一会儿呢。

看来，散步是适合于任何人的运动。生命在于运动，母亲在散步中增进了健康，要感谢那部电视片《散步》，为千千万万人的健康造福。

对孩子的引导

自从小家庭有了孩子之后，就充满了欢乐。

长子在上小学二年级的时候，一件偶然发生的事情，差一点改变了他的命运。

妻回忆说：

有一天，一位游泳教练看见我的长子，以为他的身材很好，很适合于游泳，说是可以培养他当游泳运动员。

我觉得学游泳也不错，就答应了。

哪知那时天还凉，我的长子又胆子小，而教练又没有手把手地认真教，让孩子们自己下水先玩起来。我的长子见那深深的池水，冷冷的，不敢下，脱光了衣服的他下去一会儿就上来了，坐在泳池边瑟瑟发抖。

没想到，他回家后就发烧，咳嗽。

这么一来，他也就跟"游泳健将"无缘了。倘若那天天气暖和，他没有受凉，也许就会培养成游泳运动员。

那次受凉之后，又正值妻的学校组织教师下乡，病中的长子只得跟着她一起下乡，病情骤然加重。妻说，"长子咳嗽越来越厉害。整夜整夜咳嗽，作为母亲的我真是揪心的痛。即使孩子病成这样，我想请

长子朗读自己的作文

半天假带他去医院看病都不允许,说孩子没有发高烧请什么假,这不是逃避劳动吗?"

等到下乡劳动结束,长子的咳嗽已发展成哮喘了,从此留下了病根,动不动就哮喘,直到他长大后去了美国,才终于根治了这哮喘病。

当十年浩劫终于过去,我进入人生最忙碌的时刻。教育孩子的重担,落到了妻的肩上。

她这么写及:

现在的家长们望子成龙的心很切,从小就要求孩子们学这学那的。我对孩子是听其自然。当然,也少不了从小对他们的引导。

作为家长,对孩子们的身教很重要。那时候,我的丈夫整天忙于写作,而我呢,白天给学生上课,晚上在家不是备课、看书就是帮丈夫抄稿子,或者整理资料什么的。再说,我们家有很多书,家长读书、写书,使得孩子们在这样的氛围中受得感染,所以他们从小也都非常爱看书。

在家里,他们每人都有一张用硬纸板做成的"借书卡",家里的书架上任何书都可以看,但从哪里把书拿走,就把借书卡插在哪里,看完后把借书卡抽走,把书放回原处。

我的大儿子生于"文革"时代,那年月没有太多的儿童的书籍可看,我们就经常讲故事给他们听,什么"狼来了",什么"锥刺股",什么"头悬梁"等等,都是些怎样诚实做人、怎样刻苦学习的小故事。我讲了一遍,第二天就让他重复讲一遍。他都能记住故事。有趣的是,客人来了,他会对客人说,今天我给你们讲一个故事好吗?接着,他就讲起故事来了。

当孩子会认字、写字时,我要求他每天记日记,哪怕写一点点流水账也可以。到了星期天,我们如果带他们去公园玩或者拜访朋友,回来后,就要求兄弟两人各写一篇作文,写完之后,一家人坐在一起，听他们读各自的作文。读完后，大家都要谈谈感想，品头论足一番。

　　有一次去上海西郊公园——上海的动物园，回来后大儿子写了看到天鹅、猴子一些动物的情形，写得很生动，他把天鹅的形态、动作，写得很逼真。小儿子也写了看到这些动物的情形，就没有哥哥写得好。我们就问他哥哥好在哪里，他说，哥哥写出天鹅的白羽毛，红嘴巴，写出天鹅高昂着头一摇一摆地走路，我没有写出来，所以哥哥写得好。于是，我就引导他今后写作文一定要注意观察，把动作、形态都写出来。后来，老二的作文也写得很好。

我的第一读者

写作已经成为我的职业，而妻以及两个儿子都成了我的第一读者。

1987年暑假，当教师的妻和两个儿子都在家里。当时，我正在写一部长篇，他们成了第一读者。每写完一章，我就让他们看手稿（那时候我还没有用电脑写作），然后请他们谈读后感。我用录音机录下了他们的谈话，录了一盘又一盘……

大儿子已经是大学生了。小儿子正忙着来年考大学。两个儿子都身高一米八，比我还高五厘米。

我记得，在他们上小学的时候，最初的"反馈"很简单：如果一口气读下去，看完一定会说"崭"（上海话，好的意思）或者"一级啦"（上海话，也是好的意思），那就是他们给我"颁发"的"优秀作品奖"；倘若他们借口"爸爸的字太潦草，等书印出来再给我们看"，那无疑是一只"拐弯球"，批评作品不好看。

渐渐地，他们能帮助我改正错别字。说实在的，"爬格子"是很累的。每每写到夜深，人乏手倦，写字常常丢三拉四。每当他俩"抓"住我写错、写漏之处，会"热烈欢呼"起来："爸爸写错啦！"他们会把这作为"特大新闻"在家里公布，声称"击落敌机一架"！

到了上初中的时候，他们看完我的手稿，往往喜欢向我复述故事，能够"捕捉"作品的主题思想。那种讲话的口气，仿佛是从他们的语文老师那里学来的。

有时候，他们会说出哪几个情节或哪一段文章最好看，或者提出他们觉得不明白的地方。特别遇上艰深一点的文字或者他们不熟悉的成语，总要向我问个水落石出。

到了上高中，进大学，如同他们飞快拔高的身子一样，他们跟我"平起平坐"了——父子仿佛变成了朋友，变成了平等的对手。这时候，他们的评语不再只是限于"嗲"或者"不灵"、"没劲"了，而是出乎我的意料，能够谈出一些颇有见解的话。他们的眼睛，已成为我身边不可缺少的镜子。正因为这样，我开始用录音机录下他们的"高见"。在着手修改作品时，再听一遍录音，会给我许多启示。

于是，出版社寄来书的清样时，除了我自己校对之外，我也会交给他们看。他们手中拿着《新华字典》，核对着清样上他们"吃不准"的字。有时，甚至会从我的书架上搬走厚厚的《辞海》，以便得出最"权威"的结论。他们总是说，《辞海》绝对不会错——因为过去与他们发生争论的时候，我常常搬出《辞海》来作为公正的"裁判"。

从此，他们开始"崇拜"《辞海》，学会了怎样查《辞海》。

当然，妻是语文教师，她是我的作品最重要的第一读者。我每写完一篇作品，她会以语文教师批改作文的目光细细审视，"抓"出错别字。她还会以评论家的口气，对我的新作品头评足一番。"这篇完全可以给《收获》"，"这篇够得上《人民文学》的发表水平"，她说这些话时，俨然是一位"大主编"。

除了请妻和两个儿子作为我的作品的第一读者之外，我还在家中实行"传阅制"。

眼下，各机关都实行"传阅制"：上边来了文件，下面送来报告，各位领导传着看一看，看过的就画个圈儿或者打个"√"。

在我看来，这种"传阅制"，对于每一个家庭都是适用的。只不过家里人少，用不着画圈儿之类。

我的第一读者

我家实行"传阅制"已久。不论兄弟姐妹、叔伯姑嫂的来信，不管是我家的亲戚还是妻家的，收到之后，总在家中传阅——我看、妻看、母亲看。如果孩子在家，也常让他们看。经过传阅之后，家中的每一个成员都知道亲友家的近况。这说的是"收文"。

家中也不断对外"发文"——写信。妻家的亲友通常由妻执笔写信，我方的亲友一般由我复函。当然也有例外，如我的嫂嫂、妹妹的信有时由她回信，她的哥哥也曾由我去函。不管谁执笔的，不论哪方，写信前总先商量几句，写毕后在家中传阅。彼此常提醒：哎，那件事忘了写啦，快补上！母亲呢？看完之后往往会说："替我再写上几句话。"

谁家都有一本难念的经。兄弟姐妹之中，难免也会产生这样、那样的矛盾。遇上一些棘手的家事，回信该怎么写？妻子、母亲和我总是再三商量，然后才动手写信。经过传阅，往往要作修改、补充，直到大家都满意了，妥当了，这才发出去。

我觉得，家庭实行"传阅制"，便于沟通家庭信息，养成遇事商量的习惯。这样，彼此推心置腹，家庭容易和睦。家和则业兴。"传阅制"，会使夫妻、婆媳、母子感情变得更为融洽。

此外，亲朋好友间礼尚往来，乃人之常情。逢年过节，汇多少钱，送多少礼，家中也都商量。往往送妻家亲友的礼品由我买，送我家亲友的礼品由她买，贵重礼品、大笔汇款则一起商定之后办理。虽说事先没有写出什么"预算计划"在家中传阅，但是经过口头商量，仿佛给"预算"画了圈儿，"执行"起来便顺顺当当了。

儿子的趣事成为我创作的素材

两个儿子不仅成为我的作品的第一读者,而且还成为我创作的"素材库"。我在20世纪70年代末、80年代初创作了那么多童话,其中很重要的原因是我从两个儿子那里得到许多儿童生活的启示。

我在1978年所写的科学童话《圆圆和方方》,曾经产生很大的影响。这篇作品改成连环画,改成广播剧,出唱片(那时候还没有CD)……

后来,《圆圆和方方》被选入各种各样的童话选、儿童文学作品选,大约有几十种之多。

再后来,被选入全国统编中学语文课本。

2000年,又被香港收入国文课本,被日本收入华文课本。

我是怎么写出《圆圆和方方》的?

说来话长,那是在1978年,我的两个儿子还很小,一个十一岁,一个才八岁。俩孩子喜欢下象棋,也喜欢下陆军棋。

有一次,他们问我:"为什么象棋的棋子是圆的?为什么陆军棋的棋子是方的?"

我一下子答不出来,想了一下,答复道:"你们下象棋总是下明棋,做成圆的没关系。你们下陆军棋总是下暗棋,棋子要竖起来,圆的就会滚动,所以要做成方的。"

这件事过去了,但是孩子们的提问,老是在我的脑海里打转转。我想,孩子们经常接触圆的东西、方的东西,可是对圆和方的知识并不了解。

我开始注意四周的东西：我洗衣服，洗衣板是方的，洗衣盆是圆的（那时候还没有洗衣机）。

我坐车，车厢是方的，车轮是圆的；我洗脸，毛巾是方的，脸盆是圆的；在我的书桌上，书是方的，纸是方的，字是方的，墨水瓶是圆的，浆糊瓶是圆的，红印盒是圆的……

这么一联想，我就进入"童话世界"了。

于是，我把圆的东西塑造成一个童话人物叫做"圆圆"；把方的东西塑造成一个童话人物叫做"方方"。圆圆和方方互相不服气，通过各自做梦，圆的想代替方的，代不了，方的想代替圆的，也代不了。最后，它们互相尊重，共同合作。

就这样，我大约只花了半个多小时，就一口气写成了《圆圆和方方》这篇科学童话。

《圆圆和方方》最初发表在1978年3月15日上海的《红小兵报》上。那时候，"文革"结束不久，还叫"红小兵"呢，后来才改成《少年报》，现在叫《少年日报》。

这篇科学童话发表之后，没想到引起著名童话作家贺宜先生的注意。他在主编《童话选》的时候，不仅选入了这篇科学童话，而且在序言里郑重地推荐这篇科学童话。

这样，这篇科学童话开始"火"起来，

这篇科学童话产生的巨大影响，是当初在《红小兵报》上发表的时候根本没有想到的。

不过，《圆圆和方方》的成功，倒是生动地说明，儿童文学作品要来自儿童的生活。

在我的两个儿子之中，小儿子的笑话特别多，真像架子上的葡萄一串又一串的。

妻曾回忆说：

他从小学习成绩特别好，可是字写得不好，老师布置写字的作业，他有时候会"忘"了写，一次被老师发现少写了几个字，老师便罚他每个字写四百遍。这下可急坏了他，于是他连中饭都不吃，边哭边写，边哭边写，总算把漏写的每个字四百遍写完，才急急地赶去上学。

他上小学二年级的时候，下午放学比较早，我就让他回家后负责烧一家人的晚饭。开始他做得也很好。有一次，他回家正准备烧晚饭，就想天天这么烧饭多麻烦，不如今天多烧点，让大家吃几天然后再烧，于是他把家里所有的大大小小的锅子，以及炒菜的锅子都烧满了饭。我回家准备炒菜，怎么到处都是饭，菜也没办法烧，他却在旁边笑了，还说这不是很好吗，以后烧一次饭可以吃几天哪！他的笑话在弄堂里传开了，邻居们都开玩笑地把自己家里的空锅子拿来，说："我这里还有锅子哪，把这锅子也烧满饭好吗？"

我在1982年所写的长篇童话《哭鼻子大王》，后来被改编成六集动画电影，搬上银幕，并在1995年5月23日获得广电部颁发的"华表奖"（政府奖）。

这部长篇童话中的主人公小丢丢，便有着我小儿子的影子。比如，衣袋里的"百宝箱"的故事，就来自我的小儿子：

铁蛋（注：机器人教师）教一句，小丢丢背一句。教着，教着，小丢丢的声音越来越轻。原来，小丢丢从衣袋里掏出了一颗糖，悄悄地塞进了嘴巴。

没想到，铁蛋那灯泡般的大眼睛真尖，马上就发觉了："小丢丢，在上课的时候，不许吃芝麻糖。"

小丢丢一听，辩解道："铁老师，我没有吃芝麻糖。"

铁蛋生气了："撒谎，是绝对不允许的！你说你没有吃芝麻糖，你嘴巴里的东西是什么？"

"那不是芝麻糖,是'大白兔'奶糖！"

小丢丢说着,张开嘴巴,用门牙叼着糖,让铁蛋看。可是,那糖上明明有许多芝麻,怎么不是芝麻糖?

小丢丢见铁蛋不相信,着急了,就从衣袋里掏出一颗糖。那糖的糖纸,早不知到哪里去了,糖的外面沾着一层芝麻——有黑芝麻,有白芝麻,还有红芝麻、绿芝麻！

铁蛋虽是机器人,他也懂得芝麻只有黑色和白色的。怎么会有红芝麻、绿芝麻呢?

铁蛋仔仔细细检查了小丢丢的衣袋,这才恍然大悟。原来,小丢丢的衣袋,是一个"百宝箱"。

在"百宝箱"里,有如下宝贝:

玻璃弹子,一颗;

算盘子,一颗;

橡皮筋,两根;

红色粉笔头,一支;

螺蛳壳,一个;

茴香豆,三粒;

酱油瓜子,十七粒;

葵花子,六粒;

已经嚼过三次的泡泡糖,一颗(严格地说是一团);

蓝色的有机玻璃钮扣,一颗;

排长,一颗(排长不称"一人",而称"一颗",因为那是陆军棋的棋子);

盐金枣,不计其数……

这哪里是"百宝箱"? 分明是"垃圾箱"！

"大白兔"进了"垃圾箱",怎么不变成"芝麻糖"?

铁蛋发火了。他把"百宝箱"里的"宝贝"统统倒进畚箕，要小丢丢丢到垃圾箱里去。小丢丢拿着畚箕回来了，那些"宝贝"都还在畚箕里。

难道是小丢丢舍不得丢掉那些"宝贝"？

不，不，那是因为小丢丢从来没有倒过垃圾，连垃圾箱究竟在哪里，他都不知道哩！

《哭鼻子大王》中，有一段描写小丢丢怕理发的情节，完全是我小儿子的写照：

"小丢丢，你'头发长，头皮痒'，该去理发啦！"铁蛋趁小丢丢用手抓头皮的时候，劝他道。

"我怕……"这话刚刚说出口，小丢丢的脸又红了，红得像烧熟的大龙虾，红得像红柿子。

"怕什么呢？"

"那理发推子冰冷冰冷的，像一条蛇一样在我的脑袋上滑来滑去，我怕！"小丢丢终于鼓足勇气，说出了害怕理发的原因。

"我给你理。"

"你会理发？"

"会，手艺还算不错哩！"

尽管铁蛋这么说，小丢丢还是不大相信。特别是当小丢丢看到铁蛋那银光闪闪的铁手，心想，这比理发推子还凉，更难受。

可是，铁蛋到底是小丢丢的老师呀。学生要听老师的话。

铁蛋拿来了理发推子，白围布，酒精灯。当铁蛋给小丢丢围好白围布之后，小丢丢就闭上眼睛——他生怕看见那个冰冷冰冷的理发推子。

"吱……"电动的理发推子发出了这熟悉而又可怕的声音。

　　说时迟，那时快，小丢丢的头颈往白布里一缩，就像乌龟听见什么声响缩紧脑袋似的。

　　"嘿嘿，嘿嘿……"铁蛋发出了笑声。虽说他的脸是不会笑的，可是，他会发出笑声。

　　小丢丢壮着胆，把紧闭的眼皮睁开一条细缝。咦，铁蛋并没有站在他的身边。

　　铁蛋在干什么？铁蛋站在桌子旁边，正在用酒精灯烘热理发推子。

　　小丢丢的脸，火辣辣的。心想，自己的胆子实在太小了，理发推子都还没有碰上头皮，脑袋却老早缩起来了。

　　铁蛋给小丢丢理发了。尽管小丢丢对那"吱……"声很害怕，不过，那理发推子烘热了，不再是冰冷冰冷的，不那么可怕。

　　小丢丢的胆子大起来，脑袋也从白围布里伸了出来。

　　特别是在那理发推子向头颈上的头发发动"进攻"的时候，他咬着牙，勇敢地把脖子伸得长长的。在过去，他一看到理发推子"爬"上头颈，总是赶紧缩脖子，弄得理发师没有办法，只好在脖子上留下一小撮一小撮长头发。

　　小丢丢的长头发被铁蛋剪掉了，他不再是"小姑娘"了。

　　铁蛋给小丢丢制定了"理发守则"：至少每个月要理发一次。

大儿子的作家梦

望子成龙之心，人皆有之。我也如此。打从妻子开始怀孕，我就已经在对未出世的小公民进行"人才设计"了。

大儿子三四岁的时候，正逢"文革"高潮，我给他买了一套当年最时髦的小小军装，缝上红领章。他高兴得手舞足蹈，因为那时"长大了要当解放军"是所有孩子最崇高的理想。

老二降生后，我们家"一分为二"：妻带着次子在上海，我带着长子在杭州湾畔的"五七干校"。我在"五七干校"接受劳动改造，种水稻。入夜，我和长子睡一张单人床，床下的泥地不断长出芦苇，床前放着孩子大小便用的痰盂。

在那特殊的年代，他的童年被打上特殊的时代印记：他在上"五七干校"的幼儿园的时候，就会滚瓜烂熟地背毛泽东的"老三篇"。刚上小学，学校里就教他们批判"孔老二"……

他也学唱京戏，学着《红灯记》里李玉和的唱腔跟着唱。看得出，他有点"文艺细胞"。

不过，当儿子的脚从"三寸金莲"那么小，长大到非四十二码穿不下，我才发觉，诚如不可削足适履一般，我的"设计"必须符合儿子的实际。

写作已经成为我的职业。很自然的，我希望两个儿子之中，至少有一个学文，考入中文系。

起初，老大在我的培养下，似乎对写作产生了兴趣。

那是1978年6月，著名作家高士其从北京来到上海的时候，我前往黄浦江边、外白渡桥旁的上海大厦看望他。为了使大儿子也能受到一点文学的感染，我带他一起去。高士其见到我的大儿子，很高兴。

后来，我出差北京，高士其托我把一条红领巾送给我的大儿子。

这件事令大儿子激动不已。他写了一篇作文《一条红领巾》。正巧，上海《少年报》在暑期中举行作文比赛，他就把《一条红领巾》寄去了。想不到，这篇作文不仅在上海《少年报》上发表了，而且被收入《小学生作文指导》一书，由上海少年儿童出版社出版，竟然印行了一千多万册！

我的书架上还有那本《小学生作文指导》，妻把这篇《一条红领巾》输入电脑，仿佛时光倒流，我们又见到了十一岁的大儿子：

"爸爸回来了！""爸爸从北京回来了！"弟弟喊着、跳着走进屋来。他见我在看书，就说："哥哥，爸爸回来了！"说着拉着我往外跑。

爸爸满面春风地走进来，我劈头就问："爸爸，你从北京给我带来了什么东西？"爸爸笑着说："带来了一件珍贵的礼物。"接着，从挎包里拿出一件东西来。我定睛一看，啊，原来是一条鲜红的绸布红领巾。爸爸说："这是高士其爷爷送给你的。"

高士其爷爷，这是多么熟悉的名字啊！我不禁想起，今年6月13日难忘的一天。

那天晚上，我们全家来到上海大厦，看望前来上海开全国科普创作座谈会的高士其爷爷。一路上，我想：高爷爷大概是位红光满面、神采奕奕的老人吧！

我怀着激动的心情，走进高爷爷住的房间，一位老人坐在沙发上，看见我们进来，瘦瘦的脸上现出一丝笑意。爸爸对我说："这就是高爷爷,快向高爷爷敬礼。"面前这个高爷爷和我想象的高爷爷一点也不同。只见他的头斜靠在沙发上,脸部的肌肉有点麻木,没有什么表情,只是一双眼睛炯炯有神,射出喜悦的光芒……大概我眼睛看错了吧。我使劲揉了揉眼睛,但我并没有看错,这就是高爷爷。我恭恭敬敬地行了个队礼说:"高爷爷好!"

一会,高奶奶把饭菜端上桌,高爷爷晚饭还没吃啊。高爷爷吃的饭菜和我们可不一样。只见高奶奶把西红柿、香蕉等剁烂后,喂给高爷爷吃,因为他的舌头不能动弹,只能囫囵吞枣地咽下去。

这时,爸爸对我说:"高爷爷虽然全身瘫痪,但他还在为党为人民工作。因为他全身瘫痪,他的手不能动,只能艰难地发出声音,由秘书仔细辨认,把字写下来。高爷爷每天坚持看报、看书,还经常写文章,参加各种会议……"

现在,我抚摸着这条珍贵的红领巾,心里像大海的波涛久久不能平静。我想:这大概是哪个学校少先队献给高爷爷的,这条红领巾表达了他们对高爷爷的敬意,高爷爷又把这条红领巾转送给我,这是老一辈对我们青少年一代的热情关怀和鼓励。

突然,这条红领巾仿佛变成了一面鲜艳的红旗,指引我在新长征路上奋勇前进。

我是在十一岁的时候开始发表作品,这一回大儿子也是在十一岁的时候发表作品,我以为他是块写作的料子,可以培养他走上文学创作之路。

第一篇作品的发表,使大儿子对写作产生浓厚的兴趣。

大儿子开始喜欢文学,他看各种各样的文学作品,翻阅家中许多文学杂志。他看见我经常把一些有用的文章剪下来保存好,他也学样,也把自己看过的有参考价值的文章剪下来贴好,保存好。

那时候,我写了许多科学童话,他也学着写科学童话。

　　生长在我家的孩子,如果想走文学创作道路,有一个极其有利的条件:三天两头,总有编辑前来向我约稿,听说我的大儿子喜欢写作,也就顺便向他约稿。

　　就这样,他发表了一篇又一篇科学童话。到了1981年,在他十四岁那年,已经创作了十八篇科学童话。

　　辽宁少年儿童出版社的编辑知道我和长子都创作了许多科学童话,就出了一个主意:给我们父子俩出版一本童话合集。他们得知我的许多童话是由著名漫画家缪印堂配插图,而缪印堂的儿子缪惟也喜欢画漫画,就作出一个巧妙的编辑方案:我的作品由缪印堂配插图,而我儿子的作品则由缪印堂的儿子配插图!

　　这本以"父子兵"对"父子兵"的书,用我的一篇童话的篇名作为书名《宝宝和贝贝》,在1982年由辽宁少年儿童出版社出版。在书里,还收入我的长子在1981年5月23日《广州青少年》上发表的一篇文章《我是怎样写起科学童话的》:

　　我今年十四岁,在上海师范学院附中念初中二年级。我从小就喜欢看书,什么科学幻想小说、惊险小说、童话都爱看,现在我已经看了一千多本课外读物。读书是我最大的乐趣。

　　我开始学习写作,是念小学四年级的事。

　　记得在1978年5月的一天,爸爸带我去上海大厦看望高士其爷爷。他送给我一条红领巾。当时,高士其爷爷谈了与疾病作斗争、坚持科普创作的感受。我听了十分感动,立志要向高士其爷爷学习。

　　回到家里,我写了篇《一条红领巾》的作文,不料,获得了1978年上海市暑期作文比赛三等奖。我参加了授奖大会,著名儿童文学作家任溶溶伯伯给我发了奖,鼓励我写出更多的文章。后来,我的这篇文章被选入少年儿童出版社出版的《小学生作文指导》。

不久，我的另一篇习作《春节》，发表在《小花朵》杂志上。从那以后，我对写作产生了浓厚的兴趣。渐渐地看得多了，自己也尝试着写科学童话。开始，我写的科学童话，没有故事情节，就是两个东西在对话，话说完了，故事也就没了。爸爸看后，启发我应该写有故事、有情节的科学童话。科普作家肖建亨伯伯到我家时，知道我的爱好，就把自己写作经验告诉我，要我大胆创新。后来，我写了《小鹰借衣》，发表在1980年第14期的《儿童时代》，又写了《奇妙的衣服》，被收入安徽人民出版社出版的《会动的照片》一书中。

我写的科学童话，力求反映新的科学技术。例如，发表在今年第462期《广州青少年》报上的《玻璃国奇遇记》，就是了解玻璃工业方面的新成就以后写成的。

我写的科学童话都是我自己选题，自己构思，自己创作的。写好了，就给比我小三岁的弟弟看。弟弟看了觉得有趣，我再给妈妈和爸爸看。如果弟弟看了抱怨我写的字太潦草，看不懂，或者不愿意看，那我就重新写一次。弟弟有时还会提出一些建议。譬如，我在构思《蜘蛛买鞋》时，把故事情节讲给弟弟听，弟弟听了说蜘蛛穿上鞋子，在蜘蛛网上是不能走动的。于是，我按照他的意思作了修改，写了《蜘蛛买鞋》这篇习作。

我的第二个读者是妈妈。妈妈是语文教师，常常指出我的错别字、病句等。

我把妈妈、弟弟看过的文章再送给爸爸看，爸爸认为不行，就退回来重写，有时一篇文章要修改五、六遍。例如，我写的科学童话《他肯洗澡了》（发表在今年第4期的《好儿童》杂志上），根据编辑阿姨的意见先后改了五遍。这使我感觉到写作并不是顺利的，也不是舒服的，而是艰苦的，但是却有无穷的乐趣。

我很注意收集资料，平时阅读大量的课外书籍，把报纸上的科技新成就、生物趣谈、各国的风土人情、重大的国际事件等，都分门别类剪贴起来。光剪报集,我就有九大本。

我是利用课余时间来写科学童话的,平时还要读书、上课。寒假、暑假、星期天是我写作的主要时间,我这篇文章就是在"五一"节写的。因为这时写不会影响功课。另外,由于我写作,扩大了知识面,提高了语文水平,促进了学习,努力写出更多更好的作品。

老大毕竟是老大,往常要向邻居借个什么东西,总是支派他去。到图书馆替我借几本书,到附近大学里帮我复印一批资料,到出版社、报社给我送稿子等等,只要我说一声,他马上会骑自行车去办。外地的亲友来到上海,前去接站的也总是他,这就养成他外向型的性格和办事能力,从小就有了"公关先生"、"外交部长"之类雅号。后来,他在美国一家公司的台湾分公司担任总经理,其中的原因之一就在于他有很强的"公关"能力和组织能力。我到台湾时,许多台湾朋友都说他文学功底很好,与客人交谈知识面很广,深得客户好评。

有趣的是,他见我经常去采访别人,他也想学习采访。暑假里,有一天已经夜深,他还未回家,我和妻等得着急了。夜十一时多,他才回来,笑嘻嘻的。一问,原来他遇上个做眼镜的个体户,谈得投机,竟跑到这个个体户家去采访。那天,他光着脚丫穿着塑料鞋,一件汗衫,一条短裤,连纸笔都没带,只得临时向个体户借。如此这般的"土记者",真是天底下少见……

妻曾经记述长子这"第一次采访":

虽说大儿子已在理工科大学读二年级了,可是在父母的心目中他还是个淘气的孩子。放暑假了,家里一些跑腿的事儿都让他去干,临走前怕他东逛西游的,每次总是叮嘱他早点回来。

一天晚上他遵命前往淮海路一家眼镜店个体户处去取货——一副亲戚托买的眼镜。六时半晚饭后他即匆匆离家。可是一直到夜十点还不见回来。这时孩子的奶奶急了,我也急了。该不是走错路吧?该不是店主没回家,他在那里傻等吧?该不是外出白相吧!电视机开着,可谁也无心欣赏节目。奶奶一会儿跑到阳台上张望,一会儿坐下来念叨着。

十点半了,马路上仍不见他的影子。这时一直埋头于写作的丈夫也不得不放下笔,向阳台走去,一次次地往马路上张望,嘴里时不时嘀咕道:"孩子多半是玩去了。真是的,夜深了也不知道早点回来。真不懂事。"

虽说我心里也很急,但对他的议论还是持不同意见的。我说:"不会去玩吧,夜深了去哪玩?他并不是没有头脑,光贪玩的人。"

可是为什么这么晚了还不回来呢?这实在是个谜。

等着,等着,直到十点四十五分楼梯上终于响起了熟悉的脚步声,孩子终于回来了!

一开门只见他满脸笑容,兴高采烈地说:"妈妈,我今天去采访个体户了!"

"采访?你怎么采访的?"我和丈夫显然被他这突然的举动惊喜了。

等他坐定之后,他就滔滔不绝地讲述着自己怎样采访的过程,说这位个体户太值得写了,他说当时自己既没有带笔又没有带纸,就向采访的对象要来纸张……他越说越兴奋,越说越有劲,直到夜十二点了才不得不结束他的宏论。

望着孩子魁梧的身材,望着他被"第一次采访"所激起的兴奋神情,我和丈夫默默地对视着:孩子长大了,我们对他的了解太少了。

既然他喜欢写作,我当然希望他考文科,可是他却说要学理工科。我尊重他的意思。进入大学后,他几乎不写文章了。

　　大学二年级的时候，趁他放寒假，我带他回老家——浙江温州走了一遍。难得出了一趟远门，种种新鲜的见闻使他激动不已。正巧，共青团中央和《光明日报》举行"大学生在社会实践中"征文。他写了《我看改革中的温州人》一文，试着参加征文比赛。出乎意料，《光明日报》在头版显著位置刊登了他的文章。他也因此获得了这次征文的优秀作品奖。

　　不过，这篇文章发表之后，他仍忙于外语和数理化功课。

　　我对于大儿子的培养，可以说曾经一度相当成功，他发表了那么多文章，还出了书。但是，对于孩子的培养，还是顺其自然为好。正因为这样，我为他"设计"的作家之路，最后并没有实现。

小儿子成了"数学迷"

老大没有走上文学之路,我曾寄希望于老二。

不过,老二出世之后,因为已经有了老大,我对他没有像老大那样花费精力。特别是老二在小学毕业后,考取了上海中学。上海中学是上海首屈一指的中学,进入这所学校,过着住读生活,我更是很少过问。他成绩优秀,除了考初中时考过一回之外,一直坐"直升机"。

他对数学很有天分。妻曾回忆说:

小儿子很奇怪,小时候对数字很感兴趣,记得有一天我在自言自语地算账,我说今天买了五分钱青菜,两毛三分钱带鱼,一分钱的醋,一共用了多少钱,他还很小,还未上学,在旁边一听就说:"妈妈一共是两毛九分钱。"我一听就觉得这孩子怎么算得这样快呀,于是每天都让他算一算今天的开支,晚饭后我们带着他外出散步时,就经常出点数字让他加减,他越算越喜欢,越算越好,后来连隔壁邻居也特地找他,让他算算今天买了多少钱的东西,久而久之他对数字特别感兴趣。

他"自由自在"地发展着,以至成了个数学迷。他对我的书架上成排成排的文学名著毫无兴趣,却"啃"掉了家中那一本本数学科普读物。刚刚考上高中,他就向我宣布:"将来我考理科大学!"

唉，我的"人才设计"，完全失败！我只得依据人才学上的"顺势成才"的原则，为老二做点"后勤工作"。他的功课从来用不着我过问。他对我的要求，无非是要我给他买点数学参考书。

虽说我对他不学文科十分失望，但望子成龙之心依在，他有什么"吩咐"总是尽力"遵命"照办。可是，他老出难题给我。

比如，要我给他买《范氏大代数》。当时，上海各书店无此书，使我跑了许多冤枉路。每逢周末，他一回家，见着我就问《范氏大代数》买到没有，使我也为之焦急。偶然，一天路过交通大学门口，忽然想去校内书店看看。真是得来全不费功夫，交大书店的书架上竟放着《范氏大代数》！我赶紧买下。回家之后，妻也欢呼起来，为新书包好牛皮纸。周末，老二刚踏进家门，见到二厚册《范氏大代数》，高兴得跳了起来。

1987年夏天，他又给我出难题，要我替他买一本浙江大学出版的《高中数学竞赛习题集》。我请浙江大学的友人帮助，终于买到。整整一个暑假，冒着酷热，老二坐在窗边，做完书中的一千多道习题，连区里组织旅游，他都不肯去……

他在上高二时，已把高三数学读完，数学课也就免修了。他当时忙着准备参加美国数学奥林匹克竞赛。他终于在1988年获美国中学数学奥林匹克竞赛一等奖。就是因为有了这个奖，他可以不经高考而直升大学。上海交通大学是上海的名牌大学，知道我的小儿子是美国中学数学奥林匹克竞赛一等奖的获得者，就表示欢迎他入校。他最初想进数学系，而我以为电脑正在蓬勃兴起，还是进计算机系吧。

小儿子觉得我的意见有理，也就升入上海交通大学计算机系。他进入"尖子班"，读双学位。整个暑假、寒假都坐在屋里钻研数学。

虽说具有同样的遗传因子，又在同一个家庭中成长，我的两个儿子却性格迥异。两个孩子，两种脾气。老大是外向型的人，善于跟人打交道。老二呢，由于从小有哥哥"顶着"，也就安安静静在家里做功课,不必"公关",养成内向的性格。老大爱动不爱静,"橄榄屁股"坐不住,做学问不如弟弟。弟弟在学习上是"高手",学英语比哥哥晚三年,但"托福"考试成绩比哥哥高出好多分。不过,他爱静不爱动,屁股像沾了浆糊似的粘在椅子上,埋头读书。他不擅长与人交往,叫他去邻居家借一件东西,他也羞答答的像个大姑娘。大抵因为这类事从小就由哥哥去做,他很少有锻炼的机会。

常有朋友问我怎么教育孩子?在我看来,"育"在幼年,"教"在童年。孩子稍大,就听凭他们按照自己的兴趣、意愿去发展。作为父亲,我只是在人生的道路上扶他们一把——希望他们做正派、正直的人。至于他们将来成"龙"或"虫",只能取决于他们自己,父母无法越俎代庖。

说实在的,我平日忙得北斗朝南,往往无暇顾及孩子们的学习,听凭他们自由发展,只是一些重大的事替他们把把关。每日三餐,全家聚在饭桌四周,聊聊各自的情况,算是彼此的交流。两个孩子都走正道,不吸烟,不喝酒,也从不摸麻将牌。家中四壁书橱林立,读书成了全家的共同爱好。

有趣的是,我的一位友人是大学物理教授,希望儿子继其衣钵攻理科,而他的上高中的儿子偏偏酷爱写作,三天两头来我家,要我帮助看稿、改稿。他呢,倒反过来喜欢我家老二,声言将来可招老二为研究生。我开玩笑地对他说:"用我家老二换你的儿子吧!"他也大笑。看来,父母不能以自己的爱好代替孩子的爱好,这是每个家庭普遍面临着的问题。

相思表

"半个美国人"

中国敞开了国门。出国成了潮流，人称"出国潮"。

家庭是社会的细胞。"出国潮"也冲击着我的家。

从儿子考上大学开始，我就主张应该为出国留学作好充分的准备。可以说，我是儿子出国的策划者、鼓励者、支持者。

《论语》说："父母在，不远游。"我不讲究这些"古训"，而是主张"父母在，要远游"！在我看来，两个儿子必须趁中国洞开国门的大好时机，到国外去深造。

我并不是仅仅因为"出国潮"成为热潮，赶热闹而鼓动儿子出国，而是基于我对这一问题有着深层次的认识。

我曾经建议儿子翻一翻我的书架上那四大册《中国文学家辞典》和四大本《中国科学家传略》。我说，只要翻一翻，不必细读，就可以得出规律性的结论：

中国的文学家们学历参差不齐，有留洋的如老舍，也有许多只有中小学文化水平，如高玉宝。对于文学家来说，丰富的生活阅历是第一位的。

然而，中国科学家们的经历差不多都可以归结为：在中国读完大学——出国留学——在科学上作出贡献。几乎所有的著名中国科学家，都有过出国留学这样一段经历。钱学森从交通大学毕业之后，在美国留学而且在美国研究所工作多年，打下坚实的学术基础，后成为中国导弹之王、航天之父。就连"自学成才"的典型、著名数学家华罗庚，也曾经到英国留学。我采访过华罗庚，也采访过钱学森，所以会有这样深切的体会。

为什么学理工的必须出国留学，因为中国的科学技术水平在世界上还很落后。在20世纪，美国那么多科学家获得了诺贝尔奖，而中国科学家没有一个跟诺贝尔奖沾边。应当说，诺贝尔奖在自然科学方面的评奖还是公正的。杨振宁、李政道是美籍华裔科学家，他们也正因为在美国进行科学研究，才获得诺贝尔奖。

另外，我从自身的经历，深切感到自己当年"生不逢时"的痛苦。我在北京大学学习了六年，可是1963年毕业时，中国正处于极左路线统治时期，处于封闭锁国的年代，根本谈不上出国留学。不仅是"十年浩劫"浪费了我十年时光，其实从1963年一毕业，我就不断下乡，参加所谓"社会主义教育运动"，而在1976年粉碎"四人帮"之后，1977年、1978年也干不了什么事，直至1978年底中共十一届三中全会召开，我这才进入创作的丰收期。所以从1963年到1978年，整整十五年光阴被浪费，而这十五年正是我从二十三岁到三十八岁精力最旺盛的黄金时期！

正因为这样，我非常羡慕儿子们生长在一个幸运的年代。我以为，他们必须抓住这历史的机遇，赶紧出国，在国外深造，在国外发展。尽管儿子出国意味着我身边失去得力的助手，意味着今后什么事情都必须自己去做，我摒弃"养儿侍老"的旧观念，一切以孩子的前途为重。我那一代大学生失去了出国留学的机会，我务求我的儿子能够实现我未能实现的梦想。

当时，上海人出国，主要是两个国家，即日本与美国。去日本的，大多数人以打工挣钱为主；去美国的，则以留学深造为主。显然，我希望儿子能够去美国留学。

不过，去美国不那么容易。"打工仔"几乎去不了美国。只有那些优秀的"托派"——TOEFL的中译名为"托福"，攻读"托福"的年青

上大学时的兄弟俩

人便得了雅号"托派"。

学好英语，考好"托福"，是通向美国的必经之路。

在严寒的"文革"岁月，谁做梦也想不到会成为"托派"，会去"美帝国主义"那里留学……

十年阴霾的日子终于过去。邓小平打开了中国的大门。"TOFEL"成了时尚。中国新一代的年轻人把目光投向了世界，纷纷迈出了国门。

如果追溯两个儿子学习英语的历史，那要说起他们小时候了。

当年，我的老房子的邻居们大都是工人。不过，我家的左邻却是一位湖北老太太。她跟我一样，是买了工人的房子，所以住在那里。她去世之后，正值她的女儿从兰州大学退休，也就成了我的近邻。

她叫姚秀华，是兰州大学的教授。她早年留学美国，长期在联合国工作，英语极好。我的两个儿子从小就跟她学英语。

后来，我迁入新居，两个儿子也都进入上海的重点中学，一个考入上海师范学院附中（今上海师范大学附中），一个考入上海中学，受到良好的教育，打下不错的英语基础。

不过，大儿子在上海师院附属中学上高中的时候，并不很喜欢英语课。进入大学之后，我希望他务必把英语学好，以便将来参加"托福"考试。

又很巧，我的一位朋友徐世延先生在大儿子的大学里担任英语教授。我请他给我的长子以指点。

长子对英语产生了兴趣，进步很快，以至在他的所有功课中，英语成绩最好。他开始准备考"托福"。

他白天在大学里读专业课程，入夜则进修英语，啃"托福"课本。啃完"托福"，接着又啃"GRE"（研究生英语）。他买了张美国地图，贴在他的书桌前，对美国的五十个州甚至比对中国的三十个省市还熟悉。他开口闭口美国怎么样，虽说那时他还没有去过美国。于是，他在家中得了一个雅号——"半个美国人"。

大儿子走出国门

长子在大学毕业后，分配到上海一家大型国营企业里工作。那家企业里有许多外国专家，领导得知他的英语很好，就让他担任英语翻译。不过，就在他担任英语翻译的时候，人事科科长调侃他："哦，你是我们厂的第八任英语翻译。前面七任都已经到美国去了，我看你也'兔子尾巴——长不了'，很快又会去美国！"

人事科科长的话没错。那时候，长子已经成为"托派"。

经过"托福"考试，他收到了美国一所大学的录取通知书。

那时候，出国潮在上海汹涌澎湃。在上海乌鲁木齐路，飘着星条旗的美国驻沪领事馆门前，入夜便排起长蛇队。人们躺在尼龙折叠椅上，等待着太阳从东方升起。

我的长子也加入了这支队伍。每天上午八时多，这支队伍开始蠕动。从大门里出来的人，只消看一下脸色，便知道"晴雨"。

我的长子板着脸走了出来，不言而喻，这位"半个美国人"被美国人拒签了——原因是他虽然被美国大学录取了研究生，但没有获得奖学金。那时候，光是被美国大学录取却没有奖学金，通常是会被拒签的。

好在长子是个很开朗的小伙子。他说："出去闯荡一回，当然不错；出不去，留在国内，我也能干出一番事业！"他不在乎。

几个月后，他收到一封美国来信时，忽地欢呼雀跃起来——美国一所大学给了他奖学金。

果真,当他再度从美国领事馆走出时,脸上挂着笑容。

就这样,"半个美国人"终于圆了他的美国梦。

记得,一连几天刮风下雨,忽地放晴,1990年9月3日长子正是在蓝天上飘着白云的日子里走的,大家都说他运气不错。

那天,他显得特别精神,一件黄T恤衫,一条牛仔裤,一米八二的壮实个子,笑吟吟地跟一个个送行的同学、朋友合影。在他那个大学班级里,他是第一个前往国外留学的人。上海虹桥机场那五颜六色的广告牌,给彩照增添了几分艳丽。我们全家也拍了好多合影。

飞了,飞了,"波音"像银色的大鹏,消失在万里碧空之中。

飞了,飞了,孩子的翅膀长硬了。

我对他说:"从今天起,你就像一个国家宣告'独立',从此成为一个真正'独立'的人!"

长子远走高飞了,这是他平生头一回出远门。我和妻都替他担心:独自一人远行万里,行吗?

第三天凌晨,睡意正浓,忽地电话铃声大作。一看床头的电子数码钟,红色的数字显示"3"。谁会在这个时候来电话?

拿起耳机一听,传来极其熟悉的声音,原来是大儿子从美国堪萨斯州打来的,他说他那里正是下午一时!

正是知道父母挂念,所以他飞抵美国旧金山之际,便打来了长途电话,说是表哥驱车机场接他。匆匆浏览旧金山市容之后,他又要继续飞行。在旧金山打电话时,那边夜深,上海正是下午。

中转了两次,他终于到达目的地。行魂未定,便在导师家给我打电话,说是导师全家开车接机,一切都很顺利……

虽然他也知道那时上海正是凌晨,也顾不得这些了。

相思表

1991年,梁实秋夫人韩菁清送我一只金表。乍一看上去,跟普通的表差不多。可是,她一摁表上的一个按钮,上面的表忽地自动掀开,下面还有一只表!

细心的她,上一回来沪时,知道我的长子去美国攻读硕士学位,便特地在台湾为我选购了这一"相思表":把上面的表调节到我的当地时间,把下面的表调节到美国时间,这样,欲知孩子那里现在几点钟,一摁按钮,便一清二楚。她说,这种表原本专供分居两国、时差颇大的情人、夫妇用,在"相思"时迅速知道对方的时间,以便确定什么时间打长途电话最合适。她笑道,父子也"相思",所以送我这只"相思表"。

确实,父子也"相思"!

掂量某一事物的存在价值,莫过于在它空缺的时候。朝夕相处,平日不大觉得长子在家庭中的"分量"。一旦"飞"走了,差不多时时、处处要念叨着他:

该买米了,往日总是"大力士"的"份内事";出版社寄来一大堆样书,我已听不见长子那"我去邮局取"的自告奋勇声;外地的亲友来到上海,往常前去接站的总是他,如今"外交部长"不见了……

老大的空缺,不光是要他办事的时候才显示出来。他性格外向,整天喊喊喳喳,少了他,家中顿显冷清。每天晚上,他总要到我的书房里坐上一会儿,聊一阵子,海阔天空。如今,我只能望着那张空空如也的他常坐的椅子……这种感情上的空缺，令我益发觉得他是家中一位重要的成员。

我和妻子不时念叨着他。这种思念之情，从飞机腾空那一刹间开始，一直不停地在我们的心中盘旋着。这种思念之情，并不因为岁月流逝而"淡化"，却反而益发变得浓烈。我想，所谓"骨肉之情"，指的便是这样浓得化不开的感情……

思念勾起回忆。孩子走后，我拆掉他睡的床，把他没有带走的种种用品收拾到一只箱子里。蓦地，见到一本熟悉的影集——那是我和妻专门剪贴孩子童年照片的本子。

照片留下了远逝的时光。我记起手臂上又酸又红的印记——每一回抱着他去托儿所，手臂成了他的"凳子"；我记起在那些接受"再教育"的日子里，我成了"五七干校"的"学员"，他成了"小学员"——由于小儿子的出生，妻照料小儿子，而我则带着他去"干校"，酷暑时节，父子俩也只能睡在一张窄小的木板床上；我记起他小小年纪学会背"老三篇"，会哼"样板戏"……

1978年之后，我这"臭老九"变得异常忙碌，一批又一批新著问世，我当选为全国青联常委，我奔走于天南地北，已经无暇再为孩子专门整理影集。不过，我还是抽空为他理了一册剪报本——因为孩子受我"传染"，也爱上了写作。

我翻阅着孩子的剪报集，从第一篇的《一条红领巾》，直到他出国前夕为上海《文汇报》写的文章。每一篇文章，都是他在人生道路上留下的一个脚印。他的照片也越来越多，从黑白的到彩色的，他变成英俊潇洒的小伙子——几乎很难想象是当年那粉红色肉团似的婴儿变成的。

种种回忆使思念之情益发变得无止无尽。云山万重隔。孩子独在异乡为异客，他能适应那里的生活吗？

思念是双重的。孩子在大洋彼岸，同样挂牵着父母、奶奶和弟弟。

到了美国不久，作为"当务之急"，他在自己住处安上了电话。从此，每逢星期日清早，家中的电话响起铃声，从电话耳机里便传出他熟悉的声音。"我这里是下午，我刚刚下课……"

"各在天一涯"，时差那么大，正用得着那只"相思表"。

孩子也常常来信。即便是航空信，也得寄十来天。他的每一封信，都成了全家的"传阅件"。我的老母八十多岁了，戴着老花镜，仔仔细细地看着小孙子海外来鸿。有一回，孩子在信中说："我非常想家，非常想吃奶奶做的菜！"老人家舒心地笑了。

最令人高兴的是，孩子寄来照片。有一回，沉沉的一只牛皮纸大信封，里面装了许多许多彩照，全家高兴了好几天。往日不修边幅的他，居然西装笔挺，领带系得整整齐齐，真个是"士别三日，刮目相看"了。

又有一回，他在电话中告诉我，给我买了一件"喜欢的东西"。是什么东西呢？不是吃的，不是穿的，而是一台手提式的复印机！平日，他在家中，我交给他的经常性任务便是复印。常常每隔几日，我便会交给他一些参考资料，让他去复印店里复印。那时，他常说："要是家里有一台复印机就好了！"正因为这样，他在美国一见到小巧的便携式复印机，就立即给我买下，然后打算托美国朋友带来……

电话和信件渐渐弥补他远离家庭造成的空缺感。他，一直是家中"永久性"的话题。每当大家说起他，我便打开"相思表"：哦，他那里现在几点钟啦？他在吃早餐，在做功课，还是在呼呼大睡？

思念是双重的

我曾经在《光明日报》上发表过一篇文章,题为《作家书信的消亡》,感叹随着电话的普及,作家们不再写信了,导致"作家书信的消亡"。我与儿子之间的书信,也只是限于他们出国之初,后来随着电话的增多,尤其是在电脑上安装了Skype之后,可以免费与他们随时通话,书信也就越来越少了。

我手头还保留着长子在1991年的一批信件,从中摘录若干,大致上可以看出他当时在美国的生活状况:

爸爸、妈妈、奶奶、弟弟:

快过年了,想想上海的春节一定热闹非凡,爆竹连天,还有中央电视台春节联欢晚会更是让人喜上加喜。还有每年春节在上海办年货,我陪着妈妈上街采购,这是我最乐意干的。顺便也可满足一下私心,吃点小吃,不亦快哉。

美国人过节,除了圣诞火鸡外,其余都是旅游。美国人的吃食,简直令人觉得像兔子在吃。生菜、色拉一拌即成。我们在国内吃的西菜,那是法国菜。美国人的汤看上去黄乎乎、粘糊糊的。老美吃饭十分钟就吃完了。

美国人喜欢中菜,但自己烧又觉得麻烦。美国人的厨房,里面十八般武艺俱全,切肉的,刨丝的,去皮的,榨汁的,烘蛋糕的,打蛋器,应有尽有,有时觉得像进了实验室。

美国商品很丰富,吹风机80％以上是made in China或中国台湾的。中国制造的商品也很漂亮。录音机等都有中国产的,大多是中外合资的。

美国现在开始征兵,外国学生均可参军,若参军服役期满即可加入美籍。

战争恐怕得打好久了,美国再也不似从前了,可以老大自居,国力衰弱。日本、沙特、德国、科威特出几次百亿美元,以供美国战争之需。

我们这里的以色利、伊拉克学生倒也相安无事。刚打仗时,一大堆伊拉克学生在游行抗议。

我换了长途电话公司,从AT&T换成MCI。主要是MCI特别便宜,而且还有十七美元的礼物,美国的公司天天在竞争,常收到广告,接到推销员的电话,王婆卖瓜,自吹一番。

好了,在新春佳节即将来临之际,祝

大家春节快乐!

奶奶健康长寿!

弟弟学业进步!

爸爸、妈妈身体健康!

儿

1991.1.26

妻给长子写了回信:

亲爱的儿:

你好!

昨天是农历年初一,听到你来自大洋彼岸的电话,听到你亲切的问候,一家人足足高兴了一天,喜悦之情溢满全家人的脸。今天上午又收到贺卡,又使我们欢欣雀跃!可以说,远方儿子的亲切问候,是送给父母最理想的滋补品。这句话是我自己切身体验到的,也许将来可收入"名人名言录"。

"每逢佳节倍思亲",孩子,你可知道,除夕之夜,我们坐在餐桌边,一边品尝佳肴,一边谈论着你,每吃一样菜,大家都会说:"这是你喜欢吃的。"你听到一定挺高兴吧。

平常,每当有你信的一天全家人都异常兴奋,这天似乎阳光也格外明媚,要是下雨的话,那雨声也像美妙的音乐。

热切地祝愿你羊年万事如意!

时刻牵挂你的妈妈

1991.2.16

长子的来信,谈及了他课余在餐厅的打工生活,写得很细致:

亲爱的爸爸、妈妈、奶奶、弟弟:

你们好!

很高兴收到你们的信,不知妈妈收到我的母亲节卡片没有?

这学期已结束,假期里我在一家日本料理和一家中餐馆打工,当招待。

做过美国的招待,才觉得国内的服务质量太差。在这里,客人一进门先问好,然后端茶、送水,我再上去问他们喝什么饮料,再点菜。

刚开始时,手脚很慢,又不是很懂,现在已经驾轻就熟。美国人喜欢吃中国菜,比如"咕咾肉","宫保鸡丁"什么的。

餐馆很雅致,白桌布,灰色的餐巾(我会叠花样),沙发,激光唱片,在加利福尼亚州很多美国人去过中国,一部分老人在上海住过(二三十年代)。

有一天,一个老人居然和我用上海话聊天,他讲得很好,他是法国人，在上海住了十九年（从1928年到1947年）。聊起上海，心里不知什么滋味，我特别想家。

学校一放假，找工作的人很多，餐馆常炒员工的鱿鱼。我因为对客人好，英语也好，而且与客人聊天，可以上至五千年，下至二战史，工作也勤快，没有被炒过。

我现在的大学是所很美丽的大学，国内的著名学者来我校讲课，他们说这么好的地方，你们得好好念。

这里是椰树成林，也有红豆树，榕树，太平洋波涛起伏。有次晚会去海滩遇见美国人钓鱼，送给我一条鲨鱼，还活的，奶奶见了一定会很高兴的。

我开车会小心的。美国人开车大都是超速的。警车开过来，红灯一闪，乖乖地停在路边，罚单一开。有时，天上的飞机发现超速行驶的汽车。

我给警车拦过一次，那是清晨三点，从实验室出来，忽然后面的警车亮警灯，马上乖乖地停在路边，两手放在方向盘上。这时，警察还不下车，用步话机联系了另外两辆警车，前后堵住——因晚上，怕我有枪，所以约了三辆车。然后先问我好，再问我哪里的，去何处，我出示学生证，他们才对我说，车前灯未打开。道个晚安，才上路，未罚款。

在美国学习有很多压力，我毕竟是外国人，不过已经逐渐适应环境了。

祝
全家好！

儿
1991.5.17

在美国，他举目无亲，只好"自己管理自己"：

爸爸、妈妈、奶奶、弟弟：

　　你们好！

　　收到你们的信，非常高兴。

　　在美国八个多月，也是我第一次离开家人这么长时间。

　　异国他乡遇到很多烦恼，很多麻烦。没有人和你商量，也没有人告诉你该做些什么。在美国，什么样的人都有，什么样的路也有，没有人会管你，只有自己管理自己。

　　五、六万中国留学生，一定有五、六万不同的故事，甜酸苦辣。

　　遇到挫折至少也学到了很多东西。人往往能从失败中学到点什么，不会像以前那样，遇到什么事都急得不得了的。在美国，一个人闯天下，比以前能干多了。

　　我刚搬家。因为夏天放假都走了，每个人都在找房子住。

　　我现在会修一些车上的小毛病，刚买车时，车一有问题就找汽车商修，辛辛苦苦挣的钱都给了修车主了。

　　总之，美国是个很自由的国度，但经济不景气像阴影一样笼罩在每个人的头上。

　　今年各校的资助普遍减少，尤其对外国学生，学费上涨。

　　海湾战争已过，美国是伤了元气。

　　国内一切都好吗？常想起以前在家时，爸爸写完稿子，我和妈妈一起校对，促膝而谈。

　　爸妈、奶奶要保重身体。

儿
1991.6.4

　　这一次，给长子的回信是我写的。那时候，我给长子写信，一手繁体字，两个儿子都很羡慕，因为他们不会写繁体字。考虑到长子在美国，那里的中文报纸都是繁体字的，我希望他能够很快认识繁体字，所以给他写繁体字的信。我也要求尚在国内的小儿子尽快认识繁体字，所以写好信总让他看一遍。

　　孩子，本来这几天我在北京，因临时有急事，退了票。

　　最近仍很忙，你离家近九个月，很挂念。有空，常寄些照片来，好吗？在外，一切都要自己思考、自己判断、自己决定，会培养独立生活能力。相信你会努力，会走正路，会始终热爱自己的家乡，自己的祖国。

　　寄上《人民画报》影印件，这里有你在上海时我们全家的照片。可惜，彩照变成黑白，差了许多。

　　祝

　　夏祺！

父字
1991.6.14

　　不过，到了1992年，我改用电脑写作，给儿子的信也就改用电脑写了。这么一来，失去了"手书"的亲切韵味，文字都变成方方正正的印刷体。不过，这么一来，所有写给他的信，都储存在电脑硬盘之中，随时可以从电脑中找到每一封信。

弟弟跟着哥哥走

榜样的力量是无穷的，尤其是身边的人成了榜样。长子的成功，当然大大地鼓舞了次子。

于是，每当夜幕降临，结束了大学一天课程的老二，骑着自行车进入英语自修学校的校门，重复着哥哥走过的道路。

当时学校规定，如果进入四年级，就必须在毕业之后工作三年才能前往国外学习。这样，在上海交通大学念了三年，我为他交了一笔退学费，办理了退学手续。

老二的学习，向来比哥哥好，所以他的"托福"、GRE成绩都远远超过了哥哥。我本以为，老二可以稳拿美国大学的奖学金。谁知老二学的是电脑专业，在美国很吃香，考这一专业的研究生多，僧多粥少，奖学金大都给了美国学生，作为中国人就不那么好拿。所以，老二一开始跟哥哥一样，只是被美国大学录取，拿不到奖学金。

他拿不到美国大学的奖学金，除了美国计算机专业的奖学金本身就少之外，还跟报考的大学有关：有的美国大学计算机系奖学金名额比较多，报考那里就比较容易拿到奖学金；反之，有的美国大学计算机系奖学金名额比较少，报考那里就不容易拿到奖学金。美国大学奖学金名额的多少，在中国往往很难知道，只好碰运气。

老二在上海交通大学"尖子班"学习的时候，是尖子中的尖子，他与另外两名学习成绩拔尖的同学被称为班上的"三剑客"。那两位同学的运气不错,先后都拿到了美国大学的奖学金。当他们一一向老二告别时,老二开始坐立不安。

老二是个性子很急又好胜的孩子。他明知没有美国大学的奖学金通知单是很难获得签证的,还是决定凭借录取通知单去美国领事馆试试看。

自然,他拉长了面孔,走出美国领事馆——他遭到了拒签。

他不像哥哥那样开朗,所以几乎承受不了这样的挫折。那些日子,我和妻要花费很多精力对他进行开导——用教育学的术语来说,那就叫"挫折教育"。在他成长的过程中,那些日子是我最吃力的。

老二终于振奋起来。他居然下决心重考"托福"和GRE,虽说他原来的成绩已是很不错的了。他还增加报考了电脑专业的GRE。

进入考场之前,他削好一大把HB铅笔,甚至把每支笔的头都磨圆,以求在答卷时速度快又不会勾破考卷。

功夫不负有心人。有一天他接到美国大学来信之后手舞足蹈起来,他获得了美国一所大学的全额奖学金!

我和妻如释重负,也由衷地欢呼起来。

这样,他坦荡荡地走进上海美国领事馆。用"行家"的话来说,拿到全额奖学金,等于半只脚已踏进美国。

果然,他笑嘻嘻走出美国领事馆——签证官一见到美国大学的全额奖学金通知单,二话没说,就给他发了签证。

老二的运气真不错。就在他踏上飞往美国的飞机前夕,忽然快递公司打来电话,说是有一份来自美国的特快专递。

本来,特快专递理应由快递公司送达。由于这封特快专递上是用英文写收件人地址,快递公司的译员在翻译时译错了路名,所以送不到我家,只好打电话来。我一听,知道这份特快专递格外重要,很可能是另一所美国大学的全额奖学金通知单。由于离老二出发的时间已经很近,让快递公司送来也许来不及。事不宜迟,我叫了出租车赶往

次子刚到美国,游览华盛顿

快递公司,取回特快专递。

当我回到家中,这时离老二飞往美国只有三小时。他一看快递,笑得合不拢嘴——又一所美国大学给他全额奖学金,奖学金为每年两万美元!

由于这所大学给的奖学金多,而且学习条件也更好,他到了美国之后,改为前往这所大学报到。他庆幸在临走时收到这所大学的全额奖学金通知单。

他细细一想,走的那天是1992年12月18日,"一八"的谐音是"要发",难怪他会有这么好的运气。

就这样,我和妻在上海虹桥机场又送走了第二个儿子。

我的两个儿子,双双成为美国的硕士研究生。我的家,从此一半在美国。

小儿子笔下的美国校园

老二飞往美国之后，我和妻在整理他留下来的东西时，惊奇地发现，居然有一本红色封面的围棋三段棋手证书！

大约是喜欢数学的关系，他在中学时喜欢下围棋。当时我只知道他自费订阅了《围棋周报》，还买了许多围棋的书。到了大学，功课那么紧张，他居然还有心思去钻研围棋，成了围棋三段棋手！

老二不爱文学。上小学的时候，他写的一篇作文，受到老师的表扬，却令我和妻笑痛肚皮！

在那篇作文里，他写舅舅在上海南京路见义勇为，奋不顾身抢救差一点遭遇车祸的小朋友。这样表扬好人好事的作文，理所当然受到老师的表扬。可是，我和妻知道，那段时间他的舅舅根本没有来上海，更谈不上在上海南京路救人。我告诉他，写这样表彰好人好事的作文，是不能虚构的。

我也曾一度尝试培养他写作的兴趣。在上海《少年报》举行作文比赛时他投过稿。那篇稿子，《少年报》编辑要他修改多次，他每一次都按照编辑意见认真进行修改，最后还是没有发表。《少年报》在关于作文比赛的总结性文章中倒是提到"有一个小朋友认真地修改多次"，指的就是他。大约就是因为这次投稿没有发表，使他对写作失去了兴趣。

老二尽管从未发表过文章，尽管多年来一头子扎在数学与英语之中,到了美国之后,给我们写的信却还是很通顺的。

老二刚出去,对美国的校园生活有一种新鲜感。当时,《温州日报》的读者希望了解美国校园生活,我从老二的来信中选出两封,发表在《温州日报》上,这是他第一次公开发表的文章,虽说他写信时并没有想到会公开发表:

亲爱的爸爸、妈妈、奶奶:

你们好!

来美已有四个月了,各方面已逐渐习惯。这学期我选了三门课,还要当一门课的助教,所以功课很忙。作业、考试都比国内多,要求也比较高。另外,美国作业量大,都是大程序,很多东西要有一个熟悉过程,因此,第一学期会很忙的。学校里计算机设备很好,机器和全世界联网,所以可以查阅任何一个国家的资料。一切都在几毫秒内完成。从机器上可以看到每天的世界新闻,可分类看,每天的中国最新消息都能看到,甚至还能从计算机上看中文杂志,前天,我就看了《华夏文摘》,图像很清晰。

不过,在美国买书很贵,我买了四本教科书,花了二百一十美元,比一个月的房租还贵。在美国大家都很忙,一切事都要靠自己,没人有空来管你,所以现在自己觉得自理能力比以前强。我想自理能力和环境有关,在这儿不得不自己照顾自己,能力也就锻炼出来了。

我们系里只有我一个中国大陆学生,现在我和美国同学及其他外国学生们相处挺好,学习上也都是互相帮助,在这里由于设备好,训练严格,短短的四个月已学到不少东西。

我和其他学校的大陆同学都有联系,我生日那天他们都给我寄来贺卡,打来电话,但由于忙,我整天都在干活,晚上还改两个班的作业。同班的一位美国同学和我同一天生日,她也不得不在学校里工作一天。不过,忙虽忙,心里很充实。

　　好了,先写到这里。祝

　　全家快活

儿

1993.3.30

爸爸、妈妈、奶奶:

　　你们好!

　　现在春天到了,校园里的景色非常美丽,到处是绿绿的草坪和鲜艳的花朵。美国的桃花开起来满树都是,而且,有各种不同的颜色:红、白、粉红,走到哪里都可以看到鲜花。这儿基本上见不到裸露的泥土,每家每户都有成片的草坪和各种各样的花树。在美国自然风景保护得也挺好,像加州高速公路旁边都可以看到成群的牛羊在路边的山坡上吃草。在我们的校园里还可以经常看到蜂鸟和松鼠……

　　学校里的功课很重,国内几个学期才能做的课,这儿要求你一个人几星期就做出来。不过,系里的设备很好,各种软件都很齐全,所以工作效率比国内高得多。在美国读书是很辛苦的,小严、小童和其他交大读计算机的同学,在美学习,一般晚上十二点多都还在机房里。这儿的校刊上也有不少文章说念工程和计算机的学生,几乎没有什么空闲时间。因为这些领域发展很快,所以学校安排的课程很多,平时念书就比较忙。再加上这儿一学期上课时间才十二周,而国内则要二十到二十二周,这样平时大部分时间都花在读书上。不仅如此,平时还要自己买东西,做饭菜,一切都要自己干,就显得更忙了。

　　在这儿,没有车子很不方便,买东西要跑很远的路。以后有了钱还是先买辆车子。这里的旧车子并不贵,前几天,有辆四百美元的车子出售，和上海大众差不多，只是旧些，而空调、音响都很齐全，本来想买下来，后来因暑假要到加州去，买车子三个月的保险费就要交五百美元，所以暂时没买。

现在我们这儿的计算机是多媒体化的，可以听音乐，看图像。我从欧洲芬兰的资料库里选了几首歌曲，然后通过网络传到这儿，前后不过几秒钟，很快就听到高保真的音乐。

因为现在录音机、录像机都是数字化的，所以普通的录音机、录像机都可以直接把信号输到计算机里，就像以前在家里玩游戏机一样，只要接上一个插口就行。当然，因为系里的计算机速度很快，所以能马上把数字信号转成声音或图像信号。

现在科技很发达，地域的概念已比较模糊，我可以利用计算机和欧洲直接通话，那边的图书馆、资料库里的信息都可以在很短时间里传到计算机里来，速度比传真快多了。前一阵，我还和在华盛顿州（不是首都华盛顿）的同学在计算机上下围棋，图像非常逼真，信号传送时间只有几毫秒（千分之几秒），和两个人对面下围棋没有任何差别，而且旁边还有对话窗口，可以互相通话（用键盘输入通话内容）。要知道我俩是在相隔五千公里的地方下围棋的！这在十年前恐怕还只能在科幻小说里才有吧。

一个学期的紧张学习生活很快就要结束了。我深深地体会到来美念计算机还是很值得的，在计算机领域国内差距还是很大的，国家很需要这方面的人才。暑假就要到了，我们系里的一位台湾同学，正利用计算机搜索台湾哪些公司需要暑假短工。我现在准备再多学些新的计算机语言，以便容易找工作。在美国如果没有收入，那情况会比国内困难得多。

我希望爸妈有机会到美国来看看，到我们学校来看看，一定会有不少收获的。

祝

　　全家万事如意

儿

1993.5.10

　　从老二的信中，我得知他到了美国之后，仍然对围棋念念不忘，居然跟千里之外的同学在电脑网络上下起围棋来！

空巢之家

孩子在家的时候,朝夕相处,似乎不觉得他们的存在的可贵。一旦空缺,家中如同少了一根柱子,心中产生一种强烈的失落感。家中一下子变得寂寞。

在写作的间隙,目光投去,案头那瓶雀巢咖啡上的"巢"字,蓦然间触发了我的思索。

"巢",鸟窝也。对于人来说,这巢便是家。我的两个儿子先后去了大洋彼岸,我的"巢"变空了,成了"空巢家庭"!

记得几年前上海上演了一出话剧《留守女士》,后来这出话剧被搬上银幕,产生广泛的影响,于是派生出"留守父母"这样的新名词。朋友们来访,对我说:"老叶,你们算是'留守父母'。"

如今,这"空巢家庭",其实也就是"留守父母"的"翻新杨柳青"。

不论是"留守父母",还是"空巢家庭",这样的新名词一诞生,便迅即在社会上流行起来。这如同"街上流行红裙子",那"红裙子"能够流行,是因为"红裙子"被许多人所喜爱。

眼下,"留守父母"、"空巢家庭",比比皆是,远不只我一家,已成为颇为普遍的社会现象。在我的交际圈中,也不时遇上:我去看望老作家柯灵,他和老伴就是"留守父母";作家白桦去了趟美国,他跟我说是去探亲,因为他的独生子在美国,他家也成了"空巢家庭"……

　　"空巢"之忧、"空巢"之累、"空巢"之苦,无时不困扰着我们。这种困扰,随着我们年岁的增长,越来越强烈了。

　　两个儿子走后,我如同失去了左臂右膀,手下没有"虾兵蟹将"。倒垃圾,买酱油,各种各样的杂事,本来只消一句话,孩子们马上就出发,如今全由我和妻去做。

　　全自动洗衣机的外壳锈迹斑斑,非换一个外壳不可了。从洗衣机维修站运外壳回家,本是儿子的事,如今却非我莫属。幸亏我的自行车车技还不错,我就像杂技演员似的骑车,居然把这么个大家伙运回家中。

　　我们家的工作量是够大的。虽说我是"坐家",但我处于上百家报社、杂志社、出版社"围剿"之中。每日自早至晚忙于写作,连节假日都在写作。电话、传真、信件、客人不断,再加上种种社会活动和应酬。还有不断的外出采访,再加上我自己又得不断接受别人的采访……繁重的家务全靠妻支撑。她除了家务之外,还抽空帮我打电脑、校对以及发信、复印、收发传真等等。这些,都是"常务性"的工作。

　　正在我们为"空巢"而感叹之际,1995年教师节晚上,我和妻收看中央电视台的庆祝晚会。李谷一演唱的一首歌,引起我的共鸣。她居然也唱"空巢"。不过,她唱的是教师:教出了一批又一批学生,都"飞"走了,只剩下教师守"空巢"。她唱道:"飞走的是希望,空巢留下的是我。"

　　是的,是的,"飞走的是希望"。想到这一点,留守"空巢"的我和妻,仿佛拨开稠密的愁云,见到一缕灿烂的阳光。那"飞走的希望",其实也是所有"空巢家庭"的精神安慰剂。

　　孩子远离父母,如同一个国家宣告独立。他明显地变得成熟起来,去除了往日的依赖性,一切都要经过自己的头脑作出判断,决定自己的行动。儿子迅速地成为"纸上对谈"的对手,我们这一代20世纪50年代的大学生,跟他们这一代80年代的大学生存在着思想上的代沟。然而,他们的朝气,他们的新思维,他们从异国他乡得到的新信息、新知识,也使我们的思想变得年轻,视野变得更为广阔,笔墨变得更符合时代大潮。确实,"后生可畏"。

自从两个儿子先后去了美国,给他们写信成了一件经常性的任务。"家书抵万金",身处异国他乡的他们,多么盼望能够从家书中得到家庭的温暖。

傅雷先生是中国家长的模范。他给傅聪写了一封又一封家书,以至后来居然编成一本厚厚的《傅雷家书》。

我的写作任务很重,一部又一部长篇的写作,压得我喘不过气来。于是,给儿子们写信的任务,通常落在妻的头上。

好在小儿子出国之前,我已经买了一台286电脑。小儿子出国之后,我又买了一台电脑。这样,我和妻各自拥有一台电脑。她用电脑打好给儿子的信,拷到我的电脑中,我再作修改、补充,最后"定稿",打印,寄出——那时候,我的两个儿子都有电脑,而且都有电子信箱。无奈我的电脑尚未联网,还无法发"伊妹儿"(电子邮件)。

照我看,用电脑写家信,有几大好处:

一是不论妻起草,还是我修改,都不存任何"痕迹"。倘若手写,两种笔迹混杂在一起,很不好看;

二是如果有什么事,既要告诉老大,又要告诉老二,那就在给老二写信时,把给老大写的那段话"拷贝"进来,不用另写了;

三是每封信写毕,都可以"拷贝"到软盘中保存,留了一份"底稿"。何况上百封信的"底稿",可以储存在薄薄的一片软盘之中,省地方;

大儿子给我买了一台手提式复印机。这台复印机原本是为了我复印文稿、资料用的,可是居然也可以用来"写"信。我常把报刊上新近发表的关于我的报道,或者我自己写的有关近况的散文,用复印机复印，姑且也当作"家信"，寄给儿子。这叫"以文代信"。这样的"以文代信"，为我节省了不少时间。

至于给儿子写信所用的信封，我用电脑往信封上打印地址，每一回打印十来个或更多。写好信，往信封中一塞就行，很省事。

两个儿子在美国都很快获得硕士学位，他们都在美国工作，他们有时不回信，而是打电话。听到他们的声音，很使我们高兴。相对于美国的收入而言，美国的国际长途电话不算太贵，在电话中聊个刻把钟或者半小时，是常有的事。

我家装了无绳电话后，儿子来电话时，我用"有绳"耳机听，妻用无绳耳机听，这样能够一起听见儿子的话音。我可以答话，妻也可以随时答话。我还装了录音电话，可以把与儿子的通话录下来。这样，挂上电话之后，还可以给我的母亲重听一遍……

科学技术的进步，使我们的家书变得花样繁多。比起用笔一笔一划地写信，现代化通信的手段要方便多了。

作为空巢之家，我们思念在海外的两个儿子，也思念故乡温州。妻写了《家乡的白银豆》，表达了我们对故乡的思念之情：

前几天侄女从温州来看望我们，一到家就拿出一大袋家乡的白银豆荚给我们，说："爸爸（我的璁哥）知道你们喜欢吃白银豆，这次我来上海就给你们带来了。"我接过这白银豆，好像久违了的朋友，爱不释手。烈闻讯也从书房中跑出来，喜形于色地说："真好，可以吃到白银豆了。"他还说为了吃到白银豆，我们几乎跑遍了所有超市卖豆的柜台，却一直没有买到白银豆。倒是有一次去美国，在一家超市里看到干的白银豆，我们赶快买来，还带到上海吃呢！

可不是吗？有好几次，我去菜场买菜，就到卖干货的摊上问："有没有白银豆卖呀？"回答是："没有，从来没有听说过什么白银豆。我们这里只有白扁豆。"我觉得可能上海人的说法跟温州不一样，这东西有点像。于是就说可以拿来看看，左看右看，都不像我要的白银豆。于是我就少买点回家烧了吃吃看。一到家用水泡好，然后过了一天再烧了吃，呀，根本不是白银豆，而是白芸豆，味道完全两样。

倒是有一次在马路上，看见一位老大娘在卖干豆，我仔细一看，有点像白银豆，我就凑前问："请问这是白银豆吗？"大娘说，这是"白扁豆"。又是白扁豆，我正要离开，由于觉得有点像，不忍心就这么走了，再仔细看看，觉得真有点像，只是不确定。于是先买半斤，还跟她说明天你老人家是否会再来卖？大娘说，不一定的。

我回家后马上取出一部分用水泡开，然后又用小排骨一起烧，这回真是白银豆呢！

第二天，我又来到大娘昨天卖豆的地方，想多买点，可是却不见她的身影。以后我又隔三差五去到老大娘卖豆的地方，却一直再没有见到！

我们这么爱吃白银豆，有点嘴馋吧。是呀，我俩虽然离开家乡将近五十年了，可是家乡许多美味的东西一直是我们的所爱。以前我们回到家乡温州，就直奔渔丰桥头的"长人馄饨店"，吃馄饨，到米面店吃米面，到"五味和"食品店买鱼饼，到菜市场买盆菜（一种类似于萝卜而形状像盆子的温州特产蔬菜），在街上买瓯柑。然后装满从上海带去的旅行箱，托运回上海。随着改革开放的不断深入，来上海做生意的温州人越来越多。现在我们可以在上海的温州特产商店买到温州的鱼饼和盆菜了，也随时可以吃到米面（上海叫米粉）。可是白银豆和瓯柑却一直没有见到。

白银豆又香又糯又粉，不管怎么烧都好吃，也不管新鲜的或者干的，都好吃。

这次当侄女把一大袋新鲜的白银豆荚往桌子上一放，我就迫不及待地动手剥起来。一颗颗白中带浅绿色纹理的白银豆从豆荚中跳出来。当天晚上,我就把剥好的白银豆与肉末一起烧,我们都觉得味道好极了。第二天,我又继续剥,把剥好的白银豆分装在食品袋里,然后放在冰箱的冰冻室,要吃的时候拿出一袋,可以吃好多天呢。

侄女知道我们喜欢吃,就说下次只要你们在上海,给我打个电话,我就可以把白银豆给你们托运过来。还有瓯柑也是你们非常喜欢吃的,我也可以托运过来。

我一直怕麻烦她,不敢打电话,可是快过年了,有什么比这家乡的食品更吸引人呢?于是就下决心给她打电话。她接电话后,就立即把我们喜欢吃的白银豆和瓯柑托运过来了。见到这心爱的白银豆和瓯柑,仿佛见到家乡的亲人,这两样东西是我们今年最好的年货了。

团圆节

头一回去美国看儿子

我和妻第一次去美国,是在1993年。那时候,两个儿子都还在美国东部求学。

我和妻从上海飞往美国洛杉矶,在内兄家住了一个多月,然后在圣诞节前夕,从洛杉矶飞往美国东北部的山城匹兹堡,住在我的挚友、作家童恩正家中。

那里风雪弥漫,住下不久,一辆红色的小轿车驶来,停在雪地里,从车中跳出一个穿鲜红滑雪衫的又高又大的小伙子,那便是我的长子。已经三年多没有见到他了,如今他胖得长两个下巴,身体非常壮实。许久许久,没有听见他呼喊"爸爸"的声音,现在又重新听见,倍感亲切。

老大开初在美国堪萨斯大学上学,要到餐馆当招待。很快的,他不再干这些初等的打工活,而是当助教,以自己的专业特长工作。

老大在美国三年多,已变得很能干。当他转学到宾州大学时,居然把行李放在车上,驾车由西向东,差不多横穿美国。

他最初的汽车是花五百美金买的很旧的车,修车花的钱比买车钱还多。他换了一辆又一辆。虽然他作为学生,限于经济能力,买的都是二手车,但是一辆比一辆"进步"。

向来"不拘小节"的他,居然寄来西装革履的照片,身后的墙上则贴着他的论文——那是他出席学术讨论会时拍的。

他原本是学材料科学的。他在宾州大学,先是获得材料科学硕士学位,却由于材料科学方面的工作不容易找,接着又念了个电机硕士。当时,他的宿舍里贴着这样的对联:博士尚未成功,同志仍须努力。

这位"尚未成功"的"博士",一见到我,滔滔不绝地谈起"足球经"。令我吃惊的是,他居然成了宾州大学足球校队的队员。这不是我们所说的足球,而是美式足球,亦即橄榄球。橄榄球是颇为危险的运动,队员们戴着头盔,猛烈地冲撞。几乎没有中国学生去参加这样剧烈的运动。而他,原本对于体育毫无兴趣,上中学时,我每每为他的体育课成绩能否及格而发愁……

他的驾车技术已不错。我和妻从匹兹堡去费城、华盛顿、纽约,一路风雪,往返几千公里,由他开车。他随车带着详细的公路图,边开边查,都能顺利到达目的地。有人曾开玩笑地对他说过,凭他现在这口流利的英语和娴熟的开车技术,回国当翻译或者"的士"司机,都可以生活得不错。他摇头,说的仍是那句挂在嘴边的话:"博士尚未成功……"

我注意到他的车斗里,放着两样东西:

一是鸭绒睡袋,不论到哪里,拿出睡袋,把拉链一拉,把滑雪衫垫在脑袋底下。过一会儿,他就发出呼噜声,"着啦"!他在美国养成了随遇而安的习惯,吃什么都行,睡哪里都行。他说他在美国跑了三十五个州,就是这么过来的。在美国三年多,他算是经历了风风雨雨,风雨冲走了他身上的娇气。毕竟在异国他乡,既要学习,又要维持生活,是很不容易的。

二是车斗里放着一身西装,一件白衬衫,一根领带,用衣架套好,外面裹一个大塑料袋,整整齐齐,干干净净。遇上"正式"的场合,他就把这一套"礼服"穿起来。再不像过去在家里那么邋遢。他说,很快就要去工作了,不注意仪表,是不行的。

他变得懂事多了。一听说妈妈的头有点疼,就开着车到处给她买药。在雪地里行进时,他生怕妈妈摔跤,总是搀着妈妈慢慢地走……

我跟他说起,我们家门口,已经建成一座一公里长的立交桥,地铁也已从家附近通过,离家不远处一下子冒出四座崭新的百货大楼,你回去恐怕不认识了。

他很有兴味地听着。他说,争取回家看看。他很想念上海——他的故乡……

他驾着车,带着我们来到特拉华州纽瓦克市,前往特拉华大学,去看弟弟。弟弟比他小三岁,长得比他还高。跟他相比,弟弟显得"嫩"多了。

弟弟和另两位同学合住一套公寓,一厅两室,那厅有二十多平方米,还有一间十平方米的厨房,一间十平方米的卫生间。这么大的房子,空荡荡的,客厅里除了张圆桌、四把椅子之外,别无其他家具。其原因是他们尚在学习期间,流动性大,常搬家。置办家具搬家时就很不方便,也就索性不买。那套桌椅还是花二十五美元买的旧家具。这么一来,他花二百美元买来的新电视机只得放在地毯上,看电视时,也就坐在地毯上看。

弟弟见到哥哥和我们一起远道而来,忙得不亦乐乎。他打开电冰箱给我们看,里面放满了他买的各种食品。往常,他在家里是从来不买菜的;如今,冰箱里居然放着毛豆、鳝丝、牛肉、大虾、墨鱼、青椒、花菜等等,都是他自己开车去采购的。他说这儿河里有大甲鱼,美国人是不吃甲鱼的,要不是忙于考试,他会抽时间去钓甲鱼。他居然捋起衣袖,剥起虾仁来,虾头一扔,用力挤一下虾尾,虾仁"脱颖而出",那动作之熟练,令我十分惊讶。须知,在家中,他这个"干部"是从不"下"厨房的。那天,哥哥和他各献手艺,做了一桌子的菜。最早被"歼灭"的,便是弟弟炒的虾仁。他说,平日功课忙,只好到餐馆里吃。稍空,就自己动手烧饭、烧菜,所以,才有了那么点"手艺"。

我注意到,在吃完之后,老二把剩菜都收进冰箱,说是留着下一顿

1993年在美国团聚

兄弟俩动手做了一桌菜

吃。往日，在家中，他总是吃新炒的菜，几乎不吃上顿的剩菜。来美国后，一切都得自力更生，知道金钱来之不易，也就懂得了"粒粒皆辛苦"的道理。

他是老二，大抵是平素最受宠爱的缘故，生活自理能力不及哥哥。出国时，临时抱佛脚，买了本《家庭常用菜谱》，塞进箱子。到了美国，起初老是啃汉堡包，后来居然到超级市场买虾，自己炒虾仁吃。

平素不大喜欢体育运动的他，考驾驶执照时，书面答卷很不错，只是在驾车考试时几次碰倒了标杆。当他寄来一张在华盛顿的照片，并说明是自己由新泽西州驾着那辆花两千美元买的尼桑车去那里的，我和妻大吃一惊……

他的房间里，有两个大壁橱。我打开一看，里面乱糟糟的，只有几本专业书籍放得整齐。令我忍俊不禁的是，我们来美国之前，他打来长途电话，说是要一套西装，以便找工作时穿。我们知道他出国时带去一身西装，也许已经穿旧了，也就给他又买了一套新西装。跟他一见面，他竟说不知道有过一套西装。于是，我们打开他的箱子，一翻，就翻出一套西装来！原来，他连自己箱子里有一套西装都不知道。怪只怪他出国时，我们过分"包办代替"，他的箱子是我和妻替他整理的，他压根就不清楚箱子里有些什么"家底"。到了美国后，他只从箱中拿出一些日常用的东西放在壁橱里，不再开箱了。虽说他"一塌刮子"只有两只皮箱，缺乏生活自理能力的他，连这两只皮箱也不会整理……

老二学的是计算机专业。他知道，平日用电脑写作的我，对电脑颇有兴趣。于是，他邀请我们去参观他的电脑实验室。在他的带领下，全家上了车。特拉华大学是一所花园式的大学城，幽静而美丽。我们的车穿过校园，停在他的实验室门口。大门紧闭。他开始翻找钥匙。先是翻找上衣口袋，经过一番"搜索"，毫无结果；接着"清查"两只裤袋，也一无所获。就在这"搜索""清查"过程中，不时从衣袋里掉出小纸片之类,我们赶紧帮他捡起来。良久,他只得抓抓头皮,很不好意思地对我们说了声"抱歉"。原来,他平时穿的是一件牛仔衣,钥匙放在牛仔衣的口袋里。我们来了,他换穿了件皮夹克……

无可奈何,我们只得驱车回他的宿舍。当他终于用钥匙打开实验室的大门时,显得兴高采烈。他像一位教授似的,在实验室里指指点点,说这道那,津津乐道于他的专业。

当我们离开特拉华大学,前往纽约和华盛顿时,曾希望老二和我们一起去。他却摇头,说自己正忙于考试。那时,正值寒假,所以老大有空陪我们驱车数千里,老二怎么在寒假里还要考试呢?原来,美国学校是实行学分制的,你只要考满学分,就可以提前拿到硕士或博士学位。老二照理要花两年时间才能拿到硕士学位,他却想在一年内拿到。所以,他连寒假都不休息,想早点考满学分。老二的学习成绩向来不错,到美国后,成绩也全是A……他既然如此用功,我们也就不勉强了。果真,他提前一年拿到硕士学位。

出国一年,胜似在家十年。

我明显感到,孩子们在家,像暖房里的花朵;到了美国,受了风雨,见了世面,迅速成熟了。

虽说他俩都有奖学金,在扣除学费之后,交了房租,还要买汽车,而美国的生活水平远比中国高,他们还得在假期里打工,以维持生活。每天只睡几小时,没空闲聊,没空"泡"电视。这种"洋插队"的生活,使他们得到了磨炼。

两个孩子不负所望,刻苦学习,先后都在美国获得硕士学位……

那一回,我和妻游历了美国西海岸、东海岸和美国中部,我写了《星条旗下的中国人》一书,第一次印刷就印了五万册。

巴顿将军帮了大忙

1994年，接到长子从美国打来的长途电话，一开头，就使我不解。他问我："爸爸，那本《巴顿将军》，还在家里的书架上吗？"

他干嘛问起那本《巴顿将军》呢？

巴顿是美国功勋卓著的著名将领。这一回，巴顿将军竟出乎意料帮了他的大忙！

他在美国获得硕士学位之后开始找工作。在美国，找个临时性的打工机会不算难，可是正儿八经地在大公司里找个长期性职位并不容易，尤其是外国人——他在那里算是"外国人"了。

老大原本是学材料科学的，这专业跟军事有关，本来在美国算是"吃香"的专业。只是第一次海湾战争结束之后，再加上苏联解体，美国的国防经费大减，使他的工作机会也大减。他几次去应聘，连面试时该穿单排钮扣西装还是穿双排钮扣西装都仔细考虑到了，无奈由于粥少僧多，他一直未能被录用。

这么一来，他打消了读材料科学专业博士学位的念头。因为博士生的年薪比硕士高，找工作更困难。

好在他很灵活，马上改学电子工程专业，又拿到了这个专业的硕士。

就在这时，才去美国一年多的弟弟，刚拿到电脑专业的硕士学位，便被美国的大公司——AT&T公司（美国电话电报公司）录用，年薪颇高。他比弟弟早去美国两年多，反而找不到工作，心中十分着急。

这一回,他乘飞机去美国大名鼎鼎的通用汽车公司应聘。几十人角逐一个职位。

报名者绝大部分是美国人。他作为一个"外国人",跟这些美国的硕士毕业生竞争,不见得有多少希望。

在面试时,考官并不注意他穿的西装是几排钮扣,却冷不防地一上来就问他:"你知道巴顿将军吗?"

巴顿将军跟汽车公司,简直风马牛不相干!他先是愣了一下,紧接着就侃侃而谈,谈得头头是道:巴顿是美国著名的陆军将领。在第二次世界大战时,这位美国第七军团司令,率领美国坦克部队横扫地中海和欧洲,威震世界。就在他战功显赫之际,突然死于车祸……

对了,巴顿将军死于车祸,这一点跟汽车有关。于是,我的大儿子便大大加以发挥。考官露出了笑容……

前面提及老大虽然学理工科,却喜欢文学,平常在家中爱看各种杂书,他读了大量文学名著,《丘吉尔传》、《巴顿将军》之类的传记都爱看。

万万没有想到,这一回,那本《巴顿将军》在美国求职时派了大用场。

听罢他娓娓而道巴顿将军,那位考官说了声"OK"。就这样,他竟然幸运地被录用了。

其实,那位考官见他是中国人,便随口问起巴顿将军,想试试他对于美国的历史有多少了解。在考官看来,很难录用一个对美国历史毫不了解的外国人。至于专业水平如何,反正学校里有成绩报告单,大可不必再进行面试……

不久,他接到美国通用汽车公司的正式录用通知,那激动的心情可想而知。于是,他赶紧给我打电话,一开头,就问起家中那本《巴顿将军》!

他在前往通用汽车公司报到时,接到公司来电:"请乘飞机来,不必开你的汽车来。我们是汽车公司,会优惠为本公司职工提供汽车。

我们不希望本公司的职工外出时驾驶别的公司出品的汽车。"

　　他连忙卖掉了他的旧车。那辆旧车,是他的导师以几千美元转让给他的。说实在的,倘若开着这么一辆轿车外出,确实有"伤"通用汽车公司的"面子"。

　　从此,他变得非常忙碌,一个月内差不多要出差四回,成天在美国飞来飞去,有时还出差到别的国家去。因为他年轻,又没有后顾之忧——尚未成家,何况在上海时就因擅长社交而有着"公关先生"的雅号,所以公司里要派人出差,总是派他去。他几乎不给家中写信了,而是喜欢打电话,在电话中跟我们聊上刻把钟。虽说长途电话费远比邮费贵,但他毕竟已经工作,属于美国的"白领阶层"了。

　　在美国通用汽车公司,他算是七级。最高的是十六级。他说,还想再念个企业管理学位。有了这个学位,提升会更快。

　　一转眼,他去美国快五年了,护照也到期了。他去波士顿中国领事馆换了新护照,领事馆官员对他很客气。新护照有效期为五年。那时,他申请美国绿卡手续已办好一半了。

　　他想念上海,想念父母,决定等办好美国绿卡,就回上海一趟。他说,美国房子便宜,比现在上海的商品房便宜,花九万美元,就可以在他那里买一座有四套房间、带车库的花园洋房。他说,以后还是希望父母到美国再住一段时间。

　　他曾经给我寄来几张在沙漠里工作的照片。原来,他在通用汽车公司参加试车工作。为了检验汽车的性能,汽车要在沙漠中高速行驶。在沙漠工作相当艰苦,他却觉得这样的工作很有意义,使他对汽车的性能有了更进一步的了解。

小儿子成为"开国元勋"

　　小儿子学的是电脑专业，要比大儿子的材料科学专业热门得多。尽管在申请美国大学电脑专业的奖学金时很困难，因为申请人远远比别的专业多，然而当小儿子获得电脑专业的硕士学位之后，找工作就比哥哥方便得多。他迅速被AT&T公司录用。原本他打算工作一年之后，改善一下经济条件，再去读博士学位。可是，走上工作岗位之后就身不由已，一直工作下去了。

　　小儿子性格内向。对于他来说，整天坐在电脑前埋头编程序，倒是很适合他。

　　他虽然年薪不少，但是很省，总是写信，不大打电话。

　　他走上工作岗位之后，最为不适应的是，每天必须西装笔挺，正襟危坐于电脑之前。他是随便惯了的人，可以说是"不修边幅"。在出国之前，他从未系过领带。可是，如今不仅要系领带上班，而且衬衫要每天换洗——自己洗还不行，必须送干洗店洗好、熨平……他极为不习惯，却又不能不习惯起来。因为AT&T公司是美国的大公司，要求员工必须西装革履上班。

　　很偶然，有一回他在报纸上见到一则广告，一家公司招聘电脑软件工程师，年薪相当高。他试着去这家公司看看，发现老板竟是中国人，而且还是他的校友——毕业于上海交通大学计算机系。原来，这是一家中国留学生创办的公司，当时只有六个人！很自然，在异国他乡,他们一见如故。

小儿子作出大胆的决定,放弃在名牌公司的工作,到这家小公司与他的校友共同创业。于是,他成为这家公司最初的七位"开国元勋"之一。他说,在大公司里,只能做一个大工程的一项小小的具体工作,而在小公司可以独当一面,可以迅速提高自己的工作能力和业务水平。在这里,也许可以套用一句人们爱说的话:"宁为小国之君,不做大国之臣。"

没多久,我拆开小儿子从美国寄来的信,从里面掉出一张名片。哦,他也有名片了! 他在信中告诉我,他在这家新公司正忙于电话的电脑软件设计,工作很愉快。

后来的事实表明,他的选择是正确的。这家由中国留学生创办的公司,着力发展中国电讯业务,开拓中国市场,一下子就"火"了。接着,这家公司又与另外一家美国公司合并,规模不断扩大,在中国各地设立分公司,以至发展到拥有近万员工,而且成为美国的上市公司。

小儿子的"福气"真好。他当时在美国新泽西州,租了房子,房东是中国人,看到他生活自理能力甚差,干脆就包他三餐。这么一来,他无后顾之忧,不必自己做饭,可以专心致志地忙于工作。

他还买了一辆凯迪拉克新车。比起他刚到美国时只能买二手车,这已经是鸟枪换炮了。

小儿子开始在美国公司工作，上班时西装笔挺

小儿子出差上海

1995年之后，两个儿子在美国都站稳了脚跟，有了称心的工作和稳定的收入。

从此，我的四口之家，一半在中国，一半在美国。两个儿子在美国，也分处两地，一个在芝加哥，一个在新泽西州。所以，我们一家四口分处在两国三地。

对于两个儿子，我也有感到遗憾的地方：我原本期望他们在美国双双戴上博士帽，可是一走上工作岗位，他们就处于高度忙碌之中，也就把攻读博士学位撂在一边了。我曾经劝过他们，"磨刀不误砍柴工"，凭他俩的学习能力，花两年功夫就可以拿下博士学位，然后再去开创事业，会站在更高的起点上。可惜，一旦进入公司工作，犹如进入湍急的漩涡，难以自拔了。

1996年6月18日，小儿子很高兴地给我打来电话，说是公司派他出差上海！这是他1992年前往美国之后，头一次回上海。在美国，他做梦都梦见上海。能够回到故乡一趟，非常兴奋。不过，他告诉我，在上海的时间十分短暂，只是代表公司参加上海的展销会，一个星期之后就回美国。

6月29日晚，我和妻提早吃过晚饭，早早赶到上海虹桥机场——虽说我们知道小儿子乘坐的美国联合航空公司837航班在晚八时才能到达。等了许久，终于见到从美国归来的小儿子。

　　回到家里，小儿子还没有倒过时差，就跟我们一直聊到深夜⋯⋯

　　出乎意料的是，展销会结束之后，小儿子竟然被美国公司的中国分公司留了下来，在中国工作！他被派往杭州，因为那里的分公司极其缺乏技术人员。小儿子能够回中国工作一段时间，当然是我们求之不得的。

　　刚见面，我就发现小儿子说话变得非常流利。他原本有点口吃。那是他小时候，正在学话阶段，托儿所的所长口吃，他也就被"传染"上口吃，加上他的性子急，遇上急事，口吃更厉害。他上中学时，为了矫正口吃，我特地邮购了矫正口吃的书和磁带。可是，没有奏效，他依然口吃。

　　在美国近四年，他居然把口吃毛病完全改掉了。我问他，是不是在美国用了什么新的口吃矫正法？他笑道，改掉口吃，连他都感到意外！那是因为在美国讲英语，英语的发音与汉语不同，而且初讲英语，要想一下才讲一句，讲得很慢，所以他讲起英语来不口吃。由于讲英语不口吃，后来讲汉语居然也不口吃了⋯⋯

　　过去大抵因为口吃的缘故，他不愿多说话，仿佛沉默寡言，性格内向。这回，判若两人。我发觉，他的话明显多了。比如，他和我们一起坐"的士"，一上车就跟司机聊了起来，差不多每一趟都聊到下车。他的话题五花八门，从中美汽油、汽车价格的比较，到在中国"打的"合算还是在美国买车合算，从中国"的士"司机的月收入到在中国哪些人"打的"⋯⋯看得出，他不再"内向"了。

　　俗话说："江山易改，秉性难移。"三年不见，他的急性子居然也"移"了。他说，过去在家里，性子急，容易发脾气。可是，到了美国，什么都得靠自己，遇上困难，只有自己想办法克服，没有地方可以发脾气。生活的磨炼，渐渐磨去了他急躁的秉性。他改掉口吃，也许跟改掉急性子有关系。

　　回到家中，打开他的箱子，里面放着许多长袖衬衫和长裤。数了一下,光是长裤,就多达九条! 我问他,这次出差回国,没有多少时间,何况又正值盛暑,带这么多长袖衬衫和长裤干什么? 他说,换洗用嘛!

他的回答很令我吃惊。因为他原本是穿着极为随便的孩子。可是,如今他外出前,居然很熟练地自己打好领带。不论天气多么炎热,他总是穿长袖衬衫、长裤、皮鞋,整整齐齐外出。只有在家中才穿T恤。

如今,小儿子也如此"讲究"。他告诉我,在AT&T公司每天西装革履的着装要求让他养成了整齐、整洁的穿着习惯。

他指着自己衬衫前襟、长裤后袋上的商标,告诉我:"这些全是名牌,是我开车到名牌服装的专卖店去买的,绝对的正宗名牌货。"我不以为然,因为我从不讲究名牌。

他却说,虽然名牌货要贵一点,但是值得,因为名牌货之所以有名,就在于它的高质量。在美国各种社交场合,必须穿名牌货。他还把名牌衬衫送我,关照道:"上电视,爸爸一定要穿这一件!"

有一回,他很吃惊地发现,我穿的一件T恤前胸,居然绣着一只鳄鱼。他说:"爸爸,你也有名牌衣服? 那鳄鱼头还是朝左边的呢!"我这才明白,鳄鱼头朝左比朝右更"名牌"——虽然我已经穿了很久,并没有注意那鳄鱼头是朝哪一边的。我告诉他,这是日本朋友送的。他马上说道,哦,那是正宗的鳄鱼牌!

他如此崇尚名牌,倒很使我惊讶。尽管我并不同意他的"名牌观",不过,国情不同,从他身上倒是反映出美国人对名牌的崇拜。

小儿子的衬衫,洗了还要熨烫。他说,在美国,总是送到指定的一家洗衣店熨烫。

如今回家,只好请妈妈代劳。从过去的邋邋遢遢,到今日这般讲究仪表,真可谓"巨变"。

在小儿子的箱子里,居然还放着一瓶发胶。每天早上,他要对着镜子喷发胶,把头发梳得整整齐齐。这是过去从未有过的。出国前,

小儿子从美国出差中国（1996年在上海家中）

他连梳子都不碰,更谈不上用发胶了。

他的公文包里,放着一大叠他的名片。他给了我一张,上面印着他的"头衔"——"高级软件工程师"。他说,他在技术上已经能够独当一面,领导一班人马。但是,他以为光是懂技术是不够的,还要懂管理。他不愿一直做纯粹的技术人员,他说,那只是"高级打工仔"罢了。只有懂管理,才能当经理,才能更上一层楼。他期望有朝一日自己办公司。我送给他台湾"电脑大王"施振荣的传记,施振荣从一个穷学生,经过几十年奋斗,成为世界闻名的电脑业巨子。他很喜欢这本书,说是要带回美国细看。

这次是美国公司派他回国处理公务,可以住宾馆,他在上海却宁愿住家中。每天一早,他就离家去上班,直到夜深才回来。他说,住在家里,还能在一早一晚有时间跟父母在一起。倘若住宾馆,就几乎没有见面的时间。

他还从上海飞往北京处理公务。他在出国前,连北京都没有去过,甚至连飞机也没有乘过。如今,飞来飞去,成了"空中飞人"。他总算圆了北京梦。他三次前往北京,在那里工作了一个多月。

他在外地,每天总给家中打一次电话。我也给他打电话。他关照说,别往宾馆里打,他很少在宾馆,几乎都在办事处。就连晚上,他还在办事处的电脑前工作。像他这样的年龄,正是玩的年龄。他却说,在美国养成了紧张工作的习惯。只有结束了工作,这才去玩。这一回奉派回国,业务很忙,许多城市都买了他们公司的软件,为了解决使用中的技术问题,他也就夜以继日地工作。

给我印象最深的是,中秋节到国庆节那几天,他们公司特地让他从北京飞回上海,以便能在家中过节。但是,在9月30日夜里,杭州忽然来了电话,告知那里电话局所用的电脑硬件出了重大故障,影响通话。那里的电话局领导都知道出了故障,要求迅速排除,恢复正常通话。他一听就急了,而他身边又没有带资料。他在家中马上拿出手提电脑,接上电话线,从网上,查阅本公司的资料,然后用电话"遥控"杭州,发出一道又一道指令,请那里的电脑工程师一一输入电脑,并随时告知电脑的反应。

从晚上九时多开始,他通宵未眠,打了长达十二个小时的长途电话,直至翌日——10月1日上午九时,终于解决了杭州的故障。他累极了,连早饭也不吃,倒在床上就睡着了,一口气睡到傍晚……

还有一回小儿子累得发高烧,不得不躺在家里休息。可是,凌晨三点,公司里还是来电话,要他赶去——因为上海一家客户买了他们公司的电脑软件,出了点问题,他必须前去解决一些技术问题。

他在美国公司工作,像上紧了发条似的。就连双休日也总忙于工作。我问他,公司里的中国雇员也这样吗?他说,中国雇员逢双休日休息,而他们则无法休息。

大儿子回国讲学

就在小儿子回国不久，1996年9月3日，我接到长子从美国打来的电话，告诉我应北京清华大学之邀，回国讲学。当时，长子生活在美国著名的汽车城底特律。

9月16日，他从美国飞抵北京，再去杭州开会，终于在21日回到故乡上海。

"少小离家老大回，乡音未改鬓毛衰。儿童相见不相识，笑问客从何处来？"我的两个儿子，次子离家不过三年多，长子离家六年，还算不上"少小离家老大回"，居然不识故乡路！他们生在上海，长在上海，没有上过内环线，没有乘过上海新地铁，没有见过浦东那冒出来的成群的新高楼。就连我们家那座"新工房"附近，也变得难以认识，因为一大片平房都已拆除，四周一下子崛起二十来幢新楼。他们不能不深为感叹："上海变得真快！"

他说，印象最深的是，北京、杭州、上海这几座城市到处布满脚手架，到处在施工，像个巨大的工地。美国的五十个州，他去过四十八个，没有见到过这样的大建设景象，那里到处整整齐齐，都是造好了的房子。中国的这种到处是脚手架的景象，恰是"发展中国家"的最生动的写照。因为美国早已是高度发达的资本主义国家，已经走过大建设时期，而中国则是正处于"发展中"的社会主义国家。

长子回到家中，我问他，想吃什么。他的回答很出乎我的意外：

长子回家帮助洗碗,很使妈妈高兴

"邵万生的黄泥螺！"

邵万生是上海的老字号，以腌、糟食品著称。上海的南北货店里，几乎都能见到邵万生出品的黄泥螺。我们家很喜欢吃邵万生的黄泥螺。

他说，他和在美国的上海朋友们常常"精神会餐"黄泥螺。当有人回上海，他真想托人带，可是，美国海关是不许带进黄泥螺的，生怕会带进病菌，而在美国，又买不到像邵万生那样制作的黄泥螺，真是馋死了！

我陪他去上海城隍庙，他看见奶油五香豆，一下子买了好几包。他说，五香豆倒是可以带回美国，给那里的上海朋友解解思乡之渴。在那里见到梨膏糖，见到杨梅干，他也都说久违了。还有上海南翔的小笼包子，虽说美国也有，毕竟是从上海空运去的，经过冰冻，远不如这里新鲜的好吃。

吃了上海的荠菜馄饨，他也连声说："好久没有吃了。"

他这次回国前，一位上海同学再三关照他："去上海南京路第一食品商店，进门后朝左拐，给我带几包话梅！"那位同学说这话时，不住地流口水呢。

他回家那几天，我们家的访客骤增。来者大都是他在美国的上海同乡的亲属，托他带的东西，往往是上海生产的酱油瓜子、桃脯、盐炒豆之类。

世上的食品万万千千，世上的感情也万万千千。然而，能够引发强烈乡思的食品却并不多。在我看来，最珍贵的食品是"寄乡思"的食品，而最可珍贵的感情是对于故乡、祖国的思念之情。

他在上海"打的"，总是等到灰绿色的桑塔纳出租车经过时，这才举起手来。因为他在上海访问了"同行"——中德合资的大众汽车公司，知道这种车是刚出厂不久的"2000型"新车，他很有兴趣。他一边乘坐，一边要察看车内的仪表，乃至察看前后座之间的距离——他把

"打的"当成了考察。他离开中国后要去德国,他说要把德国的"桑"车与上海的"桑"车作个比较。

有一次,等了很久,拦不到2000型桑塔纳,他只得上了一辆已经很旧的红色夏利车。在美国,他从未见过这种天津生产的"夏利"车。上车不久,他便对司机说,你这车的排气管焊过,焊得不好,对不对?这排气管该换一根了。司机听了大为惊讶,因为来来去去接送了那么多乘客,从来没有一个乘客能从声音中判断排气管焊得好不好。

司机问:"先生,你是干什么工作的?我的车子的排气管确实没有焊好。"

当他说自己在美国通用汽车公司工作,司机大笑:"遇上行家了!"

于是,司机跟他谈起了多年驾驶夏利车的体会、夏利车的性能,一直聊到他下车……

我们陪他去浦东八佰伴。他弄不清楚什么叫八佰伴,也不明白我们为什么要陪他去八佰伴。到了那里,他才知道八佰伴原来是日本在浦东投资的巨型百货商场。浦东八佰伴有十来层商场,他匆匆走到四楼,就不上去了,却回身到底楼,因为底楼陈列着各国的汽车,他在那里一辆辆细细观看着,比较着这里的汽车价格和美国汽车价格。

我曾注意到长子在上海穿的T恤,胸前绣着奇特的图案:上面是喷火的太阳,下面是"GM"两字。我问他,这是什么"名牌货"?

他笑道,这是在沙漠里工作时的工作服。喷火的太阳表示沙漠之热,而"GM"则是美国通用汽车公司的缩写。他送给我两张在美国沙漠里的工作照。那是在我去过的美国内华达州拍摄的。那儿一片茫茫黄沙,他头戴白帽,身穿那件T恤,作为试车工作的负责人,正在指挥一群工作人员试车。他说,在沙漠里高速开车,车后会扬起一条长达几公里的"黄龙",像条长长的松鼠尾巴。他也去欧洲瑞典试车,在冰上急驶,突然来个一百八十度的大转弯,车子差一点翻掉……沙漠酷热,冰原酷寒,他在美国做汽车技术工作也是够艰苦的。

　　他在美国养成睡得很晚、起得很早的习惯。他回家的第二天，我还在睡觉，被灶间叮叮当当声吵醒。起来一看，原来是他在擦煤气灶。回家之后，用吸尘器清扫地毯、倒垃圾之类的事，他都"承包"了。

　　在我的玻璃板下，压着一张"徐虎网络义务服务卡"。他不知道徐虎是谁。经我向他解释，他才明白。他发觉，离国六年，许多话听不懂了，诸如"下岗"、"下海"等等。

　　他说，他要在美国公司里从事中国有关业务，以便有机会多多回国，多多了解自己的祖国。

难得的"团圆节"

两个儿子相继从美国出差中国，使我们能够见面、畅谈，非常高兴。

四口之家，重新相聚。只是离多聚少，长子在1996年9月29日又匆匆从北京飞往美国。

1997年2月6日，农历除夕。这一天对于我们家来说，成了盛大的节日，成了真正的"团圆节"——两个儿子先后回到上海家中，跟我们一起过节。

团聚是一种幸福。春节，是中国传统的团圆节。飞机、火车、轮船、汽车载着数以亿计的中国人，奔向自己的家庭，为的是在大年夜，家家户户热热闹闹吃上团圆饭。

往常，每逢大年夜，我和妻总是守候在电话机旁，等待着两个儿子从美国打来的拜年电话。虽然我们隔着浩瀚的太平洋，全家无法团圆，但是那温馨的话音，让我们的心灵得到慰藉。

《三国演义》开卷第一句话便是："话说天下大势，合久必分，分久必合……"用这句话来形容我的"家庭大势"，倒也正合适。

自从我的两个儿子去了美国留学，我们家就"合久必分"了。所以，我写过一本书，叫做《我的家一半在美国》——我和妻在中国，两个儿子在美国，一半对一半。

不过，"分久"之后，毕竟"必合"。

家庭是社会的细胞。家庭的命运总是与国家的命运紧紧相连。国运兴则家运旺。在我们的国家实行"开放"政策、打开大门之后，出国潮成了中国的"钱江潮"。我的两个儿子在这大潮的推动下，来到星条旗下求学。然而，随着中国经济建设的腾飞，随着他们学成，"凤还巢"又成了新的潮流。我的两个儿子从星条旗下回到了五星红旗下。

在机场上挂欢迎横幅，或者在大街通衢刷欢迎标语，那是对外国领导人的礼遇。为了表示对儿子回国的欢迎之情，我用电脑在一张粉红色的纸上打印了一条欢迎标语，用磁铁吸在家中的电冰箱上，也算是一种"礼遇"。

儿子一进家门，见到电冰箱上的欢迎标语，乐呵呵地笑了！

厨房里，锅碗瓢盆交响曲响了起来，传出妻的歌声，她完全沉浸在欢乐愉快的情绪之中。这年春节，妻分外开心是不言而喻的……

这年的1月，长子在电话中告诉我，他"跳槽"了，离开了美国通用汽车公司，离开了底特律。

他"跳槽"的起因，是在一年前到新泽西州看望弟弟的时候，结识了弟弟公司的老板。他幽默的谈吐、开朗的性格以及丰富的知识一下子被弟弟公司的老板看中，希望他加盟这家公司——尽管他所学的专业与这家公司毫不相干。他经过一个时期的考虑，看到这家公司正欣欣向荣，加上那位老板的不断催促，终于下决心"跳槽"，离开美国的名牌公司——通用汽车公司。

到了这家公司，他改为负责产品销售工作。由于公司有许多中国业务，他得以频繁出差中国。在1997年1月、2月、5月、7月、10月，他一次次从美国出差中国。

后来，他干脆被美国公司派驻中国。不过，他只是大部分时间在中国，仍不时返回美国，也经常出差中国的其他城市。频繁的飞行，已经成了他的"家常便饭"。一个星期飞三、四个城市是常事。

小儿子则在中国也飞来飞去，时而北京，时而沈阳，时而深圳，时而杭州,也成了"空中飞人"。他每年也总要飞往美国一、两次,只是没有哥哥那么频繁。

由于两个儿子先后被美国公司派驻中国,所以那一段时间我们一家四口都在中国,只是两个儿子不在上海,全家团聚的机会并不多。

我们前几年在美国拍过"全家福",这一回则在中国拍"全家福"。

妻作为家庭的"总理",1997年春节显得格外忙碌。家中笑语飞扬,比往日的"空巢之家"热闹多了。

难得有聊天的机会。他们的话,总是带着出国前后的比较感,带着美国和中国的比较感。

我问他们,以后打算在美国工作还是回国工作?他们以为,最理想的是持美国绿卡,往返于中美之间,每年半年在美国,半年在中国。因为半年在美国,可以不断学习最先进的技术,而半年在中国,则可以用自己学到的先进技术服务于祖国。

两个儿子已经变得成熟起来,这不能不说,国外生活的磨炼,促使他们成熟。在我看来,应该让孩子到社会中闯荡,去国外闯荡,在闯荡中经风雨、见世面,在闯荡中成长。经过闯荡,他们重新回到自己的祖国,回到自己父母的身边。这时,他们已经学业有成,掌握国外最新技术……

两个儿子都已经到了成家的年龄。这次回国,他们明显感到在这方面大大"落后"于在国内工作的同学。他们与老同学聚会,差不多十有八九的老同学都已经成家,有的老同学的孩子都五、六岁了。我们也劝他们早点成家,而他们则说"先立业、后成家",总是把事业放在第一位。不过,他们毕竟年近"而立"之年,成家后,我们这个四口之家,马上要扩大为六口之家,很快地还会扩大为八口之家……

"合久"又"必分"。两个儿子在中国工作了两三年时间,又相继被美国公司调回美国。这么一来,又成了"我的家一半在美国"的局面。

不过,对于他们来说,在美国工作了几年之后,回到中国工作一段时间,其实是很重要也很必要的。这样一来,他们更加了解自己的祖国。

"三足鼎立"

我们家在简陋的小屋住了十五个年头（1964年至1979年），接着，在"新工房"住了十八个春秋。

中国结束了福利分房时代，商品房应运而生。看到一幢幢崭新的商品房拔地而起，我和妻也投入购买商品房的行列。

我们看中离"新工房"只有一站路的一幢新建的二十层的商品房。我和妻走进售楼处，看中朝南的三室一厅。但是售楼小姐遗憾地告诉我们："朝南的三室一厅，是最热销的，但是每层只有两套。现在只剩下十三层的两套空在那里，因为买主以为十三这数字不吉利。"

我当即决定，买下十三层的朝南的三室一厅。我不相信那些"洋忌讳"。我说，美国人最讲究这些忌讳。1972年，总统国家安全事务助理亨利·基辛格访问上海期间，被安排住在上海锦江饭店十三层，他皱起了眉头，要求调换到别的楼层。可是，美国人为什么不想一想，美国的国旗——星条旗，那红白相间的宽条不多不少，正好十三道！

就这样，我和妻以五十多万元人民币买下十三层的朝南的三室一厅，面积为一百一十三平方米。经过装修，我和妻迁入高楼。这是我们第一次入住高楼。站在窗口，视野非常开阔，明媚的阳光照耀，我们的生活又上了一个档次。

小儿子在1999年重新回美国工作。不过，他从美国东部的新泽西州被调往西部的旧金山硅谷，从此他在那里定居。

　　长子则在1999年被美国公司派往中国台湾,他最初的使命只是代表美国公司与台湾方面签一个合同,以为在那里工作一个星期就可以完成任务。不料,由于那个合同的金额很大,签订之后,美国公司以为应该在台湾建立一个分公司,于是我的长子便被留在台湾,负责筹建分公司。

　　那些日子,长子在台北非常忙碌,一方面要在台北租赁公司的办公室,一方面要招聘新员工。这些人大都是从美国回来的台湾留学生。过去,他在美国被美国人面试,现在他逐一面试应聘的台湾人。他终于从无到有把台湾分公司建立起来,被美国公司任命为台湾分公司总经理,后来又提升为副总裁兼总经理,有了秘书、司机。

　　也就在这些日子里,两个儿子都成家了。我的家庭也就从四口之家扩大为六口之家。

　　这时候,我的家变成"三足鼎立":我和妻在上海,长子一家在台北,次子一家在旧金山。我的家,既在海峡两岸,也在太平洋两岸。我的家,也就成了一个十分特殊的家庭。上海、台湾和美国,成了我的"三度空间"。

　　台湾虽近,可是那时候海峡两岸仍处于紧张的状态,从上海飞往台湾,手续甚为麻烦,何况当时长子并非台湾公民,我和妻无法以探亲的名义前往台湾。这样,全家的团聚地只能选择在美国,团聚的时间只能选择在圣诞节。因为两个儿子只在圣诞节才有稍长的假期,而且只有去美国才是最方便的团聚地。

　　这么一来,我和妻一回回飞越太平洋,来到彼岸的美国。屈指算来,我们前后八次飞往美国,在美国度过了五个圣诞节。

　　尽管每次去美国,都可以在美国住半年,但是我和妻只愿去美国探亲、小住,不愿在美国长期生活。我的孩子们却很快就融入美国社会,适应那里的环境。

新居书房

美国的公寓生活

我和妻第二次前往美国，是在2000年。这时候，小儿子已经在美国旧金山硅谷的阿拉米达岛安家。

从人烟密集、高楼林立、车水马龙、喧嚣尘上的大上海，来到树木葱郁、空气清新、安谧宁静、面对海湾的阿拉米达岛，判若两个世界。

阿拉米达岛如同世外桃源，位于旧金山市区的东南。站在阿拉米达海滨，隔着平静的旧金山湾，在西北方向可以看见旧金山市中心摩肩接踵的高楼。

阿拉米达——Alameda，这名字来自西班牙语，原意是"白杨树林"，因为这里到处可见白杨树林。在1853年，这里的居民决定用阿拉米达这富有诗意的名字作为岛名以及市名。

阿拉米达岛分为大岛与小岛。

阿拉米达小岛在大岛的南面。大岛与小岛，用一座大铁桥相连。通过大岛的铁桥，往北可以到达奥克兰市。从奥克兰市向北，然后向西通过著名的海湾大桥，可以直达旧金山市区。

大岛与小岛之间那如同海峡般的黄金水道内，船来舟往。架在大岛与小岛之间的铁桥是开启式的，遇上大船经过，桥的两端亮起红灯，禁止汽车通行。这时在管理员的操纵下，桥板缓缓打开，让大船通过，过后再慢慢合上桥板。这种开启式的铁桥并不多见。我只在俄罗斯圣彼得堡的涅瓦河上见到过。为了尽量不影响桥上繁忙的交通，涅瓦河上的铁桥通常在子夜时分才开启。然而，在阿拉米达，大约因为过桥的车并不那么多，在白天也开启铁桥。正因为这样，游客在圣彼得堡必须在夜深人静之际才能观赏到开启铁桥的奇景，而在阿拉米达，我多次在白天见到铁桥的桥板徐徐掀开。

阿拉米达大岛与小岛，"浸泡"在湛蓝的旧金山湾之中。两个岛都是一马平川。两个岛原本没有这么大，是靠填海逐步扩大面积的。小儿子的家，就在填海所造成的平地上。这里，不见高耸的摩天大楼，顶多是只有三、四层的公寓楼，而绝大部分是样式各异、色彩纷呈的独幢花园洋房。这些房子有平房，也有两层的。

小儿子的家，最初是在阿拉米达大岛海滨的一幢大楼内。这种大楼，在美国称之为公寓。他刚到阿拉米达，租了公寓的房子，所以我第二、第三次去美国，过的是公寓生活。

中国的公寓，总是在大门口设立门卫室。然而，美国公寓却不见一个门卫。这是因为美国的人工很贵，而设立一个门卫室起码要四个门卫——三个三班倒，一个轮休，这四个门卫的工资就是一笔很大的开支。

大楼的底层是车库。平常，小儿子在车库前刷一下磁卡，车库大门就自动打开。轿车驶进车库之后，车库大门自动关上。

车库很大，有上百个车位。在自己的车位上停好车，然后从车库里乘电梯上楼。

倘若不是驾车回家，那就从大门进来。

不论是大门，或者是车库里的电梯的门，都必须用钥匙才能打开。这种钥匙是大楼物业管理办公室发的，每户两把。这么一来，进出公寓的都是本楼住客，外人莫入。如果谁不小心，丢了钥匙，必须由物业管理办公室去配。谁私自配制大楼大门钥匙，将被视为违法行为。

如果有人来访，大门旁边有对讲机按钮。你要看望哪户人家，拨通那家的对讲机。主人问明之后，同意你进来，那就在家里摁一下开门的按钮,楼下的大门就自动打开。

除了大楼的住户之外,也给邮递员发一把大门钥匙——信箱在大楼里面。也正因为邮递员有大楼钥匙,所以每天清早,我发现楼道里家家户户门口都放了报纸。在美国,由于报纸的版面很多,信箱里放不下,总是直接放在家门口。

大楼前后,有好几个喷水池。在阳光下,晶莹的水花闪耀着夺目的光辉。

大楼之侧,有一幢小楼。楼前有游泳池,也有健身用的热水池。小楼是健身房,里面有各式各样的健身器,如跑步机、拉力器等等。美国人很注意锻炼身体。每天清早、傍晚下班之后,健身房里人声鼎沸。

大楼里所有的楼道都铺着地毯。楼道里昼夜开着照明灯。

这里的居民以美国白人为多。没有见到黑人。也有少数印度人——他们喜欢在菜里加咖喱,所以走过他们的房门,往往能够隐约闻到一股咖喱味。这里的印度人,差不多都是软件工程师,在硅谷工作。印度的电脑软件设计,在世界上颇有名气。

美国的厨房不像中国,大都是开放式的,即与客厅或者餐厅直接敞开相连。小儿子家的厨房,便是跟客厅敞开相连。这是因为美国人很少在厨房里油炸食物,厨房几乎没有油腻。这种开放式的厨房并不适合中国人和印度人。如今,上海也流行开放式的厨房,结果把客厅弄得满是油腻。这种盲目照搬美国的装修,忘记了本国的国情,到了入住之后发现问题,后悔也来不及了。

在小儿子家的第一夜,大约太累的关系,我一觉睡到天亮,起床之后,打开客厅的落地门,来到阳台。

阳台很大,有十来个平方米,相当于上海的两个到三个阳台那么大。在上海,出于安全考虑,阳台大都用铝合金窗封闭,有的甚至在窗外还安装了铁栅——防盗窗。小儿子家的阳台,却是全敞开的。这座大楼里的所有阳台,全是敞开的。

在美国相聚

我走上阳台,惊奇地发现,阳台的地面是一根根粗大的木头。再细细一看,阳台四周的栏杆,也是木头的。只是栏杆刷了白漆,一下子看不出是木头的,而地面的木头没有刷漆,一眼就看出来。

我问儿子:"你们家的阳台,怎么是用木头做的?"

儿子答道:"这有什么稀奇?不光阳台是用木头做的,整座大楼全是用木头盖的!"

我用手敲了敲墙壁,墙壁发出咚咚声,表明里面确实是木板。我用脚蹬蹬地毯,发出沉闷的咚咚声,表明地毯之下也是木板。

在上海,楼房全是钢筋水泥的,从未听说楼房是用木头盖的。

1993年,我在洛杉矶住了快两个月,住的是平房,并没有注意到房子是用什么盖的。洛杉矶多地震,房子以平房居多。木结构房子里里外外刷上油漆,从外表看上去跟钢筋水泥房子没有太大的区别,不仔细看,是看不出来的。

后来我才知道,美国的房子,除了高楼大厦之外,普通的住房大都是木结构的。

美国的房子用木头来盖,一方面因为美国多森林,木材不贵;另一方面是因为用木头盖房子,节省人工。美国工厂成批生产各种木柱、木梁、木楼梯、木门、木板壁,运到工地之后,可以像搭积木似的,两三个月就"搭"好一座房子。

美国房子的墙壁,其实是一块"三明治"罢了:两面是薄薄的一层纤维板,中间夹一层防火材料。这层防火材料,也起着隔音的作用。

由于美国的房子是用木头盖的,所以最怕的是火灾。房子里大都安装了火灾报警器。有一回,儿媳在厨房里煎鱼,忽然听见屋里的警报器发出一阵阵尖叫声,连忙把所有的门窗打开,过了一会儿,尖叫声停了。原来,她煎鱼的时候,不小心,火力大了点,鱼有点焦了,那焦味引起报警器的"注意",以为什么地方着火了,所以发出警报声。

美国对于木材的化学处理,倒是很有"功夫",不烂不变形。这种木结构房子,历经几十年风雨,不论日晒,不论雨淋,依然保持原状。

不过,这些木结构房子的窗户,用的是铝合金或者塑钢移窗。美国新盖的房子,普遍采用白色塑钢窗,跟彩色外墙相衬,显得特别漂亮。

我见到公寓里很多阳台上,总是摆两把白色的塑料椅,供主人休闲观景之用。在中国,阳台的主要功能,是晾晒衣服。在美国,阳台上不见晾晒的衣服,这是因为美国家家户户有烘衣机。美国人用洗衣机洗完衣服之后,用烘衣机烘干衣服。

至于公寓里的卫生间,则是一个完整的"部件"。这种卫生间是由工厂统一生产的。在建造的时候,把整个卫生间"安装"在里面。也正因为这样,卫生间如果发生开裂或者漏水,修理工往往把旧的卫生间整体拆除,再换上一个新的卫生间。

如果是在上海,大楼的外墙上必定挂满一个又一个空调。在旧金山则不见这番景象。整个大楼外墙干干净净,没有一个空调。旧金山盛暑也只有那么几天热一点,开个电风扇也就可以打发过去了。冬天也不冷。尽管客厅内安装了取暖壁炉,一拧开关,壁炉里的煤气就会自动点燃,但是这里需要用壁炉取暖的日子屈指可数。美国其他地方大都用中央空调,像中国这样的分体式空调并不多见。

大楼前后,松树已经长到楼顶那么高。我常常见到小松鼠从松枝上蹦到阳台上,又从阳台上蹦回松树上。

硅谷买房

在旧金山硅谷,房租是相当高昂的。一套两房一厅的房子,月租在一千五百美元上下,一年就要花费一万八千美元。

根据我的经验,租房毕竟非长久之计。我告诉小儿子,我们家幸亏当年在上海买了房子,尽管最初买的房子很小,但是在十年"文革"的大动乱之中,小屋成了安身之所。

最初,小儿子并不打算买房,原因是硅谷以房价奇贵而闻名美国,在硅谷买房子不容易。

我列举种种应该买房的理由:

每月的租金,是付给了别人,一去不复返;买了房子,虽然每月要支付分期付款的房钱比租金更高,这钱却是放到自己的口袋里,因为房子的产权属于自己。再说,即使将来有什么变动,把房子卖掉,仍然可以拿到自己每月所支付的那些钱。

还有,房租说涨就涨,你如果不愿支付涨价之后的租金,那你就得"走人"!所以,租人家的房子,没有一种稳定感。租房子的人,连大一点的、好一点的家具都不愿买,总以为这是临时租用一下人家的房子,就像住旅馆一般。

另外,按照美国的规定,租房者无权改变所租的房子。只有买了房子,才能按照自己的意愿进行装修,配上各种家具,营造出家的温馨的气氛,心里才会感到踏实。

在阿拉米达次子家房子前

妻和儿媳也都赞成我的意见，积极主张应该在硅谷买房子。

渐渐的，小儿子听进去了。2001年，我们第三次来到美国，小儿子周末休息，我们就开车出去，开始看房子了。我和妻毕竟在上海买过房子，也就成了小儿子的"参谋"。

比起美国东部的新泽西州、宾夕法尼亚州来说，硅谷的房子确实要贵得多，甚至贵了一倍多，比起美国中部的房子，则要贵几倍！

那一带的新建房屋倒也不少，我们一口气看了四家房屋开发公司的工地。在每个工地上，都见到成排正在建造的新居。

在上海，我曾经到过诸多商品房工地采访，一进工地，总是见到密密麻麻的钢筋架子，成堆的砖头，轰隆轰隆作响的水泥搅拌机……然而，在旧金山硅谷的建筑工地，见到的却是另一种景象。这里不见钢筋，不见砖头，却只见木料。一排排黄色的长方形木栋、木梁，勾勒出未来房屋的轮廓。

这里的新房各自独立，也就是上海的别墅。以两层居多，也有平房。每幢房子一般有四卧、三卫、两厅。房前屋后，都留有花园。底楼都有车库，通常是二车位，可以泊两辆车，也有三车位的。大约由于这里土地金贵，房前屋后的花园都不大，有的甚至房子与房子之间的距离也很小。

我发现，前来看房子的人络绎不绝。往往我们的轿车刚刚停下，后面又来了一辆看房者的轿车。看房者之中，黑头发、黄皮肤的中国人不少，黑头发、褐皮肤的印度人也不少。不言而喻，在硅谷的高科技人群之中，中国人与印度人越来越多。这些外国人是硅谷的高收入者，移民美国，需要安居，所以也就成为硅谷新房子的主要购买者。

跟中国的商品房工地一样，那里都设有现场售楼处。中国的售楼处，往往聘请了漂亮的年轻女性担任售楼小姐。美国人却注重售楼人员的销售能力，很多是中年男性。为了适应市场，有几家售楼处配备了华人以及印度人售楼人员，更加便于沟通。

在参观许多新建的别墅式住宅之后，我们又一起看了许许多多二手房。美国的二手房也很不错，房子养护很好，往往不比新房差。

买二手房，要委托房屋中介公司——在美国，叫房屋经纪人。在房屋经纪人的带领下，我们大约看了二十多处房子。

按照美国的规矩，看房的时间集中在周日下午。到了这一时间，房东把家里打扫得干干净净，家里的一切都井然有序，然后全家外出"回避"。也就在这个时候，房东所委托的房屋经纪人"进驻"，在门口挂起一块售屋牌子，上面写着"OPEN HOUSE"，表明此屋出售。售屋牌子上往往还印着经纪人的照片，写着经纪人电话号码。另外，牌子上还写着看房时间，比如"2:00—4:00"。牌子旁边，挂着一个小箱子，里面插着关于这座房子的介绍资料，小箱子上写着"仅取一份"。我每次陪小儿子看房，都取一份介绍资料。资料上往往印着房屋的外貌以及各厅、室的照片，房屋平面图，房屋建造历史以及价格。然而，如果售屋牌子上贴了"SOLD"，则表明已经"售出"。

看房子归来，我和妻、小儿子、儿媳一起研究各种房屋平面图，比较各家的优缺点。经过反复比较，最终选定了一幢房子。

2001年年底，我们在美国度过圣诞节之后，小儿子和儿媳开始办理各种购房手续，以将近六十万美元的价格，买下了那幢房子。

当儿子成为朋友

2002年圣诞节前,我和妻第四次前往美国。飞机降落在旧金山机场之后,小儿子和儿媳开车来接我们。

这一回,我们在美国不再住公寓,小儿子一家已经搬进了新房子,比公寓楼里的房子宽敞多了。这房子屋前有草地,屋四周有院子,还有一个可以停放两辆轿车的车库。

这幢房子的房价在短短的一年之中涨了许多。住了几年,倘若把房子卖掉,不仅这几年让你"白住",而且还能赚了一笔!

小儿子深有体会地说,买房比租房合算多了!

他明白,我力主买房,已经被事实证明是正确的——硅谷尽管房价高昂,但是买房之后涨幅也大。

在小儿子家,晚间如果彼此都关掉了桌上的电脑,常在聊天中度过。这一回,小儿子从这次买房子说起,说一番"大人话",使我颇为吃惊。

小儿子说道:"爸爸,谢谢你在我还不懂事的时候,帮助我在人生的关键时刻把关。"

于是,与儿子面对面,我头一回倾听他对我的"评价":"第一是小学毕业的时候,你一定要我考上海中学。"

他的话使我回忆起往事:那时候,上海规定小学就近入学。小儿子和他的哥哥都只能进入离我们的小屋不远的一所小学。由于那一带是上海的"下只角",住的大都是贫苦百姓,那所小学也就实在不怎么样。还好,由于我们家注重孩子的教育,所以他们兄弟俩成为学校的尖子。哥哥在小学毕业时考入著名的重点中学上海师院附中,而小儿子毕业前,我带他去大名鼎鼎的上海中学转了一圈。他被上海中学吸引住了,下决心无论如何要考这所上海最好的中学。他很用功,考上了。开学那天,我叫了一辆"癞蛤蟆"车子——三轮出租车,和妻子一起送小儿子前往上海中学,他高兴得合不拢嘴。从此他在上海中学度过六年,在学业上打下极其扎实的基础。

小儿子接着"评价"道:"第二是上海中学毕业时,你帮助我选择了上海交通大学计算机系。"

他的话又使我记起往事:他在上海中学成了"数学尖子",高三时获得美国奥林匹克数学竞赛一等奖,可以免试直升上海的大学。我劝他最好不要进纯理论的数学系,建议他进上海交通大学计算机系。1973年我刚恢复电影导演工作时,拍摄了一部名叫《电子计算机》的影片,所以对计算机有所了解。1988年,计算机正是科学前沿新兴的希望之星。他接受了我的建议,选择了计算机系,学习软件设计。倘若念纯理论的数学系,毕业之后在美国很难找到工作。他正因为是电脑软件工程师,所以能够进入美国的"科学之都"——硅谷。

小儿子又说:"第三是进了上海交通大学之后,要求我前往美国留学。"

当时,我先是鼓励他的哥哥通过"托福"、"GRE"考试考取了美国大学研究生,获得硕士学位,接着鼓励他也前往美国。果然,小儿子以优异的成绩获得美国两所大学的全额奖学金,去了美国。他只花了一年时间,就在美国获得硕士学位。

小儿子去美国的时候,我对他说:"从此,你是一个'独立的国家',一切自己作主。如果有什么事决定不下,可以向我'咨询',但是我的意见仅供你参考,主意你自己拿!"

确实,此后他完全自己把握命运之舵。

小儿子在说罢一番"表扬"我的话之后,也对家庭教育提出意见。他说,到了美国之后,发现我们的家庭教育缺了一大块,那就是"理财教育"。美国是经济社会,美国的家长在孩子很小的时候,就让他们接触股票、投资,懂得"鸡蛋不能放在一个篮子里"、懂得"高收益跟高风险成正比"。所以,他到了美国,一开始不懂得"理财",跟美国青年有很大差距。他这才明白,年薪高低固然重要,而是否善于理财同样重要。

这时,坐在一侧的我的妻子作了"检讨":小时候,为了让孩子能够全力以赴读书,她包揽了一切家务,造成了小儿子的生活自理能力甚差。

这时,坐在一侧的儿媳笑了:"现在,他出差,箱子都必须由我替他理好。"

大家都笑了。

细细回味小儿子所说的那番"大人话",给我颇大的启示。儿子长大了,父子关系不再是"大人与小孩"的关系,而是变成了朋友关系。他的那番对我的"评价",其实谈论的主题也就是家庭教育。

当然,这一回我力劝小儿子在美国买房子,表明了我也有"理财"观念,也比过去有了进步。

在美国,与儿子面对面,我反过来也从儿子那里学习到许多新观念、新知识。

美国学车

美国是一个生活在车轮上的国家。住在小儿子家中，他劝我，在美国一定要学会开车。

学车的第一步是熟读驾驶者手册，之后，进行笔试，题目皆为是非题。如果95%答对了，就可以上车学驾驶。熟背交通规则，是我的"强项"。那本手册强调，安全行车永远是第一位的。违反规定、超过限速，是发生车祸最常见的原因。交通规则规定，驾驶者必须系好安全带。据报告发生车祸时，80%的伤亡事故是由于没有系安全带。从此我牢记这一条，一上车的习惯动作就是系安全带。交通手册还说，不得从车里往外扔任何东西，比如扔瓶子、罐子、纸，都要处以一千美元的罚款，而且要强制你拾起你所扔的东西，还要载入你的驾驶档案。交通手册幽默地说，对于雾天驾车的最好忠告是不要驾车。手册还强调所谓"三秒钟规则"：无论如何，要跟前面的车子保持三秒钟的缓冲距离。因为根据人体的反应速度以及汽车的刹车速度，没有三秒钟的缓冲时间，就会发生追尾相撞的惨剧……

纸上谈兵，还算容易。真刀真枪终于来了。一天晚上，儿子下班之后，教我开车。他把车开到一条僻静的公路上，夜间几乎没有别的车子来往。儿媳说，她就是在这条公路上学会开车的。我第一次坐到了司机的座位上。我的右侧是"教练"——小儿子，后面则是"副教练"——儿媳。

坐定之后，我的双手在驾驶盘上摆好"7·1"标准姿势：左手放在"7"时的位置，右手放在"1"时的位置。那样子很像一个"老练"的司机。

儿子的车是自动挡的日本丰田轿车，通常只要管"P"挡（停车）、"R"挡（倒车）和"D"挡（前进）就行了，比起驾驶上海的手动挡轿车要容易得多。我把"P"挡换成"D"挡，表明开始驾车。我小心翼翼地把原本踩在刹车上的右脚松开，轿车缓慢地开动了。尽管我的右脚还没有踩油门，就已经非常紧张。终于踩油门后，虽然我以为是轻轻一踩，车子一下子就朝前蹿，把我吓了一大跳，连忙重重地踩刹车，车子急急停住，我的身子猛烈地朝前倾，压在驾驶盘上。如果没有系安全带的话，前额就要撞在车窗玻璃上。

第二次学车，仍是在晚上。大约由于已经摸过一回驾驶盘，这次虽然心情仍然紧张，但是比第一回好多了。我渐渐能够开直线，不过，老是偏向中间黄线。"教练"再三强调，偏向中间是很危险的，容易跟对面开过来的车子相撞。在"教练"的指导下，我开始学倒车。倒车的操作比较复杂，又要换挡，又要看后视镜，还要猛转方向盘，初学乍练的我，忙得满头大汗。

第三次学车，终于找到了驾车的"感觉"。那是在周末，儿子休息，我得以在阳光灿烂的大白天学车。有过前两回学车的经历，我不再紧张了。用一句行话来说，已经消除了"心理障碍"。我放弃了"7·1"式标准姿势，改用适合于我的"9·3"式握方向盘。那天我能够很好地走直线，倒车也已经学会。我的右脚学会脚跟不动、脚尖像时针般在刹车与油门之间移动。我踩刹车时学会轻轻地踩。我也学会"眼观六路"，双眼不仅看正前方，而且不时"扫描"左右反光镜、后视镜，有时还看看车速表。我的进步，居然受到"教练"的表扬。

我终于学会了驾驶轿车的基本动作，即直行、转弯、倒车等等。在我欣喜之余，我的"教练"跟我说起当初他学车的体会：第一次驾车上

在美国学开车

高速公路,回家时才发现全身衣服都被冷汗湿透了!第一次把轿车开进底楼车库,足足花了八分钟才算把车子泊进自己的车位;第一次驾车穿过隧道,心情格外紧张,仿佛自己的车随时随刻都可能撞上隧道壁——其实这是一种心理障碍;第一次驾车上旧金山长长的海湾大桥,仿佛轿车随时随刻都可能偏离车道冲进大海;第一次驾车进入旧金山市区,时而上坡、时而下坡,坡又是那么的陡,心情同样是那么的紧张……

"看人挑担不吃力。"自从学车之后,我亲身体验了驾车不易。我把"胆大心细"这四个字作为驾车的"座右铭"。每逢乘车外出,我的目光不再只是扫描车外的景色,我多多观察:观察路旁的各种交通标志,观察司机的每一个动作……

美国走透透

我在美国帮助小儿子、儿媳看房子、买房子,回到上海之后,又与妻在上海看房子,打算再度乔迁。

在上海,也是看了二十多处,我和妻终于在2003年于上海闹市区,买了一套两百多平方米的带游泳池的新房,跟当年十二平方米的蜗居小屋相比,真是天差地别。

我深刻感到,时代在进步,中国走上了改革开放之路。倘若依然停滞在"文革"岁月,中国知识分子作为"臭老九",哪会有今天?

屈指算来,在"文革"结束之后,我已经是三次乔迁新居,可谓芝麻开花节节高。

我的三迁新居,我的三度空间,这两个"三",从一个侧面反映了在中共十一届三中全会之后知识分子地位的提高和生活条件不断优化,反映了改革开放在我小小的家庭中所体现的巨大变化。

由于小儿子定居美国,我和妻得以八次前往美国探亲。

在星条旗下,我兼具三种身份:一是居民,小儿子一家在美国,我在那里过平常的百姓生活;二是旅游者,我和妻在美国各地旅行;三是采访者,我毕竟是纪实文学作家,我在美国进行了一系列的采访。

我和妻在美国"走透透":我们飞往美国最东端的纽约、最西端的夏威夷、最北端的波士顿以及中部的匹兹堡,2014年2月至3月我们又去了美国最南端的佛罗里达,还漫游了加勒比海。

　　小儿子知道我和妻喜欢旅行,而他由于工作忙无法陪同,便给我和妻买好飞往夏威夷的机票。在圣诞节放假时,他和儿媳一起陪同我们去拉斯维加斯。

　　2014年春,我和妻刚从南非归来,便来到美国。小儿子利用休假,和儿媳一起陪同我们去佛罗里达以及加勒比海。

　　我离开上海的时候,正是春寒料峭时节,身穿呢大衣,到了佛罗里达,只穿一件长袖衬衫,而当地年轻人则是短裙、T恤。在佛罗里达租了一辆轿车,儿子和儿媳轮流开车,陪同我们"自驾游",喜欢哪里就把轿车开到哪里,访问了佛罗里达州的主要景点:不论是充满神秘气氛的肯尼迪航天中心,有着"美国威尼斯"之称的劳德代尔堡的水乡风光,还是迈阿密迷人的热带海滩,还有美国最南端的西礁岛的古巴情调,都使我流连忘返。

　　印象最深的是乘坐皇家加勒比游轮"海洋独立号"航行于加勒比海的那些日子。这艘特大型游轮,如同一座巨大的海上豪华城市,兼休闲、住宿、美食、游览于一身。皇家加勒比游轮"海洋独立号"的排水量达十六万吨,比美国最大的航空母舰还大得多,几乎是著名的"泰坦尼克号"游轮的三倍。"海洋独立号"的宽度与美国白宫相当,总长达三百三十九米,比三十七辆伦敦双层巴士排起来还长。船体高度达七十二米,总共有十八层,1 817间客房,可搭载乘客4 375名,船员一千多名。皇家加勒比游轮"海洋独立号"的造价高达四亿英镑(大约相当于八亿美元、四十八亿人民币)。我们在这艘世界一流的豪华游轮上度过了难忘的九天。

　　"海洋独立号"在蓝宝石般的加勒比海游弋,走访一个个美丽的岛国。

　　加勒比海是大西洋西部的一个边缘海,位于北美洲与南美洲之间,毗连墨西哥湾。加勒比海上的诸多岛国,如同一串瑰丽无比的宝石项链,佩戴在大西洋蔚蓝色的胸口。

对于我来说，加勒比海曾经是那么的陌生，仿佛遥不可及。这一回，乘坐"海洋独立号"游轮在加勒比海乘风破浪，极目而望，天水一色。我们每日与海为伍。旭日甫露，金光万道；丽日中天，炙烤万物；夕阳西沉，海面通红。

皇家加勒比游轮"海洋独立号"在三台强大的螺旋桨推进器的推动下，以二十二节（相当于每小时四十四公里）的速度行进在加勒比海。我们游历了一个个加勒比海岛国，不论是圣马丁岛的椰林，还是圣基茨和尼维斯岛上色彩艳丽的房屋，不论是波多黎各的古堡和繁荣的海滨商业街，还是海地热情奔放的黑人舞蹈，热带风光，异域风情，组成一道靓丽的风景线……

我写下三本书，记述我在美国的见闻：《美国！美国！》是我在美国各地旅行的散记，《我在美国的生活》写了我在美国的衣食住行，《受伤的美国》则记述了震惊的美国的"9·11"事件。2014年出版的新著《畅游加勒比海》一书除了写下我眼中美丽的加勒比海之外，也以相当多的篇幅写及加勒比海之畔旖旎迷人的佛罗里达半岛。

值得提及的是，1993年我第一次去美国的时候，很多美国朋友劝我申请美国绿卡。他们告诉我，千家驹先生来到美国之后，凭着美国一家图书馆提供的馆藏他的著作清单，美国移民局就网开一面，给了他绿卡。当时，一位美国记者为了采访我，从旧金山伯克利大学图书馆查阅了我的著作，那里馆藏的我的著作数量超过千家驹先生。只要我愿意，我可以参照千家驹模式，申请美国绿卡，成为美国永久居民。但是，我以为我的采访和写作在中国，我的千千万万的读者在中国，我可以到美国探亲，但是无法长期离开中国——尽管当时美国的生活比中国优越。

后来，我的小儿子和儿媳都成为美国公民。只要我愿意，按照美国的规定，作为小儿子直系亲属的我，不仅可以申请美国绿卡，而且可以移民美国，成为美国公民。

　　我的孩子长期在美国公司工作并定居美国，他们成为美国公民是顺理成章的事。而还是那句话，我的采访和写作在中国，我的千千万万的读者在中国，我不愿意申请美国绿卡，更不愿意移民美国成为美国公民。

　　正因为这样，我和妻八次赴美国，都是在美国驻上海总领事馆办理签证手续——每次都只花半分多钟就获得美国签证官员的签证。

天伦乐

台湾儿媳

自从中国大陆开放、台湾开禁以来,我结识了不少台湾朋友。不过,毕竟只是"台面"之交,在各种各样的社交场合结识而已,并未深谈。

来自海峡彼岸的长媳进入我的家庭后,我对台胞有了更多的了解。

长媳生在台湾,长在美国。她是在上小学四年级时去了美国,后来毕业于美国伯克利大学。

长子跟她相识于美国。后来,长子出差上海的时候,她也随着来到上海。她跟我们相处很融洽。她说,这下子放心了,因为公公、婆婆都很和善,很好相处。她对祖国大陆也很熟悉,她曾经在台湾一家电视台担任"海棠风情"节目主持人。这个节目是向台湾观众介绍祖国大陆各地风情。正因为这样,她到过祖国大陆许多地方。她会嫁给一个大陆丈夫,也是因为她对祖国大陆有一定的了解。

我发现,她虽说脾气有点急,但是很直率,有什么就说什么,所以很容易相处。她遇上高兴的事,就会说"好棒啊"。遇上不愉快的事,那情绪也写在脸上。有一回,她送婆婆衣服,婆婆说不好意思让她破费,她马上就说:"妈妈,这衣服不贵,是我在美国趁商店打折的时候买的。"婆婆想还礼,给她买衣服,她再三申明:"妈妈,千万不要给我买衣服,那纯粹是浪费。因为我当节目主持人的时候,做过许许多多衣服,还来不及穿呢。"

自从在上海与她相识之后，我和妻去美国旧金山的时候，也去看望她。那时候，她独自住在旧金山唐人街，这样便于去电台工作。她的房间里，养着一只小猫。她精心地照料这只小猫，对小动物充满爱心。

我和妻出席了长子与她在美国举行的婚礼。婚礼里里外外都是她和她的母亲在张罗。婚后她随我的长子前往台湾，在长子公司工作。她有语言天赋，不仅英语流利，普通话标准，而且会讲台语（闽南语）和香港话（粤语），也会说日语。长子身边有了这么一位贤内助，在台湾工作要方便多了。我问她，怎么会说香港话，她说从台湾迁到旧金山之后，好几位邻居是香港人，她就学会了说香港话。

与长媳相处，有时候常常会发现海峡两岸的文化差异。比如，有一回我跟她说起巴金，她竟然问"巴金是谁"。这时，坐在一侧的长子大笑起来，告诉我：他的台北公司的员工，差不多都是留学美国回来的台湾的"海龟"，居然只有一个人知道巴金。这位知道巴金的员工原本是学文学的，所以知道巴金，也仅仅限于"知道"而已，并未读过巴金的作品。

然而，一说起李敖、梁实秋、林语堂，长媳就滔滔不绝，如数家珍。

跟她说"文革"、"五七干校"，她怎么也弄不明白为什么会发生那样的事。

有一回，我们一起在海南岛，参观万泉河畔的红色娘子军纪念园。她不明白什么叫红色娘子军，当然更不知道什么琼花、洪常青。

跟她说山芋、红薯，她不懂，一说番薯就明白了。

有一回，长子用上海话说起"地力"，她当然不明白。妻赶紧补充说"荸荠"，她也听不懂。妻对荸荠的形状、口味加以细细地形容，她终于恍然大悟："哦，在台湾叫'马蹄'！"

在大陆，叫惯了蒋介石、蒋经国，而台湾人则称之为"蒋公"、"经国先生"。

　　至于萨达姆，在台湾叫"海珊"，而泰国总理他信，在台湾叫"戴克辛"。

　　她的普通话讲得比我还标准，可是一拿起我的用简体字印刷的著作，她就"实话实说"："爸爸，我看简体字，只能连蒙带猜。"正因为这样，我给她发E-mail，总是事先把简体字转化为繁体字，而她呢，总是用英文给我写回信——她写英文比中文顺手。我把有关台湾的文章用E-mail发给她，她很认真地校看，然后把意见用E-mail发来。长子开玩笑说，她成了我的"责任编辑"。她对我在台湾的采访工作也很支持。2011年11月30日早上，刚刚离家的我，忽然接到她的电话，告诉我上午九时马英九竞选总部在台北八德路举行成立大会。我闻讯立即赶往那里，见到了马英九，拍摄了很多照片，并与马英九握手。

　　虽说她很早就接受西方教育，但是她仍保持东方女子传统的种种观念，很重视礼仪。每逢我和妻的生日，必定寄贺卡，并打电话致贺。每年母亲节，总是从台北叫上海的快递送鲜花到家。

　　2006年3月，她的母亲从旧金山来到上海，住在我家。她的母亲说，十分满意女儿的婚事，非常喜欢自己的女婿。她的母亲告诉我，她家原本也在上海。她的父亲——我的长媳的外祖父，是国民党中将。她的父母结婚时，证婚人是白崇禧。1949年，她父亲驻守甘肃时，她出生在兰州。后来她的父亲在1949年携全家迁往台湾，曾任台南市师管区少将司令（后来升为中将），据说那时候台南只有三位将军，所以她家"很拉风"。不过，在台湾，她家成了"外省人"。后来，她又带着儿子和女儿从台湾迁往美国旧金山。

　　我开玩笑地对我的亲家说，我的父亲原本有着国民党少将军衔，中将的外孙女嫁给少将的孙子，也算是门当户对。

　　我的儿子常常报喜不报忧，儿媳则是喜忧都照直说。她喜欢开玩笑。有时在电话中会说，"爸爸，现在我向你告状！"如此这般"告"了我儿子一"状"之后，便说"告状完毕"，然后电话里传来一阵哈哈大笑声。

　　她很节省。她的母亲告诉我,家里的东西要丢掉的时候,如果她以为还稍有用处,就会收起来。到了要用的时候,她就兴冲冲从自己的房间里拿出来,交给母亲。所以她的母亲对我说,你们叶家有福气,多了一个能干的"管家婆"。她听了,笑道:"我是属狗的嘛,善于'看家'!"

　　她的母亲虽说在十几年前也曾经来过祖国大陆,不过,她对大陆的今日也不甚了解。她的箱子里放了许多纸巾和手纸。我问她为什么带这些东西来中国大陆?她说,别人告诉她,大陆的餐馆没有纸巾,厕所没有手纸。我和妻带着她游历今日上海,登上三百多米高的东方明珠塔俯瞰高楼林立的上海,地方知大陆已经发生天翻地覆的大变化,上海已经进入现代化、国际化城市的行列……

　　儿媳嫁到我们家多年,我对她过去曾经有过的"辉煌"并不了解。她是一个低调的人,从未在我面前说起。有一回一起在台北看房子,售楼小姐认出她是当年的电视节目主持人,说非常喜欢她的主持风格,是她的"粉丝",我这才知道她在台湾的影响。她能歌善舞,却从来没有在家里"舞"过,只是有一回我用摄像机拍摄小孙女跳芭蕾舞,她在一旁辅导,跟女儿一起跳芭蕾舞。她告诉我,小时候学过芭蕾舞。她唱歌也不错,但是只在教孩子唱英文儿歌时,才哼几句。在公司的"尾牙"宴会上,她与我的儿子一起唱过卡拉OK。她只在重要的场合才穿着华丽的服装,平时衣着很随便,常常是黑色T恤一件而已,素面朝天,很少化妆。

　　后来,我在旧金山,她母亲拿出她过去的相册给我看,见到她一张斜挎红绸带的照片,红绸带上绣"玫瑰皇后"四个金字。我问她母亲,才知道她十八岁时就荣获旧金山湾区中国同学会的"玫瑰皇后"称号。她母亲拿出一本剪报集给我看,我才第一次见到她当年在演艺圈的许多报道。除了华视之外,她当过台湾民视(民间全民电视公司)节目主持人,还演过电视剧。不过,"她看不惯影圈黑幕",毅然结束四年的演艺圈生活,从台湾回到美国。面对美国《世界日报》的记

亲家当年在台湾与蒋纬国（中）合影

长媳曾在美国旧金山获得"玫瑰皇后"称号

者的采访，她很坦然地说："人只能生活一次，不想活在不健康的生活当中。"

美国《世界日报》的报道说："许多女星的择偶条件都离不开'高大英俊、年轻幽默、腰缠万贯'。"然而，她却说："不要太英俊，因为会花心；不要太年轻的，年纪大些才够稳重；不需要有钱，因为钱会花完，只要有一技之长就行。"她又说自己"懂得不乱花钱，也从未想过要赚大钱"。在回答记者关于"未来最大的心愿"时，她说："相夫教子，做个好妻子，好母亲！"

不过，她对自己当年的演艺生涯并不后悔。她说，"那是难得的人生经验，也是每一个少女的梦想，也只有经历过，才会更珍惜目前的一切。"回到美国之后，洛杉矶一家电视台邀请她当节目主持人，她谢绝了。

从美国《世界日报》的报道可以看出，她的头脑相当清醒。她是那么说的，也是那么做的。她"相夫教子"，成为我的儿子事业上的得力助手，而且精心培养、教育两个孩子。

"叶家有女初长成。"我的小孙女，口齿伶俐，善于表达。打电话给我时，她会说"爷爷，现在请爸爸跟你说话"、"现在请妈妈跟你说话"，在美国外婆家的时候则说"现在请妈妈的妈妈跟你说话"，宛如一个节目主持人。我曾经多次跟儿媳说起，小孙女是个节目主持人的料子，可以从小培养。儿媳却很坚决地对我说："爸爸，我绝对不让女儿进演艺圈。她喜欢画画，对颜色有敏锐的观察力，将来可以当个艺术设计师、画家，她也喜欢看书，或者像你这样当个作家，那就很好。你正愁家里没有接班人，让她接你的班吧。"

我送给她的礼物之中，她最喜欢的是一件写着"家"字的书法作品，挂在客厅正中央。她全心全意爱着这个家，所以格外看重这个"家"。她嫁到我们家，彼此和睦，从未红过脸。在拍摄家庭合影的时候，她特地说，在"家"字前面拍吧。

赴台不易

中国与美国，隔着浩瀚的太平洋；中国大陆与中国台湾，只隔着一道台湾海峡。

我和妻去美国很方便，美国签证官往往只问一两句无关宏旨的话就给我们签证。然而，我们在2003年第一次去台湾，手续却不胜其烦。

中国与美国，是国与国的关系，要办理的是签证。大陆与台湾同属中国，不是国与国的关系，要办理的是签注。去美国，持中华人民共和国护照就可以了，而去台湾，则要持两证：出入中国大陆要持"大陆居民往来台湾通行证"，出入台湾则要用"入台证"（即"台湾地区入出境许可证"）。

按照顺序，只有拿到"入台证"之后，我和妻才能办理"大陆居民往来台湾通行证"。

那时候，我的大儿子和儿媳去台湾不久，大儿子不是台湾居民，儿媳虽然是台湾居民，却非直系亲属——按照台湾规定，儿媳连"三等亲"都算不上：

一等亲：父母，配偶，子女；

二等亲：祖父母，外祖父母，孙子女，外孙子女，兄弟姐妹；

三等亲：曾祖父母，外曾祖父母，曾孙子女，外曾孙子女，伯叔姑，舅父，姨母，侄男女，外甥男女。

针对不同级别的"亲",台湾方面作出相应规定:

一是台湾地区人民之大陆地区的"一等亲",可以申请赴台探亲;

二是台湾地区人民之大陆地区的"二等亲",可以申请赴台探病;

三是台湾地区人民之大陆地区的"三等亲",可以赴台探重病或者奔丧,但以二人为限。

显然,我和妻无法以探亲的名义前往台湾,改为由长子的公司发出邀请,变成"因公"赴台湾,手续就更加麻烦。

我在2002年9月10日收到长子的公司发出的正式邀请函之后,便开始漫长的办证之旅。

我向我的工作单位——上海作家协会送去《赴台请示报告》,附上台湾方面的邀请书;妻是教师,也向学校打了《赴台请示报告》,请求委托上海作家协会一起办理赴台手续。这是因为上海作家协会是局级单位,可以直接把报告转呈上海市政府台湾事务办公室,而妻所在的学校不够这样的"级别"。按照规定,她的学校不能直接把报告转往上海作家协会,而是要转往教育局,教育局是局级单位,才能转往同样的局级单位的上海作家协会。

上海作家协会审看了我的《赴台请示报告》之后,当即给予支持,把报告转往上海市政府台湾事务办公室。上海市政府台湾事务办公室也当即表示同意,只是希望了解一下邀请方的政治背景。经了解,邀请方无不良政治背景。

接着,上海市政府台湾事务办公室又打电话给上海作家协会,说是申请材料之中缺乏邀请方安排的台湾活动日程表。我当即补上这份材料。

这时,又发生了意想不到的新的问题:这次我是以作家身份前往台湾,而邀请方是美国公司,按性质这次赴台属于"商务交流",这与作家身份不符。所幸我在台湾文化界、新闻界有许多朋友，换个单位出面邀请不成问题。台湾《联合报》总编辑陈晓林先生出面发出邀请函，解决了这一难题。陈晓林兼任台湾风云时代出版社董事长，这家出版社出版过我的许多著作，由出版社邀请作者来台访问，名正言顺。

接着，又发生问题，按规定夫妻是不能同时以公务活动去台湾的（探亲除外）。不过，考虑到我的特殊情况，上海市政府台湾事务办公室还是同意了。

于是，上海市政府台湾事务办公室把我的申请赴台报告报往北京国务院台湾事务办公室。

与此同时，海峡对岸的种种手续也在进行之中。按照台湾方面的规定，我把一大堆证件用特快专递寄往台北：近照两张、大陆身份证复印件、护照复印件、户口簿复印件、大学毕业证书复印件（证明学历）、工作证复印件（证明工作单位）、高级职称证件复印件（证明职称）。寄去之后，长子的秘书又来电，要求我补寄我的工作单位——上海作家协会开具的证明。

此外，我填写的《大陆地区人民进入台湾地区旅行证申请书》中，父母亲的出生日期要"精确"到日——我只顺手填了出生年、月，结果台湾方面来电，一定要我写上"日"。

公文在海峡两岸的机关里，开始"慢慢"旅行。

既然上海市政府台湾事务办公室已经把我的申请赴台报告报往北京国务院台湾事务办公室，而且台湾方面需要的文件也已经寄去，这时，正值我和妻要去美国看望次子和儿媳，也就放心地飞往美国。

不料，到了美国，长子的秘书范小姐发来E-mail，必须另办一份身份证明——这一证明不是由上海作家协会开具，而是由上海的报社或者出版社开具，这才"对口"，因为邀请单位是台湾《联合报》及风云时代出版社。

无奈，我只得从美国旧金山给上海人民出版社季永桂先生发去

E-mail，因为我在上海人民出版社出版过许多著作，由该社开具一张"叶永烈先生系我社作者，长期从事纪实文学创作"这样的证明，是不成问题的。果真，季永桂先生接到我的E-mail，马上开具上海人民出版社的证明，并传真到台湾。

当我从美国回到上海，范小姐从台北给我发来E-mail，告知台湾已经同意发给我和妻入台证。

果真，过了一个星期，范小姐拿到了我和妻的"台湾地区旅行证"的复印件，当即传真给我，并把复印件用特快专递寄到上海。当我收到特快专递，见到那"台湾地区旅行证"的复印件盖着蓝色长方印章，写着"本影（印）本不得持凭入境"。也就是说，凭这复印件是无法进入台湾的。我感到十分奇怪：为什么不给我原件，而只给我复印件呢？

我读了所附的台湾"内政部警政署入出境管理局"给我的通知，才明白在这份复印件发出之后的第五日，"台湾地区旅行证"的原件会从台湾送至香港机场。我必须前往香港机场离境大厅K段中华旅行社，凭这份复印件才能换取原件，然后凭原件进入台湾。

这样，台湾方面的手续，终于办好了。

2002年12月19日傍晚，我接到上海作家协会的电话，告知国务院台湾事务办公室今天已经下达同意我和妻赴台的文件，明天上午可以去上海市政府台湾事务办公室领取文件。

翌日上午，我和妻来到上海西区宋园路一幢漂亮的小红楼，上海市政府台湾事务办公室就在那里。一位小伙子热情地把国务院台湾事务办公室的批件交给我。这份批件是给上海市公安局的，同时也抄报公安部六局。

我和妻当即"打的"从上海市西区横穿市区，赶往位于东北角的上海市公安局出入境管理处（大陆习惯叫"出入境"，而台湾则叫"入出境"）。在那里，我出示国务院台湾事务办公室的批件以及"台湾地区旅行证"复印件之后,开始填写《上海市居民往来港澳台地区申请审批表》。填好表格,我这才知道,按照规定,表格上的"所属单位意见"一栏必须由所在单位负责人签字并盖上公章。我当时感到奇怪,既然申请赴台手续是通过所在单位报往上海市政府台湾事务办公室、国务院台湾事务办公室,所在单位当然是同意的,怎么还要再请所在单位负责人签字并盖上公章呢?

无奈,这是规定的手续,必须照办。

这时,已经是中午。我赶到位于市中心的上海作家协会,已经是下午。尽管那天是星期五,按照通常的习惯,到了下午在单位里办公的人就不多了。所幸那天单位负责人都在,我只花了几分钟,就拿到负责人签字并盖好公章。

我重新回到上海市公安局出入境管理处,已经是下午三时多。我来到三楼,办理前往港澳台的手续。人很多,索号排队,而且每办一个手续总是要十几分钟以至二十多分钟。我拿到的号码是港澳台"D104",而正在办理的是"D88",虽然有五个窗口在办理手续,但是看样子要等个把小时。

在等候的时间里,我向工作人员仔细打听,才知道"D"编号纸上写着"港澳台居民办证",其实是办理前往港澳手续的,而前往台湾的是"B"字编号。港澳已经回归,所以前往港澳的上海居民很多,"D"字排队很长,而当时能够办通赴台手续的人很少,所以我拿到"B"字编号之后才几分钟,"B"窗口的办事小姐就朝我招手。我把有关文件交给了她。她告诉我,所需文件已经齐全。办理"大陆居民往来台湾通行证",通常需要三个工作日,而适逢明后两天是双休日,所以需要五天方可取证。这样,我总算办好了手续。

我从上海市公安局出入境管理处所在的东北角,"打的"前往西南角的家,又一次穿越整个上海市区。星期五下午四时多,正是上海周末交通最拥挤的时刻。即便是上了高架,上面也堵车。当我和妻回到家中，已经是下午五时多。这一天从早到晚，就在各办事机关之间来往奔走之中度过。我这才从"实践"中明白，办理赴台手续是何等的麻烦！

五天之后，我和妻再次来到上海市公安局出入境管理处，终于领到紫灰色封面、烫着金字的《大陆居民往来台湾通行证》。我翻看了一下，这本通行证的有效期为五年，表明我在五年内再去台湾，就不必另办新证了。

证件的备注页上，专门印着持证人的姓名繁体字为"葉永烈"。这一备注，显然是由于大陆采用简体字而台湾使用繁体字所造成姓名差异而引起的。

这样，我终于办妥了中国大陆因公赴台的相关手续。

我如此详细地记述当年第一次办理赴台手续的曲折经过，是因为倘若不是亲历，很难想象其中的艰难。

屈指算来，从2002年9月11日我向上海作家协会寄出《赴台请示报告》，到12月25日拿到"大陆居民往来台湾通行证"，整整用了三个半月的时间！

在这三个半月之中，遭遇多少"问题"，写过多少证明，发了多次传真，填写了一份又一份表格，这才终于办成，真是一言难尽。

我去美国，说去就去，很快就能拿到签证。大陆和台湾是一个国家的两个地区，从大陆到台湾，办理入境手续是那样的繁杂而漫长！

难怪，当时能够从大陆前往台湾的人，是那样的少。

不得不绕道香港

我和妻正准备前往台湾时,我的长媳从台北飞到上海,专程接我和妻去台湾。

我曾再三跟长子、长媳说,我是走南闯北的人,根本用不着专门来接。在美国发生"9·11"恐怖袭击事件的那样紧张的时刻,我甚至特地从上海飞往纽约采访呢!然而,他们却说从上海到台北,必须在香港转机、领证,转机时间短,你们对领证手续又不熟悉,万一赶不上航班就不好办,还是派个"导游"吧。

长媳说,这么一来,她也可以有个"由头"再到上海来一趟。

长媳从上海浦东机场走出来,第一句话就是:"好冷哪!"上海的冬天本来就比台湾冷得多,何况这个冬天是十年以来上海最冷的冬天。她居然没有穿棉毛衫、棉毛裤——在台湾她从来不穿这些。一到上海,我和妻赶紧给她买了棉毛衫、棉毛裤。

我们还没有启程,这位"导游"已经在跟我们整天聊台湾,上"预备课"了。长子给我们买好上海到台北的往返机票,来回都从香港中转。

在上海,我和妻反过来成了长媳的"导游"。我们带她在寒风之中逛上海。她说,上海真漂亮,高楼那么多,比台北更有气派。在买东西的时候,她总是要进行"比价",把人民币"换算"成台币,也有时换算成美元,进行比较。"哇!上海的东西真便宜!"她进行一番"比价"

之后，往往得出这样的结论。记得一年多以前，我们陪她去服装店为她的母亲做旗袍，她非常惊讶："上海的旗袍价格，只及美国旗袍价格的一个零头！"

她喜欢上海的小吃。她说，台湾的小吃花样繁多，但是上海的小吃很有特色。上一回她来上海的时候，曾经吃过生煎包，意犹未尽，这一回一定要再去吃一趟。她说当我们到了台北，一定要去吃一下那里的上海小吃，看看是否"正宗"。

出发的那天，我们起了个早，在天还漆黑的五时半起床。早餐毕，六时三刻从家里出发。

听说世界上第一条磁悬浮列车线路已经在上海浦东建成，是从浦东龙阳路到浦东机场，她很想去坐一趟。很可惜，当时磁悬浮列车尚在试运行阶段，我们只得"打的"前往浦东机场，沿途只是看到像高架轻轨一样的高高的磁悬浮列车线路。

浦东机场颇远。从家里到浦东机场，"打的"近一个小时。

浦东机场是新建的，候机大厅非常宽敞，显得很有气魄。机场里挂着巨幅宣传画，写着"期盼中国2010年上海世博会"。"申博"成功，给上海带来了大发展的良机。

我们乘坐的是香港港龙航空公司的KA895航班，从上海飞往香港，然后再在香港换乘国泰航空公司的航班，飞往台北。

如果从上海直飞台北，穿过台湾海峡，只需一个半小时就可以飞抵台北。然而，由于当时两岸未能直航，我与众多的台湾旅客一样，不得不走"之"形路线，绕道"第三地"——香港或者澳门，然后飞往台北。

我曾经从上海多次飞往香港，对于这条航线是很熟悉的。飞行了将近两个半小时，机翼下出现小山、房屋，表明香港机场到了。

在香港机场，我见到穿短袖制服的当地警察和戴三角帽、穿鸭绒大衣的旅客并行的奇特景象。

在上海，我穿了一件皮外套前往浦东机场。然而，在香港，我一出

终于在台北见到儿子

机舱,赶紧把皮外套放进随身的箱子。香港温暖如春。此后,我在台湾的旅行中,这件皮外套一直躺在箱子里,直到我回到上海,才在下飞机时重新穿上。

这一回我到香港,是为了转机前往台北,通常转机是用不着出机场的,只消从一个登机口转往另一个登机口就行。但是由于台湾方面规定,我的入台证必须到香港机场大厅里的中华旅行社去领取。这样,我在香港机场必须办理进入香港的入境手续,才能进入机场大厅。

长媳作为"导游",对于香港机场熟门熟路,因为她每一回往返于大陆与台湾之间,都要从这里转机。我们一起走过香港机场长长的过道,来到入境处。在那里,我们跟"导游"分开了,因为长媳持美国护照,从另一处入境。

我和妻在持港澳台通行证的通道排队。我们填写了入境表,排了十分钟的队。凭"大陆居民往来台湾通行证"以及飞往台北的机票,我办好香港入境手续。当我们在入境处办好手续,走过香港海关,进入机场大厅,长媳已经早早在那里等候了。

我们推着行李,从宽敞的机场大厅的底楼,乘坐"升降机"(香港人对电梯的称呼)来到二楼。就在上电梯的时候,我见到那里一块黄地黑字的招牌上写着"中国旅行社"——那是中国大陆所办的旅行社,而我们要找的是台湾的"中华旅行社",跟"中国旅行社"只有一字之差。

按照台湾方面寄来的通知,"中华旅行社"在香港机场"K"段。在二楼,我沿着长长的信道,沿着"A、B、C、D……"一块块指示牌,一段又一段地寻找着"K"段。除了英文字母标志之外,没有一块"赴台换证由此向前"之类的指路牌。

在二楼走廊的尽头,我终于见到了蓝色牌子上写着一个白色的"K"。在"K"段,我找到了"中华旅行社"。这是台湾方面以民间面目出现的代理机构。在那里,我凭借台湾"入出境管理局"的入台证复印件、领取入台证原件，亦即"台湾地区旅行证"。只有拿到这一证件，才能进入台湾。

从飞机的出口到"K"段的"中华旅行社"，在香港机场我大约走了一公里路。接着，又要返回，再走一公里的路。所幸托运的行李可以直接转到飞往台北的航班，不然的话，手续会更加麻烦。

接着，我要办理"离港"手续——填写出境表格，来到离境处排队。

前前后后，只是为了在香港"中华旅行社"领取那张入台证，我花了三个小时，走了两公里的路，出了一身汗，这才来到"闸口"（香港人称登机口为"闸口"），终于登上飞往台北的国泰航空公司的班机，在下午二时十五分起飞！

幸好沪、港、台三地是一个时区，没有时差，所以用不着把手表上的时针拨来拨去，也没有那种时差所产生的不适的生理感觉。

国泰航空公司也是香港的航空公司。我乘坐的"CX420"航班，是从香港经过台北飞往韩国汉城、仁川。国泰航空公司的空姐一律红衣红裙，而港龙航空公司的空姐则一律黑衣黑裙。

香港天气晴朗，飞机起飞之后，机翼之下是万顷碧波。白色的浪花，星星点点散落在波峰和波谷之中。这里一片汪洋，偶而可以见到像一叶扁舟似的轮船在那里"慢腾腾"地前进。我明白，我正在飞越台湾海峡。

这道台湾海峡，是横亘于福建省和台湾省之间的一条狭长海域。台湾海峡大致为东北至西南走向，南北长约三百七十公里，东西宽平均为二百三十公里。最窄处的福建平潭岛与台湾省的新竹市，相距仅一百三十公里。据说，每当风和日丽，登上福州鼓山大顶峰，极目远眺，隐约可见高耸在台湾北部基隆附近的鸡笼山。

海峡此岸与彼岸，相距虽不远，却阻隔深远。今日我得以飞越海峡，终于圆我台湾之梦。

当机翼下出现一大片陆地，我明白，台湾到了。

飞机先是沿着海岸线向北飞了几分钟,然后深入台湾腹地,朝西北方向飞去,飞往台北。

飞机逐渐下降,台湾大地变得越来越清晰。台湾农田一片葱绿。

下午三时三刻,我从香港飞抵台北,整整飞行了一个半小时。

如果从我上午近九点从上海浦东机场起飞算起,途经香港,再到台北,花费了将近七个小时。这一回,我算是亲历绕道香港所带来的诸多不便。

"两点之间,直线最近。"这一点几何学上最粗浅的定理,谁都明白。倘若从上海直飞台北,一个半小时就能到达台北——相当于从香港飞往台北的时间。

然而,为什么人们就不懂这最起码的几何学定理,舍近求远,非要绕道香港或者澳门呢?

谁都明白,这是由于海峡两岸政治对立所造成的。最初,绕道港澳,是由于港澳属"第三地"——香港是英国殖民地,澳门是葡萄牙殖民地。互相对立的双方,彼此的客机不能直接进入对方领空,就找"第三地"中转。这就是造成绕道港澳的原因。

然而,1997年,1999年,香港与澳门相继回归中华人民共和国。从此,香港与澳门不再是"第三地"。但是,由于找不到更合适的"第三地",仍旧沿用在港澳中转这一惯例。

这种"中转",造成人力、财力、时间的极大浪费。

我亲历了绕道飞行,也就理解了为什么海峡两岸对于直航的呼声越来越高,以致在台湾岛内响成一片,后来终于实现了直航。

隔着海峡给小孙女取名

2003年初,我和妻第一次到台湾,成了"破冰之旅"。

在台湾,由于大儿子工作忙,儿媳成了我和妻的"专业导游"。大儿子有空,也总加入我们的"旅游团队"。那一回,我和妻游览了台北、日月潭和花莲。

当我们从台湾归来,2003年秋,从海峡彼岸传来喜讯:儿媳怀孕了!

这意味着我和妻将"升一级",成为爷爷和奶奶。

2004年7月,小孙女在台北医院降生。

长媳是美国公民,按照美国政府的规定,她无论在哪里生孩子,孩子都是美国公民。所以孩子出生不久,她就给孩子申办美国护照。护照上写了孩子的英文名字——"Libby Ye"。"Libby"(丽比)这名字很顺口,不错。孩子的英文名字,是由长子与长媳一起取的。

孩子出生在台北,理所当然是"台胞"。在向台湾的派出所申报孩子出生时,必须报中文名字。

其实,在孩子出生前四个来月,儿媳就给我打电话,告知她未来的孩子是女儿,希望我给小孙女取名。

我曾经给她发过一个E-mail:

小宝宝的名字,理应由你们取。旋旋要爸爸取,爸爸原先想了几个,都不满意。今天在飞往北京的飞机上见到机翼下的大地悄悄变得绿油油了,忽然来了"灵感",取了个名字,供你们参考,由你们定夺:

小宝宝的名字可否叫"叶悄悄"?

"叶悄悄"象征着叶子在悄悄蓬勃生长,春意盎然,充满了希望和生机。

"叶"与"夜"同音,谐音"夜悄悄",有点诗情画意,唐诗"润物细无声"的意境。

"悄悄"是文静、端庄、优雅的意思。

"悄悄"是一个很谦虚的名字,表明做什么事都"悄悄"的,从不张扬、声张。但是,悄悄并不是无声无息,成功在悄悄中诞生,"于无声中听惊雷"!

再说,"悄"与"俏"音近字近,也意味着小宝宝将来会是俏丽的小姐。

"悄悄"很上口,容易记,第一次听到这名字就会牢牢记住,而且这名字不会与别人重复。

很多人小时候的名字用迭字,但是这些迭字本身没有含义,而"悄悄"是有含义的,连中文电脑中都有"悄悄"这个词组。"悄悄"不仅可以在小时候用,将来成人仍可以叫"悄悄"。"叶悄悄小姐"、"叶悄悄女士"都是可以的。

爸爸不知道台湾本地话中"悄悄"发音好听不好听? 上口不上口?

另外,还想了一些名字,供你们挑选、参考:

叶青青(这名字也上口,而且与"叶"姓相关)

叶新绿(取义于白居易诗"平铺新绿水萍生")

叶明珠或者叶名姝(谐音"夜明珠"),掌上明珠之意

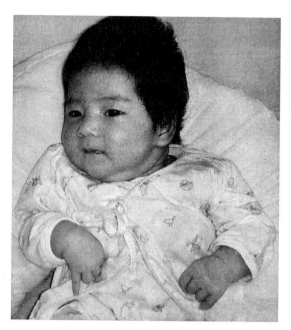

2004年7月小孙女品郁出生在台北

　　叶来香（谐音"夜来香"）

　　叶又红

　　叶菲菲或者叶菲

　　叶苔芳（生于台湾而父亲姓"叶"母亲叫"芳"，三个字的繁体字都是"草"字头）

　　叶苔青（取义于唐朝刘禹锡《陋室铭》"苔痕上阶绿，草色入帘青"，而"苔"又是双关的，表明生于台湾）

　　叶莺（"夜莺"的谐音，只是此名用的人甚多）

　　我的长媳受台湾习俗影响甚深。台湾人给孩子取名，讲究生辰八字，所以她直到孩子出生之后，才按照生辰八字，请人作出"取名原则"：一是孩子命中"水弱"，名字要以"金格"为主；二是孩子名字三个字，合起来以三十七划为宜。其中姓"叶"，繁体字为"葉"，十五划。中间的字，必须是九划。第三个字，十三划。

　　于是，长媳郑重其事发来传真，开列许多九划和十三划的"金格"的字，以供选择。

　　我细细研究，繁体字为"葉"是十二划，不是十五划。我特地查了中国大陆权威性的《辞海》，确证繁体字"叶"是十二划。然而，长媳也查了台湾出版的辞典，那里是把"叶"字的"草字头"按两个"中"字计算笔划，六划，所以繁体字"叶"是十五划。既然是按照台湾习俗取名，繁体字"葉"字也就随台湾习惯算是十五划。

　　我建议长子和长媳按照"金格"以及中间字九划、末字十三划的原则，先提出初步方案。经过反复挑选，长子选出"叶品郁"、"叶秋郁"、"叶芊郁"、"叶香郁"四个名字，长媳选出"叶品嫆"、"叶韦�"两个名字。

　　我看了他们发来的传真，建议最好不要冷僻的字，例如"瑍"、"嫆"字，都是普通中文电脑打不出来的字，将来会很不方便。就拿去邮局、银行汇款来说,电脑打不出"瑷"、"嫆"字,连汇款都汇不了。

长子、长媳都以为我的意见有理,否定了"叶品嫆"、"叶韦瑷"这两个名字。

我又对"叶品郁"、"叶秋郁"、"叶芊郁"、"叶香郁"这四个名字提出"质疑":"郁"字是简体字。"郁"的繁体字是"鬱",二十九划之多!笔划太多,写起来很麻烦。将来小宝宝成了名人,给"追星族"签名,二十九划要写半天!另外,繁体字是"鬱"二十九划,也不符合"末字十三划"的原则。

于是,长子、长媳又一次大翻台湾的字典。这一回,又一次显示了大陆与台湾字典对于汉字理解的差异:在大陆,"郁"字是"鬱"字的简体字。然而,在台湾,"郁"也可以单独作为繁体字中一个字存在。

这么一来,"叶品郁"、"叶秋郁"、"叶芊郁"、"叶香郁"这四个名字都符合生辰八字的命名原则。

在这四个名字中,我以为"叶品郁"最雅,富有诗意。另外,我还特地在电脑上用"Google"搜索了一下"叶品郁",搜索结果为零。这表明在"Google"上没有发现同名同姓者——因为姓名的唯一性也很重要。

长子、长媳也都赞同取"叶品郁"这个名字。

在那些日子里,我和长子、长媳之间电话不断,传真不断,E-mail不断。就这样,经过"海峡两岸"的反复切磋,终于给孩子取好了中文名字"叶品郁"。

圣诞大团聚

小孙女品郁在台北降生。照理，妻应当前往台湾帮助照料。可是在当时，我们还无法以探亲的名义前往台湾——因为儿子并非台湾居民，儿媳是台湾居民却非直系亲属。如果仍像第一次去台湾那样，以文化交流名义前往，一则手续不胜其繁，二则即使去了也只能住一星期至十天。

对于我家来说，小孙女的降生是件大事。当时，妻在电脑中这么写道：

听说长媳怀孕，太高兴了。孩子将在2004年7月份出生，正好与大儿子的生日相近。知道那时候会很热，我们就到徐家汇妇婴保健站，给媳妇买了两件夏天穿的怀孕衫，又到儿童百货商店给未来的小宝宝买了婴儿衫。

春节时，大儿子和媳妇来上海过年，她挺着肚子来拜年，说自己吃得下睡得着，一点也没什么，我们十分高兴，买了些她喜欢吃的东西。她看见我们所送的小孩的衣服，觉得很好玩，十分高兴地包装好，带回台北。

长媳一点也不娇气，她挺着大肚子东跑西跑，我们却很着急。一天，我们带长子和她去七宝游玩，人很多，于是长子在前头开路，媳妇在当中，我在后，前呼后拥地保护着她。她说自己成了"重点保护对象"了! 烈则在一旁忙着拍照。那年春节过得很愉快。

我们早就盼着媳妇把孩子生下来,前些日子听说小宝宝的胎位不正,心里很着急,不过,后来台湾医生又把胎位矫正过来了,虽说已经放下心来,但又担心她生产是否顺利。

正在为这一切担心时,2004年7月13日中午,我和烈刚吃过中饭,接到长子的电话,说她已经生了,一切很顺利,小女孩有三公斤(七磅)重! 有趣的是,这孩子是13日上午10:49出生,而7月12日是我的长子的生日,这父女俩的生日仅相差一天而已!

我俩听了真是欣喜万分,紧接着长媳也给我们来电,说自己和孩子一切都很好,十分顺利,请我们放心。因刚生好孩子,我们嘱她多休息,少说话,她就听话地放下电话。

大约过了半个小时,她的妈妈从大洋彼岸也给我们打来电话,互相恭喜! 恭喜我们有了第三代,恭喜她平安顺利生下可爱的小宝宝。她妈妈说,这孩子的手、脚都长得很长,像叶家的人。电话这头和那头,欣喜之状难以言表。

放下电话,我就赶快准备给长子他们寄去包裹。我们把在广西桂林阳朔买的小肚兜、在杭州买的小鞋子、在上海七宝买的小裤子和小肚兜、在越南买的祖母绿小猴子挂件等拿出来,把在广西南宁买的桂圆肉也拿出来,放进包裹。我又把一张音乐贺卡找出来,烈连忙写好贺词。

我们又去金店买来两个银的小脚圈,又去老凤祥店买来银的"长命百岁"小挂件,一起放在塑料袋里,赶到邮局去寄包裹。

天很热,我们回到家里,衣服都湿透了,但心里十分高兴。傍晚我们又给长子打了电话,告诉他一星期后会收到我们寄去的贺喜包裹。

从这天起,我们家有了第三代,我们成了爷爷、奶奶。

圣诞节大聚会

与长子一家在美国合影

从未照料过婴儿的长子和长媳找来一大堆书作为"顾问"。长子有句"名言":"第一个孩子照书养,第二个孩子照猪养。"

他们照着书本养孩子,居然还养得不错。

终于到了我们可以见到小孙女的日子了——照我们家的惯例,2004年圣诞节全家在美国相聚。

在美国旧金山,在平安夜,我和妻终于第一次见到了日夜思念的小孙女品郁。我们呼唤着"小品郁",呼唤着"Libby",她总是甜甜地笑着。

由于品郁的到来,平安夜变得格外温馨,充满幸福、欢乐的团聚氛围。

2004年圣诞节的前夜——平安夜,犹如中国农历的大年夜、除夕夜。在美国,家家户户沉浸在欢庆团圆的气氛之中。我和妻以及小儿子、儿媳早早地离开阿拉米达岛,轿车驶过长长的圣马刁大桥,前往旧金山海湾对岸的福市(Foster City),来到我的亲家——长媳的父母那里。

长桌上放满了酒菜。长桌四周已经坐满了人,连长媳的八十四岁的外婆也来了。可是,谁也没有动筷。大家在等候三位来自台北的嘉宾——我的长子、长媳,还有那个出生已经五个多月、却从未见面的小孙女品郁。

长子太忙。直到平安夜,他才与妻子、女儿从台北一起飞往旧金山。按照他的脾气,来来去去旧金山,从不要岳父、岳母去机场接机或者送行,虽说旧金山国际机场离福市很近。他总是一下飞机,就在机场租一辆轿车,直奔福市。

天黑下来了。为了消磨时间,我和亲家聊天,看影集,看剪报集——美国以及中国台湾的报纸上,曾有过关于长媳的许多报道。将近七时,看门的大花狗大声叫了起来。侧耳一听,门口响起汽车的发动机声、喇叭声。大家都站了起来,跑到大门口。

　　果真,长子一家到了!长子和长媳从车上取下手推车,再把带把手的"车厢"像提篮子似的从轿车中拎出来,放在手推车上,推进屋子。

　　当长媳轻轻把盖在"车厢"上的毯子掀开,小公主亮相了!她戴着一顶浅蓝色的小圆帽,用明亮的眼睛望着围在四周的人们,咯咯笑了,引起大家一片笑声。小孙女漂亮而可爱,成了全家的中心。对于我和亲家两家来说,都是第一回有了第三代,所以对于品郁的到来,都格外的兴奋。

　　据说平安夜的晚上,圣诞老公公会驾着驯鹿雪橇满载着礼物,送给小朋友。小品郁那天夜里是否梦见了圣诞老公公的礼品,不得而知。但是那天小品郁收到了许许多多亲友、邻居送给她的礼品。自从她来到人世,这是她度过的第一个平安夜。

　　其中,最为欢悦的是三个女人:我的妻,亲家母,还有亲家母的母亲。她们仨围在手推车旁,跟小品郁拍了一张又一张照片。

　　客厅的一侧,竖立着高大的圣诞树,红灯、绿灯闪烁,洋溢着节日气氛。品郁被抱了起来,在圣诞树前拍摄各种各样的合影。不论在哪张照片之中,品郁始终是中心人物。在拍照时品郁表现"良好",不是微笑,便是大笑。唯一的一次"失态",是在拍摄全家合影的时候,那只大花狗也过来凑热闹,到了她跟前,品郁哭了。

　　邻居们也纷纷过来看望小品郁。二十多人的到来,使客厅人声鼎沸。这么多人怎么拍合影呢?亲家母出了个主意,上楼梯!于是,楼梯的每一级台阶,都坐满人,再加上楼梯下站着的、坐着的,终于全部进入照相机镜头。

　　邻居们问我的长子、长媳:"你们没有经验,在台湾身边又没有父母,怎么带孩子呢?"

　　长子说还好,台湾设有"月子医院",那里有许多经验丰富的护士、保姆,可以细心照料产妇和婴儿。长媳在产后住在"月子医院",

得到很好的照顾。

邻居们又问我的长子,有了孩子之后,有什么"体会"?

长子还是那么幽默:"把我的老婆给害苦了,变成了'巨无霸'!"

客厅里又是响起一阵哄笑声。

确实,原本十分苗条的长媳,在生了孩子之后,胖了许多,虽说还不至于成为"巨无霸",但是她已经准备在孩子断奶以后减肥。

没有长辈在身边,他们居然也把孩子带大了。小孙女长得活泼漂亮,人见人爱。在夸奖小孙女的同时,我们也总是夸奖长媳的细心照料。

小"台胞"的"破冰之旅"

小孙女出生之前，长子和长媳就不再住宾馆了，而是在台北买了房子。从此他们在台北安家。他们很想我们能够去台湾，看看他们的新居。

在孙女出生之后，我家拥有两位"台胞"。虽然按照台湾的规定，儿媳连"三等亲"都算不上，但是孙女则在"二等亲"之列。不过，按照当时台湾的规定，"台湾地区人民之大陆地区"的"二等亲"，"可以申请赴台探病"，但是还够不上探亲的条件。

由于小孙女还小，起初还是长子、长媳来上海，把小孙女留在台北，由保姆照料。2005年12月，一岁多的小孙女，已经会走路了，由长子、长媳带来上海。顿时，上海家中充满欢乐的气氛。儿媳告诉我，这次品郁办理了台胞证，是以"小台胞"的身份来到大陆的。

为了让小宝宝来了有个清洁舒适的环境，我们让钟点阿姨把家里里外外打扫干净，所有的窗帘都洗过了，所有的门窗都擦过了，所有的被单、床单都换过了，妻甚至把卧室的灯泡都一个个仔细擦洗过。

我们还到超市买来了小宝宝喜欢吃的小饼干、八宝粥、儿童肉松和各种水果，还买来了各种玩具。

我们每天翘首期盼着他们的到来。我们原来想在秋天请他们来，那时天气不冷，可是秋天的时候长子一家正好去了美国。等他们从美国回来时，又正是秋冬季节交接时期，小宝宝感冒了。等到小宝宝感冒好了,她妈妈又感冒了。

等呀等,终于等到她们健健康康地来了。可是这时候上海已是冬天了。经过冷空气几番扫荡,天气十分寒冷。小宝宝一直生活的台北,那是很暖和的地方,不知她来了是否适应这里的寒冷? 但是小宝宝的妈妈说这次一定要来,再冷也不怕。

2005年12月7日,这天上海的最低温度降到摄氏零下二度。我们吃过早饭后,就再一次把小宝宝和她的母亲睡房准备好,打扫干净。把给小宝宝玩的小熊、小猴子、小公鸡等都一一拿出来。万事俱备,只欠东风。

吃过中饭后,我和妻就前往上海浦东机场。到机场时才下午一时,离她们到达时间还有一小时。下午两点,机场广播里传出从香港来的港龙819航班已经到达浦东机场,我们高兴地站起来,占领了接待客人的最佳位置。由于到达的飞机很多,我们大约又等了四十来分钟,只见长媳推着一辆小车从里面出来了。我与妻欣喜万分,连忙跑过去接她们,我用照相机摄下她们到达的镜头,妻则把从家里带来的大滑雪衫披到长媳身上,把小滑雪衫披到小宝宝身上。

我们乘坐出租车回家。妻和小宝宝、长媳坐后座,我坐前座。车厢里暖暖的,小宝宝看见奶奶,一点也不陌生,要她妈妈把自己的袋子拿过来,她从袋子里把一件件东西取出来给奶奶,奶奶拿过她的小东西时,她快活地笑了。这时她妈妈说,真奇怪,平时她在托儿所里是很小气的,自己的东西一件也不送别人,今天见了奶奶却这么大方,真是天然的亲情哪!

到家后,奶奶拿东西给她吃,她都非常喜欢。她在上海度过的这几天,让我和妻年轻了许多。妻简直像个六岁的顽童,整天与她一起玩这玩那的,一起玩彩球,一起扮鬼脸,一起玩玩具,真是开心极了。妻常常连烧饭都忘记了,还好我家门口就有许多饭馆,所以好几次就在外面饭馆里吃饭。

　　她们来的第三天晚上，是最让我们感动的。那天晚上我的长子从南方出差回来，当小宝宝看见爸爸回来时，那高兴劲就甭提了。她紧紧地贴在爸爸身上，依偎着爸爸宽广的肩膀，脸上露出非常甜蜜的笑容。当爸爸把她从身上放下时，她手舞足蹈地在地上跑了一圈又一圈，以示自己兴奋的心情。真是父女情深哪！

　　另外令我难忘的是，这孩子十分聪明和好学。虽然只有一周岁多一点，但她见什么新鲜的东西就要问，有的问好几遍，直到自己记住为止。当我们反过来问她时，她能很快地指给你看。她看见书特别喜欢，一页页、一个字一个字地问，有了一本书她可以好几个小时在那里听你讲话，听你告诉她这是什么，那是什么。盼望着她的这种求知精神能持续下去。

　　她也十分爱好音乐，只要她妈妈一唱歌，她就会聚精会神地仰头听着，脸上露出甜蜜的微笑。当然，她也是很爱玩的孩子，那天我们带她去对面儿童小乐园去玩时，她非常高兴，一会儿开车，一会儿在球堆里打滚，一会投篮，一会儿搬积木，玩得不亦乐乎。

　　那时候，每天早上，儿媳总是对我说，"爸爸，借你的电脑上一下网。"我以为她用电脑收发 E-mail，正想走开，她却说道："爸爸，你知道我每天早上上网干什么？"原来，美国有一个网站会告诉你，出生多少天的孩子需要注意什么事。她不仅"照书养"孩子，而且还"照网养"孩子呢！在台北家中，她每天的第一件事就是上那个网，查阅今天带孩子该注意什么，这已经成了她的生活习惯。

　　我很快就发现，长媳对孩子的"清规戒律"甚多。

　　比如，有一回，她突然问我，家中有没有纯净水？我指了指饮水机，那里有一大桶矿泉水。她却说，孩子应该喝纯净水，不能喝矿泉水。孩子吃的奶粉里已经有丰富的矿物质，再喝矿泉水会增加孩子肾的负担。毕业于北京大学化学系的我，还是头一回听说矿泉水会伤肾？！其实，矿泉水只是在纯净水中加入极其微量的矿物质而已，不可能对肾脏造成负担。我不知道她的"理论"来自书本还是网络,听了我的解释之后,她马上就改,从此也给孩子喝矿泉水。

还有一回,在饭店里,在等菜的时候服务员送来了茶水。小孙女口渴,我给她喝了一口茶,儿媳马上就对我说:"爸爸,书上说孩子不能喝茶,茶有咖啡因!"这又涉及化学问题,倒是言之有理。又有一回,我给小孙女一块巧克力。就在她吃得正香的时候,给儿媳发现了。她说:"爸爸,这是她平生第一次吃巧克力!网上说的,巧克力有咖啡因,孩子不能吃,以后不要给她吃巧克力了。"这同样言之有理。没有孩子不喜欢巧克力的,食之过多固然不好,不过偶而吃一两块巧克力,其实也是可以的。

孙女喜欢看电视。平时,坐在沙发上看,倒没有什么。她对动画片情有独钟。有一次,正在播动画片,为了让她看得更清楚,我抱着她走近电视机。儿媳见了,连忙说:"电视机有辐射,孩子不能走近看!"不言而喻,这又是来自书本或者网络的"教导"。

长媳对孩子充满了爱,极其严格遵循书本、网络上的种种规定,这很使我感动。不过,她的近乎"教条主义"般的执着,又常使我忍俊不禁。

五天过去了,当我们送她到浦东机场回台北时,真是恋恋不舍。我与妻抱着她上车,一路上我抚摸着她细嫩的小手,她会意地向我笑着。在机场里,她爸爸、妈妈忙着办理行李托运和登机手续,我抱着她,她偎依在我的身上,是那样的亲切,那样的依恋!

临别时我们相约不久在海口团聚,一起过春节。

相聚在海南

我们和长子一家相约海口，是因为我们在海口建立了"根据地"。

当时，我和妻卖掉上海"新工房"增配的那套房子，用这笔房款在海口买了一套房子。海口的房价便宜，当时每平方米建筑面积起价是1 550元人民币，所以我们用上海四十多平方米旧房子"换"来海口一百四十平方米的高楼新房。我们约定，一个多月之后，在海南岛一起过春节，毕竟那里气候暖和。

妻这样记述在海口的相聚：

为了迎接长子一家来海南与我们团聚，几天来我与烈又是买床买被买榻榻米（可以铺在地上让孩子在上面玩），买小玩具，又是买各种吃的东西，尤其是小孙女爱吃的小桔子啦，奶糕啦，小糕点啦，更是互相叮嘱不要忘记，每天都忙得不亦乐乎。

接长子来电知道他们一家于2006年1月27日上午抵达海口。这天一早我们就来到机场等候，飞机晚点半个小时，将近十一点机场指示牌上显示，他们乘坐的飞机到了。我们便占领最佳接客点，这里可以一眼看到旅客出站的地方。

忽然，我看见穿着红色毛衣的媳妇推着儿童车，小孙女出来了，情不自禁地叫起来。他们一家三口也热情地向我们挥手。哇，仅仅一个多月没有见面的小孙女又长高了许多，会说更多的话，小孩子真是日长夜大。我们一见面，她就认出我，亲昵地喊我"奶奶"，见到烈，就喊"爷爷"，然后给我们一个亲热的吻。那甜甜的声音，那笑咪咪的神态，那令人陶醉的吻，一下子就让我们感到相聚的欢乐。

小轿车带着我们全家向我们海口的新家开去，马路两边的椰子林树叶婆娑，像在迎接他们的到来。长媳感叹地说，真想不到海口这么美丽，空气这么清新。说着，笑着，小孙女更是手舞足蹈地朝爷爷笑笑，朝奶奶乐乐。

到家了，这是我们第一次在海南相聚。因为长子一家一直在台北居住，媳妇与孙女很怕冷，每年春节当媳妇他们来上海拜年时，媳妇直说冷。这次我们在海南买了房子，这里的气候与台北差不多，所以她们很快就适应了。

小孙女一到家，就和她妈妈一起把带给我们的东西一一搬出来。然后她就像一个"检查官"似的，双手放在背后，挺胸瘪肚地这里走走，那里瞧瞧，那滑稽的动作，那模仿大人的腔调，真够有意思的。

除夕之夜，儿子、媳妇和我们齐动手，一起烧年夜饭。记得，一个多月前，小孙女来上海时，我给她吃蛋蒸肉，她把肉吐掉，给她吃馄饨，吃生煎包，她都只吃皮，又把肉吐出来，我们都笑她是个吃素的小娃。

儿媳告诉我，孩子小的时候，请了一位台湾保姆。这位保姆吃素念经。没想到，保姆走了之后，孩子竟然养成了不吃肉的习惯！她问我们有什么办法可以矫正？这下子，我们成了"老革命遇上新问题"，头一次遇上这样的"难题"，无法"顾问"。还有一道"难题"是，她很早就会叫爸爸，可是一直把妈妈也叫做"爸爸"。我们同样无法"顾问"。

这次可不同了，我蒸了蛋蒸肉，放了新鲜美味的鱼汤，她吃得

相聚在海南

津津有味,当她妈妈喂她时,她还迫不及待地拉着妈妈的手,把蛋蒸肉往嘴里送,看到她那近乎狼吞虎咽的神态,我们真是高兴极了。特别是我,我的烧菜水平不怎么样,可看到她这样喜欢吃我做的菜,连声说:"我的好孙女,你可真给我面子!"

还有,这一回她会叫妈妈了,不再叫"爸爸"。长媳说,这也是孩子大了,自己弄明白了。

我们的年夜饭是大家动手一起做的,儿媳妇的刀功堪称一流,不管切肉或切海蜇皮,是又快又漂亮。不吹牛,我从上海带来的亲手晒的酱肉,他们都喜欢,我烧的鱼的味道也可以,但毕竟我们是第一次在海南过年,吃的东西没上海丰盛,可我们过得很温馨。

我们一家快快活活地在一起吃年夜饭,大家举杯互祝新年好。

吃完年夜饭,长子、长媳让我休息,他们忙着收拾,洗碗、揩桌子、扫地、整理厨房用品,都是他们干的。

晚上八点,当我们一家在一起观看中央台春节联欢节目时,我们不仅被精彩的电视节目所吸引,更被小孙女的表演逗乐。那天晚上,媳妇让小孙女穿上粉红的衣服,蹦蹦跳跳地走来走去,一会儿在爷爷身旁问一声好,一会儿偎依在奶奶身旁,与奶奶亲亲。过一会儿,媳妇又让小孙女穿上白色的长袍睡衣,头上戴一顶红色的帽子,手持手电筒,像巡逻兵似的这里照照,那里照照,一会儿举着手电筒在爷爷面前笑笑,一会儿在奶奶面前摆弄摆弄,那幼稚而可爱的动作,真叫人直乐。

小孙女还小,仅一周岁半,她还看不懂小品、相声类节目,但从她专注的眼神里看得出她喜欢看舞蹈类节目,每当电视里出现舞蹈节目时,她也会跟着一起舞动起来。

当除夕的鞭炮、火花在夜空中升起时,小宝宝更是兴奋得手舞足蹈。我们与她一起欢乐地享受着这令人难忘的夜晚。

大年初一,一早媳妇就抱着小孙女过来向我们拜年。媳妇让小孙女双手作拱,口中说着"恭喜""恭喜",小孙女便照着做,照着说,真有趣极了。

这天,我们一起去海口假日沙滩玩。长子、长媳看见大海高兴地奔呀,跳呀,笑呀,小孙女则步履蹒跚地紧紧追随着,烈马上拿出照相机,把这些欢乐的镜头摄下来。有意思的是,在海边走累了,玩累了,小家伙竟然自己爬上一把躺椅,自由自在地躺在上面休息。那熟练的动作,那自得其乐的样子,俨然像个小大人,当然又成了烈拍摄的焦点。

年初二我们本想租一辆车,自己开车去三亚或博鳌玩的,可是春节期间在海口根本租不到一辆车,而且三亚的旅馆都已爆满。于是我们就包了一辆出租车直奔博鳌。博鳌很漂亮,人也很多,我们在索菲特宾馆落脚,然后到海边玩。这天天气格外晴朗,湛蓝的海水、碧绿的草地、白色的沙滩、婀娜多姿的椰树,把这里点缀得如同仙境一般。小孙女在碧绿的草地上自由地奔跑,烈则拿起相机像追逐着小明星似的,也跟着又跑又拍,我和媳妇他们在旁边看着直笑,相聚的欢乐溢满每个人的脸。

平时,小孙女喜欢看书,每当我拿着一本书招呼她过来时,她会十分高兴地奔过来,然后静静地坐在我的身边,我们翻开书页,我告诉她这是小熊,她就会跟着说"小熊",告诉她这是大象,她就会跟着说"大象",过一会儿她又会让我再说一遍这是什么动物,我便再说一遍。说了几次后,反过来,我再问她,她便会很快说出来这是什么动物。她很喜欢书中活泼可爱的小熊,所以,每打开书页时,她就会高兴地指着小熊叫起来"小熊,小熊"!

有几次,不知为什么她正在不高兴,我就对着她说"小熊",她一听,居然笑了。

她也很好问,见什么就问什么,有时会问好几次,直到她记住这东西的名称后,才罢休。

　　在花园里，她一见花，脚步就会慢下来，我告诉她这是花，她跟着说花，然后用她的小手指着花告诉爷爷这是花，爷爷又赶紧拍下这个镜头。她的表情是很丰富的，有一次在海边，他们一家三口都走累了，坐在一块大岩石上休息，这时她把外衣解开，两只小手把衣服往两边一拉，烈又马上把这一镜头摄下来，照片出来时，我们都说她是"杨子荣"。

　　这次在海口，由于我前些天不慎扭伤了腰，长子和长媳对我特别关心，每当我走路时，长子总是小心翼翼地搀扶着我，一边还叫我"妈妈小心"！这使我想起当年他在上海读中学时，每当星期天，他总是陪着我去菜场买菜，一路上也这样搀着我，看见地上有西瓜皮、香蕉皮之类，他也是这样说；遇到过马路时，他也会这样说。今天，又听到他这样的关照，我倍感亲切。长子和媳妇每天都主动地扫地、拖地，把每个房间都打扫得干干净净。长媳除了照料孩子外，常帮着烧菜，打扫卫生。每顿饭后长子和她都争着洗碗，每天帮忙洗衣服，晒被子。长媳说，平时在台北，由于长子工作忙，很少看到他做家务，真不知道他还能做这么多的事，这么体贴长辈。

　　在海南与长子一家相处的日日夜夜，我们都沉醉在幸福之中。将近一周的假期很快过去了，我们依依惜别，临走时，小孙女在我的脸上亲吻着，这甜蜜的镜头也被烈摄进去了。如今我们把这些相聚的镜头印成照片，有的放大挂在墙上，每当我看见这些照片，就会想起我们相聚在海南的幸福时光。

小孙子在台北降生

2006年3月，长媳的母亲、我的亲家从美国旧金山来上海。

当我和妻陪同亲家从上海来到杭州，我的长子从台北赶来。在西湖之畔，有了"西湖之约"：我的亲家对我儿子说，一个孩子不够，一定要再生一个——争取生个男孩。我的长子答应了。亲家说，"你们必须保证再生一个，我则保证为你们养大孩子。一言为定。"

"西湖之约"不久，从台北传来喜讯，儿媳再度怀孕了。

又过了几个月，儿媳来电告知，医生说，这次怀的是男孩。

我、妻、亲家都很高兴，祝贺他们"一男一女，品种齐全"。

2007年5月，我的长孙在台北降生。我们家又添丁增口，变成八口之家。

这一回，就不必再隔着海峡反反复复商议孩子的名字了。媳妇为孩子取英文名字Tobby。儿子为孩子取中文名字，叫翔昇，即"天天飞翔，日日高昇"之意。很巧，台湾生产的一款战斗机，便叫"翔昇"。

有了养育品郁的经验，他们"照猪养"来养翔昇。

2007年秋，儿子和儿媳从台湾出差上海。由于翔昇还小，留在台湾由保姆照料，他们只带品郁来上海。

放下写了一半的文章，婉谢了朋友的约会，因为家里来了小客人。她的父母出差外地，就把她放在我们的身边。

小孙女已经三岁多，一到家，第一件事就是跑到墙根，测量身高，写下日期。已经一年没有来上海,她比上一次长高了好几厘米。她最大的进步,就是会说许多话,普通话相当标准,能够表达自己的意思。

她喜欢摆弄电脑。我打开照片文件夹,教了一次,她就认得翻页键。她用小手轻轻撳着翻页键,很有兴味地一张又一张翻看照片。令我惊奇的是,她看到奶奶在纽约跟希拉里蜡像的合影时,就指着蜡像说:"这是假的人!"她看到奶奶另一张照片就问:"奶奶的脸为什么绿绿的?"原来,那是在尼亚加拉瀑布前拍的夜景照片,脸色有点偏绿。有一回,她的小手指撳了旁边的删除键。我告诉她,这样会把照片删掉的。她一脸疑惑的神色:"我只是撳这个键'而已'呀!"她的话中,常用"因为"、"所以"之类书面语言。

她的记性很好,已经会背几首唐诗,虽说并不知道诗的意思。她爱看带彩色插图的儿童读物,能够准确辨认各种颜色。给她讲了一遍故事,就能复述。领着她上、下楼梯的时候,她走一级、数一级,已经学会一百以内的数字。她喜欢新奇。她在浦东乘了一回磁悬浮列车,回到家中,我送她磁悬浮列车模型,她爱不释手,搭了拆,拆了搭,用手推着磁悬浮列车在铁轨上来来回回。

她的嘴巴很刁,最爱喝鲜榨果汁。奶奶在用机器榨果汁的时候,她已经在一旁拿着空瓶等候。刚榨好,她就捧了一大瓶,用吸管吸着。我问她味道怎么样?她把大拇指往上一翘,说:"一级棒!"遇上不喜欢吃的东西,就借口自己肚子饱,或者把大拇指朝下,说"拜托,拜托"。

打开电视机之后,她就会对我说:"我要看卡通!"平日,我几乎不看少年儿童频道。她一来,陪着她看卡通。她也喜欢看歌舞节目,一边看,一边模仿电视里的舞蹈动作。在电视剧之中,她唯一要看的是剧中有三个小朋友的《家有儿女》。小小年纪,也知道追星,常常"志玲姐姐"长、"志玲姐姐"短,仿佛跟台湾明星林志玲很熟似的,其实她不过是从电视中见到林志玲而已。

　　她喜欢拍照,每次拍完,必定会说:"给我看看。"她从数码相机的显示屏上看到自己,就会笑起来。临走时,我从她在上海拍的几百张照片之中,选出四十多张"精品"印了出来,给她带到台湾。我把这些照片插进一本相册,她见了,一定要自己插。她一只手拿照片,另一只手掀开相册上的塑料袋,对于她来说,是一件相当吃力的工作。我几度要帮她的忙,都被她拒绝。她非要自己全部插好,这才罢手。

　　每一次外出,她也总是自己换鞋、穿鞋,不让别人帮忙。穿好鞋子之后,回过头来,把自己的塑料拖鞋头对头、跟对跟整整齐齐放好。奶奶给她买了一个小挎包,她非常喜欢,不仅上街必背,而且在家也斜挎在身上。她的小挎包里,放着一面小镜子、一把小梳子,早上起床之后,她会从小挎包里取出镜子、梳子,把自己的短发自前往后梳得一丝不乱。

　　她在学讲普通话、英语,也会讲几句台湾话。妈妈关照她,来上海要学上海话。"阿拉上海人"、"嗲",她已经从奶奶那里学了几句上海话。

　　她虽说是女孩,也很顽皮。每天睡觉之前,把席梦思当成蹦蹦床,跳呀、蹦呀、笑呀、叫呀,一直到玩累了,这才躺下呼呼大睡。她还在地板上翻跟斗。奶奶找了个借口拦阻她,"奶奶家的地板脏"。她听了,说道:"我家的地板很干净,我常常在地板上翻跟斗。那是妈妈擦的,妈妈很辛苦!"

　　领着她上街,迷上了街边小贩的小乌龟。我给她买了两只小乌龟,装在玻璃缸里,她挺喜欢,观察小乌龟什么时候睡觉,什么时候吃饭。她问,有没有"很大的乌龟"?于是,很多年没有去过西郊公园的我和妻,带她去那里——当年,还是在她爸爸小时候,带他去过西郊公园。

　　在西郊公园,她的兴趣已经不在"很大的乌龟",而是长颈鹿、大象、斑马。她最有兴趣的是观看大熊猫——她总是按照台湾的习惯,说成"猫熊"。她说,回到台北的托儿所,要告诉小朋友,她在上海见到了"猫熊",一级棒!

第一次见到小孙子也在美国

在孙子出生之后，虽说我家已经有三位"台胞"，但是按照当时台湾的规定，我和妻依然不能前往台湾探亲。新添的小孙子跟小孙女一样，都属于"二等亲"。这样，从2003年第一次借助文化交流来到台湾之后，到了2007年小孙子在台北出生，我和妻已经四年没有去台湾了。

在当时，我和妻去台湾很难，所以我们跟小孙女第一次见面，是在美国。跟小孙子第一次见面，竟然也在美国。

2007年11月，长子和长媳告知，他们将在下旬出差美国，顺便可以把两个孩子带到美国。于是我和妻在2007年11月下旬，第七次前往美国，以便与长子一家团聚，我和妻也可以见一见从未谋面的小孙子，并计划在美国过圣诞节。

2007年11月23日，我们刚到旧金山，住在次子家中。这时，长子一家也从台北来到旧金山。

这样，在旧金山亲家家中，我和妻第一次见到小孙子，非常高兴。

"照猪养"的小孙子，正坐在婴儿车里，长得很健康。他跟姐姐品郁一样，笑起来有两个小酒窝，集中了儿子和儿媳两个人的"优点"。用亲家的话来说，属于"优良品种"。

不过，这也使我感叹不已：从上海到台北，乘坐飞机飞过台湾海峡，一个半小时就到了。可是我要见到小孙子，却非要飞越太平洋，来到美国。

　　到了旧金山之后，很出乎意外，我和妻没有按原计划在美国过圣诞节，而是提前离开美国，在台湾过圣诞节！

　　我和妻怎么会从美国前往台湾的呢？

　　那是在我到达旧金山之后，突然得知，台湾方面有意以"观选团"成员名义邀请我访问台湾。

　　原来，台湾正面临"大选"，照惯例要组织"观选团"。当时，我还不知道"观选团"是怎么回事。一问，才知道所谓"观选"，也就是观察选举。在美国总统大选时，许多国家都组织"观选团"前往观选，中国政府也曾多次派遣由官员与学者组成的"观选团"前往美国观察总统选举。

　　每当台湾"大选"临近的时候，也有各种各样的"观选团"来到那里。其中除了政府派遣的"观选团"之外，还有台湾当局邀请的"观选团"。这次台湾邀请的"观选团"，总共四人，其中两位来自美国波士顿，一位来自美国内华达州，他们都长期在美国工作，而我则是来美国探亲。

　　我被选入"观选团"，据说是台湾的几位教授推荐了我，上报"行政院"陆委会。陆委会是"大陆事务委员会"的简称，是台湾主管大陆事务的最高机构。

　　"观选团"是由台湾民间团体负责人康先生发出邀请。实际上，这一民间团体直属台湾陆委会，名单以及相关手续由陆委会主任委员陈明通先生直接过问。

　　考虑到加入"观选团"可以直接接触台湾政坛诸多政治人物，对于从事政治性纪实文学创作的我是很好的采访机会，何况对方应允在"观选团"的观选日程结束之后，别的团员离开台湾，而我和妻可以继续留在台湾探亲，看望我的长子一家。这样，我也就答应了邀请。

　　上一次去台湾，花费诸多时间去办理繁杂的种种手续，而这一次去台湾，虽然也属"公务活动"，但由于我是台湾陆委会主任委员陈明通邀请的客人,所以六枚公章很快就"敲"下来了。原本要三个来月才能办好的手续,只用了短短的几天时间(其中还有两天是周末与周日)就办好了。所以我第二次去台湾,非常便捷。

记得,12月13日深夜,只听得传真机发出"咔嗒"一声响,从台北传真来我和妻的旅台证。台湾方面告知,我和妻可以马上从旧金山直飞台北,到达时在机场有专人迎接,凭影印件换取"入台证"原件,进入台湾。对方还为我和妻安排了食宿。

当时,我们连飞往台北的机票都还没有买。翌日,我开始打电话订购从旧金山飞往台北的机票。

我拨通奥克兰的一家机票代售站的电话,说明要订台北机票,在电话耳机里传出一阵子电脑键盘的敲击声之后,售票小姐说,有两张当天下午一点五十分台湾长荣航空公司飞往台北的机票——刚刚有人退了这两张机票。我一看手表,已经是上午十一时,离起飞只有三小时,包括收拾行李、到奥克兰取票、赶往机场的时间。所幸那天小儿媳在家,她可以开车送我和妻。于是,我回答那位售票小姐,立即出票,我马上赶去付款并取票。

我和妻以极快的速度收拾行李。还好,两个准备托运的箱子前天已经打包。四个箱子放上了车,我们直奔奥克兰市。拿到机票,儿媳就驾车送我们赶往旧金山国际机场……

客机直航台北。到达台北机场之后,走过"消毒地毯",我沿着入境通道前进,便见到在机场工作的一位小姐手持"叶永烈先生"的牌子。我走了过去,她看了我和妻的旅台证复印件,便把原件给了我。就这样,我和妻很顺利进入台湾。

陈明通博士在台湾陆委会办公室接待我,作了两小时谈话。我和妻随"观选团"走访了台湾各主要政党及相关高层人士,使我对于台湾政坛有了第一手的了解。作为中国大陆的纪实文学作家,能够有这样的机会广泛采访台湾的蓝营和绿营高层,是极其难得的机会。

在美国第一次见到小孙子（2007年11月）

回大陆之后,我写出四十万字的长篇《第三只眼识台湾》,由台海出版社出版。

原本是打算结束"观选团"的公务活动之后,才搬到儿子家去住。正巧,当中有半天空余,我便和妻一起,乘坐捷运到儿子家。虽说这是我们第一次到儿子家,但是我走南闯北惯了,很快就叩响儿子家的门。

儿媳开门,见门外站着公公、婆婆,惊讶地大叫起来!她连声说,怎么不打电话来说一声,她可以让司机开车去接。她还说,这里不大好找,公司在三楼,家在四楼,公司招聘工作人员时,好多人按照地址找不到公司,却给你们找到了。

当时台北的房价比上海还贵,儿子和儿媳能够在台北买了新房子,确实不易,从此结束长住酒店的"台漂"生活,在台北站稳了脚跟,有了"根据地"。他们不仅有房,而且有车,有司机,有女佣。

在结束"观选团"的公务活动之后,长子派司机张先生接我和妻住到他家。长子在美国通用汽车公司工作多年,驾车技术熟练,然而他不是台湾居民,不能在台湾驾车,所以不得不另请司机驾车。在双休日以及夜间,则由儿媳驾车。

这年的圣诞节,我和妻没有在旧金山度过,而在台北跟长子一家四口度过。那些日子,格外的温馨。

家里的大客厅的三分之二,放着各种各样的玩具,简直比托儿所还多。我的小孙子喜欢玩球,儿媳买了大大小小十几个球,所以小孙子刚开始学话的时候,除了会叫"妈妈"之外,就只会说"球球"。

不过,她对孩子过分"客气",孩子也就不怕她。有一次,我领小孙女走进台北超市,那里的小姐手里拿着一把牙签,让顾客戳着面前的小糕点品尝味道,小孙女一口气吃了好几块。我当即对儿媳说:"她是'大家闺秀',从小要注意举止,不应当这个样子。"儿媳笑道:"我管不住她,嘴巴馋,我看有点像'丐帮'啦!"从此,她常常对我的小孙女说,爷爷称你是"大家闺秀",你不能"不拘小节"哪,要注意"风度"。

　　有一回,小孙子要喝水,小孙女给他送去水壶,一个说:"谢谢!"一个说:"不客气!"我表扬了两个小家伙,同时也夸奖了儿媳教育有方。

　　儿媳在台湾长大,深受儒家思想影响。她在孩子面前,挂在嘴边的话是"长幼有序"。尽管两个孩子不明白什么叫"长幼有序",但是从她的眼神、动作里可以看出,吃饭时要等爷爷、奶奶动筷才能动筷,走路要让爷爷、奶奶先走,反正爷爷、奶奶比他们"大"。

　　圣诞节那天,我跟在旧金山的亲家通电话。她说,等翔昇稍大些,她就兑现"西湖之约"的诺言,把翔昇接到美国住一段时间,进行"调教"。

　　我们笑称她那里是美国的"西点军校"。经过她的"调教",孩子就很守"规矩"。

　　我儿子则调侃说,她的"西点军校"是"严肃有余,活泼不足"。所以翔昇后来在她家只住了几个月,就被我儿子、儿媳接回台湾了。

终于获准赴台探亲

2008年3月22日，台湾公布"大选"结果，"绿地"变"蓝天"——国民党战胜民进党，赢得台湾地区执政权。

以马英九为代表的国民党人在2008年5月20日重新在台湾执政之后，改善两岸关系。

2008年12月，由于我被儿子的公司聘为"文化顾问"，我和妻第三次前往台湾。这一回，虽然仍是以公务活动的名义去的，但是手续简便多了。只是仍然要绕道香港才能飞抵台北。

妻记述了这次在儿子家的情形：

已经有一年没见到孙子、半年没见到孙女了，非常想念他们。这次又去台北过元旦了，于是早早买好给孩子们玩的东西、给他们穿的新衣。

一到台北长子家中，很快便融入了欢乐的气氛。小孙女穿着美丽的长裙向我们走来，小孙子摇摇晃晃地围过来。小孙子已经会走路会说话了，去年我们来的时候，他才几个月，只会对你笑笑，今年已经一周岁多了，会叫爷爷和奶奶了。小家伙对爷爷好像有着特殊的感情，一见到爷爷就扑过去，而且不时地喊着爷爷，他特别喜欢玩球，可是见到爷爷，他会把自己喜欢的球送给爷爷！小孙女则跟我很亲，奶奶、奶奶的叫着。她妈妈说，为了迎接爷爷、奶奶的到来，她今天把自己的玩具王国好好地擦洗一遍，又穿了件漂亮的长裙欢迎我们。

在长子家住下，与孩子们共同生活在一起，真是其乐无穷。我的小孙女已经会给我讲《卖火柴的小女孩》了，她讲得有条有理，时而会穿进一些问题让你回答，你回答对了，她会说："答对了。"你如果答不出，她会说："不急，再想想。"俨然一位节目主持人！她还会背唐诗，会唱歌，会跳舞，会用英语数数，还会帮妈妈做点轻松的家务。

特别让我高兴的是小孙女虽然只有四岁多，可是她的动手能力非常强，我们从上海带来的电动玩具——小自行车，爷爷只告诉她一遍，她就会自己装上电池，旋好螺丝，一会儿功夫，自行车载着小人就在房间里骑开了，乐得大家直拍手。我们带来的小篮球架，没有人告诉她怎么装，她居然一看就会了，整整齐齐地装好，放在自己的床头。她还会骑真正的自行车呢，平时他们家都乘坐小汽车，可是却有三辆自行车，两辆是大人的，一辆是小孩的。假日里，大人带着孩子去河滨大道骑自行车。

一天下午，陪着小孙女到河滨公园那里骑自行车，她真的骑得很不错呢，爷爷拍下好多她骑车的镜头。

有一天，她跟我聊天，举起自己的小手给我看。她说："奶奶，你瞧，这上面有一个个小红点，那是给弟弟抓的，可是我没有告诉妈妈，也没有哭。弟弟还小，我有时会帮妈妈带弟弟。给弟弟喝水，带他玩。我会帮爸爸拿袜子，妈妈很辛苦，累了，我会帮妈妈敲敲背……"我听后连连称赞她。

第二天，我又亲眼看见她拿着抹布，把家里的桌子、椅子擦去灰尘，做完了客厅的，又来到我们的房间，把我们房里的桌椅都擦一遍。还有一次，我们刚从外面回来，保姆就告诉我，今天小品郁和我一起包了水饺。我一听有点不相信，可是等阿姨拿出来一看，哇,真是她包的,我说今天非吃这水饺不可。当我吃着四岁小孙女包的水饺时,心里别提有多高兴哪!

我见到儿媳时,连连称赞她教子有方,这么小的孩子就会做家务。儿媳却谦虚地说,妈妈,不是我教的,是她们幼儿园的老师教的,老师教她们从小就要自己动手做各种事情。

有一天,我与她的爷爷去托儿所接她回家,老师非常热情地接待我们,让我们参观他们的幼儿园。老师指着一排排整齐的小毛巾、小脸盆、小桌椅,告诉我们,这些都是孩子自己动手放好的。玩具用过了,自己整理好放回原处,桌椅坐过了,自己摆整齐,每人的书包、鞋子,更是自己动手放好。包饺子、做糕饼,也都让孩子一起做……

原来,幼儿园里从小就培养孩子的动手能力,所以小孙女才会在家里做事。

小孙女不仅动手能力强,还特别会说话。平时,谈话间时时流露出的一些"不但"、"而且"、"然而"、"所以"等等关联词,用得非常得体。保姆做的菜,她如果喜欢的话,就会连连称赞,表示感谢。有一次,保姆做的菜她不喜欢吃,她就说:"对不起,可能我吃东西比较挑剔,这菜我不喜欢。"既表达自己对这菜不喜欢的原因,也不伤害做菜的人。

还有一次晚上,她妈妈叫她去刷牙,她就去了卫生间,刚拿起牙刷,她却说我决定先洗脸,然后刷牙。"决定"、"然后"两字也用得不错。有趣的是,她常常会问些问题让我和她的爷爷回答,这时她那节目主持人的风格就会显现出来,"答对了!"乐得爷爷直笑,回到上海后还常常学她的语气。

有一天,她因为喜欢与我们在一起玩,特地拖延上幼儿园的时间。司机说,你不去幼儿园,那我就走了。说着他把门一关就出去了。她悄悄地告诉我:"奶奶,他不会走掉的。"说着,她神秘地移动小步朝门边走去,突然把门一开,司机确实在门口等她,她哈哈大笑。后来,司机说:"我真走了。"这时,她告诉我,"奶奶别怕,等会儿,你带我去乘公交车,我知道在哪里下去,然后就可以到学校……"不过,她还是讲道理的,我告诉她,小孩子上学不可以迟到,这样不好,如果大家都迟到,许多事情就做不好了,好孩子,一定要准时到校。她听后赶快跟着司机叔叔上幼儿园去了。

小孙子虽然只有一周岁多,可是也挺机灵,他很快认出谁是爷爷,谁是奶奶。他特别喜欢球,家里有各种各样的球供他玩。他又特别喜欢爷爷,偶尔不高兴了,我就说找爷爷去,他就会乖乖地牵着我的手到书房找爷爷,一看见爷爷会大声地喊"爷爷",见爷爷朝他笑着,他就高兴地蹬蹬地跑过去,跑过来,兴奋起来,头翘得高高的,摇摇摆摆地唱着谁也听不懂的、他自己作词作曲的歌儿走来走去,那模样滑稽极了。

后来,我们从台北回到上海,听儿子在电话里说,小孙子很想念爷爷,常常会跑到书房找爷爷呢!

一个休息日的上午,他们的爸爸、妈妈出去办事了,保姆因事要晚来,两个孩子在家就交给我们了。我鼓励姐姐带好弟弟,姐姐真的很认真地带弟弟玩,带弟弟玩球,带弟弟坐小车,带弟弟坐翘翘板,姐姐到哪里,弟弟就跟到哪里,姐姐做什么事,弟弟也跟着做什么事。有时弟弟不高兴了,只要姐姐拍拍他的肩膀,弟弟马上会很乖很乖。有时让弟弟喝水什么的,大人开始要他喝,他不乐意,可是姐姐一说他居然听了!

不过,毕竟是孩子,他们两个也偶有吵架的事,有时为了争夺一件玩具,姐姐不让弟弟,弟弟硬要,于是就吵起来,甚至扭打起来,妈妈见状,要他们不要打,有时还不听呢,万不得已妈妈会拿出戒尺,朝他们小手心敲一下,顿时,两人都乖乖的,这时姐弟俩会马上转恨为爱,两人互相抚摸着对方的手,帮对方擦眼泪,那情那景,

和长子一家在台北家中过圣诞节

在台北家中写作

真很感动人！

与他们在一起真觉得自己都年轻了。

到了台湾之后，听说了令人兴奋的好消息：国民党当局即将放宽台湾探亲的限制，即"二等亲"的大陆居民可以前往台湾探亲。这样，我和妻终于符合台湾探亲的相关规定。

果真，2009年6月8日，台湾发布修正后的"大陆地区人民进入台湾地区许可办法"，从6月10日起放宽大陆居民到台湾探亲的亲等限制。

这放宽"亲等限制"，就是把前往台湾探亲的范围，从"一等亲"放宽到"二等亲"。

这一点对于我们家来说，格外重要，因为孙子、孙女属于"二等亲"，过去不能探亲，现在可以探亲了。

另外，还放宽了在台湾的逗留时间，即每年可以探亲三次，每次在台湾住二个月。也就是说，如果我和妻愿意，每年可以在台湾住半年。

后来不少大陆居民反映，每年探亲三次，每次在台湾住二个月，不如改为每年可以探亲二次，每次在台湾住三个月，这样可以减少往返次数、延长每次居住时间。国民党当局接受了这一意见，作了相应的修改。

我和妻开始办理赴台湾探亲的相关手续。

办理探亲手续要比"公务"要简便得多，用不着再报国务院台湾事务办公室审批。不过，在第一次以探亲名义前往台湾时，也得办理一系列手续：我和妻在上海要办理儿子的亲属关系公证书。虽然过去他去美国的时候，已经办理过这样的公证，那个公证书上写着"中华人民共和国上海市××公证处"，在海峡两岸尚未统一之前，台湾方面拒收带有"中华人民共和国"字样的文件，所以必须重新办理。新的公证书上只写"上海市××公证处"。

　　本来，原先已经办理过这样的亲属关系公证，应该很简单。但是，公证员却要求我们提供儿子在台湾的"户籍誊本"。所谓"户籍誊本"，也就是大陆的户口簿。台湾的"户政事务所"（相当于大陆的派出所）在"户籍誊本"的复印件上盖了公章，还写明"户政事务所"主任姓名，盖上主任图章。这份"户籍誊本"证明我的儿子在台湾的户籍。

　　接着，我又向公证处提供了我和妻前些年办理的儿子亲属关系公证书。如果没有这份公证书，就得提供一系列相应文件，其中包括结婚证书、户口簿、儿子出生证明等等。

　　我和妻办好新的公证之后，其中的一份公证书原件按照规定必须由上海公证处用快递寄往台湾海基会，另一份公证书原件则由我们用快递寄给儿子。为什么其中一份要由上海公证处用快递寄往台湾海基会呢？据说是因为大陆的假公证书跟假文凭、假结婚证书之类很多，在黑市上只要花点钱就能做出足以乱真的证书，所以其中一份必须由上海公证处直接用快递寄往台湾海基会。在台湾办理相关手续时，台湾把海基会收到的那份公证书原件，跟我们寄给儿子的一份公证书原件加以比对，如果完全吻合，才表明是"真件"，不是黑市上的"伪件"。只有这样，台湾方面才会发给探亲"旅台证"，我在拿到台湾的探亲"旅台证"之后，再向上海市公安局申请"大陆居民往来台湾通行证"。两证俱备，我们就能往来台湾了。

　　当然，只有第一次办理赴台探亲手续花了些时间。此后就不必再办理那些公证手续，因为亲属关系已经得到海峡两岸的确认，只要提出再度赴台申请，办理列行手续就行了。从此，我和妻赴台湾，就变得很方便。

　　不光是去台湾探亲的手续简便了，飞行路线也变得便捷，不再像往日那样绕道香港，而是从上海直航台北。即便是直航，也有改进：最初是从上海浦东机场飞台北桃园机场，这两个机场离市中心都比较远，后来改为从上海虹桥机场飞往台北松山机场，便捷多了。

这样，我每次可以在台湾住上一、两个月以至三个月，有充裕的时间，而且又有"根据地"，使我得以深层次了解台湾，作真正意义上的"自由行"。

我和妻一次次来台湾探亲，走遍了台湾的二十二个县市，还去了澎湖、金门、马祖以及太平洋中的绿岛等离岛。

与此同时，两个孩子迅速长大，我们感到很欣慰。

在台湾当家长

到幼儿园接送孩子的日子，离我已经很遥远，我的两个儿子都已经是不惑之年。然而去台湾探亲，我和妻又当起了家长，接送孙女、孙子上学、放学。跟大陆一样，每当放学的时候，台湾的学校门口总是有许多家长在等候孩子。我注意到，台湾学校门口设有专门的"家长接送区"。

小孙女快六岁时，在一所"国小"的幼稚园上大班。记得，我小时候在温州也是上"国小"——"国民小学"。台湾沿用当年国民党政府的教育体制，所以仍叫"国小"、"国中"，而幼儿园则称幼稚园。她所在的幼稚园附设在"国小"里，那所"国小"是公立的，是台北市的"模范小学"（相当于大陆的重点小学），校舍宏大，看上去像一所中学。

学校的走廊上，挂着"外鞋区"、"内鞋区"的标志，我不明白，请教了小孙女才知道进入教室必须换鞋，那里属于"内鞋区"，以免鞋子把外面的脏东西带进教室。走廊上还挂着提示牌，写着"学生上课时请轻声细语，感谢您"。这里的教室跟大陆不同，一进去像个足球场，靠门口的这边是比教室还大的铺着地板的活动区，里边是敞开式的教室，一个教室连着一个教室，彼此用一堵墙隔开。

小孙女这些天在家里老是拿着一把饭勺，木柄朝上，充当"话筒"，念念有词练习演讲："亲爱的老师们、同学们，今天我代表……"

她被推选为幼稚园大班的代表,要在全校大会上发表演讲,不能不反复排练。她很"忙",除了在幼稚园学习之外,还要在晚上去学芭蕾舞,或者是请家庭老师上门教画画,学习注音(相当于大陆的汉语拼音,但是与汉语拼音不同),她已经能够按照注音读《国语周报》。她最开心的是晚上去学游泳,一位专门的教练在泳池里教她,每小时一千两百元新台币,教满二十节课就学会游泳,她已经上了十七节课。自从学习游泳之后,她的体质明显增强,几乎不生病了。

有一次我犯了"错误":那天送她到学校,时间尚早,老师还没有来,我和妻就带她上电梯,到了六楼参观电脑室、劳作室、绘画室。谁知那天放学时,老师向我的长媳"告状",说我的小孙女今天上课不用心,老是想往外跑。老师告诫说,学龄前的孩子在学校里不允许乘电梯,甚至不允许到别的教室,为的是防止他们独自在学校里到处乱走,发生意外。即使早到,也只能站在教室门口静候。从那以后,我再也不敢带她在学校里"闲逛"了。

小孙女终于要从幼儿园升小学。台湾的学校分三种,即公立学校、私立学校和外国学校。公立学校每年的学费两万元新台币,私立学校每年的学费三十万元新台币,外国学校的学费每年则达一百六十万元新台币。在公立学校,往往是一个老师带一个班的学生。私立学校的老师配备比公立学校多,私立的幼稚园大班常常把小学一年级的功课都教完了。外国学校是用外语上课,分为美国学校和欧洲学校,学生出身富裕家庭,几乎都是用"黑头车"(黑色轿车)接送。从美国学校里出来的孩子像美国人那样嘻嘻哈哈,不拘小节,而欧洲学校的学生则中规中矩,如同英国绅士。他们从小外语流利,便于长大后到国外上高中或者大学。长媳以为上公立学校使孩子从小自强奋进,所以为我的小孙女选择了原校升级。

小孙子小时候是在私立幼稚园学习。这是考虑到他的体质较弱,私立幼稚园照顾周到。我看到他的"亲子桥"(也就是大陆的家庭联

和长子一家在台北家中

在台北当家长接送孙女上学

系册）上，有专门的"在园托药记录"，记载着什么时间在幼稚园里服用什么药。每天，老师都在"亲子桥"上写着他在幼稚园的表现，家长则在回复栏里写下跟老师交流的意见。小孙子的偶像是"阿兵哥"。台湾人称士兵为"阿兵哥"。我的长媳常带他去附近观看仪仗兵的操练。正好我带着摄像机，就把仪仗兵的操练全程拍摄下来，从此他在家里就可以看"阿兵哥"，百看不厌。他在幼稚园里居然跟老师滔滔不绝讲起"阿兵哥"，老师干脆叫他给小朋友表演"阿兵哥"正步走，他那一本正经的操练样子使老师、同学都忍俊不禁。

小孙子平常最爱穿"阿兵哥"的迷彩裤，老K皮鞋。我从上海给他带去一件漂亮的黄色条纹衬衫，长媳说，再配上黑色蝴蝶领结，可以让他在"正式场合"穿。我问，他有什么"正式场合"？长媳笑道，那就是开学典礼呗。如此说来，这件衬衫一年只能穿两回。

过了一年，孙女上小学了，我们又去探亲。妻这样记述：

我们刚到，小品郁放学也来到这里，我们一见面就紧紧地拥抱在一起。好家伙，又长高了！过一会儿儿子也来了，我们在一起吃饭。饭后又一起在附近散步。

如今，小品郁已经是小学生了，她不仅在小学校里读书很用功，成绩名列前茅，还利用下午时间去英语学校学习，她的英语水平不错，虽是一年级学生，我常见她与妈妈用英语对话，还参加好几所学校联合举办的英语演讲比赛呢。

有一天小品郁感冒了，媳妇带她去医院看病，经检查医生说是感染了霉浆菌病毒，这病毒很讨厌，上次我们来时，小翔昇感染上了，后来又传给爷爷，烈不仅发高烧同时咳嗽了好长一段时间。小品郁这次也发烧了。医生和家长都不让她去学校上课，可是，在小品郁看来功课是最重要的，不能耽搁，于是她要我们去学校把老师布置的功课要回来，她可以在家里完成作业。当我们到了学校把情况告诉老师时,她的老师也为小小年纪的她这样用功而感动。后来,烧稍退了下来,她马上要来上课,来学校参加考试。

这孩子很要强,她妈妈说在学习上,她总要争取班上最好的。另外,这孩子的镇定很让我佩服。在台北家中,她是一人住一个房间,我和烈住她的隔壁。她生病时,有一天夜里,咳得很厉害,我不放心就跑来看她,这时她咳着咳着突然"哇"的一声吐了,我连忙用毛巾接住,我着急了,连忙叫烈快过来,此时小品郁却镇定地说:"干嘛呀,奶奶,没有关系的。"一个小小年纪的孩子生病了,不仅不撒娇,还这样的镇定,而我做奶奶的却如此慌张,我真服她了。

小品郁的动手能力也很强,装电动玩具啦,放盘片啦,拍照啦,她一看就会。平时,小品郁也很喜欢唱歌、跳舞。有一次,媳妇带我们和两孩子到卡拉OK厅唱歌,小品郁是唱得最多,跳得最多的一个。

小孙子翔昇仍在幼儿园,很皮,但是也讨人喜欢。他喜欢唱歌,有一次,他说:"奶奶,我唱歌给你听好吗?"我说,好呀,我真爱听你唱歌呢。可是,当要他唱时,他却怕羞了,不肯唱。这时,小品郁悄悄地告诉我,"奶奶,你先跑开,到你的房间里去,一会儿他就会唱了。"于是我说我有事,就走开了。等我回到房间,客厅里就响起小翔昇响亮的歌声。我偷偷地看他,见他高昂着头,两手举得高高的,像是很激昂的样子,我们都笑了。听媳妇说,有一次她带两个孩子去听歌唱家演唱,演唱结束了,小翔昇居然站在座位前学歌唱家的样子引吭高歌,周围的观众见了,都为他拍手叫好。

这孩子,他尽管很顽皮,可是他有时也很安静,他会独自一个人玩他的游戏,搭他的积木,边玩边唱起他很得意的歌,或自言自语说着自编的故事。一玩就是一两个小时没问题。有一次我陪他一起搭积木,他会自己设计图案,会给一些积木取有趣的名字,什么"矮冬瓜"啦,"卫士"啦,"国王"啦,等等。尤其是"矮冬瓜"说得很传神，我和烈听了都觉得有趣，以至我们后来回到上海，见到矮矮的小东西，都会学小翔昇的话，叫它"矮冬瓜"呢。

有一次，我和烈带小翔昇去野柳玩，他可高兴了。坐车时，他比较乖，可是一下车，他就像脱缰的野马，我抓都抓不住，于是我就说：小翔昇，奶奶年纪大了，你如果随便走，奶奶跟不上你，万一被坏人带走了，奶奶会急哭的。他一听就马上很乖了，就一直拉着我的手或爷爷的手。快到景点的一段马路很窄，他就告诉我："奶奶，我们要走在警察叔叔规定的线内，这样才安全。"我和烈都一致称赞他说得好，于是我们都规规矩矩地走在白线内，安全到达目的地。在主要景点，我们还一起拍照留念，他不像小品郁喜欢拍照，每拍一张照都是左说右说，说服他才肯拍，不过他肯拍了，就会做出有趣的姿势让你拍。后来，他爸妈说，翔昇在野柳拍的照片不错耶。

两个孩子基本上都很乖，尤其是妈妈在旁边，他们总是比较听话。就拿看电视来说吧，孩子们都喜欢看电视，尤其是童话故事。可是看的时间长了，对他们的眼睛不利，媳妇就规定，看了一段时间，就要让眼睛休息一下，不能一直看。所以每次看电视到了规定时间，定时器就会响起，这时，最好看的时候也要停下来，他们都严格地执行。不管妈妈在不在身边都一样。后来，到上海看电视时，爸妈都不在身边，他们也会主动地休息一下再看。

吃东西的时候，如果妈妈说，这东西不能吃，他们再想吃也不吃，只有在妈妈认为这东西可以吃的情况下才吃。媳妇告诉他们各种水果饮料，里面含有一些对人体不好的防腐剂什么的，让他们不要吃，他们就不吃。每天都只喝水。

这次我们带去温州产的鸭舌头，这可是他俩最喜欢吃的零食，可是妈妈没有批准之前，谁也不去碰它。有一天妈妈说，可以吃一点了，他们竟然欢呼起来，于是一家人围在一起吃鸭舌头。不过，妈妈又规定,小孩子一下子不能多吃,只能吃两根,他们吃完两根后,见爸爸、妈妈还在吃,心里不免太想再吃一点了。

这时小品郁站起来走到爸妈背后,两手搭在他们的肩上,亲切地说:"爸爸,妈妈,我很爱你们,我也很爱你们手上的东西。"我们一听都笑了,爸爸见她如此可爱就再奖励她多吃一只。

弟弟见了,就说:"不是规定一人只吃两只的吗?爸爸,我看你是大大超标了,把手上的一只留下给我吧。"

看着他们吃鸭舌头,听着他们有趣的对话,我和烈都笑了,笑声在屋子里荡漾……

"只想与孩子们说说话"

从台湾回到上海，跨越海峡的思念依然不时袭上心头。尤其记挂着海峡彼岸的孙子和孙女，每每看到什么可爱的东西，妻的口头禅是："小品郁一定喜欢！小翔昇一定喜欢！"

我们跟孙子、孙女很讲得来。我发现，小孙子凡是看到姐姐的玩具，总是不敢碰——即便是他非常喜欢的玩具，顶多只在姐姐外出的时候拿出来玩一下，然后赶紧放回原处。孙女有一套"治"弟弟的办法，使弟弟对她心存畏惧。有一回，我问小孙子，在家里你最怕谁，他居然用一连串的数字来表达，使我非常惊讶：

"爸爸是十，妈妈是一百，姐姐是一千，外婆是一万。"

我又问，"爷爷、奶奶呢？"

他回答说，"爷爷、奶奶是零！"

他的这一系列五个等级的"惧怕指数"，形象地勾画出他在家里最怕谁。

其实他的外婆非常爱他，只是在他面前向来表情严肃。外婆从来没有打他，但是外婆用目光威严地扫他一下，他就像触电一般，乖乖地像小绵羊。难怪，我儿子称岳母那里是美国"西点军校"。

我们家的"最盛大的节目"，就是孙子、孙女从台北飞来上海。那时候，家中充满欢声笑语，妻忙前忙后，仿佛一下子年轻了许多。

一次又一次，孙子、孙女从海峡彼岸来。妻写下了甜蜜的回忆：

也许是缘份，也许是"日有所思，夜有所梦"吧，2009年4月17日正是春暖花开，春天多梦的时节，夜里，我做了个梦，梦见小品郁来了，她伸着双手，向我扑来……

19日上午，九点半光景，舟舟和旋旋真的带着小品郁来了。小家伙一进门，就和我紧紧地抱在一起，那么亲切，那么温馨！爷爷赶紧过来，给小品郁量身高。哇，仅半年多的功夫，她居然长高了七公分！

一到家，她高兴得上上下下直蹦跳，房间里顿时充满了欢声笑语。她不仅长高了，也懂事了。不一会儿，她爸爸和妈妈去杭州，从美国回来休假的叔叔、婶婶去海南，家里只留下爷爷、小品郁和我。我们坐在一起边看电视边聊天，我对小品郁说："Libby，你妈妈身体不好又辛苦，你是姐姐，要乖，要帮妈妈带好弟弟。"她点了点头，接着她说："奶奶，我觉得，我爸爸更辛苦！"说这话时，她神色凝重，非常认真，我见她如此懂事，便情不自禁地抱着她亲了又亲。我一定要把这话告诉舟舟，让他知道，自己有个多么懂事的女儿哪！

小品郁毕竟只有五岁，她调皮的时候很调皮。她喜欢跑楼梯，上次来的时候，还不敢自己一个人跑，总要叫爷爷或奶奶帮着一点，这次常常一个人跑上跑下的，每当爷爷上楼时，她总要跟着，上楼时爷爷还比较放心，下来时，爷爷担心她摔跤，总是紧张地叫她小心，她见爷爷很紧张，她却特别高兴。咯咯咯，笑个不停，故意多跑几次。到了楼梯最后两级，她不走了，见我站在那里便向我扑过来，爷爷在便向爷爷扑过来。每当她从榻榻米房间出来时，她从不好好地走，总要跳到沙发上，然后翻跟斗出来。我们带她到外面去玩，她一见到我们楼下小花园里的运动器具，一个也不落下的都要玩上一遍，然后才走。一到家对面的儿童游乐场，她上蹿下跳，玩得不亦乐乎，爷爷跟在她后面钻进钻出忙着给她拍照。她会摆出各种姿势让你拍。

　　不过，她静下来时又特别专心。她很好学。她跟爷爷很讲得来，常常坐在爷爷身边玩电脑，看照片。又很喜欢背唐诗，爷爷让她背，她就一首接一首地背，爷爷拿出录音机把她背的内容录下来。起初她不明白，问我为什么要录音，我说当你回到台北时，你背唐诗的声音就留在爷爷奶奶家，想念你就可以听了。于是每当爷爷给她录音时，她总是很认真地背。

　　她也喜欢讲故事，第一天晚上睡觉时，我们就在床上轮流讲故事，我讲了《皇帝的新装》和《灰姑娘》，她讲了《白雪公主》。她还告诉我，她已经好几次在学校里讲《司马光砸缸》的故事。爷爷也把她讲故事的声音录下来呢。

　　她喜欢数数，常问我两个1 000是多少、3个500是多少之类。第二天晚上睡觉时，我们在床上，她说："奶奶，我想问你：4个6加起来是多少？""3个5是多少？"我一一回答。她说："答对了。"然后，她要我考她，我就说："5个4是多少？""4个5是多少？""4个8是多少？""8个4是多少？""3个7是多少？""7个3是多少？"开始，她都要用小手指算一下"5个4"，"4个5"然后才回答，后来，我告诉她，你只要知道"5个4"是多少，4个5就知道了，因为这是一样的。她问为什么一样，我就告诉她，这只不过是正过来、倒过去问的问题，她很快明白了。然后我再问她"6个4是多少？""4个6是多少？"她马上就回答出来了，她懂得"3个5和5个3,4个6和6个4,3个7和7个3"也是正过来、反过去问的道理了。

　　她还喜欢说英语单词给我听。晚上，看英语动画电视时，她指着屏幕上的英语告诉我，这是苹果，这是猪，这是"好吃"的意思等等。接着，她还告诉我好几个英语单词。

　　每当背完唐诗，她要我拿出《唐诗三百首》的书，打开书她告诉我已经认识哪些字了。她要我把《唐诗三百首》里她会背的做

为长子、小孙女庆贺生日（2014年7月12日）

个记号,她说将来她要把整本《唐诗三百首》背下来。我期待着。

不过,她最喜欢的是画画。我们带她到商场买了一大盒蜡笔,她真的爱不释手。我问她家里有没有这样的蜡笔,她说:"哪有呀?这么好的蜡笔,谁家有啊?奶奶,能不能让我带回台北?"我说:"当然了,买来就是给你的。"她高兴地说:"这么好的蜡笔,我有了。谢谢!"

有了蜡笔,下午午睡后,她就开始画画,非常专心地画,画了一张又一张。她很想念妈妈,很想跟妈妈打电话的,这次我让她给妈妈打电话,可是为了画画,她简单地讲几句,就把话筒放下了,又专心地画她的画。画完了,她送一张给我,一张给爷爷。爷爷又把她的画用照相机拍下来,留作纪念。爷爷风趣地说:"如果小品郁将来成为画家,那这画是很珍贵的哟。"

21日早上,她知道妈妈很快就要接她回台北,吃过早餐后,她又开始画画,我问她这张画给谁,她说给爸爸和妈妈。她是刚刚开始学画画,可是她非常专注,非常喜欢,尤其把色彩搭配得很漂亮,我想如果有专门老师的指导,她会画得更好。

两天的时间很快就过去了,十点钟左右旋旋就会来接她,早上我特地穿上旋旋给我新买的衣服,她见了,就问我:"奶奶,你知道妈妈为什么给你买新衣服吗?"我反问:"你说呢?"她说:"因为她爱你,她也爱大家!"

说得多好呀,我可爱的小孙女!是的,我们都要记住爱,让我们的家充满爱!

我写下一首诗《只想与孩子们说说话》:

只想与孩子们说说话,

听他们稚嫩的声音,

发出有趣的提问。

听他们活泼的歌唱,

就像歌唱家模样。
听他们学大人讲话的口气，
什么"不但""而且"，
什么"然而""于是"，
摇头晃脑的样子，
很是滑稽。
什么"千千万万的斑马"，
什么"成群成群的牛羊"。
呵,到过非洲的他们，
在动物园里，
简直像个见多识广的讲解员，
像个知识丰富的"小老师"。

只想多看看他们，
看他们懂事的模样，
又鞠躬，又问候，
又说"谢谢",又说"没关系"，
已然一位有风度的绅士。
看他们猜出谜语时手舞足蹈样子，
比哥伦布发现新大陆更让人欢喜。
还想看他们顽皮的动作，
甚至两人争吵时争强斗胜，
互向妈妈诉苦的景象，
那肩膀一耸一耸，
泪水一行又一行，
像有多大的委曲，
令人动情。

可是,不到三分钟,
泪水未干,
笑的酒窝已呈现脸上。
孩子就是孩子,
他们真诚自然。
每当想及他们,
每当说及他们,
作为爷爷奶奶的我们,
时时笑个没完。
孩子们给我们带来阳光,
带来欢笑,
带来快活。
当他们回到海峡对岸台北时,
我们还不时地模仿他们讲话的口气,
模仿与他们说笑时的景象。
呵,孩子们,
愿你们快快成长,
愿你们幸福平安,
未来的蓝图要你们描绘,
未来的幸福任你们开创。

金婚庆

重温春梦

眼下，都市里流行婚纱照。

我和妻订婚时拍过订婚照，结婚时拍过结婚照。不过，在那时候，不论订婚照还是结婚照，都是黑白的。当时请人在黑白照片上涂上颜色，成了"假彩色"，已经算是很时髦、很"高级"的了。在那"阶级斗争为纲"的岁月，拍婚纱照被视为"资产阶级生活方式"，要受到非议……

如今，不论婚纱照怎么红，怎么火，我总是"事不关己，高高挂起"。尽管论经济条件，我现在也拍得起婚纱照，但是一想到老夫老妻走进照相馆拍婚纱照，总觉得有点别扭。何况我和妻这样年龄去拍婚纱照，很容易被人误为"再婚夫妇"，会很尴尬。尤其在上海，认识我的人很多，一旦作为"新闻"传开来，更是难为情……

想不到，我忽地也卷进了这一时髦的"都市风"。如今，我家的客厅里，醒目地挂着我和妻的巨幅婚纱照，照片下方写着："结婚三十五周年纪念，邓美玉摄。"

我怎么也会赶起"时髦"来的呢？

这婚纱照，其实不是在上海拍的，而是在"中国农民第一城"——温州市苍南县龙港镇拍的。

那天，我和妻从上海乘飞机去温州，参加龙港镇的一个会议。刚下飞机，便有一男一女前来迎接。男的是方先生，大会会务组的工作人员；女的穿一紫色风衣，四十开外，身材修长，气度不凡。她手里拿着一架照相机，胸前挂着一架照相机，肩上挎着一架照相机，咔嚓咔嚓拍个不停，不言而喻，是一位摄影记者。

从温州机场到龙港镇，轿车要开一个半小时。一路行车一路聊，方知她叫邓美玉。出乎我的意外，她并非报社的摄影记者，却是一位摄影个体户，在龙港镇上开了一爿"美光照相馆"。

我问起她的先生是不是也搞摄影？她摇头，那家"美光照相馆"是她独自开的。我感到很奇怪，摄影师要背着沉重的器材，东颠西奔，摄影界向来是男子汉一统天下，她这纤纤女子，怎么会爱上摄影？

她说起了"古老的故事"：当年作为知识青年，"插队落户"到黑龙江。跟她的先生在北国结婚之后，生了女儿。为了拍些女儿的照片寄给老家的父母亲，她省吃俭用，买了一架"海鸥"牌照相机。她一边给女儿拍照，一边琢磨着怎么拍得好看、拍得自然。她是一个喜欢钻研的人。经过一番钻研，她拍的女儿照片，人见人爱。于是，"老插"们都请她拍照。她每一次摁下快门之前，都认认真真地研究光线、构图、琢磨一番。就这样，她深深地爱上了摄影。

在北疆度过十个春秋，她和先生终于回到南国故乡——温州市苍南县金乡镇。她放着分配给她的"铁饭碗"不端，居然开起了个体照相馆。她边干边学，学会了冲洗、放大、修版等等技术。一分辛苦，一分成果，春天洒下多少滴汗，秋后才有多少斤粮。她的刻苦钻研，使她的照相馆在当地小有名气。

当"中国农民第一城"——龙港镇平地崛起的时候，她看准了龙港会有大发展，就把照相馆从金乡镇迁往龙港。龙港的市面比金乡大得多。她的"美光照相馆"，很快成了"中国农民第一城"的"第一照相馆"。由于她的摄影技术高超，"农民城"里大大小小的活动，都请她摄影。于是，她又成了龙港的"第一摄影师"。

后来，我从龙港的文友林勇那里得知，邓美玉已经是正儿八经的中国摄影家协会会员，苍南县摄影协会副主席——人称"邓副主席"。她的摄影作品《艳丽人生》，荣获"中华各族妇女风情摄影大奖赛"一等奖。另一幅《你要当新娘啦！》也在全国性比赛中获奖。当第四届世界妇女大会在北京召开时，她应邀担任大会的专职摄影师，并受到大会中国组委会的嘉奖……她用多姿多彩的照片，铺就她的"艳丽人生"。

我在龙港出席会议的那些日子里，在各种"热闹"的场合，都能见到邓美玉的身影。她时而蹲，时而踮脚，敏捷地捕捉着最精彩的画面，把稍纵即逝的新闻镜头凝固在她的胶片上。

我清楚记得，在散会的时候，天公不作美，下起了豆大的雨。代表们坐在会场门口，头上有遮雨的廊檐，而她却在雨中。有人赶紧替她打伞。她发觉站在平地视角太低，一步跃上一张桌子。打伞的人无法替她遮雨了，她却一手持照相机，一手遮在镜头上方，全神贯注只顾拍照，根本不把洒洒而下的雨滴放在眼里……

她作为大会的工作人员，有一回跟我和妻一起吃饭，忽地问起我们是否拍过婚纱照。我摇头。她说，何不到她店里"潇洒走一回"，拍一套婚纱照。我仍摇头。可是，她再三热情相邀，文友林勇也一再在旁怂恿，真是盛情难却，我和妻也就答应晚上抽空去。

吃过晚饭之后，我和妻在当地朋友陈一枝小姐的陪同下，前往她的照相馆。一路上，我注意到在最热闹的地段，有好几家照相馆，橱窗里都挂着大幅彩色婚纱照，可见婚纱照在这"农民城"里也已经成了时尚。

走过车水马龙的大街，跨过一顶水泥桥，在一条静静的小河旁，我见到"美光照相馆"的招牌。"美光"就地段而言，显然偏了些。我却听说，"美光"的生意超过镇上所有其他照相馆，因为邓美玉在镇上是知名的女强人，摄影的"大姐大"。我大有"酒香不怕巷子深"之感。

她家住的是"龙港式"的房子——从底楼到顶楼，四层。底楼是

我和妻也赶时髦

店堂,二楼是摄影室,三楼、四楼是卧室。每层都有四十来平方米。

摄影室里开着空调,暖意融融。拍照之前,先要化妆。这时,邓美玉充当了化妆师的角色。我的妻平素从不剃眉、描眉。邓美玉用镊子细心地修剔着她的眉毛。修毕,再用眉笔描眉、画眼圈。接着,给她的脸打粉底,再"涂脂",然后又"抹粉"。邓美玉说,最后必须"抹粉",为的是拍照时不反光。经过这么一番精心化妆,妻看上去果真比平时年轻了许多。我原以为我是不必化妆的。谁知邓美玉说,也得涂点粉,只是男人的妆要简单得多。就这样,光是化妆,就花费了快一个小时。

妆毕,开始换装。我这才注意到,摄影室的一角,挂满各式各色、大大小小的服装,活像一家服装店。邓美玉的小助手,熟练地用衣叉叉下一件白纱裙,裙子底边四周镶着一圈小花。妻穿上了白纱裙,看上去真像纯真的白天鹅。邓美玉又给她的头上戴了一圈小花,越发像天女下凡一般。

这时,轮到我换装了。小助手叉下一套白色镶着黑领的西装,要我穿上,还束上一根很宽的黑腰带。我一穿起来,妻笑道:"真的成了'白马王子'啦!"

小助手揿着遥控开关,从后墙上徐徐降下一块绿色的幕布。细细一看,上面画的是林荫大道。我和妻就坐在这"林荫大道"前。就这样,我们微笑着,在咔嚓声中拍下了平生的第一张婚纱照。

紧接着,小助手又帮助我们换装。我穿上长袍、马褂,戴上黑呢帽,像个斯斯文文的秀才;妻穿上中式红缎袄、红色旗袍裙,手持绢扇,像个"行不动裙、笑不露齿"的深闺小姐。这时,那绿色的"林荫大道"背景,换成古色古香的大红门。于是,又拍了一组中式的婚纱照。

邓美玉不仅是摄影师、化妆师,而且还兼任"导演"。她拿出一串假鞭炮,要我装出放鞭炮的模样,妻则用双手捂着耳朵,仿佛又高兴又害怕——说实在的,到了那地步,我们只好听任"导演"摆布了。

接着，再换服装。这一回，是穿日本和服。我一袭黑衣，脚跹木屐，像姿三四郎；妻则一身花衣裳，手持花伞，恰如风华正茂的日本少女。

邓美玉的"花头"一套又一套。按照她的吩咐，小助手递给我一套不知哪个国家的、也不知是几星上将的军服，要我穿上。妻则被装扮成黄衣红裙的欧式贵族太太。这时，一摁电钮，背景改换成书房模样。那书画得一本本都像《辞海》那么厚，整排整排的。看样子，此将军酷爱读书，乃一名"儒将"也。如此这般，又拍了一组将军夫妇婚纱照。

此时，已是子夜。我想，婚纱照大抵可以画上句号了。不料，邓美玉又有新花样：她给我的妻子戴上金色假发，妻顿时成了一位"金发女郎"——可惜眼珠还是黑的，显得不大协调；不久，那金色假发又换成巴黎大草帽，妻双臂戴上长长的黑手套，成了最时髦的法国女郎。咔嚓，咔嚓，又是一组婚纱照。

最后，小助手帮我换上黑色庄重的燕尾服，妻则穿上蓝色长纱裙，戴上长波浪假发。这时，背景换成了教堂。我成了一位高雅的英国绅士，挽着妻子的手臂，步入教堂，仿佛面对牧师，在那里"宣誓"："我永远爱你……"

当我和妻完成这一组又一组婚纱照，回到宾馆，已是凌晨一时。

翌日清早，我和妻刚刚吃过早饭，见邓美玉匆匆走来，手里拿着一大把照片。我一看，五颜六色，正是我和妻的婚纱照。我真不知道她怎么会像变魔术似的，如此迅速地冲印出照片。她笑笑说，她是个雷厉风行的人，一做起事来就忘了时间，非要一口气干完不可。

她送来的是婚纱照"样子"，让我们挑选。我发现，她拍的这些婚纱照，不论是光线的运用、色彩的配置，人物的神态和姿势，都恰到好处。在婚纱照上，我和妻仿佛都年轻了三十岁！好多陌生人看了，还以为是一对年轻新人的婚纱照呢！

邓美玉要把我和妻的这一组组婚纱照，编成一本影集，送给我们留念，问我该给影集取什么名字？我想了一下，说道："叫《双龙集》吧，因为我和妻都属龙，算是'双龙'。再说，作为摄影师的你也属龙（她比我和妻小一轮，即小十二岁），而且是在龙港拍的，这又是'双龙'。"她听了，觉得《双龙集》这名字很别致，又有双重含义，马上投赞成票。

我和妻捧着大幅婚纱照和厚厚的《双龙集》，小心翼翼上了飞机，回到上海家中。我们刚放下行李，行魂未定，头一件事就是把大幅婚纱照在客厅墙上高高挂了起来。

从此，这帧婚纱照不时映入我和妻的眼帘。每一次见到这帧婚纱照，我们仿佛又回到了青春岁月，重温春梦，如坐春风。

男女双打

别以为只有乒乓球赛才有男女双打。我家天天有男女双打——打电脑。

我自从改用电脑写作之后，大有"恨不相逢少年时"之憾。倘若一开始写作，就用电脑，那该多好！

妻见到我终日坐在电脑前工作很累，也学会了打电脑，常常帮我打一阵子，成了一位"电脑太太"。从此，我们家中也就有了电脑"男女双打"。

如今，我在写作时，遇上要引述别人的著作，我就在电脑上空一段。妻忙完家务，会来问："今天有'生意'吗？"这时，我就站起来，让她坐到电脑前。她的十指在键盘上飞舞。没一会儿，她就把引文打完了。于是，喊了起来：

"还有'生意'吗？"

"引文生意"毕竟不多。倘若"引文生意"兴隆，我岂不成了文抄公？！妻总想多揽点"生意"。于是，我改用另一种男女双打的方式——由我口授，她打电脑。她打累了，或者她要做家务事，我就接替她，继续打下去。

电脑比起手写，有一很大的优点：倘若一篇稿子，我写一段，妻写一段，这样的"男女双写"，笔迹不同，稿子会很难看，无法交到编辑部去；电脑则不一样，无论由谁"主键"，打出来的都是整整齐齐的印刷体,非常漂亮,分不清哪一段是谁打的。

打电脑原本是很枯燥的工作。我曾称自己终日"枯坐"于电脑之前。可是,男女双打,在打电脑时常常会夹杂有趣的小插曲:

妻打着打着,屏幕上老是出不了字。她不得不抬起头问我:"'肺'字怎么打?"我一听就知道,她平日写字,习惯于把"肺"字写成"月"旁加个"市"。我们电脑用的是"表形码",是根据字形输入的。她按照"月"、"市",当然打不出来。我故意卖关子。她像猜谜语似的,猜不出来。最后,我才告诉她"谜底",打"GF"!她打出了"肺"字,哈哈大笑起来。

这种"文字游戏"常常发生:比如,妻在"氵"旁打个"勇"字,怎么也打不出来。我一看,告诉她打"涌",她才明白刚才是按繁体字笔划在打,当然打不出来。我毕竟打电脑的时间比她多,所以比她熟悉,但是也有时我打不出字,这下子妻很开心,轮到她可以卖关子了!

还有的字,如"凸"、"鼻"、"囊"、"瓦"之类,在表形码中算是难字,我们一起琢磨着。好不容易打出来了,笑得更开心。

后来,我给妻也买了电脑。于是我写好文章,就拷贝给她,她在她的电脑屏幕上校对,并充当第一读者,给我的作品提意见。

再后来,我和妻各添置了一台手提电脑,家里有了四台电脑。在出差时,我们各自带着手提电脑,在外地男女双打。

每日傍晚,我和妻结束了男女双打,走出书房,或去公园,或去超级市场,心中好轻松……

这么多年,妻依然是我的作品的第一读者。有时候,她看完我的新作,会写下读后的感想。比如,在2011年1期《当代史资料》及2011年第1期《中华文化论坛》,我发表了口述历史论文《历史的绝响》,第一读者便是妻。她校对毕,顺手在电脑中写下《我读〈历史的绝响〉》一文:

妻常常帮我录稿

　　三万字的文章我一口气读完,合卷沉思,意犹未尽。眼前仿佛出现烈当年为了采访东奔西走辛苦采访的画面。记得当年他为了采访彭加木失踪的事,大热天深入到罗布泊沙漠深处追寻,在摄氏60度高温的帐篷里采访。当他从沙漠回到上海时,双脚的后跟全部开裂,鲜血直流,可他没有吭一声。在东北大森林里,蚊子肆虐,他用薄薄的尼龙纱巾往头上一包,继续深入林区采访。他甚至一个人拄着树枝,冒雨爬上千米高峰寻觅采访的对象。有一年冬天,我随他来到北京,大雪纷飞,他拿着录音机,采访了一个又一个当事人。有时为了找到一个采访对象,他问了好多位相关联的人才终于找到……

　　在北方,在南方,在西部边陲,在东海之滨,不管寒冬腊月,不管酷暑逼人,他走家串户,上山下海,记录了一个个当事人的口述,他敲开了多少老人的记忆。为了了解事实真相,他闯过一道道难关,顶住一次次压力。他不怕旅途劳累,他不顾个别当事人的不理解,总是以情感人,以真动人,使他得到第一手宝贵资料,令他的纪实文学作品熠熠生辉。

　　文章使人们看到一位高品位的纪实文学作家是怎样形成的。他是用汗水,用真诚,用无比的勤奋,始终如一的坚持换来的。

　　《历史的绝响》是一篇总结性的文章,它把烈从事纪实文学写作的整个过程作了一次全面的整理,这又是一篇历史性的文章,它记载了烈多少年来辛勤采访的经历,它涵盖了历史的方方面面,它见证了烈扎扎实实写作的事实,它给后人提供了如何写好纪实文学的丰富经验。

　　妻也喜欢写点小诗,敲进电脑。以下是她的小诗两首《暑天里的春天》:

2010年8月1日天气很热,气温高达摄氏38摄氏度,烈还在写作,于是顺便写下小诗一首。

骄阳似火,

酷暑逼人。

鸟儿都热得逃走,

蝉儿热得"知了,知了"鸣叫。

瞧瞧我们住的七楼,

却是春风拂面,

生龙活虎的动人场面。

电脑前他十指频频敲动,

屏幕里一篇篇文章不断写就。

"看看我写的新作,

我愿倾听你的评说。"

他递过那新写的篇章,

我一字一句认真看遍,

字里行间流露的是情,

布局谋篇道出的是意。

栩栩如生写出了真。

不溢美,不夸张,

实事求是写作是他一贯主张。

写作的间歇,

朋友来电要发言,

孩子来电需照片。

他轻敲十指键,

PPT又翻出新花样。

看着屏幕上滚动的照片,

听听配上音乐的发言。

欢喜雀跃笑成一片。

酷暑中的七楼，

就是春风一片。

2010年8月1日气温高至摄氏38摄氏度。烈仍挥汗写作，感动中又写下小诗一首：

赤日炎炎似火烧，室内疾书从未休。

滴滴汗珠布满头，铮铮文字显春秋。

我签名,她盖章

自从世界上有了书,大约就有了签名赠书——作者在自己的著作上签名,赠给别人。然而,签名售书始于何时,似乎从未有人考证,所以也就无法知道始作俑者为何人。不过,有一点可以肯定:既然"签名"与"售书"联系在一起,便是一种商业行为,是在市场经济的大背景下产生的。

其实,早在全国第一届书市举行之际,叶圣陶、丁玲等都曾为读者签名售书。如今,签名售书颇为风行,已经成了文化圈内一景。我也被卷进了签名售书的热潮。至今,我已经无法精确统计出自己究竟举行了多少次签名售书活动——大概而论,起码在一百次以上。

跟别的作者不同的是,我在签名售书时,夫妻双双齐上阵——我签名,妻盖章,"男女双打"。读者也非常喜欢在作者签名之侧,端端正正盖着作者的红色图章,认为增添了收藏的情趣和价值。

其实,那是当我忙于签名售书的时候,妻退休了。按照当时规定,她作为女教师,五十五岁退休(1995年)。妻退休之后,正好可以随我一起出席各种签名售书活动。我作为上海作家协会的专业作家,则是六十岁(2000年)退休。然而我作为作家,无所谓退休,我一直忙于写作,至今仍被人称为"处于创作一线的实力派作家"。

1999年,上海少年儿童出版社出版了《十万个为什么》(新世纪版),"拉"着我在北京、上海、广州、深圳、长沙、沈阳、成都、济南、西安九大城市举行规模盛大的签名售书活动,我和妻变成整天飞来飞去的"空中飞人"。

每到一地,总是在当地最大的新华书店、书城、购书中心举行签名售书活动。拉上红色大横幅,门口挂上彩色大气球,播音员在现场不断地进行鼓动性广播,报社、电视台、电台记者进行现场采访,读者排起了长龙……每一回签名售书活动都搞得轰轰烈烈,热火朝天。

当然,最红火、最盛大的读书节日,是一年一度的全国书市(后来改称全国图书博览会)。中国已经是世界出版大国,现在每年出版的图书达十五万至二十五万种之多。一年一度的全国书市,是出版界的盛会,是读书人的节日,也是作家与读者的交流大会。

我是全国书市的"常客"。屈指算来,至2014年,我已经十五次作为嘉宾,出席全国书市,举行新书发布会以及签名售书。

对于出版社的社长、总编辑、编辑以及发行人员来说,出席全国书市是一个惯例,因为全国书市是出版界的大聚会,也是销售图书的最佳时机。

然而,对于作者来说,出席全国书市并非惯例。作者参加全国书市的"入场券",是当年推出的有影响的新书,这样出版社才会邀请你前往全国书市签名售书,扩大新书的影响。正因为这样,年复一年在全国书市"亮相",是一种荣幸,也是一种压力。这要求作者年年都要有"新套套"。

在我看来,签名售书大体上有三方面的收获:

首先,这是难得的直接倾听广大读者呼声的机会。平日,我坐在电脑前摁键,读者从书店买我的书,彼此不接触。签名售书时,我与读者面对面,我听到许多往常听不到的意见,受益匪浅。

其次,加强了作者的社会责任感。我曾说,自从签名售书归来,每当我坐在书房里写作,仿佛看到书桌前蠕动着长长的队伍。每字千钧,我要对千千万万读者负责。

2008年深圳中心书城签名售书

我签名,她盖章

再次，大大增强了我的市场意识。签名售书，实际上把作者"推"入市场。你的书是受欢迎，还是遭冷遇，当场见效，非常强烈。也可以说，签名售书是对我进行活生生的市场经济教育。我再也不能总是从自我出发，自我表现，我必须考虑市场的需要，读者的需要。

在全国书市，可以从各种各样的新书中得到有益的启示，这是向同行学习的绝好机会。

说实在的，签名售书很累。因为不仅签个作者的名，往往读者还要求写上某某先生或小姐存念，写上年、月、日，写上地点，有的还要写上一句锦言。一千多本签下来，够累的。此外，还要接待众多记者的采访。

当然，出版社的编辑要多方奔走。书店工作人员要布置作者专柜，要画海报。我常常见到他们忙到深夜，比我们作者更累……

我除了十五次出席全国书市之外，还多次应邀在上海书展、北京书市、广州南国书香节签名售书。2014年，我还出席在台北举行的海峡书市。

蒙着眼睛写作

大约是上学早的缘故,五岁上学的我,在同时代的人群中,一直有一种年轻的感觉:上学时,我是班上年纪最小的孩子;在电影厂,我是年轻导演;在作家之中,我多年处于"青年作家"光环的笼罩之下……

然而毕竟岁月不饶人,我居然也到了"廉颇老矣,尚能饭否"的地步。

生而老,老而病,病而死,这生老病死是古今中外谁也无法逃脱的铁律。

年岁渐长,我和妻相继遭受病魔的袭击。庆幸的是,我们不是同时病倒,而是轮番生病,我和妻相互扶持,走过艰难。

记起,母亲曾说我是吃"英雄饭"的。确实,专业作家这碗饭,非"英雄"莫吃。这"英雄",倒不见得是那种盖世英雄,而是"好汉"之意。只有年富力强、精力充沛,才吃得了这碗"英雄饭"。

林黛玉那种弱不经风的诗人,三天两头病休,到了年终,向作家协会汇报时,只说写过几首葬花诗,怎么交得了账? 人到中年,"英雄"气概正在日渐消退,我却依然以"英雄"自居。

我仍在吃"英雄饭",仍处于超负荷运转状态。中年是作家的黄金时代。丰富的生活积累,"不惑"的独立思考能力,充沛的工作精力,日臻成熟的写作技巧,确是中年的优势。中年处于人生的巅峰。巅峰之后,紧接着便是下坡路了。中年有强烈的拼搏意识,中年却又潜伏着健康危机。青年人拼一下、搏一记，受得了，抗得住；老年人有自知之明，意识到自己体衰力弱。唯有中年人，不曾觉察皱纹已无声地爬上眼角眉头，不懂得年岁毕竟不饶人。

终于，我在超负荷运转的时候，受到了一次沉重的打击。

那是在1990年11月，台湾一家出版社的编辑来上海，希望在离沪时带走我关于梁实秋晚年婚恋的《倾城之恋》一书书稿。当时，我虽然已经写出这本书的初稿，但是还有许多地方需要补充，也就日夜兼程赶写。所以，这本书的台湾版末页署有"1990年11月15日于上海灯下"一行字。

刚刚交出书稿，又遇上《上海滩》杂志约我赶写纪念陈望道先生的文章。我写完上万字的纪念陈望道的文章，在11月21日傍晚，骑自行车路过华亭宾馆时，每过一盏路灯，眼前都闪过一道金光。我以为镜片脏了，下车，撩起衣角，擦净镜片。当我重新上车，每经过一盏路灯，眼前依然闪过一道金光。我不知道发生了什么事情。回家以后，眼睛看东西似乎并没有异样的感觉。

翌日清早，我出去早锻炼时，抬头一看天空，吓了一跳：天空中有许多黑色的浓烟在翻滚！定睛一看，那浓烟是从我的左眼里"冒"出来的，我才明白，左眼出了什么毛病。

我吃过早饭，当即赶到附近的医院眼科急诊。一位年轻的医生诊断，是"玻璃体混浊"。据告，这是很普通的眼病，过了四十岁的人，都会有这样的病。眼睛看出去有许多黑色的飘浮物，这叫"飞蚊症"，是"玻璃体混浊"引起的。医生给我开了点眼药水，就完事了。

可是，眼睛中的"飞蚊"迅速增加，使我不得不在24日、26日，分别去专科医院——上海市眼耳鼻喉医院以及我的公费医疗医院——华山医院门诊。在门诊看病的，都是很年轻的医生，他们均诊断为"玻璃体混浊"。

由于病情不断加重，一位医生介绍我去新华医院，说那里的王丽天教授是眼科专家,不妨请她诊断。

于是,在1990年11月29日,我不得不从上海西南角的住所出发,纵穿上海市区,到东北角杨树浦的新华医院。王丽天教授很热情,亲自给我作检查,当即查出了真正的病因:"网剥"。

我头一回听说"网剥"这陌生的名词。一问,才知是"视网膜剥离"的简称。

她说,这是急症,现在你的左眼视网膜还只破裂了一部分,必须马上住院动手术。如果晚了,会造成视网膜全部剥落,眼睛也就完全失明。你是作家,眼睛对于你的写作是非常重要的。她很热心,要我在新华医院住院。只是新华医院在控江路,太远,我无法在那里住院。王教授送我下楼,问我的车子在哪里?当她得知我是挤公共汽车来的,大为惊讶。她说,"视网膜脱离"患者是不能受剧烈震动的,外出必须"打的"——即便是"打的",也要关照司机注意平稳行车。

翌日,我当即赶往华山医院,挂专家门诊诊断为"视网膜剥离"。他画了裂口的形状——马蹄形,而且指出这裂口所在部位相当于时钟指针五点二十五分处。他要我马上住院。

1990年12月4日,我住进华山医院。十天后,施行手术。这是我平生头一回进手术室。手术时,进行了局部麻醉。裂口处用加压冷凝。手术进行了一个多小时。

手术后,双眼蒙上白纱布。我在黑暗中度过了一星期。这时,我才明白"瞎"字的含义——"目"受"害"也;我也明白了"盲"字的含义——"目亡"也。

我坠入黑暗的深渊。那是毕生难忘的"黑色的一周"。妻陪伴在侧,使我在黑暗中有了依托,有了安全感。

遵医嘱,只能平卧于床。在那些黑暗的日子里,我的听觉忽然变得异常灵敏。我能分辨出各种手推车发出的不同的声音,知道是来打针的,或是送开水的,或是送饭的。走廊里传来的一阵阵电话铃声,往往使我松弛的神经一下子紧张起来,以为自己正躺在家中,床头的电话机响了……那阵阵铃声,使我仿佛听到快节奏的生活的召唤,使我变得局促起来,巴不得挣脱黑暗的病床,奔向沸腾的生活。

终于熬过了七天七夜。拆线那天清晨,我一直在细细听着走廊上的脚步声,谈话声,期待着大夫早点来临。八时许,大夫终于来到我的床前,给我的创口拆线。虽然左眼仍被蒙上纱布,但右眼从此"解放"了。我从黑暗中走出来了!倦怠疲困的妻,露出了笑容,她总算可以离开我的床边,回家歇一口气了。

在病房里又躺了些日子,医生终于同意我出院回家休养。临行,医生嘱咐,回家后三个月内不得看书、不得写作、不许外出、不许用力气,尤其是不得咳嗽,不得打喷嚏——同屋的一位病友正是在出院前夕打了个喷嚏,震落了视网膜,又重回手术台。还有一位病友,则是在吃饭时呛了一口,立时眼前一团红色的液体流过——眼内出血了!回到家里,我成日躺在书房里的椅子上,四周满是书、报,却不能看一眼。犹如一个口干已极的人在清潭中游泳,却不能喝一口水!我只能遵从医嘱,变成一个"不读书不看报"的"闲人"。

我常常念及那些永远处于黑暗之中的盲人。我同情他们的痛苦,我也敬佩他们在无尽的黑暗中搏风击浪的勇气和毅力。我倍感眼睛的重要,也从此深切地感到身体是拼搏的前提!

我的左眼患视网膜剥离动了手术之后,虽说眼睛没有瞎,能够看见东西,但遵医嘱,必须静养,不能看书,不能写字。这样我便成了"睁眼瞎"。以写作为职业的我,如今坐在书桌旁却不能握管笔耕,这种睁眼瞎,仿佛比真正的瞎子还要难受。

我生病,编辑们并不知道,他们照样来信、来电话催稿。特别是一位台湾编辑朋友,写来急信,要我写一篇文章。怎么办呢?我异想天开,忽然灵机一动,发明了一种"瞎写法"。

做完视网膜剥落手术

　　那天夜里,我关掉了书房的灯,拿出了笔和纸,在黑暗中,我闭起了双眼,让眼睛处于休息状态,让脑子支配着手,在纸上瞎"写"。不过,这样的瞎写确实也不容易,我用的是白纸,上头没有任何方格。当我在一张又一张的白纸上写完后,我把一大堆手稿交给了妻,妻大吃一惊,才知道我仍旧积习难改,还是在那里写作。妻告诉我,我的手稿写得还好,字迹还算清楚。偶尔有几行字或几个字重叠在一起,也还能够分辨。妻把我凌乱的手稿端端正正地誊在方格稿纸上,第二天就寄出去了。

　　我松了一口气——在患眼疾的时间里,居然也能写作。到了白天,我就用手绢把双眼蒙起来,就像儿时玩老鹰抓小鸡那样,仍然用瞎写法应付一些急稿。

　　不过,妻对这种瞎写法始终有点担心。这种写作法虽然不用眼睛,但是总是要低着头在那里写,也会影响视力的恢复。于是她给我出了个新的主意。她说:"听人说姚雪垠现在写《李自成》是用录音法,你能不能也试试?"我觉得她说得在理,于是也试着以录音机代笔进行写作。

　　"录音法"确实比"瞎写法"要方便得多。不论是躺在床上还是躺在椅子上,只要按一下录音机的录音键,口述自己要写的文章,很快就可以把文章凝固在磁带上,然后由妻整理成文字,这样很快就能完成一篇新作。

　　我发现用录音机写作是非常有趣的。在录音之前,闭着双目,静静地构思,打好腹稿,然后打开录音机聚精会神地口述文章,我讲得很慢,那速度就像电台广播气象那样缓慢。录完之后,先是自己听一遍。然后记住哪些地方要作修改,再请妻一起听一遍,再交她整理。

　　用录音机写作,最怕是当中受到干扰。譬如,才录到半途,忽然来了个电话,或者来个朋友,一阵谈话之后,再回到录音机前,思绪全乱了,不知道刚才口述些什么。这时,我不得不把录音带倒回去,重新听一遍，才明白下头该继续讲些什么了。

我试着用录音机写作，发觉用这种方法写作的速度相当快。一篇四千字的文章，不到两小时就全部录制完成了。

真是"天无绝人之路"。在那"睁眼瞎"的日子里，我交替着用"瞎写法"和"录音法"，仍旧坚持创作，不断地把我的文思凝固下来，竟然也写下不少新作。

只是苦了我的妻子！

1991年2月6日，遵医嘱，我到华山医院复诊，大夫发现：马蹄形洞没有消失！手术后，本来伤口四周应出现紫色斑晕，这是伤口要愈合的标志。经检查，这紫色斑晕没有出现。

应当说，大夫对于这次手术是很重视、很认真的。只是由于过分的小心，所以冷凝时间不够长——他怕冷凝太长会伤害眼睛。由于冷凝时间不够，就造成了紫色斑没有出现。

他很着急，决定要补一次激光手术。他说，在伤口打激光，可以加快愈合的速度。但是，华山医院没有这方面的设备，他请眼耳鼻喉医院帮助做这一手术。

1991年2月8日，一大早，赶到眼耳鼻喉医院。到了那里，才得知原先约定的一位主治医师没有来，值班的是一位女医生。既然来了，也就做吧。

由于那位女医师不了解具体病情，以为加快愈合必须加大激光量，所以激光打得太多，而且在我尚未完全坐定、适应环境时，就开始打激光，部分激光竟落在黄斑区！

这次激光手术，造成不可挽回的后果：虽然在3月5日复诊时，确定出现紫色斑晕，表明伤口愈合，但是从此视物变形，而且复视严重——这是由于激光量过大以及激光落在黄斑区所造成的。从此，我的左眼视力极差，再也无法医好。

由于左眼几近失明，1992年11月24日晚在北京去新侨饭店时，店内灯光明亮，我却不慎撞在玻璃门上，眼镜碎裂致使左眉划破，鲜血直流，当即在附近同仁医院急诊，缝了三针。至今左眉留下疤痕。所以，我也应归入"残疾作家"之列，尽管在外表上一点也看不出左眼失明。

医生曾告诫：视网膜剥离，常常会左右眼先后发病。尤其是高度近视者。我的右眼现在已经出现玻璃体混浊症状。

医生曾劝我，可否改换一种用眼不多的职业？

对于我来说，别无选择。

此后，我用电脑写了上千万字的新著，几乎全是依靠一只近视八百度的右眼完成的。

家中倒了"顶梁柱"

疾病轮番袭击我和妻。2004年8月25日，上午十一时妻在家中阳台上不慎摔倒，左腕严重骨折，即送第六人民医院急诊。

妻曾经这样记述：

今年夏天，对面的大楼要造地下车库，他们在距离我们公寓地下红线仅两米处开挖。我们家正好面对着这个工地。整个夏天机声隆隆。我睡觉本来就不好，听见这隆隆的机声心里就很烦，特别是夜晚机器的声音越发刺耳。

夏天的上海白天都是摄氏35度以上的高温，其中有好多天都在摄氏37度以上，晚上又不能入睡，日复一日，我便病倒了。开始是发烧病毒感冒，后来扁桃腺化脓，连续十多天低热不退，打针吃药都试过，只因晚上不能入睡，一直不见好转，后来又发展为咳嗽不停，我自己已感到体力不支。

8月25日早上我自己觉得人有点飘飘然。不过，我还能坚持做好家务。将近中午时分，我突然想起洗衣机里洗好的衣服还没晾呢，于是就上楼把已经洗好的衣服拿出去晾。晾到最后的时候，突然觉得脚下一滑，人忽然一下子就站不住便往下倒，这时头先撞在窗档上，人迅即倒地，倒地之际我本能地用左手撑地，顿时只觉得左手腕钻心地痛，一看我惊呆了，原来这么一倒，整个左手都变形了，似乎只有一层皮连接着！

烈闻声马上赶来扶起我，马上叫出租车送我去上海第六人民医院。一路上我疼痛难忍，烈一边安慰我，一边焦急地希望司机能开快一点，司机也想开快一点，无奈上海堵车很严重，我望着自己变形的左手，心里说不出的悲凉，刚刚还好端端的手怎么一下子就变形了呢，人竟然如此之脆弱！

出租车总算把我送到上海第六人民医院骨科急诊室。六院是全国有名的骨科医院，来这里看急诊的人很多，光是像我这样手腕骨折的当天就有四位。

总算轮到我看。医生一看就觉得很严重。这时烈为了安慰我轻轻地抚摸着我的头，突然他惊叫着，哟，头上有一个大包呢！由于手特别痛，开始我根本顾不得头痛，此时经烈一说，我顿觉头也很痛。

医生说，手是可以看好的，头上如果有什么问题，就有危险，头肿得这样，还是去拍一次CT，比较放心。他建议我先去拍手，再去脑外科拍CT。

烈带着我拍了手的X光片，又去拍CT。要等半个小时才能取片，尽管很痛但也没办法，烈就不断地安慰我，鼓励我。看着烈这么累，还不断地在安慰我，我只好耐心等待了。

片子出来了。也许我是最严重的吧，其他三位经拍片复位后就离开了。唯有我，第一张片拍出来后，几位医生都说很严重，是粉碎性骨折，要住院开刀。这时，主持的王医师说，先做复位试试看吧。于是有一位医师先给我注射麻醉针，然后两位医师猛拉我的手，给我复位，我顿时觉得舒服多了，原来一点也不能动弹的手指立刻复活了。于是医师叫我再去拍片，结果出来后，王医师说基本上复过来了，但是还有地方没有完全复位，两位医师又给我做了第二次复位，这次是没有打麻醉针的，复位时很痛，我强忍着。复位后又去拍片，王医师一看结果还是不满意，从片子看还有一点没到位,于是他放下手头的病人,亲自动手给我复位,第三次复位时,也许是医师的水平高,也许是医生的动作到位,我居然没感到痛。于是我又第四次去拍片。

王医师一看片子,他说比刚才又进步了,但还是不能完全到位,如果不开刀,就这样的话,大问题没有,可能功能稍差些。我说算了,就这样吧,没问题。医生又说,基本是没问题的,不过你三天后得来复诊,如果有问题再说。

脑部的CT片也出来了,所幸脑子没有问题,只是头撞了一个大包而已。于是他给我开了药,烈又去排队付款买药,等我们办完这一切,已是午后两点多钟了。我们叫了出租车,回到家已近下午三时。

回家后,烈帮我洗脸,换衣服,安顿我睡下。刚刚办好这一切,门铃响了。作家出版社的编辑专程从北京来与烈谈出版事宜。谈到下午五时烈又陪他去锦江饭店与九思出版社商谈有关事宜,一直到晚上九点半才回家。他是够辛苦了。

晚上长子与长媳从台北打来长途电话,本来是想问问上海受台风影响,家里可好。当我告知自己手骨折的事,他们很焦急。等烈回家时,他们又打来电话,一再要我们多保重。

烈从来没有失眠的,可那一夜,他太辛苦了,辗转着,居然失眠了!

妻在以上的记述中,已经详尽写了她左腕骨折的经过。我呢,当时写了一篇散文《掌勺之乐》:

我是在"非常时期"走上掌勺"岗位"的。那是从阳台上突然传来一声尖叫开始的。妻不慎在那里摔了一跤,左手撑地,顿时骨折。"伤筋动骨一百天",何况她是粉碎性骨折,光是绑石膏就整整四十五天。从此,家中倒了"顶梁柱",进入"非常时期"。

　　两个儿子都已成家,连小孙女在内已是七口之家,不过孩子们都在外,上海的家成了"空巢",成了"两人世界","马大嫂"(买、汰、烧)的重任自然非我莫属。这样,除了写作、社会活动之外,我又担负起家务和照料病人两项任务。打扫、浇花、照料病人之类,没有"技术性",出点劳动力而已。洗衣由自动洗衣机完成,只需揿一下开关。然而,掌勺却是一项技术性很强的活。

　　"民以食为天。"虽说"两人吃饱,全家不饿",但是两个人照样得做菜做饭。一日三餐,天天得做。我家地处闹市,四周有上百家大大小小的饭店,虽然到饭店可以解决三餐,但毕竟非长远之计。订盒饭吧,天天吃也不行。于是,我决定自己掌勺。幸好在"文革"时闲着无事,我不仅学会做风雪大衣,而且也烧过菜,总算有点"基础"。如今"主力队员"负伤下场,我这个"替补队员"临时上阵。

　　妻主持"厨政"的时候,每餐四菜一汤。不过,她是烧一顿吃两顿,每样菜烧好了,一分为二,一半用于中餐,一半用于晚餐。我进行了"改革",每餐两菜一汤,当场吃光,宁可一天烧两次,顿顿新鲜。就连米饭,我也是少少的,当顿吃光,反正用电饭煲烧饭,揿揿开关而已,不费事。正巧原先的大电饭煲用旧了,我干脆买了一个小小的新电饭煲,一次正好煮两个人吃一顿的米饭。至于那个旧电饭煲,我另有"妙用":正值深秋,芋艿、栗子、花生上市,用旧电饭煲,不仅可以煲得很烂很酥,而且不用人看管,比起用煤气煮要省事多了。为了给妻"补钙",用电饭煲炖小排骨、骨头汤也非常方便。

　　通常,上海人都是早上去菜场买菜。我当然也知道早上的菜新鲜。可是,我却总是在傍晚时分去菜场。这是因为时间对于我来说非常宝贵,"一日之计在于晨",早上头脑清醒,是写作的最好时光。到了傍晚,写作了一天的我人倦马乏,这时与妻外出散步,顺便就到菜场买菜。这样把散步与买菜结合起来,节省了时间。好在如今菜场到了傍晚也营业。我去菜场主要是买海鲜。我和妻

2004年妻手腕骨折

在海边长大，喜欢吃海鲜。菜场稍远，我只能隔几天去一回菜场，买来之后放在冰箱里。蔬菜之类，就在附近的超市购买。

我买菜，有两个原则：一是不买昨天已经买过的菜；二是"加工量"要小。比如，西红柿、黄瓜、花菜、黄芽菜、卷心菜、豇豆之类，洗一下、切一下就行，省事。豆制品、发芽豆、鸡蛋，"加工量"也小，常买。买栗子、毛豆、芋艿，总是买剥好、刮好的。买茭白，请摊主帮助剥去外皮。尽管孔老夫子说"食不厌精，脍不厌细"，我却受不了，因为没有那么多的时间。我常买大闸蟹，不仅因为大闸蟹鲜美，而且只要放在锅里蒸一刻钟就能吃，"加工量"很小。我也常买虾，炒一下，几分钟就可以上桌，工夫挺省。买盒装的嫩豆腐，撒点虾皮，剥个皮蛋，用酱油、麻油一拌，也是几分钟便得。买肉，我喜欢买肉酱，撒点豆豉或者打个鸡蛋一蒸就行，做肉丸、肉饼之类太烦，不干。

我掌勺，用盐很少，清淡为主。喜欢用葱，用黄酒。嫩嫩的雪白的太湖银鱼，配上浅黄色的炒鸡蛋，撒上一把绿色葱花，浇上黄酒，香气扑鼻。这道色、香、味俱佳的"银鱼炒蛋"受到妻的好评。我烧的葱花芋艿、葱花发芽豆也很受欢迎。不过，葱很容易萎黄，放上一、两天就坏了，而葱又只有在菜场才能买到。后来我发现把葱切碎，装在塑料盒里，放入冰箱，倒是可以保鲜多日，需要时抓一把，很方便。

在炒、煎、炖、炸之中，我忌油炸，不喜欢灶间油烟弥漫。我烧鱼，要么清蒸，要么红烧。当然，这并不等于我不吃油炸食品。上饭店，我则喜欢点面拖黄鱼、油炸蒜香排骨之类，到永和豆浆店则必点油条，因为在家里吃不到这些油炸的东西。

开头几天乱了套。后来渐渐稳住了阵脚，每天按部就班，忙而不乱。妻渐渐康复。两个月的"非常时期"终于结束。我逐步把"厨政"移交给妻。妻也采用我的"改革"之举，每顿当场做菜，不再烧一顿吃两顿。这段"非常时期"使我尝到了掌勺之乐。当妻"上岗"之后，我偶而也"露一手"。

癌症朝我袭来

上海肿瘤医院对于我来说，是一个既熟悉又陌生的地方。说熟悉，是因为它离我家不远，每当我路过东安路或者零陵路，总是在正门或者后门，见到"上海肿瘤医院"的醒目招牌。然而，"肿瘤"两字使我望而却步，从未跨进这家医院的大门。

2008年10月，一场突然袭来的癌症，使我第一次走进这家医院。我这才发现，这里人头攒动，如同过江之鲫，就连上电梯也要排很长很长的队。上海肿瘤医院名声在外，穿紫红色外衣的、光头的、坐轮椅的病人，操全国各地口音，汇聚到这里。这里每年的门诊量近四十万人次、住院人数将近两万人次。我也成为其中的一员，在这里住院将近一个月，亲历"癌病房"……

2008年——当时我已近"古稀"之龄，然而我的生活节奏依然如同紧绷的弦。

2008年10月中旬，我应成都市委宣传部之邀，从上海飞往四川地震灾区采访。我甚至一口气登上八百多米的山，察看地震灾情。刚从四川返回上海，紧接着，在10月下旬我又应邀飞往广州，出席羊城书市，为我的新著《邓小平改变中国》签名售书。我处于众多媒体与读者的包围之中。从广州返回上海后，在10月31日便住进了上海肿瘤医院的病房。

紧张的发条突然松弛下来，躺在上海肿瘤医院的病房，无所事事地望着天花板,我的思绪常常漫无边际。

我是在例行的体检中做B超检查的时候,发现右肾出现肿瘤。大夫指出,在肾肿瘤之中,95%是恶性的,即95%是癌。

大夫警告我,恶性肿瘤有一段潜伏期。一旦爆发,将很快扩散、转移,到了那时候就太晚了。他再三劝我,赶快住院,做根治性手术,整个切除右肾。

对于癌症,我不光有种种医学上的了解,更有着很多第一手的感受:

就在上海第六人民医院,我送别了患了癌症的文友王一川。他是上海华东师范大学教授。记得,几个月前,我们一起去温州,他的声音还是那么的洪亮,精力是那么的充沛。但是,回到上海之后不久,查出癌症,已经是晚期!我来到上海第六人民医院病房看他,他含泪托我后事,即为他写墓志铭。十多天之后,他就离世。我赶紧为他写下墓志铭,请石匠刻在青石上,竖在他的墓前。

陆星儿(陆天明的妹妹)是我的同事,我们同为上海作家协会专业作家。她给我的印象向来是活跃,充满朝气。然而,得了癌症后,没有多久就告别了这个世界。我出席了她的追悼会,见到她满头灰白长发,形容枯槁,几乎不认识了——她住院期间,无法染发,所以临终时与平常判若两人。陆星儿2004年死于胃癌,年仅五十五岁。

有一天傍晚,我在街上散步,忽见一男子坐轮椅从我身边推过,面孔好熟悉。定睛一看,是过去在电影制片厂的同事潘惠根。他是摄影师,身强力壮,那时候一次次进西藏拍摄,必定是他去。当年的壮汉,一下子变成眼前的有气无力的病夫,我愣住了。我问他得了什么病,他告诉我,癌症!没多久,我从朋友那里得知,他已经离开人世。

另外,我的上海人民出版社的责任编辑季永桂,编辑出版了我的《红色的起点》、《历史选择了毛泽东》、《毛泽东的秘书们》等一系列重要作品,与我有着多年的友情。他向来健壮如牛。忽然得到他得肺癌的消息,我赶往胸科医院看望他,原本一头乌发的他,经过多次化疗,已经变成光头。人很消瘦,与从前判若两人。一年多之后,他恢复正常,居然还到我家约稿。可是几个月之后,癌症复发,病情急转直下,离开了人世,也只五十多岁。

我的表嫂、曾衍霖教授的夫人,在我赴美国前,还好好的。当我两个月后从美国回来,向曾衍霖教授问候表嫂时,他告诉我,她的追悼会刚刚开过!

我的妻子的大嫂,也是患癌症。从发现癌症到去世,前后只一个月……

忍看同辈成新鬼,我深知在癌症面前,生命是何等的脆弱!

大夫告诉我,在癌症之中,肾癌具有不同于众的特点:肾癌初期无症状。一旦出现症状,即尿血、发热、腹部摸上去有肿块,那已经进入晚期了!正因为这样,肾癌的潜在危险性很大。治疗癌症最常用的放射疗法和化学疗法,对于肾癌几乎没有什么作用,因此肾癌的唯一治疗方法就是手术切除。

早期的肾癌,小于三厘米的,可以切除肿瘤,保留部分肾脏。我的肾癌已经超过三厘米,必须全部切除整个右肾。为了防止癌的转移,还要切除肾附近的淋巴腺等。

另外,肾的肿瘤究竟是良性还是恶性的,很难区分。只有切除之后,做病理切片,才能确诊是良性还是恶性——然而,到了那时候,整个肾脏已经切除!

大夫还指出,我有癌症家族史:我的弟弟曾因肠癌开刀,而妹妹因卵巢癌于2007年病逝,因此我的肾肿瘤极可能是恶性的。

大夫的话,给我敲起警钟:也许人生的时间真的已经不多。

于是,我抓紧时间,把最值得写完的"风波三部曲"赶紧完成。我首先完成了"风波三部曲"第一部《出没风波里》的补充、修改工作,接着又完成了"风波三部曲"的第二部《现在可以说了》。然后完成了"风波三部曲"的第三部《树欲静而风不止》。我把150万字的"风波"三部曲交给香港朋友,委托他日后印行……

文坛前辈陈学昭有一部长篇小说,叫做《工作着是美丽的》。我把书名改了一个字,借用在这里:写作着是美丽的。

确实,对于我来说,愈是上了岁数,愈是感到"写作着是美丽的"。

最初,人们对我的简称是"小叶",后来叫"老叶"、"叶老师",直至"叶老"。

我曾经对作家莫言说,在中国作家之中,你最好,因为你上了岁数,人家就叫你"莫老",而我"叶老则落"。

看来,我已经到了"叶老则落"的时候。

整个右肾切除毕竟是一个大手术,必须慎重对待。

我一直拖着,是考虑到子女都不在身边,我在上海是"空巢家庭",我一旦住院,妻一个人是否能够承受?她患高血压,而且又无子女帮助,能否支撑得了?然而,如今肾癌病症加重,住院开刀已经不可避免——那么多医院,那么多医生,都一致认为必须抓紧时间整个切除右肾。

我与妻商量,下定决心在近期动手术。如果再拖延,一旦癌症扩散,那就不可收拾。

我决意到上海肿瘤医院动手术。

我和妻飞往广州出席羊城书展。在广州的时候,我接到上海肿瘤医院医生的电话,说是已经给我准备床位,问我何时住院。

我把即将住院动手术的情况告知长子。长子建议我去台湾动手术,因为台湾采用先进的腹腔镜手术,出血少、痊愈快。长媳多次奔走,安排了在台湾就医的医院,并说要来上海接我去台湾。长子还专程来上海看望我,再三说所有在台湾的医疗费用都由他承担。我很感谢长子、长媳的关心。

2008年10月27日晚,我从广州回到上海,10月31日住进上海肿瘤医院。

当年读索尔仁尼琴的长篇小说《癌病房》，给我留下的印象带有恐怖感。然而，当我步入上海肿瘤医院三号楼第十七层的干部病房，第一印象是干净而温馨。

办理入住手续之后，我的右手便戴上一个圆环，环上写着我的名字，编号。这个圆环直到我出院时才被取下。

干部病房两人一屋。我带来手提电脑，在医院里可以无线上网。

住院生活对于我来说，是陌生而又新鲜的。因为我只在1990年12月因视网膜手术在上海华山医院住院之后，已经十八年没有住院。没有动手术之前，我在医院里各处走动，用好奇的目光打量周围的一切。

上海肿瘤医院里人来人往，在上午八时多、下午四时多，显得非常拥挤。电梯口常常排起长队。由此也可以看出，当今肿瘤病人何等的多。进了医院，这才格外意识到，健康是何等的幸福。然而，平时忙于写作和采访的我，几乎没有注意到这一点。

住院除了必须换上统一的病号服之外，还发了一件紫红色的棉大衣供御寒之用。我穿着紫红色的棉大衣在院子里行走时，一个陌生人突然用极其惊讶的声音叫住我："叶老师，你怎么住院？"我一问，才知道是一位读者。他看到我的紫红色的棉大衣，知道我得了癌症。我笑笑说，"没有什么，很快就出院！"

由于病房朝南，阳光很早就射进病房，照耀在雪白的被单上。透过宽敞的玻璃窗，可以看见远处的黄浦江蜿蜒流过。成排的大吊车在来来回回摆动着钢铁巨擘。不远处是车水马龙的内环线高架桥。

病房里干干净净。我注意到，在清洁用具的房间里，挂了许许多多块不同编号的抹布。医院里实行"一桌一巾，一天一换"。所谓"一桌一巾"，是指擦洗不同的桌子时，用不同的抹布，以防传染。就连拖把也是严格分区使用。拖把浸泡在消毒液里，散发出一股漂白粉气味。

病房里安装中央空调,冬天并不冷。护工在打扫时,隔三差五就拿梯子,站在梯子上擦洗、消毒中央空调。

我开始按照医院的作息制度生活:每天清早六时起床。在护士前来测量体温之后,然后吃早餐。三餐都是由医院供应,有菜单可供自由选择。病房之侧也有蒸汽炉,供病人亲属做蒸饭、蒸菜或者炖汤。中午午睡。晚上九时安寝。

妻每天都陪在我身边,很辛苦。晚间,她还想陪在医院,我劝她回家休息,等我动了手术之后,再请她住在医院里照料。

上海肿瘤医院非常重视我的治疗,2008年11月3日正式通知我,成立了以副院长叶定伟教授为首,包括姚旭东教授、沈益君医师的三人医疗小组。我非常感谢院方的关心。

当时长子、长媳正出差美国。长媳说要从美国赶回台北,然后来上海照料我。我和妻商量之后,决定"自力更生",因为长媳要照料两个孩子,本来就很忙。她离开台北到上海来,两个孩子在台北乏人照料,怎么行呢?妻说,这次专门请了护工小王,她与护工两人在我手术之后日夜照料,虽然会很辛苦,支撑过去,也就可以了。

11月6日我给长媳发去电子邮件:

我的手术日子未定。上海肿瘤医院规定很严格,各项检查都必须达到标准。直到10日重新再验血,合格之后才能确定手术。如果不合格,还要等一星期。所以你不要来上海,等出院再说。因为上海肿瘤医院是全国闻名的医院,各地病人都涌到这里,白天到处是人,坐轮椅的,挂拐杖的,到处都是,连乘电梯都要排很长的队,所以会使你心情很不愉快。

手术的日期终于定下来了:11月10日清早,叶定伟教授在查房时告诉我,从验血结果得知,GDP已经下降,达到手术指标,因此可以动手术了。

过了一会儿,姚教授、沈医生来,正式通知我,手术时间确定为明天上午——11月11日。"11·11",是光棍节。这个日子从此烙在我的记忆之中。

叶定伟教授告知,确定用腹腔镜做手术,以减少手术受创面积。

这天,我的次子、次媳从美国旧金山打来电话。我本来不想让他们知道,因为他们在美国,太远,知道了徒添挂念,但是长子还是把我住院的情况告诉了他们。次子、次媳在电话中详细询问病情,埋怨我们为什么不告诉他们。次媳说,如果早一点知道,她会从美国来上海照料的。

由于翌日就要动手术,那天处于十分繁忙的准备之中。

护士们一次次来做手术前准备:先是抽血,鉴定血型,因为手术时可能要输血。经过测定,我的血型为B型。接着,又来做青霉素试验。打了试验针,二十分钟之后看有无异常反应。

值班护士很详细告知手术前注意事项:晚上要穿病号服,明天早上进入手术室前病号服上衣要反穿。晚上八时之后,不要喝水。护士还把我的手指甲、脚指甲——修剪,以防指甲里的污垢藏匿病菌。

妻向医院租了一把沙发状的椅子,这把椅子拉开来就是一张小床。她把椅子放在我的病床边,夜里就睡在这椅子上,便于手术之后随时照料我。

护士交来一张入住监护病房需用物品的清单。直到这时,我和妻才得知,手术之后的当天是不回十七楼病房的,而是住在三楼的监护病房,二十四小时进行监控。住在监护病房,需要准备相关的用品。

麻醉师送来麻醉责任书,他向我说明进行全身麻醉时可能出现的风险,需要我和妻共同签名,表示知道这些风险,授权麻醉师在手术时对我进行全身麻醉。

　　下午四时多，姚旭东教授、沈益君医生约我和妻到十七楼的示教室，进行"术前谈话"。按照上海肿瘤医院的制度，在手术前主治大夫要找患者进行"术前谈话"。大夫让病人知道自己的病情、手术方案、手术的风险等等。这样的透明化的谈话，很令我感动。这么一来患者心中有底，可以尽量配合治疗。姚旭东教授非常详细地介绍手术的情况，尤其是一一介绍手术过程中可能遭遇的风险。他很细心，富有耐心。妻作为在场的唯一直系亲属，在一张张承担风险的保证书上签名。

　　我还签署了文件，在右肾切除之后，同意制作成标本，并进行病理切片。

　　晚上八时多就上床休息，因为明天就要做手术。我很坦然，一夜睡得很好。

　　2008年11月11日——我进行右肾切除手术的日子。一早，妻就从家中赶来。长子则特地从台北赶来。

　　那天上午，上海肿瘤医院有十八位病人进入手术室动手术。上海肿瘤医院很重视我的手术，我被安排在一号手术台，由副院长叶定伟教授亲自主刀。

　　这天不允许进食，甚至不允许进水。清早，护士来灌肠，清除大肠中的污物。

　　按照医院规定，我取下手表、手机、眼镜，交给妻。进入手术室的时候，病人是不许带这些的。

　　早上七点，手术车准时来到病房门口，我上了手术车。手术车很窄，上车之后，盖上两块墨绿色的棉毯子。妻送我到十七楼的手术专用电梯口。护士推我进电梯，从十七楼下降到四楼。手术在四楼进行。手术车出了电梯，沿着长长的走廊向前。没有戴眼镜的我，只见到一盏盏灯模模糊糊从眼前晃过，这时有点眩晕的感觉。

　　进入手术室，手术车安放在无影灯下。十七楼病房里开着暖气，而四楼手术室当时还未开暖气,感到有点冷。

护士安置好手术车,给我安装好定时血压测量仪,就走开了。那个定时血压测量仪装好之后,每隔一段时间,扎在我的手臂上的气囊就会自动充气,血压计自动测量血压,因为在手术中要不时监测病人的血压。

我静静地躺在那里。这是我平生第一次动大手术,第一次全身麻醉。我深知手术的风险。我的挚友童恩正教授就是在美国匹兹堡做肝移植手术时,全身麻醉之后,死在手术台上。著名音乐家马思聪先生也是在美国全身麻醉之后,躺在手术台上再也没有醒过来。

大约过了一刻钟,一群年轻人进入手术室,一边换衣服,一边聊天,因为今天11月11日是"光棍节",他们嬉笑着,热烈地谈论着关于光棍的话题。也正因为这"11·11",使我的手术日期变得很好记。

麻醉师来了。他发觉没有见到我签字的麻醉风险责任书,我告诉他,那责任书尚在十七楼的病房里。他打电话给我的妻,叫她送到四楼电梯口。他拿到麻醉风险责任书,这才开始麻醉。

他让我侧卧,把右腰朝上,便于进行手术。他再三地问,切除的是不是右肾。除了问我之外,还与手术报告单进行核对,以防误切,避免当年梁启超在手术时被误切好肾的沉痛教训。接着,麻醉师在我的背脊骨旁边开始注射麻醉药,顿时我感到又酸又麻。

这时,我开始有点昏昏沉沉。接着,他把三角形的气罩罩在我的鼻子上,我不断吸入麻醉剂。很快,我就完全失去了知觉。

手术是怎样进行的,我一概不知道。正因为这样,我在手术前对叶定伟教授说,我把生命交给了你!

后来,据叶定伟教授告诉我,手术非常顺利,做得非常成功。其中遇到的小小的麻烦是,我稍胖,腹部的脂肪层厚了一点,在取出右肾时不那么利索。不过,他告诉我,正因为右肾处于脂肪的包围之中,反而使整个右肾在外包膜包围之下,非常完整,肾内的肿瘤完整地包裹在肾内,没有扩散的迹象。

　　手术进行了两小时。

　　我在进行手术时,三号楼的家属等待区的屏幕上不断显示我的状况,如"手术中"、"手术结束"。妻原本坐在那里等待,后来护士劝她还是在十七楼病房里等待比较清静。医院规定,手术时以及此后二十四小时,亲属必须在医院等候,以便在手术遭遇不测意外的时候随时可以找到病人的亲属。

　　上午11：18,医生唤妻来到四楼,出示我被切下来的右肾。妻说,当时在白瓷盆里,看到血淋淋的一个很大的肾脏。然后妻又重新回到十七楼病房。

　　妻回忆说:

　　手术室门开了,出来两位医生,我连忙奔过去,他们因为穿手术衣,我根本认不出是谁,可他们认出我了。一位医生手里拿着从烈身上切下的肾告诉我,手术很成功,他说这就是从叶永烈身上切下的肾和周围东西,肾是包在里面的。他又指着当中拱起的圆形东西,说这就是肿瘤,已经突起来了。我看了一下,大约是三厘米直径左右,我想比彩超所看到的小一些。与吴滨教授说的差不多。医生说叶老师的手术难度比较大,因为他胖,你瞧,这表面全是一层油。我看一下确实如此,一层厚厚的黄油裹在外面。

　　我问是叶主任做的手术吗?他说:"是呀,我就是!你没有看出来吗?"我说,"你穿了手术衣,我认不出了。"我连忙致谢。我问:"是微创手术吗?"他说:"是的。"我说:"真不简单,这么大的东西居然是微创手术取出来的。"他还说,今天他们用了最好的麻醉师,最好的护士长,叶老师的麻醉是一针下去就见效的。

　　手术之后,我被移送到"催醒室"催醒。当我终于从麻醉状态清

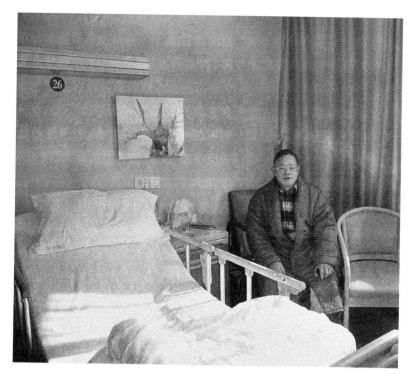

手术之后第八天于上海肿瘤医院

醒过来，意识到最大的难关已经度过。对于我来说，今天是人生的一大关口，一次严峻的考验。

我苏醒之后，被推到位于三楼的监护病房，安放在一张病床上。我的身上插着许许多多管子，只能一动不动躺在那里。由于没有戴眼镜，我看不清周围的情况，我只模模糊糊见到监护室里大约有十多张病床，都是刚做完手术或者危急的病人。那里护士很多，细心地照料着病人。我没有手表，也就不知道时间。

下午四时至四时半，是监护病房规定的探视时间。妻花了一百元作为押金，租了一套隔离服，进入监护室看望我。这是我在手术之后，她第一次看到我。每个病人的亲属只能租一套隔离服，以尽量减少进入监护病房的探视者。妻探视之后，从台北赶来的长子换上隔离服，前来探视。他刚刚与长媳从美国旧金山回到台北，在台北只住了一夜，就赶到上海看望我。他还用手机给我拍了照片。当时，有一个病人来了十几位亲属，只能一个个轮流进入监护室。

叶定伟教授来看望我。他说，手术很成功，出血很少，所以没有输血，也没有动用快速止血刀。

我的右肾被切除之前，右肾动脉血管被用金属钛夹封闭。从此，这个金属钛夹就永远留在我的腹中。医生告诫，今后不能用力屏气或者咳嗽，在做核磁共振时也应把体内有金属钛夹事先告诉大夫。

探视结束之后，我昏昏沉沉睡去。手术后是不能进食的，护士给我输葡萄糖液。那一夜，我迷迷糊糊在监护病房里度过。

从这天开始，我成为"独肾"之人。由于切除了一个肾脏，整个生命机器失去了平衡。要恢复平衡，需要一段时间。由于失去右肾，所剩的唯一的左肾格外珍贵，负担的任务也就更重了。

床头挂着输液瓶，一瓶又一瓶葡萄糖以及药水输入我的血管。据护士告知，手术之后的头几天，每天都要输入十二瓶以上的液体。往日是通过手臂上的静脉血管输入，十几瓶药水打下去之后，手臂都会麻木。这一回有了改进。不知什么时候（后来得知是在全身麻醉之后），麻醉师在我右肩胛锁骨附近埋入长达十几厘米的输液管。各种各样的药水就是通过这一输液管输入体内。

依然没有眼镜、没有手表，四周的一切都是那么的模糊。

上午九时许，护士告知，我获准离开监护病房。护士们推着我的病床离开监护病房。这种从日本进口的病床相当先进，下面装有轮子，便于病人转移，不像往日那样要把病人搬上搬下，因为刚刚动了手术，病人很忌讳这样的搬动。护士把我连同病床推入电梯，从三楼上升到十七楼，妻和护工小王已经等在那里。这样，我重新回到十七楼的干部病房。

我浑身插着许多管子，只能静静躺在病床上。这天仍然输液十二瓶。

中午时分，长子又赶来看望，见我一切平安，放心了，匆匆赶往机场，飞往台北。

我只能终日平躺着，无法侧身。伤口隐隐作痛。

妻在夜里只能睡在病床旁的窄窄的躺椅上，一直陪伴着我，前后达十多天。她患有高血压，身体欠佳，又这样日夜辛苦，双眼都熬出黑眼圈，实在太累。

手术之后的第三天清早醒来，一片金色的阳光照射进来。我的口干加剧，嘴唇上结了痂。护工不时用棉花签蘸水，在我的嘴唇以及舌头上抹一下。我发烧，全身出汗，衣服、褥被都湿透了。

叶定伟教授来查房，鼓励我尝试下床。他说，这次采用腹腔镜手术，伤口小。如果是开腹，一星期都下不了床。他说，下床走动，有利于早日康复。于是，在收起各种管子之后，我尝试下床。先是把床的上半部调高，然后妻和护工扶着我坐起来。接着，下床。虽然最初两腿软绵绵的，没有气力，毕竟我站起来了，而且迈出了手术之后的第一步。我尝试从病床走到病房的门口，然后返回。大约下床活动了十分钟,很累,又躺了下来。

次子、次媳从美国来电问候。长子、长媳从台北来电,问候病情,尤其是听见小孙女的问候声音,深感欣慰。

我开始下床行走,如同"太空行走"一般,步履有点不稳。慢慢的走出病房,沿着"日"字形走廊走了一圈。前后大约下床半小时,感觉良好。

长子从台北来电问候,告知正在办理我和妻的赴台手续,以便在出院之后前往台北休养。

妻一直日夜陪伴,非常辛苦。

我下床行走的时间加长,沿着"日"字形走廊走了两圈。可能由于上、下床的次数增多,伤口隐隐作痛。

沈医生告知,为我做了肾功能化验。检查结果表明,一切正常。也就是说,自从左肾挑起原先两个肾的重担之后,肾功能运转正常。这是很重要的指标性的化验。

走过风雨,前面就是阳光。

下午妻回家一趟。回来之后告知,从录音电话中听见,上海作家协会李业芳主任来电,希望告知所住医院以及病房,要来看望。我为了不麻烦别人,也就没有回复。另外,除了亲属之外,也不告知任何人。因此,在医院无人前来探望我,而其他病房则访客不断。

护士工作非常细心。每天清早六时,就来测量体温。下午三时又测一次。自从手术之后,我每天都发烧,起初是38摄氏度,后来降到37.5。医生说,这是手术之后人体的必然反应。六天之后开始退烧,保持在37度左右。护士还每天测量我的血压。我通常是80至120,正常。

在手术之后的第七天,我能够自己起床、下床,不再需要别人搀扶。早上吃肉包子、稀饭。饭后沿十七楼的"日"字形走廊走了好几圈。脚步稳健,已经近乎正常。

　　叶剑英之侄叶选基来沪，约我见面。由于正处于患病之中，我无法跟叶选基见面。中央电视台一个摄制组来沪，想采访我。由于患病，我也无法接待。

　　下午三点半，护士长送来病理切片的报告。这是非常重要的报告，是根据手术切除下来的右肾进行病理切片，最终得出我的右肾肿瘤是恶性的结论。也就是说，右肾肿瘤是癌。此前，关于我的病，一直是写"右肾占位"或者是"疑是癌症"。这一次是正式下了结论。

　　原本我企望切片报告会是写"良性肿瘤"。然而，确认是"恶性的肿瘤"，打破了幻想。我必须从此面对冷酷的现实，凶险的前景。我的癌症极可能转移、扩散。虽然这次切除了右肾，仍可能在不久的将来在新的地方发现癌肿。倘若癌症扩散到全身，那将是生命的终点。

　　姚教授也很重视这一报告。他说，这是"定性"报告，即最终确定了你的右肾肿瘤是恶性的。

　　在手术后的第八天，妻从家中带来手提电脑。这样我每天可以用手提电脑收发电子邮件，并详细记述手术的经过以及医院的生活。

　　我归心似箭，盼望着早日出院。

　　江西省政协常务副主席韩京承先生来看望我。他也患癌症，住在十七楼。我们相识于1987年的厦门笔会。他还赠我一筐江西贡桔。

　　手术后的第十天，叶定伟教授在查房时决定，下午由姚教授给我拆线。叶定伟教授很谨慎，建议先拆一半，即拆四对线，另四对线改在下周一拆除。我终于一天天好起来，出院已经指日可待。我期望着早日回到书房，早日回到电脑桌前，早日重新开始工作。

重上"战场"

这次切除右肾应当说是正确的决策。就手术而言,由于叶定伟教授的精心操作,非常成功。手术后所面临的是两个问题:

一是如何调整好失去一个肾脏之后的身体,逐步恢复体力;

二是如何防止癌症的复发和转移。

为了及早发现癌的转移,按照上海肿瘤医院的规定,出院之后一年内要三个月复查一次。一年后,半年复查一次。两年后,按照常规,一年一度体检。

手术后的第十一天,下午一时半,我与妻下了三号楼。我已经十多天没有走出病房了,今天头一回来到屋外。由于病房里开着暖气,所以一出来就感到气温骤降。在上海肿瘤医院门口等待出租车的时候,我见到马路对面在卖盗版书。过去一看,有我的新版《四人帮全传》,印着南海出版社2008年8月出版。当即买了一本"存念"。

终于回到家中,回到书房。

傍晚,上海作家协会秘书长臧建民来电,问候病情,很关心。我因为不愿给他们带来麻烦,所以住院期间李业芳来电,也未告知住院。臧建民告知,上海作家协会党组书记孙颙将会来看望我。我表示感谢,并希望不要给他们带来麻烦,因为他们都很忙。

收到长子的秘书的电子邮件,告知入台证已经办好,并于今日用特快专递寄出。这样,我不久就可以与妻一起前往台北。

　　刚回家，又是刚动了大手术，一切都还不适应。天气变得阴冷，晚上甚至下起小雨。我向来并不畏寒，但是为了尽量避免感冒，加穿了棉毛裤和毛线背心。通常，我在上海，冬日是不穿棉毛裤的。

　　手术后的第十二天，我在家中度过。傍晚，冒着细雨，与妻撑着伞从家步行到徐家汇，再从徐家汇回家。虽然比平时略感疲倦，但毕竟是手术之后第一次"长征"，表明我的体质相当不错。伤口有点发痒，表明可以拆线了。

　　在手术后的第十三天，一早五点四十五分起床。吃过早饭，乘出租车到达上海肿瘤医院，才六点二十五分。我重新回到1726病房。

　　七时多，先是姚旭东教授、沈益君医师来查房，一起拍照留念。过一会儿，叶定伟教授来查房，一起合影。他同意我当日出院。八时多，沈医师为我拆线，全部拆除。他说，伤口愈合很好。

　　也就在我出院的这一天，从人民日报出版社传来好消息，我的一百八十二万字的长卷《"四人帮"兴亡》经中共中央党史研究室审查通过，马上准备出版。

　　我已经恢复手术前的体力。除了中午午睡躺了一下，其余时间均忙于工作。德国《世界报》记者埃林北京来电，说周五来采访，我答应了。至于上海电视台约我做世界博览会节目，因为要马上去该台摄影棚录制，太吃力，谢绝了。

　　妻由于连日劳累，在家中不小心摔了一跤，头很痛，很晕，腰也痛，还好没有骨折。

　　据美国权威医学杂志统计，肾癌在术后的存活率大致是三年为50%，五年为40%，十年为20%。只有3%病例未经任何治疗能存活三年。

　　看来，肾癌是沉重的一击，意味着未来的日子已经不多了。时间显得格外宝贵。

　　妻记述了我大病之后的情形：

上午校对烈写的《我写钱学森传记》一文，既被他的拼博精神所感动又很伤感。

要知道，烈是带病工作着的，他是个很顽强的人。他右肾脏刚刚切除后才十一天，就要我陪着他从家里走到徐家汇！这段路程，一个普通老人走起来也十分累人，而对于他刚开过大刀不久，身体还没有复原的古稀之年的老人，是多么艰难哪！他咬咬牙走下了。开刀后只有二十二天，箭牌公司邀请他去广州，为贫困孩子送书并作讲座。因为原先他已经答应过人家的，他二话不说，就一口答应去了。连肿瘤医院的医生听说了，都大为惊讶。我提心吊胆地跟着一起去，一点重的东西都不让他碰。他居然像健康人一样工作着，每天都乐呵呵的，朋友们根本看不出他是一个刚动过手术的人。他不让我告诉任何人他刚刚开过大刀，我也就没有说，可以说到今天为止连与我们一起同行的少儿社朋友以及箭牌公司的任何人都不知道。

就拿写《走近钱学森》这本书来说吧，开始他并没有答应，也没有告诉出版社的人，自己刚动过大手术。只推说很忙，后来，钱老的儿子钱永刚先生来找他，钱永刚并不知道他大病初愈，热切真诚地约他为钱学森写传，他终于答应了。

烈开始收集钱学森资料。本来上海交通大学钱学森组答应会提供资料和照片，可能因为他们自己要写吧，后来我们去上海交通大学访问时，不愿提供了。已经答应别人要做的事，烈是从来不会让人失望的，于是他拖着尚未复原的身体，与我一起去杭州采访钱老的亲戚，走访钱老的故居，又作了诸多采访，根据他先前与钱老的交往以及掌握的大量史料，写出了《走近钱学森》。这本书正赶上钱老逝世才一个月就出来了，产生很大的影响。

后来又应钱永刚先生的热情相邀，以及上海交通大学出版社的请求，希望烈再写一部《百年钱学森》的书，更全面地反映钱学森的人生和成就。钱永刚还电话联系了许多曾与钱学森一起工作和生活的人让烈去采访。烈考虑再三答应了他的要求。于是我们准备去北京采访。

去北京之前，烈仔细地安排采访时间和内容。这次采访一切都由我们自己去做。烈去北京之前还认真地查看网络，找一个比较称心的旅馆，住的方面要干净，交通要方便。最后终于找到一家设在宣武门地铁口的酒店。宣武门这家酒店，离钱学森年轻时生活的环境很近，他的母校就在这里附近，钱学森小时候常常进出宣武门。于是就这样定下了这家酒店。

到北京之后整整半个月时间，我们走访了钱学森的秘书、司机、医生、厨师、警卫、过去的保姆、同在航天战线工作的战友等等。在北京期间，每天我们都是一大早就出发，直到晚上才回到宾馆。

烈采访前都认真地查阅采访对象的情况，先打电话联系。

在采访的时候，烈生怕录音机故障，总是拿出两个录音机，放在桌子上，又拿出笔记本不断记笔记。我先给他们拍照，然后也记下一些内容，因为回上海后，烈写的文章我要校对，我自己有笔记校对起来就比较方便。不过，我没有烈那样句句记，而是简要地记。

每次采访结束，都已经是夜幕降临了。我们或在宾馆里吃晚餐，或就近随便吃点点心。回到宾馆，烈第一件事就是把采访录音整理好，把笔记整理好，又把明天要采访的对象资料整理出来，理清去那里的路线，上午在哪里，下午在哪里都得事先安排好。一切头绪理清后又打电话给永刚，谈论今天采访的情况，最后又把一天的情况记入日记。如此下来，每天都直到夜十一点左右才完毕，然后才去洗澡睡觉。而第二天六点多我们就又出发了。

其中去采访曾担任毛泽东主席的通讯秘书的李锐先生最有意思。

那是2010年5月12日下午，我们路过李锐先生的家，想顺便进去看看是否在家，一敲门，保姆出来告诉我们李锐出去游泳了。我们当时还以为李锐八十多岁了该在家吧,想不到他还去游泳,真为他高兴。我们告诉保姆明天早上来。

翌日早上八点钟,我们来到他家的门口时,又是昨天的保姆来开门,保姆说你们请进来吧,不过李老还在吃早餐。于是我们先在客厅里坐定,不一会儿,李锐先生就进来了,一开始,他很冷淡,问我们是否有介绍信。烈于是拿出自己的名片给他看,他一见名片上写着"叶永烈",眼睛马上一亮,说:"你就是叶永烈!我很喜欢看你写的书。"烈说他曾经来过这里采访,李锐说事隔多年记不清楚了。烈说我们昨天下午就来这里,保姆说你去游泳了,想不到你这么大岁数了还去游泳。李锐说:"你们猜,我几岁了?"我们都以为他是八十多岁,他大笑着说:"我已经九十四岁了!"哇塞,真看不出,眼前这位精神矍铄,声音响亮,思维敏捷活跃的长者,居然已经九十四岁高龄了,真不简单,我们直赞扬他健康长寿!

接着烈开门见山地问起钱学森1958年的"万斤亩"事件,李锐说自己不认识钱学森,也从未见过钱学森,只是听说过他的名字而已。关于"万斤亩"的事,是他听毛主席说的。烈忙问当时有没有旁人,他说没有。李锐说,他还问主席,你是种过田的,你怎么相信万斤亩呢?主席说,我听科学家钱学森的。说完这事,李锐又滔滔不绝地跟我们聊起许多事。谈起自己与毛泽东相处的事,聊起当年极左路线搞大跃进的事,一口气谈下来不喘一口气,时而慷慨背诵自己写的诗,时而引经据典,生动有趣,聊着聊着,时不时地站起来去书房拿书,一次次聊,一次次去找书,居然找来了十几本书,有他新近出版的书,还有他推荐我们看的书,还让我们看他的书法,看他的照片。听他聊天,真是享受,一点儿也不觉得时间已快到中午十一时多了,夫人和保姆都急了,希望他少说些,怕他太累,可他说,见到叶永烈我太兴奋了,再聊几句吧。就这样,一直到快十二点才结束,并把自己的书送给烈,十几本,每本都签上名字,然后才罢休。临走,我们抱起十几本他送的书离开他的家。这位九十四岁的老人,那种热情,那种健谈,深深地留在我的记忆里。

烈说,本想在他家谈几分钟毛泽东、钱学森关于万斤亩的事就好,最多半个小时可以了,想不到九十四岁的李锐先生这么健谈,他几乎是一口气谈了四个小时,真高兴。我们本来上午还要去另一家采访的,这样只好打电话告诉对方,明天再去了。

中午我们与上海交通大学出版社的张总、刘佩英和钱永刚教授一起用餐,商谈进一步采访事宜,及钱学森传记的名字。中餐后,我们继续去采访全国科协副主席刘恕女士。刘恕与她的爱人都非常热情地接待我们,说他们是烈的粉丝,时常看烈写的书,说着她到房间里转一转,马上拿出烈写的三本书,她说这是我顺手拿来的。刘恕与我们谈起钱学森有关"沙产业"的事,非常激动,她说钱给她写了五十六封信,一直鼓励他们搞沙产业,草产业等等,如今在内蒙,在新疆已经成为现实,改善了沙漠环境,改善了人们的生活条件,她一再说钱是功不可没的。接着,她的爱人拿出一个电脑,把根据钱老的指示,怎样搞沙产业、草产业的照片从电脑里放出来给我们看。我们见到搞了沙产业后原来荒僻的沙漠,如今已经是绿洲一片,在新疆那葡萄架上挂着密密麻麻的葡萄,人民生活得到了很大的改善。

晚上烈又约好明天上午去采访钱学森干妹妹钱月华,下午去采访钱学森警卫秘书刁九勃,并且把采访提纲准备好。又打了好几个电话,一直做到十一点才休息。

……

半个来月时间我们采访了大量的人和事,每天的安排都很紧,实在没有空去外面看看北京城。到了最后一天烈为了让我能够看看奥运会时北京建的水立方和鸟巢,采访了聂荣臻元帅的秘书柳鸣之后,就去看这些建筑,并拍了好多照。晚上我们还去前门明清一条街参观,在那里吃晚餐,烈还给我买了几件新衣。每次出去除了认真完成重要的工作外，他总不忘带我去从未去过的地方看看走走，并给我买新衣。

半个月的采访虽然很辛苦，但是我们也非常愉快，收获还是蛮大的。回沪后，他又夜以继日地写出七十万字的《钱学森》一书，作为钱老逝世一周年的纪念。

想想吧一个动过这么大手术的人做这一切是多么不简单哪！只有他这样勤奋忘我的人才能做到。

手术后，他知道生命的重要，时间的宝贵，更是拼命地工作着。他说必须把有限的时间用在写作上，书本就是凝固的时间，就是他生命的延续，多工作一分钟，也就多对得起自己的生命。

见他这样忘我地带病写作，我不能不乖。可以说，在这样的人身边，你是没有理由偷懒的。平时，我不能让他有丝毫的不开心。在家里，我基本上都听他的话，一切事情让他说了算，让他心里舒坦些，不要什么事都与他争。只是他从不喜欢看病与吃药，可是他的很多指标都不合格，得吃些药才对。他不去医院。就只好我去医院，每次为他开药。有时医生要他去化验一下血，他都不肯去，这时我才会说他，可是他决定了的事，九头牛也拉不回，有时也只能听之任之。我又去问医生，买些对他健康有用的补品，让他吃点。他真像一头老黄牛，只是每天每天拼命地写作着，工作着。我每天总是帮他做点事，不是整理稿件，就是校对。他要整理过去的采访录音磁带，我也整天帮助整理，终于把一千多盒的磁带装好，让他用电脑转成数码录音。能帮他做点事，就帮他做点事，让他减轻一点负担。每天，只有在晚餐后，我们一起外出散步，雷打不动。

幸好，他很乐观，看得很穿，他觉得活着一天就要工作一天，人是要有精神的。

别看烈是个男子汉，可是有时候会很细心。每次我们出去时，他总是时时刻刻地呵护我，比如过马路，他一定拉着我的手过，比如上电梯，往上走的时候他总站在我的后面，往下走的时候，他总是走在我的前面。怕我万一跌倒，好随时照顾我。我们有时走路遇见修马路，不得不在车行道上经过时，他总是走在外边，让我在里边走，他好随时保护我。

自从他开刀后，一年内，我没有让他拎过重的东西，一年后，他就抢着自己要拿重东西。比如，饮水机上没有水了，他把水桶搬上去。出去买东西回来，他总是拿重的，决不让我受累。

有趣的是我们一起外出时，他总是随时带着纸巾，这不是为他自己准备的，而是为我。因为我这个人外出时常常要小便，可我这个马大哈常常忘了带纸巾，而有的洗手间根本没有手纸，他一定会在我最需要的时候拿出来给我。还有，他是从来不用牙签的人，我却每顿必用。我觉得牙签尖尖的，总是不愿带。我们到外面吃饭，烈怕那些店里的牙签不卫生，或者有些店里根本就没有放牙签，他常从包里取出牙签来给我。还有趣的是，夏天的傍晚，我们常常要外出散步，天热，我满头大汗，可是我这个人平时不带毛巾手绢，觉得毛巾手绢厚厚的，带起来不方便，可是擦汗很管用。要擦汗怎么办，烈马上会把毛巾手绢拿出来给我。他为了使我擦起来舒服点，常在毛巾手绢里滴上几滴香水。有几次，天并不太热，我们走在路上也不需要擦汗，可烈那几天已经在毛巾手绢里滴上些花露水，他很想让我闻闻，于是他会拿出带香味的毛巾手绢突然说，我见你有汗擦擦吧。我说今天没有汗，不需要，他却一定要我擦，我拿过来一闻好香哟！原来，他是让我闻这香味的。

我们的家一向很和谐，到了我们老了，孩子们又不在身边，我们更是相依为命。烈到哪里我也到哪里，他出差，我也出差。平时就是买一个小小的西瓜，也一起去买，给孩子们买衣服，买玩具，都一起去挑选。他还特别喜欢给我买衣服，哪天他去讲座，拿来的讲座费，他一定要陪我到商店里买衣服给我。我的衣服真的多得衣柜里都摆不下了,有的甚至还没有穿过就拿去送人。可是他还是时时想为我买衣服。

有很多出版社都知道我们相依相伴这一习惯,所以凡到哪里签名售书的,必邀请我一起去。连箭牌公司,每年请烈送书给贫困孩子的,也一定邀请我一起去。我们俩走遍祖国的山山水水。我们又喜欢旅游,我们的足迹遍布世界上许多国家。外出时,我随时关注他吃药,他关注我血压,他喜欢摄影,我跟着他一起拍,也提高了不少。他去采访,我也帮着又录音又摄影。我们真的形影不离。长期以来我对烈的依赖也很重,我只会在家里搞卫生,买、汰、烧,但是家里的东西坏了,非烈来修不可。家里的大事也都非他决策不行。在我的生命里,不能没有烈。只有烈在我身边,我才踏实,才安稳。我们出国旅游时,我更是分分秒秒都要烈在身边才踏实,我一时没有看见他就会叫他。有一次我们与一些朋友去俄罗斯、乌克兰旅游,与我们一起的朋友说,他作了统计,说我在二十六分钟内必喊一声我的先生!

是呵,我真的是分分秒秒都离不开他。在他面前,我好像永远长不大。

我写下小诗《写给我的丈夫》:

烈像一座山,
读完他的作品,
不能不让我仰望。
烈像大海,
每当我投入他的臂弯,
就像船儿靠在港湾,
那么安全,
那么舒畅。

　　长子安排我到台北休养一段时间。在手术之后的第十四天,我和妻前往浦东,办理赴台的出境证手续。

　　此后,每年春天我都会接到上海肿瘤医院的电话:"你是叶永烈吗? 是叶永烈本人吗? "我知道,他们在统计肾癌术后的存活率。

　　如今,在手术之后,六个年头过去了,我还"存活"着,还在每天写作着。光是2014年8月的上海书展,我就举行了四场新书发布会。

妻再度倒下

疾病轮番折磨着我和妻。

当我走出癌症的阴影,2013年3月9日,妻又一次严重骨折了。真是"老人怕跌"。2004年8月那一次,是手腕骨折,她还能走动,而这一回则是脚踝骨折,只能静卧在床了!

妻这样记述再度骨折:

2013年3月9日,这本是一个阳光明媚、天气温暖的一天。这天傍晚我和烈迈着轻快的步伐高高兴兴地前往徐家汇。我们先到第六百货公司,后又去汇金广场。回家时,我们轻快地走着,走过天桥,沿着台阶往下走时。走了一半,忽然我的左脚像被什么东西钩住似的,人往前冲,左脚却停在原地。由于人往前冲的惯性,左脚被转了三百六十度似的,随后人就倒下去了。由于右手当时拉着烈的左手,结果把烈也拉住倒下。他的头撞在不锈钢栏杆上,出血了。两位老人倒下,引起过路行人的注意,许多人关切地问:需要打120吗?需要帮忙吗?我们一时痛得不知所措,想先坐一会儿。我们痛苦地坐在台阶上。这时一位十二岁左右的小女孩,见我们跌倒了,一直关注着我们,在我们周围守着,不愿离开我们一步,好想为我们做点什么似的。

坐了一会儿,我们想去医院,可是病历卡在家里,于是请小姑娘为我们拦一辆出租车。她就赶快去拦车,终于拦到一辆出租车,于是她照料着我们上车,见烈的手上全是血,她掏出身边的一包纸巾给烈让他擦血,直到车开动了,她才离开我们。当时由于很痛,竟忘了问她的姓名和学校。我们到家后,我的左脚肿得很厉害,心想可能骨折了。于是烈上楼拿了病历卡,又去叫出租车直开上海第六人民医院,直达急诊部。

那里病人很多,烈为了减轻我的痛苦,弄来了一张手术床,让我躺在上面,他艰难地推着我,医生倒是很快接待了我们,并开了拍片的单子,烈就推着我去拍片。其实,烈也受伤了,他的额头破了,手也在流血,可他不顾自己,只照顾着我。拍完片子,医生说我的左脚严重骨折,有两根骨头都断了。要住院手术,我还是请求给我保守治疗,拉一下复位。医生说骨折部位在脚踝上,是关键部位,非做手术不可。

无可奈何只好听医生的。医生开了单,要我们到骨科住院部十二楼,天黑黑的,住院部在哪里呢?医生也没说清楚,就又去看别的病号了。烈先去交了住院的费用,就推着我去住院。可是住院部往哪个方向走也不知道,见几个人在聊天,烈问了一下,那人见一个老人推着一个老人有点同情心,于是帮我们推过弯弯曲曲长长的走廊,终于到了急诊的出口处,他手指着不远处一座大楼告诉烈那就是骨科住院部。他说他还有事,只能你们自己推着走了。

于是,烈一个受伤的老人,推着一个骨折的老人,在黑夜里,在寒风中,推过一座座房子,推过一条条长廊。后来我不禁写诗一首,以表达当时的心情:

夜沉风寒影孤单,病痛突来心更寒。
夫君送我入院路,泪眼模糊实不堪。

终于到达住院部门口,一位护士小姐接待了我们。她一见我们两位老人自己来,没有别人护送,大吃一惊,她说医生怎么不叫护工帮忙推呢，怎么让你们老人自己推呢？她很不平。然后她开动电梯让我们进去，到了十二层，结果弄错了，应该是十一层床位，烈又推我下了十一层，终于到了病床。烈忙请护士给我们请来一女护工。办完一切手续，安顿我住下，已经很晚很晚了，我们都没有吃过饭，烈就带着饥饿，带着伤痛回家了。我躺在病床上，下午经历的一幕幕不断涌现，泪水模糊了双眼，疼痛和伤感使我久久难以入睡。

妻经过两个多月卧床，慢慢可以起来。起初扶着助行器一步步在卧室行走，后来拄着双拐在卧室行走。骨折三个月，这才第一次缓缓下楼，坐到客厅里，当时她激动得双眼含泪。接着，她拄着双拐在小区散步，最后终于甩掉拐杖。

她又写下这样的文字：

我和烈结婚已经五十年了。五十年来，我们休戚与共，相依相伴。到了晚年更是日日夜夜谁也离不开谁。同事说，老叶见我生病时那焦急和爱恋的心情全写在脸上，让人动容。我们都已步入古稀之年，孩子们都在海外，家里只有我和他。

当我住进医院的第二天，气温骤降，冷空气袭来，雨水和寒风逼人，烈却在每天早上五点就起来匆匆到医院看我，陪我，给我送吃的，不断安慰我。又带我去检查各个项目，拍片做心电图。陪我吃饭，直到夜里又顶着寒风回去。望着他远去的背影，我真想说声谢谢，因为此时此刻，他给我的不仅是生活上的关怀，更是心灵的感动：他是黑夜里的灯，他是严寒中的火，他是我心中的太阳，鼓起我克服艰难的风帆。

我从医院出来后，由于医生叮嘱两个月后我的脚才能下地，他特别留神，一直把我按在床上，他每天为我做三餐，每天变换花样，让我吃得好，吃得有胃口。每天把饭菜从楼下端到楼上来给我吃，有一次大概太疲劳吧，从楼下上来时差点跌倒。他又每天把房间打扫干净，让我住得舒服。每天为我准备好洗脸、刷牙、擦身体、换洗衣服。除此之外，难能可贵的是每天为我倒屎倒尿……每当我看见他白发苍苍，穿着半旧的格子棉衬衣，步履缓慢地为我做这做那时，心里真难受。每当我向他表示感谢时，他总是说："人总有生病的时候，我们是夫妻，这是应该的！"有时反倒过来劝起我。一个男人能对一个女人做这一切，完全是爱的驱使，爱的力量，只有真爱才会如此！

我和烈结婚五十年了，五十年来我们经历过风风雨雨，也享受过欢乐幸福。不管环境多么困难，不管工作如何繁忙，也不管由于他自身的努力，他的地位和影响日益增强，他对我的爱始终如一，我是很幸福的。这次我骨折，他对我的这份真爱，这份倾心的付出，是他给我最好的金婚礼物，我非常知足。

还有儿女的爱，长子平常工作很忙，我骨折的这一个月内竟五次从台湾赶来看我，小儿子和儿媳隔三岔五地打电话问长问短，托朋友从美国给我带来各种营养品。长媳和小孙女、小孙子也都来电表示慰问，我的大哥和侄女隔三岔五地打电话来问候，寄来温州的鱼饼让我们吃。

骨折的痛也让我看到同事间的友情。我的好友周来生老师在第一时间打电话安慰我，为我做这做那，她跑了一家又一家医院为我开药，又亲自把煎好的药送到家来。她送来助行器，送来水果。周来生的膝盖也是做过手术的，连多走路都不行，每次为我的事带着腿伤骑自行车东奔西走……

啊，这一切的一切，让我感动，让我愧疚。

都说如今世上物欲横流，人情淡薄，社会上也曾出现一些不可思议的事，令人寒心，可我感受到的却是如此浓厚、深切的爱，这使我久久不能忘怀。愿社会上多些这种爱，让社会更和谐。我今后只有永远感恩才对得起爱我的每一个人！

我多次骨折，医生告诉我主要还是骨质疏松的缘故，因为此前我不喜欢喝牛奶，也不大吃钙片。这次骨折后烈给我订两份牛奶，每天早上吃鲜奶，下午吃酸奶。每次外出总是陪着我，生怕我再骨折。他那么忙还如此照顾我，使我又感激又不安。为了保护脚踝，他给我买了好多双半高筒的皮鞋。眼下年轻人流行穿半高筒的皮鞋，不知内情的人还以为我这个老太婆还在那里追赶时尚呢！

　　在烈的细心照料和呵护下，我渐渐好起来了。刚开始，他带我在家里走走，在楼下走走，后来又牵着我的手走出家门，来到大街上，来到各种超市，来到人多车杂的地方。每当我走一步，烈的心比我还焦急，他生怕我摔跤，总是紧紧地拉着我的手，一步也不放松，他的眼睛总是盯着地面，一看见路上的坎坷不平之处，一瞧见果皮之类的东西，一知道前面有台阶，便会马上叫起来叮嘱我注意。这样，一天天地锻炼，一天天地行走，我觉得我的脚有力了，我有信心外出了。当时，我在日记上记下我写的小诗：

　　　我终于走出来了
　　　一杯水，
　　　一口饭，
　　　一捧药，
　　　一条热毛巾，
　　　一桶洗脚水，
　　　……
　　　夫君的一片深情，
　　　给了我战胜疾病的信心。
　　　一双巨手挽着我，
　　　坐起来，
　　　站起来，
　　　走一步，

走两步，
走出家门，
走进庭院，
走向繁华的街衢，
是夫君带着我一步步向前，向前。
走出病痛的阴霾，
走出狭隘的小院，
我终于走出来了！

我走出来了，我渴望走向更远的地方。

在我生病期间，烈几乎拒绝了一切外出的邀请，只是一次外出讲课，是早就定下的，不能不去，于是他当天早上去，下午讲课，晚上就回来了。也只有真心关爱妻子的人才会这样不辞辛苦地当天奔波，当天来回。

在他的细心呵护下，我可以出去走走了。

先是我们一起乘飞机前往成都，在成都停留三天就回来了，只是在宾馆附近走走而已。后来又有南京方面邀请他去讲课，烈也是非带着我去不可。从上海到南京，我们乘坐高铁去的，在车上，他总是忙前忙后地一会儿为我倒水，一会儿给我吃东西，都是让我坐着，需要什么他去办。

南京回来后，我们又去了西安。慢慢地我的脚力好些了，我们很想再出国看看。于是去了南非。因为南非是我们早就定下要去的，只是因为我骨折而搁置的。我自己觉得经过一个时期的调整、锻炼出去是没有问题的了。

当我们从南非回来，我的许多同事都非常惊讶。

我们在上海只逗留了十几天，就飞往美国旧金山，然后再飞往佛罗里达、加勒比海……

手牵手　游全球

在写作之余，我有两大爱好：一是旅游，二是摄影。

小时候，我很羡慕父亲常常拎着个皮箱从温州乘船出差到上海。我也很希望有机会到温州以外的地方旅行。父亲说，那很简单，在你的额头贴张邮票，把你从邮局寄出去就行了。

可惜，我直到高中毕业，还没有从邮局寄出去，没有离开过小小的温州。直至考上北京大学，这才终于远涉千里，来到首都北京，大开眼界。

大学毕业之后，我在电影制片厂工作，出差成了家常便饭。我几乎走遍中国大陆。

随着国门的开放，我有机会走出去，和妻子手牵手周游世界。我们一起八赴美国，八访台湾，走遍亚、欧、美、非、澳五大洲四十多个国家和地区。

我们的旅行，常常是"自由行"。比如我应邀到澳大利亚悉尼、墨尔本讲学，就顺便在澳大利亚自由行，走了很多地方。我们也参加各种各样的旅行团，到各国旅行。通常，我总是选择那种旅程较长的旅游团，以求深入了解那个国家。

随着中国对外开放，随着中国经济的迅速发展，每天都有成千上万中国人走出国门。据统计，现在中国每年出国达一亿人次。在这么多出国的人群中，我是很特殊的一个，因为我差不多每一次旅行归来，就会写出一本旅行散记,配上自己拍摄的照片,交由出版社出版。日积月累,这套总题为"叶永烈看世界"的丛书,竟然已经出版二十种,还有两种即将出版,总共五百万字:

《美国!美国!》

《我在美国的生活》

《非常美国》

《三探俄罗斯》

《米字旗下的国度》

《漫步欧洲》

《如画北欧》

《目击澳大利亚》(附录加拿大、墨西哥)

《从迪拜塔到金字塔》(阿联酋、埃及)

《彩虹南非》

《畅游加勒比海》

《神秘的印度》

《这就是韩国》

《樱花下的日本》

《梦里南洋知多少》(新加坡、马来西亚)

《真实的朝鲜》(包括越南、泰国)

《美丽中国·风从东方来》

《美丽中国·南国风情录》

《美丽中国·中西部揽胜》

《大陆脚游台湾·行走台北》

《大陆脚游台湾·宝岛各地》

《叩开台湾名人之门》

列支敦士登

墨尔本

此外，我还写了一本综合性的游记《镜头看世界》。

这套"叶永烈看世界"，无意之中成为我和妻"手牵手，游全球"的记录。

漫步在海角天边，把沉思写在白云之上，写在浮萍之上。至今我仍是不倦的"驴友"。我的双肩包里装着手提电脑和照相机，"时刻准备着"。

我注重从历史、文化的角度去观察每一个国家。在我看来，文化是民族的灵魂，历史是人类的脚印。正因为这样，只有以文化和历史这"双筒望远镜"观察世界，才能撩开瑰丽多彩的表象轻纱，深层次地揭示丰富深邃的内涵。我把我的所见、所闻、所记、所思凝聚笔端，写出一部又一部"行走文学"作品。

我把旅游视为特殊的考察，特殊的采访。我在台湾日月潭旅行时，住在涵碧楼。我在事先做功课时知道，涵碧楼原本是蒋介石父子在台湾的行宫。我特地跑到当地旅游局，希望查阅两蒋在涵碧楼的历史资料。他们告诉我，在涵碧楼里，就有一个专门的展览馆。于是，我到涵碧楼总台，打听展览馆在哪里。总台小姐很惊讶地说："那个展览馆已经关闭多年，因为几乎没有什么客人前去参观，难得有叶先生这样喜欢研究历史的人。"她打开尘封已久的展览馆的大门，我在那里"泡"了两小时，有了重大发现，因为那里的展品记载了蒋介石父子在涵碧楼接见曹聚仁。曹聚仁乃是奔走于海峡两岸的"密使"，但是台湾方面从未提及此事。我把这一发现写进发表于上海《文汇报》的文章里，引起海峡两岸的关注……

我爱好摄影，则是因为在电影制片厂做了十八年编导，整天跟摄影打交道，所以很注重"画面感"。我在旅行时，边游边摄，拍摄了大量的照片。在我的电脑里，如今保存了十几万张照片。除了拍摄各种各样的景点照片之外，我也很注意拍摄"特殊"的照片。比如，我在迪拜看见封闭式的公共汽车站，立即"咔嚓"一声拍了下来，因为这是世界上绝无仅有的公共汽车站,里面安装了冷气机。这一细节,充分反映了迪拜人观念的领先以及迪拜的富有和豪华。在韩国一家餐馆的外墙,我看见一个个泡菜坛嵌在墙里,也拍了下来,因为这充分体现韩国人浓浓的泡菜情结。在马来西亚一家宾馆里,我看见办公室内挂着温家宝总理与汶川地震灾区的孩子在一起的大幅照片,很受感动,表明马来西亚人对中国的关注。只是已经到了下班时间,办公室的门锁上了,我只能从透过玻璃窗拍摄。门卫见了,打开办公室的门,让我入内拍摄,终于拍到满意的照片……照片是形象的视觉艺术。一张精彩照片所包含的信息量是很丰富的,是文字所无法替代的。

每一次出国归来,我要进行"总结"。这时候,我的本职——作家,与我的两大爱好旅行与摄影,"三合一"——我把我的观察写成文字,配上所拍摄的图片,写成一本又一本图文并茂的书。

我的"行走文学",着重于从历史、从文化的视角深度解读一个个国家,不同于那些停留于景点介绍的浅层次的旅游图书。其实,出国旅游是打开一扇观察世界的窗口,而只有善于学习各国的长处,自己才能进步。"他山之石,可以攻玉。"旅游是开阔眼界之旅,解放思想之旅,长知识,广见闻,旅游是学习之旅。从这个意义上讲,旅游者不仅仅是观光客。

我和妻仍在"漫游"之中。我期望在继续完成一系列当代重大政治题材纪实文学的同时,继续向广大读者奉献轻松活泼的"行走文学"新作。

金婚之庆

2013年8月25日,对于我们家来说,是一个"大庆"的日子,因为这一天是我和妻结婚五十周年的日子,亦即"金婚之庆"。

率先披露我们的"金婚之庆"的媒体,是新华社上海分社记者小姬在2013年5月28日发出的电讯《1961年预言21世纪中国,叶永烈梦想多少成真?》,除了着重介绍我五十多年前写的《小灵通漫游未来》之外,其中专门写了一节《金婚夫妻相濡以沫》:

现在,他每天六点半被钟控收音机叫醒,开始听新闻。七点开始工作,一直到中午十二点,中午休息一个多小时,然后下午一点半左右开始工作,一直到四点多,再和夫人一起散步买东西,每天要走一两个小时。晚上两人一起看完新闻联播,接着继续工作,直到十点。十点开始看香港凤凰卫视的"总编辑时间"。十一点休息。

叶永烈家中书香缭绕,他和妻子杨蕙芬的环球旅行合影几乎占据客厅一整面墙。卧室门口是他们的婚纱照,卧室里甚至还有一张妻子十八岁时的照片。叶永烈说自己与爱妻是"一见钟情"。今年他们的婚姻步入了金婚。他们一起去了四十多个国家旅行,家中挂满二人旅行合影。

现在的他们仍以"阿烈""阿芬"相称。夫人会帮助叶永烈做校对、输入引文、查找文章。

不久前，妻子摔了一跤，卧床休养，叶永烈就操持起一切家务，甚至连年年都去的全国书展活动也推掉了。妻子声音轻柔，笑起来像个孩子，叶永烈总在不经意间轻轻抚摸妻子的头发。

2013年8月14日，上午新华社记者吴霞到我家采访关于《十万个为什么》的写作经过。她在当天下午发出的电讯《叶永烈：〈十万个为什么〉是我一生的财富》，也提到我和妻的金婚纪念日即将到来：

更让人称奇的是，就连叶永烈的终身大事也有《十万个为什么》的功劳，"我回浙江温州老家相亲，送给女友的第一份礼物就是第一版的《十万个为什么》。"今年8月25日，当年的那个女孩就将和叶永烈一起庆祝他们的金婚纪念日。

在金婚纪念日的前一天下午，我的长子、长媳、孙女、孙子从台北来上海，庆贺这一节日。我们在餐馆订了包房，一起聚餐——半个世纪之前，怎么也没有想到，我和妻会有这样的一天。

金婚纪念日那天下午，少年儿童出版社社长率编辑室主任、责任编辑前来我家祝贺。屈指算来，自从我1959年十九岁时向这家出版社投寄第一本书稿《碳的一家》，已经有着五十四年的友谊，先后出版了《十万个为什么》、《小灵通漫游未来》、《科学家故事100个》等重要著作。尽管这五十四年间，社长、总编辑、编辑室主任、责任编辑换了一茬又一茬，但是我们的联系从未中断。正因为这样，少年儿童出版社编辑们的来访，使我和妻倍感高兴。

少年儿童出版社编辑们刚走，深圳卫视派人送来鲜花，祝贺金婚。

深圳卫视是从少年儿童出版社编辑那里得知我们金婚纪念之事，前几天派摄制组前来拍摄。2013年8月30日晚上，深圳卫视《年代秀》节目播出我和妻金婚纪念节目。也真巧，那天是我七十三岁生日。

结婚四十周年纪念

金婚纪念照（2013年8月25日）

金婚，漫长的半个世纪的婚姻之路。我和妻相互扶持，走过艰难，走过曲折，终于迎来果实丰硕的金色的秋天。

在结婚的时候，我和妻没有山盟海誓，没有豪言壮语，而只有两颗真诚的心。一旦结婚，就意味着要为对方、要为家庭负责一辈子。

我们用自己的行动，证明了我们彼此的选择是真心诚意的，是经得起时间考验的：

我们结婚之初，在"文革"岁月，面对的是贫穷、困苦、无助、艰难的考验；

我们步入中年，在"文革"之后，面对的是鲜花、掌声、名利、地位的考验。

"富贵不能淫，贫贱不能移"，我们做到了。从某种意义上讲，花花世界的诱惑，金钱美色的腐蚀，是更为严峻的考验。

正因为这样，我们的婚姻历久而弥坚，爱情之酒越陈而益香。

妻写下金婚之庆的感想《什么是家庭的续航力》：

记得，我的长子结婚的时候，长媳问我："妈妈，你和爸爸的婚姻为什么能维持这么久？"当时，我没加思索地就说："这要靠双方互相信任，互相体谅，互相支持吧。"

又有一次，我的小媳妇问我："妈妈，你和爸爸结婚后有吵架吗？"我说："每对夫妻在长年相处中总有点小摩擦的，这不稀奇，就是舌头和牙齿有时也会碰撞呢。不过，小吵有，大吵没有。大吵就不好了。另外，夫妻吵架最好不要在孩子面前吵，这样对孩子的影响不好。"媳妇听后点点头。

常听丈夫说起"恒"是成功的续航力，我很赞同。他是这样说的，也是这样做的，自从他十一岁与写作结缘后，几十年如一日地坚持写作，从不懈怠。就是在"文革"中受到严重的打击，受到困难的折磨，他坚持写作；在受到病痛的影响和煎熬时，他仍然坚持写作。如今古稀之年仍然每天笔耕不止，这就是他的恒，就是他的成功所在，也就是他成功的续航力。

那什么是家庭的续航力呢？男女双方相爱，到结婚，是很甜蜜的事。结婚时不管男方或女方，都希望相爱到永远。希望家庭这艘小船，在大海里航行，不管遇到多大的风浪都能勇往直前。结婚时双方都信誓旦旦地在神的面前，在家长面前，在朋友面前宣誓过，保证过，今后不管遇到什么不可抗拒的原因，都会永远相爱。然而，事实并不完全如此，相爱到永远的有，遇到风浪夫妻两人奋力划船战胜困难的有，而动不动就分道扬镳的也不少。

这是为什么呢？为什么有的家庭的续航力这么强，有的家庭稍有风浪就会翻船呢？当然，这里有各种各样的原因。但是好多年轻人常常为一点点小事就吵架，一吵起来谁也不体谅谁，谁也不让谁。俗话说"相骂无好语"，为了自己一时骂得痛快，就什么脏话都骂得出来。于是越吵越烈，越吵越气，甚至赌气要离婚。就这样，好好的一个家庭就分崩离析。

也有的是见异思迁，严重伤害对方，以致闹离婚的。

其实，如今结婚都是男女双方自愿的，没有什么媒妁之言父母之命的逼迫，但是为什么遇到一点点风浪，家庭这艘小舟就没有续航力了呢？我认为是双方对家庭，对爱情缺少"恒"。

"恒"是一个人事业成功的续航力，也是家庭牢固的续航力。如果一对夫妇永远像刚结婚时那么相爱，那么信任，那么了解，这个家庭就会永远和睦相处。

另外，很重要的一点是责任！男女双方从组成家庭开始，就应该对家庭有一种责任，这种责任是互相的。男方要对女方负责，对妻子负责是男人的本分。今天妻子风华正茂，你要爱她；妻子病了，你要关心她，爱护她；妻子老了，脸上满是皱纹了，你仍然要爱她，关心她，这是男人的责任！同样，妻子对丈夫也要有责任心，今天丈夫事业蒸蒸日上,你要支持他;当丈夫事业上遇到困难,甚至到达低谷时,你更要鼓励他,帮助他走出低谷,摆脱困境;当丈夫病了,老了,你要照顾他,服侍他,给他温暖,给他阳光,这是妻子的责任。有了责任心,你就不会见异思迁,你就会经得起各种诱惑。

丈夫是妻子的依靠,妻子是丈夫的支柱,两者互相支撑。这样家庭小舟的桅杆才会挺立,前进才会有动力。

对长辈,对子女,更要有责任感。不管哪方的父母,结婚了,就应该视同自己的父母一样。对哪方的父母你都要有责任。要尊重,要体谅。父母老了,你得想办法照顾,得让他们安度晚年。这是男女双方都应负的责任。

结婚后,有了孩子,作为父母更有责任让孩子健康成长。随着经济条件好转,许多父母在物质上对子女是无条件地关爱,但是在精神上就不一样了。试想,当父母两人吵架,孩子的感受你们想过没有?当父母为了一点点事,闹着要离婚时,最苦的是孩子!

父母相爱,相敬如宾,在这样的家庭里成长的孩子都比较善良,身心都比较健康,孩子的童年就充满阳光。没有一个父母不爱孩子的,但是如果你是真爱,你的一举一动一言一行都得为孩子的感受想一想。这是做父母的责任。

另外,我也想劝一劝为一时冲动而闹翻的年轻朋友们,当你激动时,你要克制,如果有一方稍微克制一下自己,冷静一下,过不了半个小时就会雨过天晴了。最近电视剧《家后》里一位叫孙莉的妈妈在劝女儿时,说的一句话很令人深思。她说:"孩子,千万不要跟老公赌气,我就是因为赌气,害了自己一生的幸福,害了整个家庭,也害了你。"

我想,如果一个家庭男女双方,也就是家庭的承重墙,小船的桅杆,是坚实的,是可靠的,从你结婚的一刻起,都负有责任的,这个家庭就会劈风斩浪,勇往向前,一直到永远。

奉献之举

在庆贺金婚之后,我和妻商议,决定把我几十年积累起来的"叶永烈创作档案"无偿捐赠给上海图书馆。

父亲的细心"基因",使我在广泛的采访中具备很强的档案意识。我家中几十个铁皮档案箱,保存着我大量的创作档案。北京的中国现代文学馆、上海的档案馆、四川博物馆以及家乡温州图书馆都多次表示,愿意收藏"叶永烈创作档案"。我最终决定把"叶永烈创作档案"捐赠给上海图书馆,一是离我家很近,便于分批整理、分批捐赠,二是读者众多,便于这批创作档案的利用。

事先,我和妻把捐赠意愿用电子邮件告知长子夫妇、次子夫妇,获得他们的支持、同意。

我在2014年4月1日的日记写及:

获知我的捐赠意愿,下午二时,上海图书馆副馆长周德明、历史文献中心主任黄显功、讲座部主任陈凌康前来谈"叶永烈专藏"事宜(初名"叶永烈创作档案",按照上海图书馆的术语改为"叶永烈专藏"),并初步谈定。对方将与我签定协议,并成立专门的小组。

周德明说,"来之前查了一下图书目录,上海图书馆有你的各种版本的三百多部著作。另外,你的《"四人帮"兴亡》一直是上海图书馆最近几年出借率最高的图书,排在第一名。"

周德明说,"以个人名字命名的专藏,表明这一专藏内容极其丰富与重要。迄今上海图书馆以个人名字命名的专藏,只有两个,你将是第三个。

"前两个专藏是盛宣怀专藏与罗闻达专藏。

"盛宣怀是清朝工部左侍郎,是南洋公学(上海交通大学前身)、汉冶萍煤铁厂矿公司、上海江南造船厂等的创办人。盛宣怀重视收藏图书及档案。盛宣怀专藏内容极其丰富。

"二是瑞典藏书家罗闻达(Björn Löwendahl)先生的'罗氏藏书'。该藏书收录了1477至1877年间1 551种西文汉学著作及手稿,语种涉及十多种,有拉丁文、法文、英文、德文、西班牙文、葡萄牙文、意大利文、俄文、瑞典文等十多个语种;形式包括游记、日记、书信、专著、官书、译作等。

"你的创作档案内容极其丰富,极有文化与历史的内涵,所以用你的名字命名,作为第三个个人专藏。你作为纪实文学作家,所采写的又是中国当代重大政治题材,所以你的采访录音带、采访笔记等等诸多档案非常重要,这是别的上海作家所不具备的。上海图书馆将在恒温恒湿条件下加以保存,并成立专门小组负责,编写叶永烈专藏目录,相关文稿要扫描,录音带要数码化,以求长期保存。"

我报告"叶永烈专藏"总目录——

1. 采访录音带、数码录音(其中录音带约一千多盘);

2. 书信(包括诸多名家书信);

3. 手稿(1992年使用电脑写作前的手稿,放满一柜);

4. 叶永烈著作、剪报集(叶永烈著作目录、文章目录、报道目录、评论目录;著作样书上千册,叶永烈作品及报道、评论的剪报集几十册);

5. 档案（叶永烈个人档案，如叶永烈小学一年级至高中毕业所有成绩报告单、历年日记等等；采访档案，按照人物或者专题分类，如王力采访档案八卷、罗章龙采访档案、韩素音采访档案、四人帮相关档案等等）；

6. 叶永烈作品的电脑文件（包括1992年之后的作品电子稿，著作的PDF）；

7. 叶永烈采访照片、底片、数码照片（照片、底片数十册，数码照片二十多万张）；

8. 创作参考图书（分为文学、科学、历史及其他四大类，装满四十个书橱）。

与上海图书馆谈定捐赠事宜之后，我和妻前往长江刻字社刻一枚"叶永烈捐赠"图章，以便盖在捐赠物品上。刻字社的工作人员惊讶地说："名作家的手稿、书信现在是收藏市场上的宝物，鲁迅的一页手稿就值六百万人民币，叶先生你把手稿、书信都捐赠了，太可惜了！"我和妻听罢，只是淡淡一笑。

2014年4月29日，上海图书馆举行隆重的"叶永烈专藏"捐赠仪式。十多家媒体记者到场。

翌日，上海《解放日报》发表记者李峥的报道，内中写道：

叶永烈是当代著名作家，在数十年创作生涯中出版了一百八十多部著作。他建立了完善的个人创作档案，各种文稿、书信、照片、采访录音、笔记、作品剪报、评论、样书等均分类保存。叶永烈捐给上海图书馆的文献包括：1992年前作品的手写稿、书信、采访录音、作者著作和剪报集、著作签名本、档案、1992年之后的作品电子稿、作者照片、创作参考书等，他将分批移交给上海图书馆收藏。

携小孙女出席上海图书馆授奖仪式（2012年7月27日）

与上海图书馆吴建中馆长签订协议

　　这些捐赠有着意想不到的文献价值。比如2002年，上海作家协会举办作家手稿展时，找不到陈望道先生手稿，叶永烈拿出陈望道1962年写给他的亲笔信，连同贴着梅兰芳纪念邮票的信封，供主办方展出。捐赠物品中还有作家高士其、英籍女作家韩素音、马思聪的女儿马瑞雪、傅雷之子傅敏、梁实秋夫人韩菁清等与叶永烈的通信。

　　叶永烈说，他进行纪实文学创作时，非常重视对当事人的采访，形成一个个"私家档案"。"关于傅雷之死，流传甚广的说法是服毒自杀，就连傅雷之子傅聪、傅敏都这么说。我从上海市公安部门复制了傅雷死亡档案全部文件，以事实证明傅雷夫妇是上吊自缢。"

　　上海图书馆将以"叶永烈专藏"的名义收藏这些珍贵文献资料，是上海图书馆首次为在世的中国作家命名的文献捐赠专藏。上海图书馆馆长吴建中向叶永烈颁发收藏证书。他表示，上图将对捐赠文献进行专业的收藏管理，对手稿、档案、录音带等予以数字化处理，在适当的时候逐步提供给专业人士利用。中国文化名人手稿馆馆长周德明向上海作家发出将手稿捐藏上图手稿馆的倡议。

　　捐赠仪式上，叶永烈幽默了一把："我原本设想，在我故世后，在墓碑上写：'对不起，我不能再为您回答为什么！'现在似乎可改为：'请到上海图书馆找我！'"

中国新闻社记者邹瑞玥则报道称：

　　上海图书馆馆长吴建中介绍，这批数量庞大的捐赠文献将以"叶永烈专藏"的名义予以收藏。这是上海图书馆首次为在世的中国作家命名的文献捐赠专藏。叶永烈捐赠的文献具有独特的文献价值与历史价值，是研究中国当代史的重要资料。上海图书馆将对捐赠文献进行专业的收藏管理，对手稿、档案、录音带等予以数字化处理,在适当的时候逐步提供给专业人士利用。

叶永烈长期从事中国当代重大政治题材纪实文学的创作,积累了大量的档案和口述历史资料,形成了相当规模的"叶永烈创作档案",成为中国当代历史研究的一批原始文献。据介绍,此次捐赠的包括与叶永烈生平有关的档案,叶早期采访录音、书信底稿及往来信函,照片、电子文档等。罗章龙、王造时、钱学森、"四人帮"等等,叶永烈都有专题"私家档案"。此次捐给上海图书馆的胡乔木"文革"初期遭到批斗时警卫员所作的逐日记录、庄则栋姐姐庄则君赠送的上海《爱俪园全图之写真》(爱俪园即哈同花园)、上海市公安部门傅雷死亡档案全部文件等,是研究"文革"史、上海史的珍贵档案。

此外,捐赠的还有关于中国载人航天的两大册珍贵照片与电影正片,记录了中国在1980年训练航天员的情景。这是叶永烈在1979年获得钱学森的批准,进入鲜为人知的中国航天员训练基地拍摄的电影《载人航天》原片。这部电影后来由于种种特殊的情况未能公映,但叶永烈则保留了许多原片,成为中国早期航天员培训的珍贵史料。

叶永烈透露,"叶永烈专藏"总体数量足以装满一卡车。由于自己现在仍处于满负荷的创作之中,日夜兼程写新著,有许多档案、图书在创作中还要使用,再加上整理这些资料也还需要时间,所以只能分期分批捐赠。

从那以后,我除了写作之外,多了一项整理工作。

上海图书馆给我运来装书用的蓝色塑料箱。我每次装好十箱。他们来运这些资料时,同时带来十个空的塑料箱。如此往复,我逐批捐出"叶永烈专藏"。

人生大盘点

岁月飞逝，我这个曾经的"青年作家"，如今也步入古稀之年。在我逐批捐出"叶永烈专藏"的同时，我也进入创作大盘点。

几十年来，我只埋头写作，并不知道究竟写了多少作品。

我开始盘点我的所有作品，大体上分为三个方阵：

第一方阵是"叶永烈科普全集"；

第二方阵是"叶永烈纪实文集"；

第三方阵是"叶永烈看世界"。

我首先整理的是早年的科普作品，修改并编定了"叶永烈科普全集"。

一个健在而且尚处于创作高峰期的作者，不称"叶永烈科普文集"，而称"叶永烈科普全集"，是因为就科普创作而言我已经封笔多年（例外的只是2013年我为第六版《十万个为什么》撰写新的"为什么"）。

第一方阵"叶永烈科普全集"大体上包括科幻小说、科学童话、科学小品、科普读物、科学家传记、科普创作理论六大版块。

"叶永烈科普全集"总共28卷，1 000万字：

"叶永烈科普全集"第一、第二卷：《是是非非"灰姑娘"》

"叶永烈科普全集"第三卷：《爱之病》

"叶永烈科普全集"第四集:《黑影》

"叶永烈科普全集"第五卷:《暗斗》

"叶永烈科普全集"第六卷:《秘密纵队》

"叶永烈科普全集"第七卷:《神秘衣》

"叶永烈科普全集"第八卷:《小灵通漫游未来》

"叶永烈科普全集"第九卷:《哭鼻子大王》

"叶永烈科普全集"第十卷:《奇怪的病号》

"叶永烈科普全集"第十一卷:《生死未卜》

"叶永烈科普全集"第十二、十三卷:《叶永烈笔下的〈十万个为什么〉》

"叶永烈科普全集"第十四卷:《春花秋月》

"叶永烈科普全集"第十五卷:《人才成败纵横谈》

"叶永烈科普全集"第十六卷:《碳的一家》(我的第一本书)

"叶永烈科普全集"第十七卷:《白衣侦探》

"叶永烈科普全集"第十八卷:《电影的秘密》

"叶永烈科普全集"第十九卷:《化学的世界》

"叶永烈科普全集"第二十卷:《空气的一家》

"叶永烈科普全集"第二十一卷:《科学家故事100个》

"叶永烈科普全集"第二十二卷:《飞天梦》

"叶永烈科普全集"第二十三卷:《追寻彭加木》

"叶永烈科普全集"第二十四卷:《科学明星》

"叶永烈科普全集"第二十五卷:《写给"小叶永烈"》

"叶永烈科普全集"第二十六卷:《每一个孩子都能写作》

"叶永烈科普全集"第二十七卷:《科普创作札记》

"叶永烈科普全集"第二十八卷:《科学文艺概论》

"叶永烈科普全集"在2014年6月整理毕,并交给了一家出版社,安排出版。由于"叶永烈科普全集"不涉及报审，如果不遭遇意外，应当按照合同可以在两年内出齐。

我的第二方阵"叶永烈纪实文集"，考虑到很多作品尚在版权有效期内，分散在几家出版社手中，另外我还在写作纪实文学新作，所以暂且没有安排出版。

我的纪实文学作品分为"红"、"黑"两大系列。

我的红色系列的代表作是一百五十万字"红色三部曲"（《红色的起点》、《历史选择了毛泽东》、《毛泽东与蒋介石》），曾分别在海峡两岸三地出版，并出版了英文版、法文版。

红色系列还包括《邓小平改变中国》、《他影响了中国——陈云全传》、《改革开放的大功臣——万里》、《毛泽东的秘书们》、《中共中央一支笔——胡乔木》、《钱学森》等。

我的黑色系列中的代表作是二百万字的《"四人帮"兴亡》增订版，分为"初起"、"兴风"、"横行"、"覆灭"四卷，于2014年7月由当代中国出版社出版。

黑色系列还包括《陈伯达传》、《王力风波始末》等。

另外，我还整理了四百万字、八卷本的《历史的绝响》。

"叶永烈纪实文集"总共约一千五百万字。

我的第三方阵是《叶永烈看世界》，前已述及，总共二十二卷，五百万字，由上海交通大学出版社出版。

2014年8月8日，《新华每日电讯》发表记者刘小草、杨飘对我的专访，题为《"双面"叶永烈》。这篇报道的开头一段，对我进行"总结性"描述：

年届七旬的叶永烈，带着他修订了三十年、二百万字的《"四人帮"兴亡》出现在读者面前。在介绍自己时，他每每绕不开一个误会："别人都以为有两个叶永烈，一个是写《十万个为什么》《小灵通漫游未来》的叶永烈，另一个是写'红色三部曲'、《'四人帮'兴亡》的叶永烈。"一代又一代阅读叶永烈科普、科幻作品度过童年时光的孩子们，已逐渐长大成人，他们很难将记忆中那位科普作家和这位出版纪实文学作品、专攻重大历史政治题材的作者联系起来。

从科普作家到纪实作家，题材和写作手法都风格迥异，这位头发花白的老人形容起自己五十年来写作生涯的变化，用了"华丽转身"一词。

二十岁开始写作，时至今日，叶永烈已经出版逾三千万字作品。面对新华每日电讯记者的专访，叶永烈对自己的创作做了一次数字总结："前段时间我整理了我的科普作品，叫作'叶永烈科普全集'，有二十八卷，一千万字；我的纪实文学作品是一千五百万字；还有行走文学，'叶永烈看世界'二十二本，现在出了十九本，五百万字。"

我能够创作三千万字的作品，是因为有一个安定、愉快的家庭。套用两句常用的话来说，"成功的男人背后站着一个全力支持他的女性"，"军功章里有我的一半，也有你的一半"。

我在进行创作大盘点之际，还盘点了我的人生与婚姻。

作为人生大盘点，我出版了八十万的长篇自传《华丽转身》上、下卷，于2012年6月由中国发展出版社出版。

作为恋爱、婚姻、家庭的大盘点，我写出了这本《双人伞》。

前文提及，在结婚二十周年之际，我给妻写过一首《长相知》：

> 长相知，不相疑。你信我，我信你。
> 长相知，不相疑。同携手，求真理。
> 长相知，不相疑。共白头，终如一。

今日家中的客厅，与当年小屋不可同日而语

与孙女、孙子亲密无间（2014年7月）

在结婚五十周年之际，回首那一路风雨和阳光，我们共庆践行了"长相知，不相疑"。

西方人在结婚时，神父都要结婚双方宣誓，"不论他（她）生病或是健康、富有或贫穷，始终忠于她（他），直到离开世界"，可谓"信誓旦旦，不思其反"。其实，"不论他（她）生病或是健康、富有或贫穷"，关键在于"不论他（她）生病或贫穷"。

我和妻在结婚时，没有这样的宣誓，但是我们用心在爱。半个世纪的时光证明，"不论他（她）生病或贫穷"，我们都忠诚地做到了。所以在回首往事时，我们都问心无愧。

我们也都孝敬双方的长辈，尽我们做子女的责任。

我们还尽心尽力培养我们的下一代——两个儿子，如今又尽心尽力培养我们的第三代——孙子和孙女。

我们视两个儿媳如同女儿，一直和睦相处，彼此关心。

2014年7月13日，是小孙女的十周岁生日。前一天则是长子的生日。我和妻赶去祝贺，拍摄了合家欢。

我把照片"E"给美国亲家，收到亲家的电子邮件——

看到你们过生日合家欢的生活照片。此为人伦之一乐也。相信我们这一代中国人仍然还是有传宗接代，光宗耀祖的观念。看到叶家三代同照，其乐融融。依老习俗您已上对得起祖先，下对得起叶家后代了。可喜可贺。

走过金婚，我们继续在人生的道路上"同携手，求真理"，"共白头，终如一"。

妻为了庆贺金婚，写了一首《我喜欢……》，借来作为本书的结束语：

曾有人问我,
你最爱的生活是什么样?
我说,我不稀罕豪华的别墅,
我不稀罕珠光宝气,
我不稀罕佳肴鱼翅,
我也不稀罕名牌时装。
过平常的生活,
像普通的老百姓一样。
我喜欢。

每天,每天,
看爱人写的文章,
听他分析采访对象。
听他讲述各种见闻,
看他那侃侃而谈的神情,
看他抱着新出的书,
像抱着新生婴儿一样。
那样激动,那样虔诚。
我喜欢!

他对事业的执着无可挑剔,
他视写书为谱写生命的乐章。
他写的书一部又一部,
每一部他都一样认真,
每一部都字字句句斟酌,
每一件事情都查个水落石出,
还其历史原貌。

他说"真实"是个宝，
他写书的真实，
就像他为人一样。
我喜欢！

为他的写作尽一份力量，
跟随他外出采访，
为他采访时拍摄照片，
摁摁录音机，倾听愉快的对话，
校对、在电脑里输入资料、
整理照片、整理发表的文章……
我的工作能给他带来方便，
在他的作品里有我的一点小奉献，
我喜欢！

旅游和摄影，
在我们的生活里占有分量。
与他一起漫游在异国他乡。
一起欣赏他国的景色，
一起了解那里的人文风情。
每到一地，他的相机会闪个不停，
我也跟随着一起拍摄。
山川、河流、建筑、人文……
样样都进入我们的数码相机。
当我们回到上海，
欣赏那一幅幅照片，
重温那美好时刻，

我喜欢！

我们虽然年迈，
但是,与孙子孙女们相处,
就像儿时一样。
我们会互相讲故事,
说笑话,猜谜语,
与孩子们一样,
笑得前俯后仰。
那甜滋滋的笑脸,
简直像花朵一样。
我喜欢！

你别以为作家定然很严肃,
其实,调皮起来也不怠慢。
为逗你开心,
鬼主意也多种多样。
有时突然降临的烦恼,
是他故意捣乱。
突然的惊喜,
又是他安排的伎俩。
这样的一惊一喜,
这样的生活小插曲,
我喜欢！

夕阳将下的傍晚,
不管刮风下雨,

不怕炎热异常，
我们都会手牵手，
漫步走在街道上。
既散步又购物，
把一天的疲劳忘光，
邻居们会啧啧称赞，
路人也会投来羡慕的眼光。
我喜欢！

五十年的婚姻，
我们走过艰难，
走过坎坷，
也走过欢乐和美满。
如今虽已白发苍苍，
我们将心贴心，
手挽手，
战胜困难，
在未来的征途上，
鼓足风帆启航。

后记

中华书局编辑贾雪飞和于欣小姐送我一本书,那是广西师范大学出版社出版的《平如美棠》。她们鼓励我,也写这么一本书。

正巧,我和妻刚刚走过金婚,进入人生的"大盘点",回顾人生道路上的风风雨雨,不胜感叹,于是便有了这本《双人伞》。

在本书出版之际,感谢中华书局上海分公司总经理余佐赞和编辑于欣小姐的帮助与支持。

叶永烈

2014年9月8日中秋之夜